沖縄戦の末日、ロケット弾を発射するＦ４Ｕコルセア。３月の米軍の地上攻撃開始から５月末の首里戦線崩壊までの戦闘では、圧倒的に優位な米軍に対し、日本軍は互角以上の戦いを繰り広げていた。その中で、シュガーローフヒルを巡る争奪戦は沖縄戦におけるターニング・ポイントであった。

（上）105ミリ砲を運ぶ米海兵隊員。（下）墓地で祈る海兵隊員。沖縄戦における米軍の地上兵力は約7600名が戦死もしくは行方不明、約31000名が負傷。第6海兵師団だけでも戦死傷者が8227名となった。

NF文庫
ノンフィクション

新装版
沖縄 シュガーローフの戦い
米海兵隊地獄の７日間

ジェームス・H・ハラス
猿渡青児訳

潮書房光人新社

はじめに

沖縄戦を経験した多くの退役軍人にとって、それぞれに絶対に忘れられない地名がある。多彩な地形の特徴に由来する素晴らしくエキゾチックなものから、忌まわしくおぞましいものまでさまざまな名前が付けられた。カカズ・リッジ（嘉数《かかず》高地）、シュリ（首里）、ワナ・ドロウ（大名《おおな》渓谷）、ダケシ・リッジ（澤岻《たくし》高地）、チョコレート・ドロップ（弁ヵ岳）、ラブ・ヒル（与那原《よなばる》近辺）。こうした地名の中で、第六海兵師団の兵士にとって忘れられないのは「シュガーローフヒル」である。

一九四五年五月一二日から一八日の一週間にわたって繰り広げられた首里防衛線の西端にある名もない丘をめぐる争奪戦で、米第六海兵師団は二千名を超える戦死傷者を出した。のちの調査では、最終的に丘を占領するまでに、海兵隊は少なくとも一一回の攻撃をおこなった。中隊は消耗して、すぐに小隊規模になり、さらに消耗して分隊規模になり、最後はシュガーローフ上で染み込むように消えていった。沖縄戦が終わって、第二二海兵連隊のある軍曹が、自分の中隊の戦列をはなれた戦死傷者の数をかぞえたところ、五〇〇名を超えているのに気がついた。これは中隊の通常定員の約二倍である。簡単にいいかえると、この中隊は二回全滅したことになる。

沖縄戦は太平洋戦争を通じてもっとも血みどろの戦いであった。八二日間の戦闘で米軍の陸上兵力は七六一二名が戦死もしくは行方不明、三万一三一二名が負傷、二万六二一一名が戦闘疲労症となった。海上兵力の被害も深刻で、輸送や支援攻撃の任務中に四三二〇名が戦死し、七三一二名が負傷した。

第六海兵師団だけでも戦死傷者が八二二七名にのぼり、これは師団配下の三個歩兵連隊のうち三人に二人が戦列をはなれた計算になる。

シュガーローフが沖縄戦の戦況において重要な位置を占めていたことに疑問の余地はない。これは第一海兵師団のワナ・ドロウ（大名渓谷）の戦闘や、第七歩兵師団のロッキー・クラッグ（一四二高地：宜野湾《ぎのわん》市）、第九六歩兵師団のコニカル・ヒル（運玉森《うんたまむい》）、第七七師団のイシンミ・リッジ（石嶺《いしみね》高地）も同じことが言える。しかし、泥まみれで戦った前線の兵士たちにとっては、こうした戦闘は本のうえのお話ではない。

シュガーローフの類なき重要性は、日本軍の牛島満中将の首里防衛ラインの西端に位置していることから来ている。この場所を突破して那覇市を掌握できれば、日本軍の戦線は崩壊するか撤退を余儀なくされる。そのため、日本軍はいかなる犠牲をはらっても、この周辺の丘の支配権を維持しようと決死の覚悟で挑んできた。

米軍側の戦死傷者のリストは日本軍の成功と表裏一体である。このリストの増大は同時に沖縄戦における最大の論点を浮かび上がらせてきた。それは「アメリカ地上軍の最高司令官、サイモン・ボリビア・バクナー中将は、なぜ日本軍の防衛線の背後への上陸作戦を拒んだのか?」である。こうした上陸作戦の可能性については、陸軍、海兵隊の両軍の高官が何度となく主張したが、そのつどバクナー中将に拒否されつづけた。バクナーは、こうした米軍側の被害を減らし島の占領を早めるとした案を批判し、迂回戦術は好ましくないと反対した。今日でも、この論争に決着はついていない。

ここで本書を読むにあたって必要な部隊構成について述べておく。第六海兵師団が沖縄に上陸したさいは二万三八三二名の将兵からなっていた。師団は、それぞれ三四一二名の将兵からなる第四海兵連隊、第二二海兵連隊、第二九海兵連隊の三つの歩兵連隊（注1）と、それにくわえて、砲兵連隊、戦車大隊と、工兵部隊、憲兵部隊、輸送部隊などの支援部隊からなっていた。各歩兵連隊は三つの大隊（定員九九六名）で構成され、さらに大隊は三つの小銃中隊（定員二四二名）と司令部要員からなっていた。小銃中隊は、さらに三つの小銃小隊（定員四二名）と、機関銃小隊、六〇ミリ迫撃砲班から構成され、各小隊は一三名の小銃手からなる三個分隊と、小隊司令部で構成されていた。

戦闘はつねに混乱した状況下でおこなわれる。シュガーローフの戦いも例外ではない。直接的な目撃者の証言は変化し、場合によっては劇的に演出されたりもする。長い年月をへて想像上の話が、いつの間にか事実として記憶に残る場合もある。多くのケースでは、将校は公式に記録を残す前に戦死するか負傷して戦列をはなれてしまっている。

私の調査は、師団史研究者、個人の体験談、部隊報告書、特別活動報告書、さらに戦闘を記録したフィルムなどで行なった。しかし本書の核心は、シュガーローフでの戦闘を経験した約一〇〇人もの退役軍人へのインタビューである。とくに、今回のプロジェクトに関心をもって、予想をこえる援助と、ときには励ましすらあたえてくれたオーエン・ステビンス氏には大変感謝している。また、つねに「何が欲しい？」と受け身で聞かずに、私が「何を必要としているか？」を親身になって尋ねてくれた、第六海兵師団の広報責任者で、本書にたいする真の理解者でもあるビル・ピアース氏にも感謝の言葉を述べたい。

本書の調査をするにあたって、多くの元海兵隊員たちと親しくなった。背の高い者も低い者も、物静かな人物とも、にぎやかな人物とも、負傷した者とも、そうでない者とも。彼らの職業もさまざまだった。億万長者、元セールスマン、海兵隊の二人の将軍、医者、農夫、トラック運転手、教師、薬剤師、州の最高裁判事、二人の大臣、航空技術者、それに前科者まで。

彼らの職業はさまざまだが、一つの共通点があった。それは彼らがいまでも海兵隊に従軍したことを誇りに思っていることである。シュガーローフの戦いから五〇年が過ぎた今日でも、彼らは戦友たちの死を語るときには涙をうかべ、インタビューの終わりには嗚咽することもあった。彼は最後に「とにかく、ありのままを書き残してほしい。……どんな些細なことでもね。……そうしたら皆は理解してくれるはずだ」

私は自分なりのやり方で、シュガーローフ上で戦った不屈の海兵隊員たちに報いたいと考えてきた。

本書は、彼ら海兵隊員たちの物語である。

（注1）定員数には海軍所属の兵士の数もふくまれている。そのほとんどは衛生兵であり、一連隊に一一名の将校と、一三四名の衛生兵、一個大隊に二名の将校と四〇名の衛生兵、それ以外にも何名かの海軍所属の兵士がいた。

沖縄シュガーローフの戦い——目次

浅い眠りに陥っても、傍にいる私に聞こえるのは、
熾烈な戦争のうわごとばかり
シェークスピア　ヘンリー四世

本書を、ストーバル、コートニー、リトルビット・デービス、ラス、フィンケル、ハリー、ピナー、タッカー、ジル、ディーン、ダンカス、イングリッシュ、バーテルム、ストーニー・クレイグ、ペロー、バーネック、ネーロン、ムニア、コスタ、ウィットマン、コワルスキィ、マクドナルド、ローデン、ポセスキー、ハワード、メイヤーズ、シューマン、ウッドハウス、ハーウィック、シロスキー、ゴフ、コンチ、クルスメイヤー、アルバーノ、アイリッシュ・ジョージ・マーフィー、ウィルモット、ムルーニー、オウテン、クレン、ドイル、アレン、ジラード、ウォレンス、マッキー、コーマー、ドネル、ザック、それに故郷に戻れなかった全ての者、また彼らと共に戦い、自分自身の身を捧げた全ての戦友たちに捧げる。
Semper Fidelies（常に忠実であれ）

第6海兵師団の戦死傷者2000名以上。5月12日から18日にわたる熾烈な戦闘が終結した後
北側から撮影されたシュガーローフヒル。砲爆撃により穴だらけ、禿山同然となっている

アムトラックに収容される海兵隊員の遺体。5月10日の安謝川渡河の戦闘で戦死したもの

弾帯を肩に、シュガーローフをめぐる戦闘で配置につこうとしている第22海兵連隊L中隊、機関銃班の兵士たち(上)。右の写真は5月17日の戦闘で、ハーフムーンとシュガーローフヒルの間を走る軽便鉄道の線路にそって進撃する戦車と、それにつづく第29海兵連隊第一大隊の兵士たち

日本軍からの射撃をさえぎる小山のかげで、負傷した兵士が衛生兵から治療を受けている

星条旗の下、埋葬班の兵士が沖縄南部戦線で戦死した海兵隊員の確認作業を行なっている

第6海兵師団の幕僚たち——左からウィリアムス中佐、クルラック大佐シェファード師団長(少将)、クレメント准将、マックイーン大佐の面々

5月17日、シュナイダー大佐(右)から第22海兵連隊の指揮権をひきつぐH・ロバーツ大佐

オーエン・ステンビス大尉(左)とマラッシュ曹長

左より第22海兵連隊第2大隊長・ウッドハウス中佐。K中隊レイ・ジレスピー軍曹。G中隊ジェームス・チェイソン一等兵

左より大隊幕僚ヘンリー・コートニー少佐。F中隊長エド・ペズリー中尉。クリンゲンハーゲン二等兵。右端アール・カーネット伍長

フランシス・スミス少尉(左)
ドナルド・ケリー二等兵

第22海兵連隊K中隊の機関銃班——左から、レイ・シンドラー、レイ・キンマン、ジェームス・ウォーレン

第4海兵連隊L中隊の機関銃班——銃を前に左からポール・ユーリッヒ、カル・フロスト、ジョージ・ストーバル

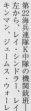

シュガーローフ東端に展開する戦車隊。後方はハーフムーンからさらに首里高地が見える

シュガーローフの頂上から見下ろした“殺戮の平野部”。彼ら海兵隊員たちは、この開けた場所で、日本軍の銃弾や手榴弾に身をさらしながら、攻撃を続行しなければならなかった

第29海兵連隊Ｄ中隊が掌握したシュガーローフヒルの北側斜面に散乱する補給品や廃棄物

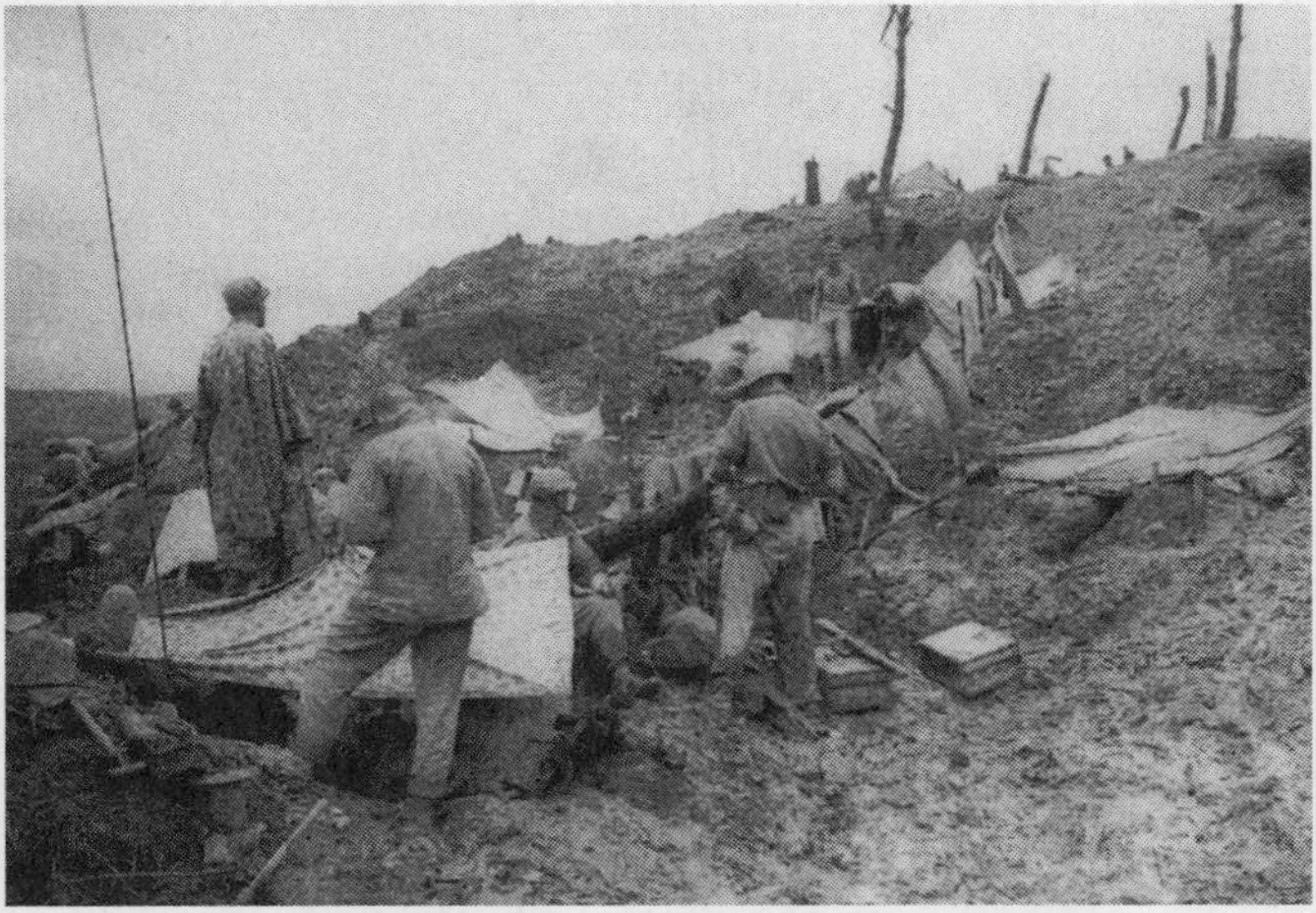

掌握したシュガーローフの北側斜面に、テントを張るなど宿営地を構築する海兵隊員たち

占領して間もなく、凄惨な戦闘を物語るシュガーローフヒルを視察する第6海兵師団長レミュエル・C・シェファード少将(左)と、随行した師団参謀のビクター・クルラック大佐

5月17日、砲爆撃により荒廃した戦場を攻撃に向かう海兵隊員たち

写真提供/文殊社・米国立公文書館
雑誌「丸」編集部・訳者

本部（もとぶ）半島
八重岳
名護（なご）
東シナ海
太平洋
読谷（よみたん）飛行場
米軍上陸地点
1945年（昭和20年）4月1日
渡具知（とぐち）
嘉手納（かでな）飛行場
首里
那覇
港川（みなとがわ）
陽動上陸作戦
1945年4月1日
Okinawa

沖縄　シュガーローフの戦い

――米海兵隊地獄の7日間

第一章　沖縄戦

一九四五年（昭和二〇年）四月一七日、沖縄の狭い道を、茶色に薄汚れたアメリカ陸軍のトラックがエンジン音を響かせながら、ゆっくりと走ってきた。荷台には土埃をかぶった荷物が積まれていた。その荷物は死体だった。死体は緑色の洗濯物のかたまりのように、それぞれがきちんと束ねられ荷台に無造作につまれていた。

沖縄では、死体は日常的な光景の一部だった。過去二週間で数千名もの男たちが地上や海上の戦闘で命を落としていた。トラックの荷台につまれている緑色のつや消し素材でできた毛布につつまれた不運な男たちは、米国海軍の駆逐艦、USSラフィーの水兵たちだった。

この前日、沖縄侵攻作戦で哨戒任務中だったラフィーは、カミカゼ特攻隊の波状攻撃をうけた。爆弾が炸裂し六機の特攻機の突入をうけ痛打されたラフィーは、奇跡的にも、この七九分間の戦闘で沈没をまぬがれることができた。損失（つねに数字で処理される）は、三一名の水兵が戦死または行方不明となり、七二名が負傷した。こうしてラフィーの乗組員の遺体は沖縄本島西海岸の投錨地に近い第六海兵師団の墓地に埋葬されることになった。トラックの運転席には、生きている人間が乗っていた。運転手は陸軍の伍長で、それに二人の海軍士官が同乗し、そのうちの一人は従軍牧師だった。トラックが墓地で停車すると、前にひろがる光景に伍長は驚嘆の声を上げた。「たまげたね。いままで、こんなにたくさんの死人を見たことがないよ。埋めるのが間に合わないみたいだ」

彼の言葉のとおり、沖縄の赤い土の上には多数の死体が四列に並んでいた。埋葬班の兵士は一〇〇体分先の場所から運んできた死体を並べるように指示したが、この数は、ここまでに並んでいる死体の数よりも多かった。ラフィーの水兵の戦死体は第四列目に並べられた。戦死した水兵たちの認識票が、空の酒瓶に入れられ、それぞれの軍服の内側につつみ込まれた。

「神は我らを導き、守りたもう……」と従軍神父は唱えはじめた。「大地は引き裂かれ、山は崩れ、海に飲み込まれる。灰は灰となり、ちりはちりとなり……」そのとき、近くに砲弾が着弾し、大きな炸裂音を上げ、ここが戦場の真ん中であることを皆に思い起こさせた。

地上と海上を舞台にした殺戮《さつりく》合戦は、まだ始まったばかりだった。

作戦計画の観点に立つと、この第六海兵師団墓地へいたる道は、すでに七ヵ月前からはじまっていた。米軍の作戦計画は、一九四四年（昭和一九年）の中ごろまで、日本本土進攻に先立って台湾を攻略することになっていた。しかし中部太平洋軍司令官のニミッツ提督らが、台湾進攻作戦は太平洋全域における部隊展開の面から、計画は非現実的で不必要であると強硬に主張したため、この年の九月に統合参謀本部でおこなわれた三日間の激論の末、この作戦は白紙にもどされた。この計画撤回のかわりにニミッツらが提案した計画は、南西太平洋軍司令官のマッカーサーに、フィリピンのルソン島にある首都マニラ解放作戦の許可と、自身の中部太平洋軍による琉球諸島の沖縄と小笠原諸島の硫黄島を攻略し、日本軍の石油輸送ルートを遮断するとともに、日本本土への進撃路を確保することだった。

統合参謀本部では、議論をかさねた末に最終的にこのニミッツの計画を了承した。中部太平洋軍は硫黄島および沖縄進攻作戦を担当し、マッカーサーは、レイテ、ルソンをふくむフィリピン全土の占領をうけ持つことになった。当初の暫定的な攻略スケジュールは一九四四年一二月二〇日にルソン、一九四五年一月二〇日に硫黄島、一九四五年三月一日に沖縄となった。この後、輸送にからむ計画の遅れから沖縄への攻撃は一九四五年四月一日に再調整された。

コードネーム「アイスバーグ」と名づけられた沖縄進攻作戦は、最終的に五四万八千人の将兵と一五〇〇隻の艦船を動員する計画で、攻撃実施初日の兵力一八万二千人だけを見ても、この一年前に実施されたノルマンディ上陸作戦のDデイを七万五千人も上まわる大規模な作戦だった。

第五艦隊司令長官R・A・スプルーアンス提督が、ニミッツの戦略をもとに具体的な作戦計画の立案を担当し、太平洋艦隊水陸両用軍団司令官、リッチモンド・ケリー・ターナー中将が合同遠征軍の司令官に任命された。また、サイモン・B・バクナー中将が第一〇軍司令官となり、上陸以降の作戦の司令官となった。ロイ・S・ガイガー少将率いる第三水陸両用軍団が北部上陸部隊、ジョン・R・ホッジ少将率いる第二四軍団が南部上陸部隊となり上陸軍を構成していた。第三水陸両用軍団は、第一海兵師団（ペデロ・A・デルバレ少将）と第六海兵師団（レミュエル・C・シェファードJr少将）からなっていた。

一方、第二四軍団は第九六歩兵師団（ジェームス・ブラッドレー少将）と第七歩兵師団（アーチバルド・V・アーノルド少将）からなっていた。第七七歩兵師団（アンドリュー・D・ブルース少将）と第二海兵師団（トーマス・E・ワトソン少将）は陽動任務軍として南西諸島攻撃部隊となり、第二七歩兵師団（W・グライナー少将）はバクナーの軍団の予備兵力として、洋上で待機することになった。また同様に第八一歩兵師団（ポール・ムエラー少将）もニミッツ提督の指揮下での予備兵力となった。

沖縄に向かっていた多くの男たちにとって、〝オキナワ〟という名前すら聞いたこともない者がほとんどだった。この地を最初に訪問したアメリカ人は、一八五三年に米国艦船のための寄航地の提供を申し入れたマシュー・ペリー提督であった。沖縄は琉球諸島の中央に位置しており、日本本土の九州から六五〇キロ、台湾からは六〇〇キロ、上海からは八〇〇キロの距離にある。この琉球諸島最大の沖縄本島は、艦船の補給基地としても、航空基地としても、日本本土進攻にさいしては理想的な場所に位置していた。

沖縄は、ロードアイランド州の約三倍の大きさで南北に一〇〇キロ、東シナ海に突き出た本部《もとぶ》半島のある場所がもっとも幅広く三〇キロであった。そのすぐ下には、石川地峡があり幅はわずか三キロしかなかった。

一九四四年（昭和一九年）、石川地峡は地理的に狭くなっている場所としてではなく、軍の作戦計画により二つの異なる区域の境界線としての意味を持つようになっていた。この地峡から北部は、沖縄の面積の三分の二をしめるものの、山岳地帯で深い森におおわれ、沿岸部は切りたった断崖のため人口密度も低かった。

一方の南部は対照的に、地峡のすぐ南側の起伏が激しいが木々におおわれている以外は、急斜面や渓谷があるものの、高さが一五〇メートルを超える高地はまれだった。芋、さときび、米などの耕地化が進み、島全体の人口三分の二が集中していた。また沖縄の県都の那覇市も南側にあり、商業地区の中心と最大の港湾施設も有していた。

米軍の侵攻作戦の時点で、沖縄の人口は五〇万人で、そのほとんどが農民だった。一八七九年（明治一二年）に日本は、軍隊と警官を派遣して鹿児島県に編入することにより、事実上、中央集権的近代国家、日本の一部となり、日本陸軍にも数千人の沖縄出身者がくわわったが、多くの日本人の間には沖縄人にたいする差別意識が根強かった。古くから琉球王国は中国の属国としての歴史が長く、それは言語にもあらわれていた。日本語に似ている部分もあるが、舌の使いかたなどは大きく異なっていた。また顔つきや体格なども日本人とは異なっていた。丘陵の中腹などに散在した亀甲墓は中国南東部の影響を強くうけており、戦闘時には、日米両軍が簡易トーチカや退避壕などとして利用した。

一九三九年（昭和一四年）の後期に、日本軍は沖縄の那覇市近郊に小さな海軍基地と、そのすぐ南に海軍の飛行場を建設した。その後、一九四一年（昭和一六年）に数百名からなる砲兵が配置された。これらの部隊とともに、軽装備の数個中隊の将兵と、海軍の基地警備要員などが配備され、この後三年間にわたって島の要塞化にはげんだ。

一九四四年（昭和一九年）の春になり、米軍が日本本土に近づきつつあったため、大本営は琉球諸島防衛のために第三二軍を創設し、その司令部を沖縄に置いた。その年の六月には、サイパン島が陥落、グアム島への侵攻作戦もせまっており、沖縄では、陸上、海上、航空兵力の増強が急ピッチで進みだした。

六月二九日、この増強部隊の一つ独立混成第四四旅団をのせた富山丸は、米国の潜水艦USSスタージョンに撃沈され、旅団の三分の二にあたる四千名もの将兵を失った。大本営は急遽、独立混成第一五連隊を編成し空路で那覇へ派遣した。さらに海路でも第九師団、第二四師団、第六二師団が到着したが、第九師団はのちに台湾へ送られた。八月に満州から到着した第二四師団は沖縄召集兵を数千人ふくむ一万二千名の将兵で構成されていた。また六月に到着した第六二師団は、主に歩兵で構成される一万二千名の将兵からなり、河南省北部の戦線で中国軍相手の戦闘経験があった。

大本営は、こうして強化した第三二軍の司令官に五七歳の牛島満中将を任命した。物静かでひかえめな父親のような性格の牛島は、中国戦線で歩兵師団の指揮官をつとめた経験があり、部下からは尊敬されていた。第三二軍司令官に赴任する直前まで、座間の陸軍士官学校の校長をつとめていた。一方、副官で参謀長の長勇少将は、物静かな牛島と対照的に短気で攻撃的な性格だった。長は大酒飲みで女好きでもあり、盲目的な愛国主義者で扇動的な性格は、牛島の手に余ることも多かった。

もう一人、指揮の中枢人物として、作戦参謀の八原博通大佐がいる。周囲からは「謹厳な人物」と評されていた四二歳の将校は、理性的で知的な、欧米型の思考をもった人物だった。彼は一九二三年（大正一二年）に陸軍大学校を首席で卒業し、アメリカに留学した経験をもっていた。その後、マレー進攻作戦などで作戦参謀を歴任し、理詰めで地味だが、確実に成功する戦術をとなえる、日本では異端の指揮官でもあり、のちに米軍は彼の戦術に苦戦することになった。

七月、大本営はサイパン島の陥落をうけて、台湾、琉球諸島、小笠原諸島のいずれかが一九四五年の春までに米軍に攻撃されることを確信しており、それが牛島や、長の沖縄派遣にあらわれていた。この予想は、一九四五年二月の硫黄島進攻作戦により現実のものとなってきた。すでに上陸作戦まで六週間とせまった沖縄では、牛島中将は一〇万人の将兵を指揮下に擁していた。これには第三二軍の正規の陸軍部隊（歩兵第二四、第六二師団と、再編成された独立混成第四四旅団）六万七千名と、海軍の地上部隊九千名、それに防衛隊と呼ばれた、地元沖縄の義勇兵二万四千人からなっていた。

こうした、手持ちの兵力の多さにもかかわらず、一二月の第九師団の台湾転出などもあり、牛島は米軍を打ちやぶる望みをほとんど失っていた。彼らは米軍の日本本土攻略への時間稼ぎにすぎず、自らの命を代償に、米軍に可能なかぎり多大な出血をしいる覚悟でいた。地上戦闘が長びけば、米軍の艦隊を洋上に釘づけにし、カミカゼ特攻隊の自殺攻撃で撃退することができると考えていた。陸上兵力を孤立化できれば戦闘を膠着状態にもちこみ、日本本土攻撃計画を断念させることができるかもしれなかった。

この方針は、前線の兵士たちの戦闘方法にも一貫してあらわれていた。ここまでの二年半で、日本軍は米軍の圧倒的な火力を目のあたりにしており、牛島も将兵の無用な消耗は避けるつもりでいた。

地下にもぐった日本軍の能力の高さは、すでにペリリュー攻防戦や、硫黄島で立証されたように、攻撃側の米軍に多大な出血を強いていた。牛島も、米軍側の火力がまさる水際での撃滅をあきらめて、そのかわり、内陸部に強固な陣地を構築して米軍を向かえ討つつもりでいた。

沖縄の北部には日本軍はほとんど戦力を配置していなかった。牛島は彼の主戦力を南部での戦いのために温存していたのだ。沖縄の琉球王朝時代の首都、首里城の五キロほど北方にある嘉数高地を外縁として、三つの連続した防衛ラインを構築していた。第三二軍の主防衛ラインは、島の内陸部に壁のように丘や渓谷が連続している那覇市のすぐ北側で、首里から東海岸の与那原につづくラインに設定された。三番目の防衛ラインは糸満から、与座岳と八重瀬岳を通って具志頭《ぐしがみ》の集落にいたるラインに設定されていた。

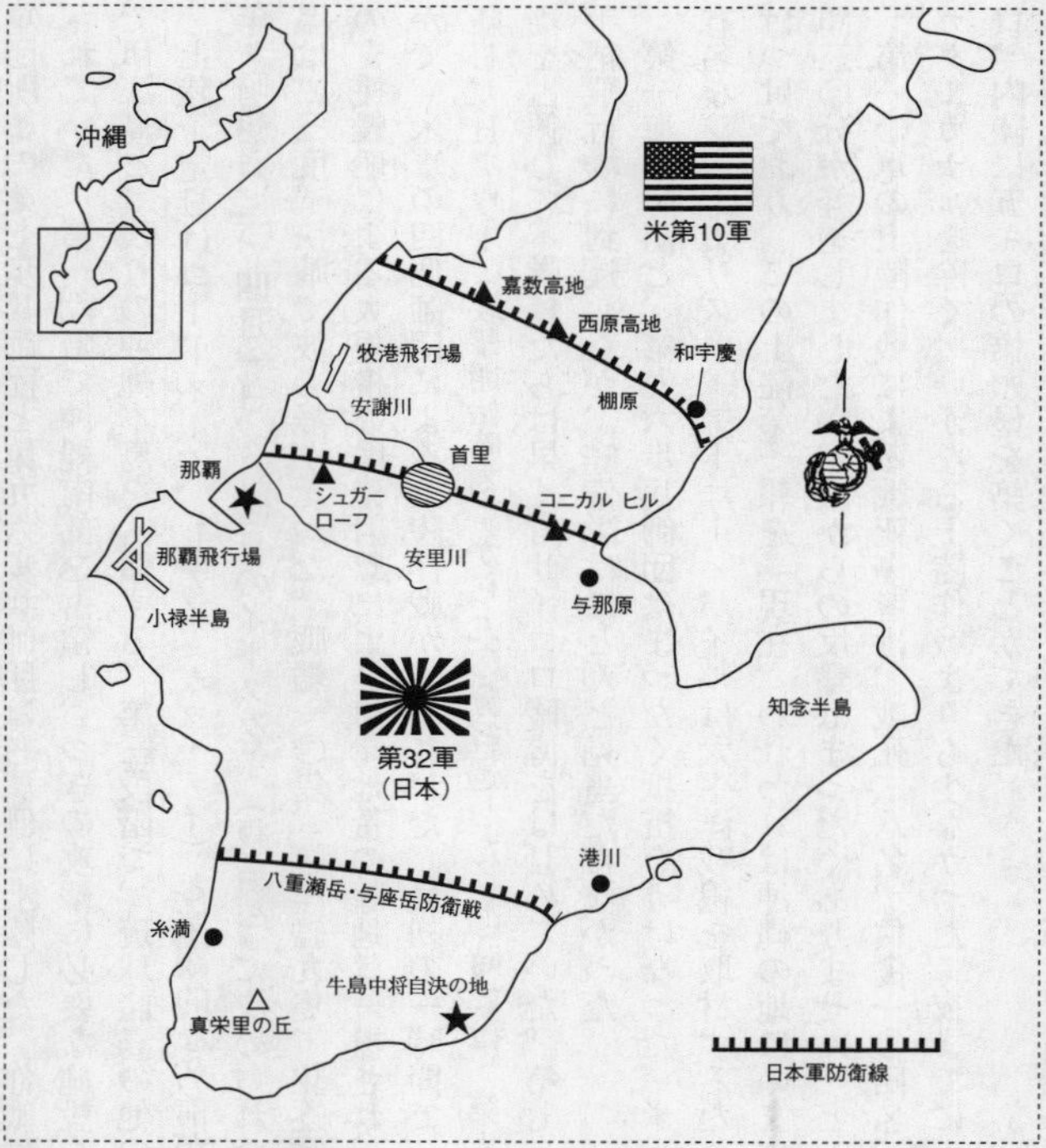

牛島の第三二軍は、来るべき戦闘で兵士たちを鼓舞するために、標語をつくり示達していた。

「一機一艦船」「一艇一船」「一人十殺一戦車」

牛島中将の予想どおり、米軍は上陸地点を那覇市から一六キロ北で、石川地峡のすぐ南に位置する西海岸の兼久《かねく》海岸に決定した。第三水陸両用軍団所属の第一海兵師団と第六海兵師団は左翼、第二四軍団所属の第七歩兵師団と第九六歩兵師団は右翼側に上陸した。作戦は三つの段階から構成されていた。第一段階で沖縄南部を占領し、つぎの攻撃に必要な施設を確保する。第二段階で伊江島と、残りの沖縄本島を占領する。第三段階で、琉球諸島の他の島々を占領する。

上陸予定日はコードネーム、Lデイ（ラブ・デイ）と楽観的な名前がつけられ、一九四五年（昭和二〇年）四月一日、日曜日のイースター（復活祭）に決められた。上陸作戦当日、気温は二三度、快晴で波も静かだった。戦艦一〇隻、巡洋艦九隻、駆逐艦二三隻と、さらに他の支援艦船による大規模な艦砲射撃により海岸地帯の陣地は一掃され、事実上、無抵抗のなかで、米軍の四個師団による上陸作戦が実施された。最初の一時間で一万六千名の将兵が上陸し、Hアワー（攻撃開始時刻）から九〇分経過した一〇時には、第六海兵師団は読谷《よみたん》飛行場を占領して、隊員たちは早くもサイコロ賭博をはじめていた。第七歩兵師団の斥候隊も嘉《か》手納《でな》飛行場に到達したが、守備隊はほとんど見当たらなかった。

第一海兵師団と、第九六歩兵師団はまったく抵抗をうけなった。米兵たちに人気があった有名なジャーナリスト、アーニー・パイルは太平洋戦線を取材するためにヨーロッパから駆けつけており、この上陸第一報を「現在、われわれは沖縄の地にいます。作戦開始から一時間三〇分が経過しましたが、敵からの反撃はまったくありません」とレポートした。

第一〇軍の上陸作戦による戦死傷者は、戦死二八名、負傷一〇四名、行方不明二七名で、ガダルカナルを除く、いかなる上陸作戦よりも少なかった。夜までに上陸部隊は、幅一二キロ、内陸に五キロの橋頭堡を築くことができた。

こうした幸運な日々はその後、数日間つづいた。Lデイの翌日には、米軍部隊は沖縄本島を分断し、四月三日には攻撃部隊は南部と北部に向けて進攻を開始した。ほとんどの抵抗は、地元の郷土防衛隊によるもので、簡単に撃退することができた、また正規の陸軍部隊の存在はほとんど確認されなかった。北部を担当した第三水陸両用軍団の進撃は目覚しいものがあった。四月三日までに、第一海兵師団の進撃スピードはアイスバーグ作戦当初の計画よりも八日から一三日も早く、一方、第六海兵師団も一二日間も計画より早く進んでいた。

沖縄遠征部隊の総司令官、サイモン・B・バクナー中将は、海兵隊に関しては部隊の意志で自由行動ができるようにした。海兵隊の正面では、軽微な抵抗しかなかったため、第三水陸両用軍団のロイ・ガイガー少将は「北部への前進は、何の障害もない」と述べた。実際、北部への進攻はまったく障害がないわけではなかった。日本軍守備隊で「宇土部隊」の将兵一五〇〇名が標高五〇〇メートルの八重岳に中規模の砲兵隊とともに防御陣地を構築しており、第六海兵師団と交戦したが最終的に四月一六日に組織的な抵抗は終焉した。この戦闘で海兵隊は二〇七名が戦死、七五七名が負傷、六名が行方不明となった。一方で日本軍は、二千名を超える戦死者を出した。

こうした北部での順調な進展は南部方向に侵攻していた米軍を後押しし、第二四軍団も予定どおりのスケジュールで前進していた。予定では、上陸から一〇日後に到達する地点に、早くも四月四日に到着したことから、戦死傷者の数は当初の予定を大幅に下まわるのではないかとの楽観的な見通しもひろがりはじめた。

四月八日、ターナー中将はニミッツ提督に、楽天的な電文を送った。「もしかしたら、私の頭がおかしくなったのかもしれないが、当地における日本軍は戦闘を行なう意志がない模様である」これに対しニミッツ提督は「〝頭がおかしくなった〟以降の文章は削除すべし」と返答した。

ニミッツからの返信は予言めいていた。この翌日、米第九六歩兵師団は牛島中将の強固な防衛ラインの外縁に位置する嘉数高地に到達した。日本軍第三二軍の司令部が置かれている首里の北三キロに位置し、珊瑚岩が隆起している荒々しい地面の嘉数高地には、原宗辰大佐率いる独立歩兵第一三大隊が陣地を構築しており、米軍の二個大隊からなる正面攻撃を撃退した。戦闘に参加した米陸軍九六歩兵師団三八三歩兵連隊の戦闘部隊は、二三名の戦死と四七名の行方不明者をふくむ三二六名の戦死傷者を出した。とくに高地攻撃を主導した第一大隊の損害は激しかったが、日本軍はびくともしなかった。

嘉数高地は真の沖縄戦のはじまりに過ぎなかった。これにつづく四月九日から一二日にかけて、高地に攻撃をおこなった九六師団は、何度となく撃退された。同様に和宇慶《わうけ》高地に攻撃をおこなった第七歩兵師団も、攻撃と撤退を繰り返した。両師団を合わせた損害は、四五一名の戦死をふくむ二八八〇名の戦死傷者にのぼった。

とくに四月一九日に実施された、第九六、第七、第二七歩兵師団による大規模攻勢は惨敗に終わり、この戦闘で嘉数高地に攻撃を実施した第二七師団は保有していた三〇輌の戦車のうち、二二輌を失った。

これにつづく二週間もの間、米軍の攻撃は完全に行きづまったように見えたが、最終的に、四月二三日になって、第九六師団は棚原《たなばる》から西原《にしばる》にかけた稜線を確保することができた。しかし、この成功は九九名の戦死、一九名の行方不明をふくむ七八九名の戦死傷者の大きな対価を支払うことになった。

この間、第二七師団も「アイテム・ポケット」と呼ばれる日本軍の防衛拠点で四月二〇日から足止めを喰らっていた。米兵たちは、この狭い地域を確保するのに五日間を要し、さらに三日かけて頑強に抵抗する日本兵の掃討作戦を行なわなければならなかった。戦死傷者の数はうなぎのぼりにふえ、一時は二個中隊が包囲されパニックに陥ったものの、最終的に攻撃は成功した。

四月二三日に、この首里防衛ラインの外郭が突破されたことにより、日本軍はすばやくつぎの防衛拠点まで三キロメートルほど後退して再編するとともに、米軍の猛攻にそなえた。これが首里－与那原防衛ラインである。

牛島中将の司令部は、一六世紀に築城された、琉球王朝の居城であった首里城の地下五〇メートルのトンネル内に置かれていた。主防衛線は、約一〇キロメートルに渡り沖縄本島を横断しており、首里城を中心に西は安謝川、東は与那原まで伸びていた。複雑につながったトンネルや洞窟が、火力拠点や兵舎として機能していた。ある帰還兵は、この防衛線の様子を『土に埋まった戦艦のようだった』と述べた。

事実上、米軍の砲撃や艦砲射撃はまったく役に立たなかった。それぞれの火力拠点は、相互支援するように配置されており、武器・弾薬も豊富だった。ある一キロメートルにも満たない防衛区間には、二門の榴弾砲、二門の重迫撃砲、六門の山砲、七門の速射砲、四一梃の重機関銃、八三梃の軽機関銃、一六門の軽迫撃砲が配置されていた。これらの砲は、洞窟内に隠され、軌道上に乗せられているものもあり、射撃のときだけ外に引っ張り出され、射撃が終了すると、反撃される前にもとの場所にもどされた。

牛島中将は配下の兵士たちに「敵はわれわれよりも強いことを肝に念じよ。敵の兵器はすぐれているのは疑いの余地もない事実である。近代戦において圧倒的な物量を精神力のみで克服することはできない。科学的な根拠にもとづき、戦術を工夫し、その上で精神力を高めよ」と訓示した。

海軍の将兵も、激しいカミカゼ特攻隊の攻撃に悩まされていた。沖縄戦がはじまる前の三月一九日には、早くも空母フランクリンが特攻機の直撃をうけて大破し七二四名の乗員が戦死した。同じ日、空母ワスプも沈没し、一〇一名が戦死、二六九名が負傷した。四月一日の上陸後は、艦艇の損害は急増し、海軍将兵の戦死傷者の数は恐るべき速さで上がっていった。

輸送船ディッカーソン・沈没、LST447・沈没、駆逐艦ブッシュ・沈没、駆逐艦コローン・沈没、機雷敷設船エモンス・沈没、戦艦テネシー・大破。こうして、リストはどんどん追記されていった。四月一日から二二日までの間だけで、特攻機の攻撃により、沈没もしくは大破した艦船の数は六〇隻をこえ、人的損害も戦死者一一〇〇名、負傷者は二千名に達していた。

四月二三日、損害のあまりの大きさに悲鳴を上げたニミッツ海軍提督は、バクナー司令官と会談をおこなうために急遽、グアムから沖縄に飛んだ。この頃、海軍や海兵隊の将校たちの間では、バクナーの作戦は慎重すぎて、積極性に乏しいとの不満がくすぶっていた。ニミッツもこうした不満をうけて、作戦をスピードアップさせて、なるべく早く彼の艦隊を任務から解放するように申し入れるためであった。

五八歳で、血色のよい顔をした大柄のバクナーは、ケンタッキー出身で士官学校の教官としての長いキャリアにくわえ、その着実な戦法と能力で周囲から尊敬の念をあつめていた。彼は別にリスクを取らない戦術を好んでいるわけではなく、圧倒的な物量で正面から突破する方法を好んでいた。

一九〇八年にウェストポイントを卒業したバクナーは、一九四〇年には准将に昇進し、沖縄戦の二年前には中将にまでなっていた。彼は軍人の家系にうまれ、父親も南軍の将軍として南北戦争に従軍し、戦後はケンタッキー州の知事になっていた。彼自身もウェストポイント士官学校の校長時代には、その厳格な性格がもっぱらの評判で、一九四三年には司令官として米軍のアリューシャン列島攻略作戦を成功させた。彼はニミッツからの、スピードアップの申し入れにたいしても、臆することなく陸上での作戦は自分の管轄であり、ニミッツの助言がなくても作戦はうまくいっていると跳ねつけた。

普段は物分かりのよいニミッツも、この時ばかりは激高し「俺は、毎日二隻ずつ船を沈められている」と怒鳴り「もし、このまま戦線が五日以上も膠着するようであれば、だれか別の人物を司令官にして、戦線を進めてもらうつもりだ。そうすれば、私の艦隊も、あの、いまいましいカミカゼ攻撃から解放される」と反論した。

この時点で、ニミッツもバクナーも正面攻撃にかわる作戦上の選択肢を思いうかべていた。その選択肢とは、日本軍の戦線の背後への上陸作戦である。海兵隊司令官のバンダーグリフトは、第三水陸両用軍団（ⅢＡＣ）の予備で、沖縄戦上陸当日に陽動部隊として沖縄南東部海上に展開し、現在はサイパンで待機中の第二海兵師団が、この上陸作戦に使えるはずだと主張し、首里防衛線後方の中城湾《なかぐすくわん》に上陸するか、もっと日本軍の戦線後方の奥深くに位置する港川《みなとがわ》近辺に上陸できるのではないかと考えていた。第三水陸両用軍団の司令官ガイガーも、この計画に賛同した。

ニミッツの幕僚のフォレスト・シャーマン海軍提督は、サイパンから部隊を輸送するには時間がかかりすぎると異論をとなえた。これに対しバンダーグリフトは、最近、部隊を訪問したが第二海兵師団は六時間あれば準備がととのうとシャーマンに保障したものの、シャーマンは納得していないようであった。「バクナーも、あまり関心を示さなかった」と、バンダーグリフトは後に語った。

バクナーがこうした膠着した戦線にたいして作戦上の提案をうけるのは、これが初めてではなかった。強固な日本軍の陣地にたいしての正面攻撃で、部隊が消耗していくさまを目のあたりにした指揮官たちの間でも、首里防衛ラインの背後への上陸をとなえるものも多かった。第七七歩兵師団のアンドリュー・D・ブルース将軍はレイテから沖縄へ航行しているさいにすでに、こうした作戦を提唱していた。第七七歩兵師団はレイテ島の作戦で、オムロックの日本軍防衛線の背後に上陸し大成功をおさめた成功体験を再現したいと願っていたのだ。四月の終わりに第七七歩兵師団は沖縄本島沖合にある伊江島攻略作戦を完了させると、ブルースは第七七歩兵師団を沖縄南東部の港川の北の海岸に上陸させるよう提言した。この場所は、もともと沖縄侵攻作戦の上陸候補地点の一つだった。ブルースは上陸軍が一〇日以内に、北側の主戦線の本隊と合流できることが成功の条件であると考えていた。

第六海兵師団のレミュエル・シェファード将軍も海兵隊をつかった上陸作戦を提唱していた。彼は中城湾南東部への第二海兵師団をつかった単純な陽動上陸作戦で充分であり「とくに奥深く進軍する必要はなく、橋頭堡を構築するだけで目的は達成できる」とバクナーに進言した。「この作戦により、日本軍は主抵抗線から、部隊を後方に引き抜かなくてはならなくなる」と彼は唱えた。これに対しバクナーは「作戦の規模が大きすぎる」とし「弾薬の補給がつづかない」と反論した。

シェファードは、第二海兵師団なら外部の補給支援がなくても三〇日間は持ちこたえられるとし「彼らならやれる。やらせて欲しい」と懇願した。しかしバクナーは、第二の戦線をつくり出すと兵站システムが崩壊しかねないと首を縦に振ることはなかった。カミカゼ特攻隊に二隻の弾薬補給船を沈められてしまったため、弾薬不足が第二の戦線に深刻な影響をおよぼすことは必至と思われた。さらに、第二海兵師団は、この後予定されている沖縄の北にある喜界島《きかいじま》への上陸作戦に必要であった。また港川近辺の海岸は絶壁にこばまれており、敵の砲兵隊の眼下に上陸するのは自殺行為であると考えていた。第一〇軍の諜報部門は日本軍の歩兵第二四師団と、独立混成第四四旅団が予備部隊として沖縄南部に配置されており、南部への上陸作戦に迅速に対応できる模様であると報告していた。バクナーは「そんなことをしたら、アンツィオ上陸作戦と一緒だ。いやもっと酷い状況になる」と説いた。

当時、米第七七歩兵師団は作戦に利用可能な状況ではあったが、戦死傷者の数が多く、消耗しきっていた。それ以外の三個歩兵師団はすべて戦線に張りついていた。(注1／1)

このころ、多くの米兵が戦闘疲労による神経症に悩まされており、第一〇軍では、一つの野戦病院を丸ごと、この患者のために割り当てていた。バクナーは、新たな上陸作戦などおこなわなくても、戦車、火炎放射器、艦砲射撃、猛烈な砲撃に、新たな部隊の投入で、最終的には日本軍の戦線を正面から突破できるとふんでいた。ニミッツも、このバクナーの作戦に注意ぶかく耳をかたむけ、最終的に「この方法がもっとも早く目的を達成できる」と納得した。(注1／2)

こうして選択された、バクナーによる用心ぶかい作戦計画は、まさに牛島が望んでいた通りの計画でもあった。日本軍が陣地を構築し、ひたすら待ちの姿勢をとっている以上、奇襲作戦の余地はなかった。また、防衛線は沿岸部から沿岸部へ貫くかたちで構築されたため、側面攻撃の余地もなかった。牛島中将と幕僚による日本軍の防衛計画では、米軍の上陸作戦の予想地点として、知念半島か、南部の海岸が想定されており、これに対処するために、歩兵第二四師団と独立混成第四四旅団が配置されていた。

しかし皮肉なことに、バクナーが「アンツィオの再来」を恐れていたころ、牛島中将は、もはや米軍の強襲上陸作戦はないと判断しており、四月二二日までに歩兵第二四師団と、独立混成第四四旅団の両方の部隊は、首里防衛線を強化するために移動することになった。この部隊移動は、秘密裏におこなわれ米軍側に察知されなかった。ようやく四月二六日から二八日ころになって、米第二四軍団のG-3（作戦部）のゲハード大佐が、この数日間の前線での戦闘で歩兵第二四師団の将兵がふくまれている事実を確認していた。これは、最前線で消耗した部隊にかわって、第二四師団が投入されていることを示しており、ゲハードは部隊が首里防衛線に引きぬかれた南部は、防御が手薄になっており上陸作戦の好機であると考えた。そして、海兵隊を港川付近の海岸に上陸させることを上申した。このアイデアはすぐに第一〇軍司令部のホッジ将軍をへて提案されたが、バクナーは兵站上の理由により、またしても即座に拒否した。

戦後、日本軍の八原作戦参謀は米軍の尋問官にたいして「四月の終わりころまでは、南部へのいかなる上陸も撃退できるだけの部隊が温存されていたが、（五月までには）南部海岸の防衛の望みはなくなっていた。とくに五月以降は、形ばかりの抵抗線すら張ることもできなくなっており、米軍がなぜ上陸作戦を行なわないのかは、第三二軍の幕僚の間でも謎だった」と語った。米陸軍の戦史研究家は後に「（日本軍の間で）明らかになってきた事実とは、米第一〇軍は、素早い勝利をみちびく危険な南部への上陸作戦はおこなわずに、首里防衛線を消耗させながら、なるべく楽に勝利を手にする方法を選択している」と記した。

このバクナーが、戦況を一気に変える可能性がある日本軍防衛線の背後への強襲上陸の提案を拒否したのは歴史上の転機であった。彼がもう少し周囲の提案へ許容力があったならどうなっていただろう。実際、バクナーがとった首里防衛線への正面からの両翼包囲作戦は、決して楽な作戦ではなかった。彼のとった作戦は後に米国の新聞などのメディアから「大失敗」とか「パールハーバー以上の軍事上の無能な作戦の悪例」と酷評された。戦死者の数も多かったかもしれない。

バクナーは首里防衛線への攻撃体制を一新させて、沖縄北部を予定よりも早く攻略した第三水陸両用軍団所属の海兵隊を投入することにした。米第一二軍団が、沖縄侵攻作戦の第一段階を完了する前に、海兵隊はすでに計画の第二段階を完了していた。四月二八日、バクナーは第三水陸両用軍の第一海兵師団にたいして、三日以内に戦線の西翼をになう第二七歩兵師団と交代するようにつげた。それに引きつづき、五月八日に第三水陸両用軍団が戦線全体に投入され、第六海兵師団も一端をになうことになった。

この時、牛島中将も大きな失敗をおかした。四月二九日、長参謀長に強引に説得され、大規模な反撃作戦を了承してしまったのだ。八原大佐だけが「圧倒的に強力な敵にたいして、劣っている我が軍が攻撃を仕かけるのは、無謀きわまりない。敗北は目に見えている」と強硬に反対した。

八原は、これまで長期化させた戦闘で、米軍は甚大な損害をこうむっており、一方、日本軍の防衛の主力部隊は無傷で温存されている。さらに長期戦に持ち込めば、侵攻軍にたいして、もっと損害をあたえることができると唱えた。

　五月四日、日本軍の第二四師団を先鋒とした大規模な反撃作戦は、大失敗に終わった。陣地から打って出た日本軍は、米軍の圧倒的な火力の前に大量虐殺された。のちに米第一〇軍団は、六二三七名の日本兵の死体が前線上にあったと発表した。米軍側の損害は戦死傷者が七〇〇名だった。この日本軍の反撃作戦の失敗は沖縄戦全体を二週間以上短縮させる効果があったと、のちに推定された。バクナーはこの敵失に勇気づけられたかもしれない。しかし牛島は、この失敗を二度と繰り返さないつもりだった。目に涙をうかべた牛島は八原大佐を呼び、今後は君の助言を重んじると告げた。八原のとなえる作戦は、単純なものであった。「日本兵はひたすら陣地内にひそみ、自らが死ぬ前に、可能な限りたくさんの米兵を殺すべし」

　バクナーが、首里防衛線への鉄槌をくわえようと決心したとき、第六海兵師団による血まみれのシュガーローフ攻略戦は、数日後にせまっていた。


（注1／1）四月の終わりの時点で、第九六歩兵師団は三五〇〇名にものぼる戦死傷者を出していた。四月二〇日の一日だけでも第二七歩兵師団は五〇六名もの兵員を失っていた。これは沖縄戦に参加した陸軍部隊で一日としては最大の損害である。

（注1／2）この前年、サイパンでの戦闘において、米陸軍第二七歩兵師団のラルフ・スミス師団長が海兵隊のホランド・M・スミス総指揮官に更迭された件が確執として残っていた。こ

の出来事は海兵隊と陸軍の間で大問題に発展したため、ニミッツは、バクナーにたいしてあまり強硬な反対を取りづらかったと言われている。のちに第一海兵師団のペドロ・デル・バレー中将は、第二の上陸作戦は実施されるべきだったと語っている。一方で、必ずしも全員がシェファードやバンダーグリフトの第二の上陸作戦に賛同していたわけではない。第三水陸両用軍団の参謀長だったマーウィン・M・シルバースロンは、さまざまな議論の場をへて、第二の上陸作戦には兵站上の不安があったと後に語り「補給のバランスが崩れ、戦術的な優位性は得られなかったと思う」と話した。複数の海軍の将校も、第二の上陸作戦には充分な支援ができなかったはずだと語っている。

第二章　海兵隊、南へ

第六海兵師団の男たちは、『陸軍を助ける』ために南に向かうと聞いて、落胆の色をかくさなかった。これまでの二〇日間にわたる戦闘で、沖縄の大部分である四三六平方マイル（約一万平方キロ）を確保した海兵隊員たちにとって、沖縄戦は、もはや過去のものだった。師団は名護《なご》で休養をとっていた。

第二九海兵連隊・火器中隊のビル・ピアース一等兵は「俺たちにとって、沖縄戦は終わったも同然だった」と語った。沖縄北部の戦闘で、師団は戦死二三六名、負傷一六〇一名、行方不明七名の損害をこうむっていたが、いまは武器の手入れをしたり、写真を撮ったり、寝たり、野球をしたりと、思い思いにくつろいでいた。自前の売春宿を開設した連隊すらあり、その料金は三円（約三〇セント）だった。

彼らにとって最初の不吉な予兆は、夕食にステーキが出たことだった。これは出撃前に供される典型的な献立であり、朝食に新鮮な卵が出た時点で、兵士たちは戦場にふたたび投入されることを確信した。

実際、出撃の命令は、このすぐ一時間後に出た。兵士のだれもが、通称〝ストライキング・シックス（突進・第六師団）〟の異名をとる第六海兵師団は、つぎの仕事も難なくこなせるだろうと思っていた。第六海兵師団は、前年の一九四四年九月にガダルカナルで編成されたもっとも新設の海兵隊の師団であり、さまざまな特徴を内在させた部隊であった。第一〇軍の海兵隊連絡将官であったO・P・スミス将軍は「第六海兵師団は、実直な第一海兵師団とくらべて、見掛け倒しな感じがした」と語った。もちろん、師団にはそれぞれの特色がある。スミスから見ると、第六海兵師団は第一海兵師団と比較して自信過剰に見えたようだった。師団の定員の約半分をしめるのは、三つの歩兵連隊、第四、第二二、第二九海兵連隊である。これまでの太平洋戦線での経験者が数多くふくまれており、それ以外の兵員は年配の召集兵や血気盛んな十代の若者だった。こうした若者から古参兵までの雑多な師団を率いるのは、海兵隊の出世頭であるレミュエル・C・シェファード少将だった。シェファード少将は、ヴァージニア軍事大学を卒業し、戦場での実戦経験があった。第一次世界大戦で海兵隊の派遣軍として、フランスで三回負傷し名誉勲章についで貴重な海軍十字章を授与された経歴を持っている。

中隊長としてベローウッズの戦いに参加した彼は、首に銃弾をうけたものの指揮をとりつづけ、最後は脚に被弾して動けなくなるまで持ち場をはなれなかった。こうした輝かしい軍歴にもかかわらず、シェファードは海兵隊学校の戦術の教官としての「学者肌」な人物として広く知られていた。また、最近では一九四三年のグロスター岬上陸作戦に第一海兵師団の作戦補佐官として参加し、その後、第六海兵師団の指揮をとる直前は、第一暫定旅団を率いてグアム島で戦った。

第六海兵師団は、きわめて優れた部隊だった。退役海兵隊員のロバート・シェロードは「シェファードは、注意ぶかく幕僚の人選をおこない、対日本戦では最高の部隊をつくり上げた」と語った。シェファード個人も、師団同様に高い評価を得ていたと、後年述べている。「あくまでも個人的な感想であるが、沖縄戦直前の時期において、第六海兵師団は、全海兵隊の中でもっとも訓練がゆきとどいた部隊だったと思う」

第六海兵師団を構成する三個歩兵連隊のうち、第四海兵連隊はもっとも伝統的な海兵連隊であった。もともとの第四海兵連隊は大戦初期のフィリピンにおける戦闘で消滅しており、その後、前海兵隊強襲大隊をもとに再編成された部隊であった。エリート部隊としての誇り高い強襲大隊として、ツラギ、ガダルカナル、ブーゲンビル、ニュージョージアで戦った後、ガダルカナルにおいて第四海兵連隊として再編成されていた。

指揮官は、アナポリス海軍大学で屈指のスポーツ選手であった、四一歳のアラン・シャープレー大佐で、連隊には、オールアメリカン・リーグのフットボールチーム、まる二チーム分の選手がふくまれていた。

第二二海兵連隊は、一九四二年の初めに独立連隊として主にアイスランドに駐留していた兵士たちをもとに編成された。はじめにクェゼリン環礁攻撃の予備部隊、一九四四年二月には日本軍が占領しているマーシャル諸島・エニウェトク環礁の攻略作戦に参加し、戦死一八四名、負傷五四〇名の損害をうけた。三月に入ると、第四海兵連隊と第二二海兵連隊はともにグアム島奪還作戦のため、第一海兵独立旅団として再編された。連隊長は、一九二三年海軍大学を卒業した四〇歳代のマーリン・F・シュナイダー大佐で、戦前は中国やハイチでの勤務経験を持っていた。彼は一九四二年に第二二海兵連隊に第三大隊長として配属された後に連隊幕僚となり、一九四四年の三月に連隊長に昇進した。戦争が勃発して以来、クェゼリン、エニウェトクと米国外の戦場を転々としており、グアムでは海軍十字章を受章した。

三番目の歩兵連隊は、第二九海兵連隊である。この連隊は戦争中に編成された海兵隊の中でももっとも新設の連隊であり、一九四四年五月にノースカロライナ州のレジーヌ基地で結成された。連隊には、タラワやサイパンでの戦闘経験がある第二海兵師団のベテランたちが集められた。第一大隊は、サイパンで二四日間の戦闘に参加し、戦死傷率が五〇パーセントをこえる損害をうけていた。当初からの連隊長は、沖縄北部戦線での指揮がシェファードを満足させるほど積極的ではなかったため解任されてしまい、新たな連隊長として、第一次世界大戦からのベテランで、ガダルカナルで戦い、グロスター岬強襲作戦で連隊長の経験があるウィリアム・J・ウェーリング大佐が任命された。師団には、さまざま経歴を持つ男たちが集められた。高校中退者、大学卒業者、大恐慌の経験者から、裕福な家庭の出身者、血気盛んな若者から戦争に懐疑的な召集兵たちである。大半の兵士は、まだ十代で、二〇歳を超えているのは残りのほんのわずかだった。フロイド・エンマン一等兵は「もし、二六、七歳だったら、おっさんと呼ばれていたよ」と回想している。
ウィリアム・マンチェスター軍曹によると、彼が知っている、ほとんど全ての海兵隊員は自分たちがアメリカ軍の中でもっとも危険な任務についていることを自覚しており「彼らは、みな明るく、体力もあり、理想も高く、恥ずかしいくらい愛国心に燃えていた」と語った。若い士官の中には、多くのアメリカン・フットボールの元花形選手がおり、そのうち二人はとくに有名な選手だった。一人は、ノートルダム大のアイリッシュ・ジョージ・マーフィー、もう一人は、アイオワ大のレード（マイク）エニッヒである。

それ以外にも軍の大学生へのV－12士官訓練プログラム（＊訳注2／1）で選抜された士官もいた。一方で戦場での活躍により兵卒から士官に昇進したものは、ほんのわずかの特別な者しかいなかった。

一般の兵士たちが海兵隊に入隊した経緯は、兵士の数だけストーリーがあった。
一六歳のロナルド・メンソンはカリフォルニアのボーリング場で働いていたが、愛国的な活動について話をするだけの生活にうんざりして、同僚と一緒にヒッチハイクをしながら、サンフランシスコの海兵隊の新兵勧誘所をめざした。入隊検査でメンソンは、体重が五四キロしかなく規定体重に足りない以外は、すべての項目をクリアした。「私は一七歳だと告げていたので、検査官は一度外に出て、飲めるだけ牛乳を飲んで、バナナを食べて、両親の同意書を持ったうえで、二時に戻って来いと言われた」と当時を回想した。「親の同意書はなかったので、その辺にいた酔っ払いにワインをおごってサインしてもらったよ。それから牛乳を二クオート（約二リットル）と袋いっぱいのバナナを買って、それを食った後、また新兵勧誘所までもどって、検便して、小便をとられて、右手を上げて宣誓して、そのまま列車に乗せられて入隊した。俺の同僚はどうしたかって？　やつは入隊検査に落ちてしまったよ」

パオロ・デメイズは、ブルックリンのタフなイタリア系の少年で、彼も規定年齢に達していなかった。「法的な厄介事を抱えていた」と当時を回想した。「俺は、暴行と暴行未遂で逮捕されていた。それ以外にも同じような罪状で、いろいろ訴えられていたんだよ。それで、九〇日以内に政府関連の機関で職を見つけるか、軍隊に入るか、あるいは大学に行けば猶予されることになったんだ。大学なんて俺にとってはエルミラ刑務所（ニューヨークにあった南北戦争の戦犯刑務所）みたいな所だった」

デメイズは海軍か沿岸警備隊に入ろうとしたものの待ち行列が長かった。そのとき誰かが「ホワイトホール通りの募集所は待ち行列がないよ」と教えてくれた。ホワイトホール通りの募集所は海兵隊の新兵勧誘所であり、そのため待ち行列もなかったが、デメイズは構わずに海兵隊にくわわった。

それ以外ではタフな戦士の集まりであると聞いて海兵隊を選んだ者も多かった。テキサス出身のD・C・リグビーは「ちょっと前に高校を中退していた」と語り「しばらくは近所で働いていたが、入隊できる時期が来たので入隊した。中に入ってしまえば、どこまでやっても変わらないと思った」

ほかに、召集されてきた者もいた。「最初は、海軍の列にいたけれども、ランドン・オークスは、バージニア州リッチモンドで召集された。（海兵隊への）志願者を呼びかけていたんだ、そこで、それに応じたよ」

こうした志願の呼びかけは、時にはもっと乱暴な方法がとられた。「無理やりだったよ」と、レオン・パイスがユタの新兵勧誘所で海兵隊に入隊したときの模様を語った。「お前と、お前と、お前、それにお前、お前らはみな、海兵隊だ」てね。

それぞれの男には、それぞれのストーリーがあったが、待ちかまえる運命は同じであった。彼らはみな、同じ合衆国海兵隊第六海兵師団ファミリーの一員となったのだ。

トラックに乗せられた海兵隊員たちが南に向かったのは五月二日である。まず工兵隊と、第六業務支援大隊が先導し、翌五月三日に第二九海兵連隊、第一五海兵連隊（砲兵連隊）が、さらに第四、第二二海兵連隊とそれ以外の部隊もつづいた。彼らは陸軍の第二七歩兵師団と交替する計画になっていた。「冗談かと思った」とW・R・ライトフット一等兵は語った。「俺たちは、陸軍がやられていると聞いたんだ。ただ、われわれが必死にやれば、やり遂げると思ったよ」

海兵隊員たちを苛立たせたのは、自分たちと交代して北に向かう部隊が陸軍第二七歩兵師団と聞いたからだった。第二七師団は、海兵隊員たちの間ではB級の部隊として知られており、前年夏のサイパンでの戦闘では、海兵隊との共同作戦に遅れをとった師団長が解任されていた。「俺たちは、サイパン以来、二七師団を嫌悪していた。またこいつらだと思った」とビル・ピアースは語った。「俺たちがやつらの救援？　本当にムカつくぜ」

何人かの海兵隊員たちは、彼らなりのやり方で、北に向かうトラックに揺られている陸軍兵士にたいして、侮蔑する行動をとっていた。「どこであろうとも、通り過ぎるやつらに向かって、石やら、Cレーションの空き缶やら、弾丸を投げつけていた」とピアースは当時を思い出す。「やつらは、俺たちの爆撃にトラックに必死にしがみついていたよ」

こうした、陸軍と海兵隊との対立は単なる組織の違いに根ざしただけのものではなかった。実際に、海兵隊員と陸軍の兵士とでは、作戦運営も大きく異なっていたのである。海兵隊員は突撃部隊として鍛えられている。太平洋戦線での彼らの使命は敵前の海岸に上陸し、そこを確保した後に陸軍に掃討戦をまかせるのが役目である。また、突撃要員として、なるべく軽量な装備で身軽に動けるようにしていた。上陸作戦では貴重な艦船を危険にさらさないように、つねに動きつづけ、間断なく攻撃するように訓練されており、大きな損害もいとわないが、絶対に失敗もしなかった。

一方、陸軍は何事もゆっくりと進める傾向があった。まず火力で道を切りひらいてから進むのである。「つねに、対照的だった」と元海兵隊の一等兵は五〇年前を思い起こした。「彼らが丘を落とすのに三週間かかるところを、われわれは二週間でやった。もちろん、損害も大きかったけど陸軍だって大して変わらない。誰だって、あまり長い間、泥まみれになりたくないだろ。殺しに行かないといけないんだから、さっさとやっちまおうってことだ」

海兵隊員たちからは後方にもどってくる陸軍の兵士たちが、かなり手酷く痛めつけられているように見え、不吉な予感がよぎっていた。「なんと言うか、呆然と生気が抜けたような顔をしていた」と第二九海兵連隊の衛生兵だったラルフ・ミラーは語った。「ほとんどのトラックは幌を下ろしていた」とウォーレン〝アイク〟ワナメーカー一等兵は回想した。「みな、目はうつろで、随分と叩かれたように見えた」

第一〇軍司令部のO・P・スミス将軍は、この時の第二七師団の惨状について「滅茶苦茶だった」と語っている。彼は「第一海兵師団が持ち場についたさい、戦死体が収容すらされておらず、あちこちに散乱したままになっていた。彼らは陸軍に苦情を申し立て、二七師団は死体を埋葬するために要員を送り返す羽目になった」と、暗に陸軍を非難していた。

五月六日までに、第六海兵師団の全部隊は沖縄県の知花《ちばな》付近に集結した。この場所は最前線から一〇マイル（一六キロ）も離れていない場所である。つぎの日、第二二海兵連隊は一足先に展開していた第一海兵師団第七海兵連隊と交代で、安謝川《あじゃがわ》を望むことができる高い絶壁の上へ移動した。五月九日、第二九海兵連隊は牧港《まちなと》飛行場の西翼にそって防御陣地を構築するために移動した。第一海兵師団は東側の防御を担当していた。

一八歳のケン・ロング二等兵は大恐慌世代のミネソタの農夫だった。彼は典型的な新兵の装備品を身につけていた。海兵隊色（緑）の下着、海兵隊色の靴下、認識票一セットとチェーン、レギンス、ブーツ、戦闘服（上着の胸には、海兵隊のエンブレム）、装備品ベルト、ファイバー製のインナーヘルメットと、鉄製のヘルメット、防水腕時計（これは兄弟からの贈り物）である。胸のポケットには、レジーヌ基地からの列車内で救世軍からもらった小さな聖書、それに薬のアテブリンと、ハロゲンの錠剤（＊訳注2／2）が少々、ハンカチにトイレットペーパー。

それ以外の持ち物として、M1ライフルと銃の清掃用具一式、潤滑油、弾薬ベルトに、銃弾クリップが一〇個と銃弾、水筒一式（水筒カバーとカップ）、救急用品とポーチ、銃剣とカバー、Kバーナイフ、それに寝具一式として、カバーつき簡易ベッド、毛布、ポンチョ、靴下三足、戦闘服二着、メスキット（食事用具）、下着三組、タバコが一カートン、防水紙につつまれたマッチ一箱である。他の兵士と同様、彼もガスマスク一式は上陸したさい、海岸にすててきた。彼の唯一の官給品以外の持ち物はインナーヘルメットの内側に糊付けした映画女優、ジェーン・ラッセルが干草の山のうえで、口に干草をくわえ挑発的なポーズを取っている写真であった。

彼は、すぐに古参兵から指示をうけた。「彼らから、二つ提案をうけました。一つ目は、首から提げている認識票は夜間に音がするので軍靴の靴紐の下のほうに結んでおくことです」と回想した。「それから二点目は、水筒のキャップの部分に靴下をかぶせておくことです。これで水筒を着脱するさいに音が鳴るのをふせげます。それにメスキットもフォーク以外は捨てました」

彼の部隊がいた南部戦線の近くは、もともとの上陸地点から一〇マイル（一六キロ）も離れていなかった。ウィリアム・マンチェスター軍曹は「遠くで、ドンドンと音がすると、それが少し間をおいてドスンとくる。それからドンドンときて、またドンと地面が震える、そのうち間近で、ドカンと凄い音がする」これは陸軍の展開している前線に間断なく砲弾が降りそそいでいる音だった。距離にするとワシントン市のアーリントン墓地から、ネイビーヤードぐらいの近い距離だった。（＊訳注：距離にして約五キロ）

五月八日、従軍記者がウォルト・ルツォスキィ伍長に近寄ってきて「聞いたかい？　ヨーロッパでの戦争が終わったよ」とドイツ降伏のニュースについて教えてくれた。「それは朗報だね」とルツォスキィは物思いに沈んだ表情で「それが、こっち（太平洋）だったらなぁ」とつぶやいた。多くの兵士たちも彼と同じ考えであった。ここ数日間、第一海兵師団の兵士たちは、南部戦線での陸軍の兵士たちの惨状の理由について理解しはじめていた。丘の攻略に参加した兵士たちは裏側に陣取った頑強な日本軍に苦戦していた。頂上部まで前進した海兵隊員たちは、その場所を維持しようとしたものの、斜面反対側に出現した日本軍陣地に直面し小銃隊員の半数を失った。戦車の支援は手助けにはなったが、地雷や、初速毎秒二七〇〇フィート（約八〇〇メートル）で一・六キロの徹甲弾を打ち出す四七ミリ速射砲の餌食になった。五月四日と五日の戦闘だけで、第一海兵師団は六四九名の将兵が戦死傷・行方不明となった。また五月六日だけで、三輌のシャーマン戦車が日本軍の速射砲に撃破されてしまった。

第三水陸両用軍団の担当する戦線の右翼側に展開する第六海兵師団の兵士たちは、すぐに血みどろの戦いからは逃れられない現実に気づいていた。

安謝川の対岸から二千ヤード（約一八〇〇メートル）向こう側には、日本軍の占領地域が静かにたたずんでいた。この地域は安謝川の河口域に位置しており、ときおり日本軍の兵士たちが対岸にある洞窟の出入り口をすばやく移動する姿を視認できた。この時点で海兵隊員たちが戦う相手となる日本軍については、まだ確実にわかっていなかった。第三水陸両用軍団が対峙しているのは、独立混成第四四旅団で、中核として独立混成一五連隊をふくむ、第二歩兵隊第三大隊や、それ以外のさまざまな部隊で構成されており、総員で五五〇〇名程度であった。独立混成第一五連隊は東京に近い千葉県習志野市（＊訳注２／３）で新たに編成された部隊であり、第二歩兵隊はもともと、前年六月に、本来の独立混成第四四旅団が海路を沖縄へ輸送中に潜水艦からの攻撃をうけて、全滅状態におちいったさいの生存者を中心に再編成された部隊であった。この部隊は熊本で編成され、そののちの補充兵も九州出身者であり、それに沖縄現地での徴収兵で定員を充足させていた。

今後、この場所から一・五マイル（約二・四キロ）先にある那覇市へ向かって進撃する第六海兵師団にたいして抵抗するのは、これらの部隊のはずであった。師団長のシェファード少将は、楽な進撃ではないと予想していた。シェファードは沖縄南部での戦闘について「これまでわが師団が参加した、いかなる作戦とも異なる敵である」として、この地における日本軍の留意点をまとめ、すべての小隊長にたいして配下の兵士に二回読み聞かせるよう命じた。

(A)この地域の日本軍は、大量の火砲を有しており、これまで出会った経験がないほど、精密な射撃を行なっている。
(B)日本軍は大量の弾薬を保有しており、標的を発見した場合は躊躇せず射撃をくわえてくる。
(C)日本軍の観測兵は優秀であり、われわれの活動は逐一監視されている。
(D)日本軍は考えうる、あらゆる場所に対戦車地雷や対人地雷を埋設している。
(E)日本軍は攻撃的であり、隙あらばすぐに陸・海をとわず反撃してくる。
(F)日本軍の防衛線は頑強である。甚大な損害ぬきに単純な正面攻撃で突破はできない。

彼は兵士たちに、偽装と隠密行動の優位性をいかし、あらゆる戦術を駆使するように説いた。「ジャップのやつらと正面から向き合うな、やつらの裏をかけ」と大隊から分隊レベルのすべての指揮官に通達した。そして「つねに動きつづけろ、日本兵の頭の回転は諸君よりも鈍い。積極果敢な海兵隊員と、その武器は最強である」と訓示した。

一方、彼らの一マイル（一・六キロ）南側では日本軍の従軍記者が今後の戦況について「当面の敵は海兵第六師団なり」と新聞に書き記した。「手酷く痛めつけられている米軍の中で、彼らは虎の子部隊であり、士気も高い。もしわれわれが海兵第六師団を撃滅できれば、沖縄戦の主導権を握ることができるはずである」

攻撃は緊急を要していた。カミカゼ特攻攻撃で海軍の損害が増大しつづけるなか、バクナー司令官は地上攻撃のスピードアップをはかるように各方面から強烈なプレッシャーをうけていた。そのため第一〇軍の幕僚たちは五月一一日にさっそく、戦線全面での総攻撃を予定していた。これがうまくいけば首里防衛線に突破口を開けるかもしれなかった。バクナーの攻撃計画によると、攻撃は二個軍団で実施され、右翼を第三水陸両用軍団、左翼を第二四軍団による両翼攻撃であった。作戦の枠組みは首里を中心に包囲するように西側を海兵隊の部隊が、東側を陸軍の部隊が担当し、中心部分の首里城にたいして強い圧力をくわえる計画になっていた。東から西に向かって第二四軍団所属の陸軍の第七、第九六、第七七歩兵師団が、つぎに第三水陸両用軍団の第一、第六海兵師団が並んだ。

シェファード司令官は、もっとも西翼側の攻撃の担当を希望していた。これは彼の幕僚の一人、ビクター・クルラック中佐が艦砲支援射撃の専門家であり、沿岸部にそって攻撃をおこなう部隊にとっては大きな手助けとなると考えていたからである。それ以外にも優位な点があった。シェファードが第三水陸両用軍団のロイ・ガイガー司令官にたいして「われわれの受け持ち区域を西海岸ぞいにしてほしい、われわれは、日本軍の右側を突きぬけ首里城の裏側にまわりこんでみせる」と提案した。ガイガーはこの案を了承したものの、実際に作戦命令が到着すると第六海兵師団は、第一海兵師団の前進スピードと合わせて一体化して進めと記載されていた。

シェファードはガイガーをふたたび訪れ「将軍、われわれは、攻撃の主軸を海岸沿いにさせて頂きたい。そうすれば首里城の裏側にまわりこめるはずだ」と自分の作戦が書き記され

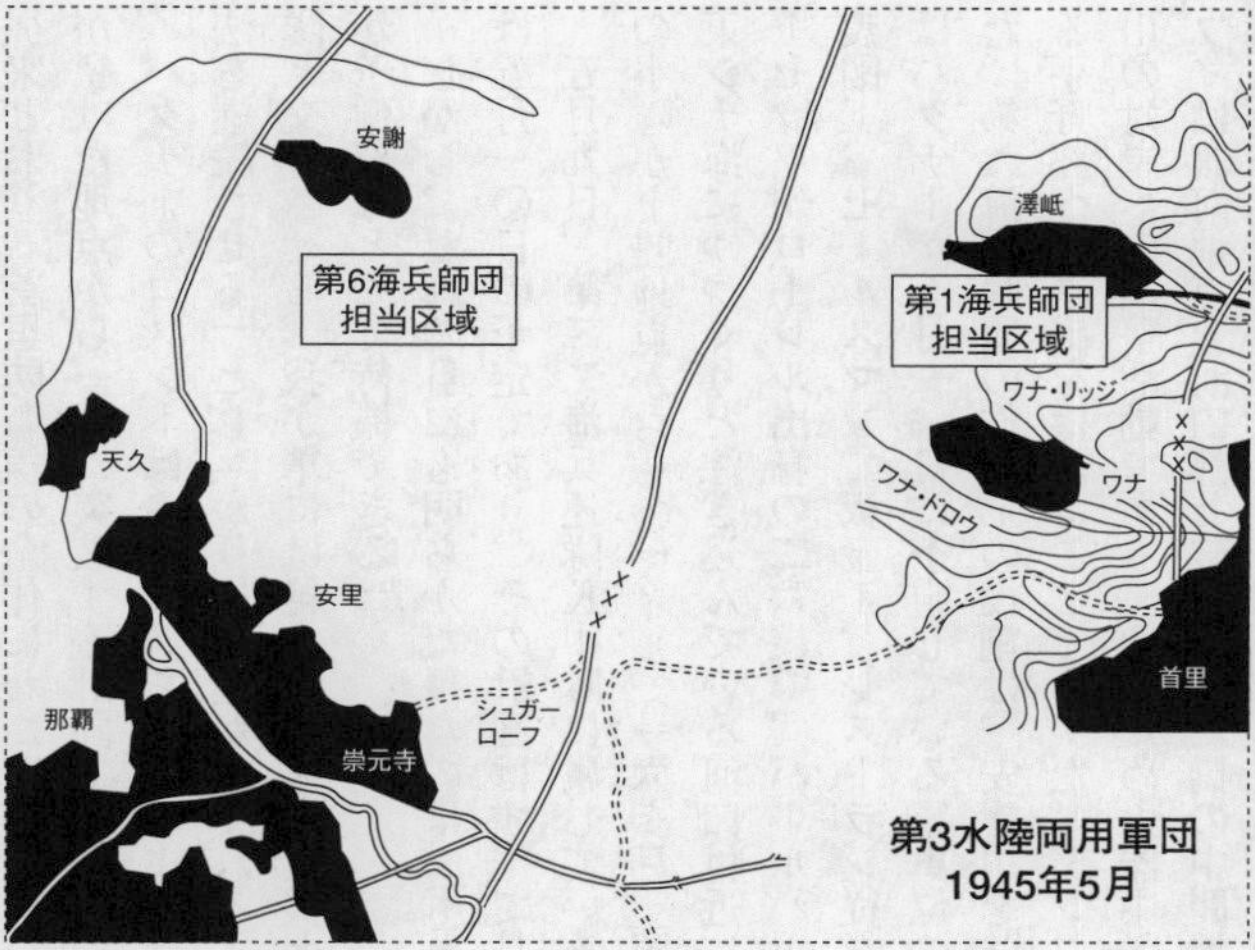

た地図を手に抗議した。ガイガーは作戦参謀に向きなおると「シェファードの言っている通りに、作戦を変更してくれないか？」と頼んだ。作戦参謀は第六海兵師団は、隣りの第一海兵師団と密接して同じスピードで進むべきであると譲らなかった。「将軍、海岸ぞいにさえ進撃させてもらえば、首里城をまわりこんで、沖縄の南端まで到達して見せます」とシェファードは懇願した。ガイガーは、この作戦を了承し作戦担当幕僚に命令を変更させた。

　海岸ぞいの攻撃に事態打開の可能性を見出していたのはシェファードだけではなかった。第一〇軍の幕僚らも、日本軍の弱点は西翼にあると考えており、海兵隊がすばやく戦線を突破できると確信していたが、これだけに作戦の命運をかけるわけには行かなかった。そのため、第一〇軍の作戦は従来どおり、首里防衛線の全体にわたって強烈な攻撃の圧力をくわえつづけ、日本軍の戦線が裂けた地点から一気に突破する計画であった。

バクナーのコメントは希望に満ちているように見えた。「攻撃方法は、これまでと同じ方法を継続させる」とし「かりに前進が拒まれるような事態におちいった場合、すぐに予備部隊と交替させる。我が軍には絶大なる火力支援と、豊富な予備兵力があり、つねに一個師団が予備部隊として待機できる」

しかし、だれの目にも明らかだったのは、もともとの侵攻作戦計画では、沖縄全土の占領は五月一〇日の予定であり、その計画はすべて甘い夢であった。

五月九日、第二二海兵連隊K中隊に属している、ポール・ダンフィ小隊長が率いる四五名の小隊が上陸地点から一〇マイル（一六キロ）南に位置する、安謝川が曲がりくねりながら、東シナ海にゆっくりと注ぎ込んでいる河口付近に向かって進んでいた。ダンフィはマサチューセッツ州ローレル出身の二六歳で、パールハーバーの五日後に海兵隊に入隊するまでは、製図工、セールスマン、板金工、レストラン従業員など、さまざまな職を経験していた。彼はバクナーが五月一一日に予定している軍単位の大規模な総攻撃の末端の歯車の一つであった。第六海兵師団の作戦上の役割は、安謝川を強行渡河して橋頭堡をきずき、那覇市へ通じる平野部への進出をはかることであった。ダンフィの部隊の任務は、この総攻撃に先だって川の対岸への偵察活動であり、そのため火器中隊から一七名の応援がくわわっていた。ダンフィは渡河地点を河口部と破壊された橋の中間地点のやや上流に決めた。海兵隊員たちは潮

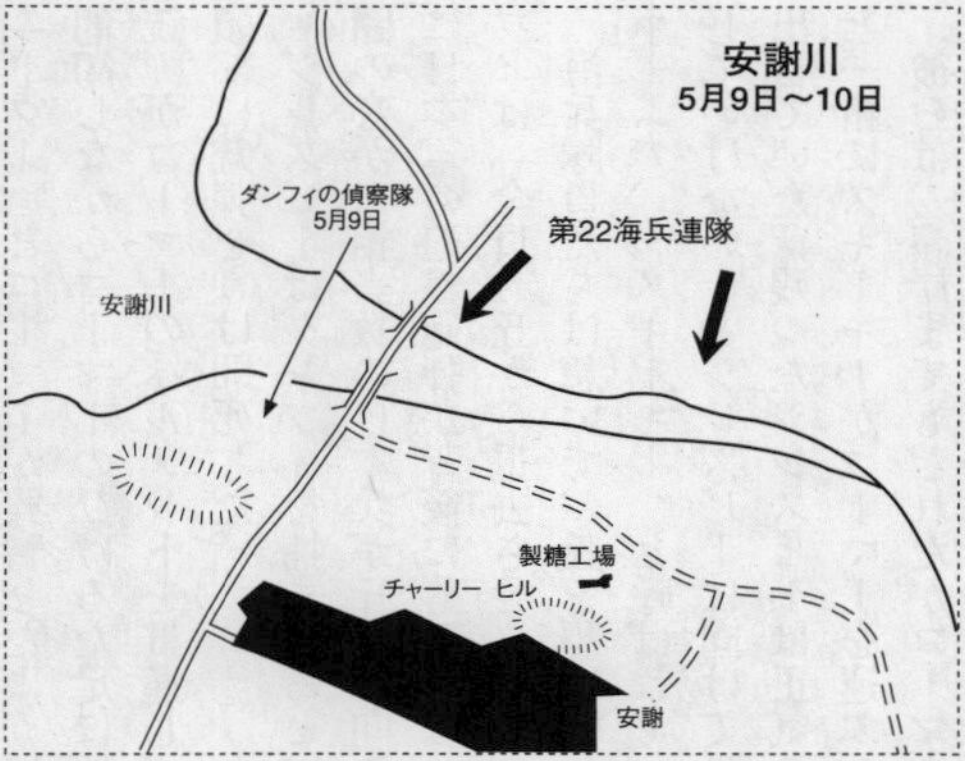

の香りがする、ゆっくりと流れる川を歩いて渡ると、対岸にある護岸と土手にのぼっていった。

この偵察隊の中にレイ〝ドク〟ジレスピー軍曹がいた。ジレスピーはグアム戦に参加し、マーシャル諸島での戦闘で負傷した経験をもつベテランであった。丘陵のすそ野に近づいたジレスピーは大きな横穴の入り口に気がついた。薄暗い中をのぞくと、鉄道の軌道が引き込まれており、奥では、いくつかの坑道が交差しているようだった。これと同様の入り口が、斜面の上部に少なくとも三つは見えた。この横穴の爆破任務はあとにして、海兵隊員たちが丘陵の斜面をのぼりだしたその瞬間、日本軍の銃撃が正面からはじまった。

突然、あらゆる場所から日本兵があらわれ、真下からも興奮した日本兵の叫び声が聞こえだした。日本軍の部隊が、海兵隊員にたいして正面から向かってくる間に、さらに別の部隊が右手にもあらわれた。

丘陵の稜線にそって展開したジレスピーからは、フランク・コーマー伍長が丘陵の頂上部にいるのが見えていた。

「ドクー！」とコーマーが興奮したように叫んだ。「俺は一人やっつけたぞ！」ジレスピーは匍匐《ほふく》しながらコーマーのひげろた足に辿りついたところ、〝ブスッ〟という嫌な音がした。銃弾がコーマーのヘルメットを貫通し、彼は即死した。同時にウィリアム・ドネル一等兵も頭部に銃弾をうけ即死した。

ジレスピーはダンフィを捕まえると、日本軍は両側から迫ってきていると伝え、さらに周囲の音から相当数の日本兵が丘陵の向こう側にひそんでいると推定されると報告した。すでに日本軍の迫撃砲弾が背後に落下しはじめており、この報告に疑問の余地はなかった。ダンフィは「全員、丘から退去させろ、ここから脱出するぞ！」と叫んだ。

海兵隊員たちは急いで、丘を駆け下りはじめた。コーマーとコンビを組んでいた、ニックネームで、〝スキーキー〟と呼ばれていた十代の兵士が、厳かな声で「コーマーの遺体を残していけない」とジレスピーに向けて叫んだ。他の海兵隊員たちはすでに川に向かって走り出していた。残ったジレスピーは正気の沙汰ではないと感じたものの、他の三名の海兵隊員と一緒にスキーキーがコーマーを運ぶのを手伝った。

彼らは、護岸までもどれたがコーマーの遺体は地面に置き去りにして、川を歩いてもどった。

数時間後、ダンフィ中尉は第六海兵師団の司令部に呼ばれていた。この司令部は以前、日本軍がつかっていた地下の巨大な壕の中にあった。開催されている会議は、高位レベルの会議であり、三〇名以上の将校が参加していた。その中には、レミュエル・シェファード師団長や、サイモン・バクナー第一〇軍司令官の姿もあった。ダンフィは、マーシャル諸島攻略戦やグアム島での戦闘経験があったが、彼が今日、安謝川の南側で見たような防御陣地は、これまで見たことがなかった。横穴や、銃眼が丘のあちこちに開いており、大きな横穴には明らかに火砲が隠されているようだった。それ以外にも斜面の正面や、反対側にも開口部が見てとれた。ダンフィは、今日の偵察任務で見てきた敵状に関してさまざまな質問に答え、最終的に解放された。しかし、彼自身、日本軍の防衛陣地の本質的な部分について、うまく伝えることができたとは思えなかったため、一言付けくわえようとしたが、幕僚の「解散！」の号令で、かき消されてしまった。その後、若い将校がダンフィを呼び止めてくれたため、彼は、日本軍の巧妙な防御陣地にたいする正面攻撃に疑問の念を示した。もちろん、この時点では彼らにはどうしようもなかった。バクナーが第六海兵師団に課した作戦は、厳密であり、彼らが取りうる選択肢の余地はほとんどなかったのである。

川を渡ってもどってきた複数の偵察隊からは、楽観的な情報はほとんど得られなかった。彼らの情報によると川をまたぐ橋は、米軍の準備爆撃によって深刻なダメージをうけており、車輌が通行できないと報告された。河口付近であるため、波は高いが、浅いところでは深さは一メートル二〇センチほどだった。しかし川底はぬかるんで、ヘドロ状になっており、戦車の重さに耐えられそうになかった。必要であれば、突撃兵は歩いて渡河は可能であるが、戦車やトラックは浮き橋がかかるのをまつ必要があった。こうした情報をもとに、攻撃に参加する連隊を工兵中隊が支援し、さらに徒歩橋が架橋されることになった。

最初に川を渡るのは、マーリン・シュナイダー大佐率いる、第二二海兵連隊の、第二、第三大隊となった。左翼側の第二大隊は、第一海兵師団と接触を維持し、第三大隊は海岸線にそって攻撃を敢行する計画になった。第一大隊は、第二大隊と第三大隊の中間に配置され、両部隊との連携を維持しながら続いて渡河し、川の南側にある高地を占領することだった。

攻撃開始時刻は、夜明け直前に設定された。G中隊長のオーエン・ステビンス大尉は「古参兵ほど、この開始時刻に納得していないようだった。彼らは戦闘は昼間におこない、夜は、動くものは全て攻撃するのが普通だと思っていた」と語った。

日没が近づくにつれ、安謝川の北側にそって展開していた海兵隊にたいして日本軍の砲撃がはじまった。口径が一五センチ以上で、重さが四〇キロ以上の相当に大きな砲弾で、これまで海兵隊員たちが経験してきた、いかなる戦場よりも精確な砲撃だった。夜の闇につつまれるにつれ、北側の川岸で海兵隊の工兵部隊による徒歩橋の構築がはじまった。爆破物処理分隊も突撃路上の日本軍の地雷除去にそなえていた。

岸壁の上では、第二二海兵連隊が、この準備作業を援護するために戦闘配置についていた。工兵隊の作業はかなり大きな音を立てていたが、日本軍からの反応はなかった。〇二三〇時少し前に、徒歩橋が完成したころから日本軍の攻撃がはじまった。川の上を機関銃や小銃弾が赤い光の軌跡を放ちながら横切ると、工兵隊は遮蔽物に隠れなければならなかった。歩兵部隊が橋をつかって渡河をはじめたのは〇三三〇時だった。この部隊が川の南岸に展開した後、夜明けと同時に全体攻撃が開始される計画になっていた。それまでの間、煙幕の効果を高めるために、迅速に移動し発砲は禁止された。第二大隊は太腿ぐらいまでの水深の川を歩いて渡った。第三大隊は架設されたばかりの徒歩橋をつかった。

ときおり日本軍の照明弾が打ち上げられ、あたりを照らした。K中隊のチャールズ・トロフカ伍長は、徒歩橋を渡っていると数メートル先に軍刀をもった日本軍の将校が水際を歩いているのが見えて驚いた。この大胆な敵兵を撃ちたい衝動にかられたが、射撃の禁止令に従わざるを得なかった。彼は、この日本兵をそのままやり過ごし、橋を駆けぬけた。この日、同じ第三大隊で煙幕につつまれた河口を渡河していた海兵隊員の中に、ミシシッピ出身で三二歳の元鉄道のブレーキ係だったチャールズ・ピュー一等兵がいた。ピューは中隊の中で最年長であり、第一次世界大戦でベローウッズの戦いに参加した元海兵旅団の叔父に影響されて海兵隊に入隊していた。

彼の叔父は戦場で肺をわずらう羽目になり、入隊にあたっては彼の妻も泣いて引き止めたし、男の子も生まれたばかりだったが、それでも彼を引き止められなかった。川に向かって重い足を進めていたピューは、工兵隊の兵士が地雷探知機で道の地雷を除去しているのが見えた。彼らは地雷を発見すると、そのまわりに大きな円を描いていた。青白い月明かりに浮かんだ円が描かれた道を、海兵隊員たちは、安謝川にかかった薄い板だけでできた橋に向かって、じりじりと進んだ。

煙幕につつまれた中、夜明け前までに、それぞれの突撃大隊は各二個中隊を渡河させる計画だった。ちょうど、ピューの中隊が川を渡りきり南岸に到達したとき、後方で爆発音が聞こえた。二人の日本兵がTNT爆薬をかかえて走りながら、自爆攻撃を敢行したのだ。その結果、二人は爆死して橋も破壊されてしまった。（＊訳注2／4）このため、第三大隊の残りの兵士は第二大隊と同じく川を歩いて渡る羽目になってしまった。

夜明けと同時に、海兵隊は小さな丘や段地が連続する南方向に向かって攻撃を開始した。これに対する日本軍の反撃は凄まじく、小火器の銃弾や迫撃砲弾が海兵隊員たちに降りそそぎ、ピューも低い石垣のかげに隠れた。兵士たちは、その場所から一人ずつ飛び出して平野部を横切り、その先にある用水路に飛び込まなければならなかった。ピューが飛び出す番になったとき、海兵隊員が用水路に伏せているのが見えた。

彼に目をやった瞬間、迫撃砲弾の破片が飛び散って、伏せている兵士の腰の上の部分が、まるで斧で叩かれたように、ざっくりと切り裂かれてしまった。明け方のひんやりとした空気の中、ぞっとするような傷口からは湯気が上がっていた。この光景はピューが以前、故郷で見た豚や鹿の食肉解体シーンを思い起こさせていた。用水路に飛び込んだピューは、この死んだ海兵隊員が十代の補充兵であるのに気がついた。前夜、彼は死の恐怖から目に涙をうかべていたが、その恐怖が現実のものとなってしまったのだった。

急降下爆撃機による支援爆撃や、自走砲や北側の護岸に配置された三七ミリ砲による支援砲撃があったものの海兵隊の進撃は遅々として進まなかった。中央部では第一大隊が〇六〇〇時までに安謝川を渡河して一五〇ヤード（一三五メートル）ほど南に進んだが、高台にある破壊された製糖工場のあたりまで来たところで、身動きがとれなくなってしまった。第三大隊も右手が海で、左手は高さ三〇フィート（一〇メートル）の岩礁地帯にある砲座からの攻撃で身動きがとれなくなってしまった。大隊長のマルコム・ドノーホー中佐は「状況は悪い」とし「われわれは攻撃をうけている。しかし渡河は完了し現在地を維持できる」と報告した。

攻撃に参加していた、第二二海兵連隊・第二大隊G中隊長のオーエン・T・ステビンス大尉は、カリフォルニア出身の穏やかな性格の男で、フレズノ大学ではフットボールの選手だった。彼は士官学校を卒業後、マーシャル諸島で実戦に参加しグアム島の戦いでは足を負傷した経験があった。彼の部下は、フェアな性格のステビンスを評して「生まれながらのリーダーで、学者のように、おっとりとした男だった。決して下品な言葉を口にせず、〝シット（クソ！）〟とすら聞いた者がいなかった」と話した。

G中隊は夜明け前に七名の将校と、一八九名の兵士で安謝川を渡河していた。この中隊は幸運にも北部沖縄戦線の戦いでは戦死者は一人もおらず、二三名の兵士が負傷しただけで済んでいた。しかし状況は一変していた。第二小隊が鬱蒼とした茂みのそばにある数軒の小屋に近づいたところ、軽機関銃と小銃による猛烈な射撃をうけた。多数の日本兵が蓋のついた蛸壺を掘ってひそんでおり、発見するのが困難だった。

G中隊員のクリフ・メッツォは「蛸壺は、それぞれ個人用のもので、木の枝や藁でできた円形の蓋がかぶせてあった」と語った。「その上、さらに近辺の木々を使ってカモフラージュしてあった」

メッツォは、高さが五フィート（一メートル五〇センチ）ほどもある雑草が茂った息がつまりそうな場所に入り込んでいた。海兵隊員たちは、ほんの数十センチ先しか見通せず、負傷者も発生しており、衛生兵はその負傷兵を探し出すのに苦労していた。突然、自動火器から発射された銃弾が、アーネスト・オーテン二等兵を切り裂き、他の数名が負傷した。一人の兵士が、トーチカからの銃器の発射炎を見たと話した。

「それ以外の、小隊の兵士たちも同じ方向を指差した」とメッツォは回想する。「そこで、日本兵の位置を確認するために機関銃が発射された方向を銃撃するよう頼んだんだ」

メッツォはバズーカ砲を引きずりながら、トーチカに向かって匍匐をはじめたが、鬱蒼とした柳のような植物が生い茂っており、バズーカ砲弾が屈折してしまうのではないかと心配していた。ようやく、発射に適した場所を見つけると、二発を発射したものの二発とも不発だった。そのため彼の努力は単に日本軍の注目をひくだけの結果に終わり、メッツォに向かってあらゆる場所から自動火器による銃撃がはじまった。

戦闘は、午前中一杯つづき、海兵隊側は火炎放射器とライフルグレネード（＊訳注2／5）を持ち出した。最初に使ったグレネード（擲弾）は先が丸いタイプのもので、地面に掘られた日本軍の陣地には、あまり効果がなかった。そこで先が尖ったタイプのグレネードを使ったところ、爆発力は丸いタイプより大きかった。最終的に周囲一帯を制圧することできたが、軽機関銃の陣地は周囲を複数の蛸壺で防御されており、その陣地には日本兵の死体が散乱していた。それ以外にも、退却しようとして側衛部隊に捕捉されて射殺された日本兵の死体が用水路に転がっていた。

「大隊が直面したのは、日本軍の典型的な後衛戦であった。歩兵が防御している機関銃陣地は徹底して、なるべく多くの損害をあたえて、かつ進撃の遅延をねらったものであり、最終的に日本兵は、後退するか、その場で戦死した」とステビンス大尉は分析した。この冷静な評価の一方で、ステビンスは、日本軍の防御陣地が構築されていた場所に関して驚きを隠さなかった。

一日前、海兵隊の偵察部隊は、この場所よりもさらに奥深くまで偵察活動を実施していたが、こうした日本軍の陣地をまったく発見できていなかった。日本兵たちは陣地を秘匿するために偵察部隊はやり過ごしていたのだった。また、日本軍陣地のカモフラージュは神業とも言える出来ばえで、G中隊のある兵士は、ほんの数メートル先から撃たれるまで気がつかないほどだった。

G中隊の右翼側ではボブ・ホッジス伍長が日本軍の高度なカモフラージュ術を身をもって、味わわされていた。ホッジスは爆破処理の専門家で第一小隊が進撃した後に、残された背後の日本軍陣地の開口部からふたたび銃撃をうけないように爆破処理して、封鎖する任務を負っていた。ホッジスが開口部を探しながら歩いていると、間近に隠匿された機関銃陣地があり、彼は何が起きたか気がつく前に銃弾をうけて倒れてしまった。戦友たちから見ると、彼は日本軍の陣地の一〇メートル足らずの目前で倒れて身動き一つしていないように見えた。

しかし、ジョージア州出身の二〇歳の、この男は奇跡的にも生きていた。第一撃で太腿に被弾して倒れたため左足が使えなくなっていた。さらに第二撃で肋骨に銃弾をうけ、倒れこんだ窪地に押しつけられてしまった。植物で擬装された日本軍の機関銃陣地はすぐ背後にあり、第一小隊に向けて銃撃しつづけていたため、彼は身動きできずにその場に留まる以外になかった。海兵隊員たちもホッジスが死んでいるのか、あるいは死んだ振りをしているのか見極めがつかなかった。重火器を使用すると彼が日本軍の巻き添えになる可能性があるため、彼の動向を見ながら注意ぶかく銃撃をくわえていた。衛生兵のジョージ・スピルマンは、小隊の援護射撃をうけながらホッジスのもとに駆け寄ろうとしたが射殺されてしまった。最後は、小隊が迫撃砲の支援射撃を要請し日本軍の陣地は撃破された。ホッジスは窪地でまもられ、この試練を生き抜いた。

G中隊はこの日、一日かけて二～三〇〇メートルしか制圧できなかった。その代償は戦死傷者が兵士二九名と将校一名であった。そのうち将校はジョー・キャリガン少尉で、日本軍の迫撃砲弾が至近で炸裂し、顔に破片をあび意識朦朧の状態で後送された。兵士たちにとって、この日の損害は大であると感じていたが、その認識がすぐに変わるとは、このとき、だれも予想していなかった。

連隊の戦線の中央部を担当していた第一大隊は、珊瑚岩が積みあがった小高い丘からの銃撃をうけた。C中隊長のウォーレン・F・ロイド大尉は「鬱陶しい攻撃の大半は、その小高い丘からのようだった」と述べ「おそらく、那覇に近づくには、その場所を制圧するしかなく、たやすい仕事ではなさそうだった」

ロイドの予想はあたっていた。安謝川と安里川《あさとがわ》の中間に位置し、海岸部から内陸に三〇〇ヤード（二七〇メートル）入った場所に立ちはだかる丘は、その後、C中隊の功績にちなんで、〝C〟の文字から「チャーリーヒル」と呼ばれるようになった。（注2／1）

C中隊は慎重に前進したが、やがて彼らにとって那覇は遠く手の届かない空想の場所のように感じはじめていた。日本軍は、いかなる場所であろうとも分隊規模よりも大きな動きにたいして砲撃をくわえていた。ある分隊は、日本軍に向かって前進をはじめたところ、すぐに四名の兵士を失い、後方をかためるために二名の斥候を送り出したが頭部を銃撃されて戦死した。その後、二〇人から三〇人の日本兵が丘の稜線にある岩や岩盤のかげにあらわれ、至近距離から海兵隊員たちに銃撃をくわえはじめた。第二小隊を指揮していたウォーレス・G・ロフィス中尉は兵士たちを岩かげに退避させたものの、その場所で身動きがとれなくなってしまった。

窮状を知らせるためにロイド大尉へ伝令を送ろうと試みたものの、伝令兵は飛び出した瞬間に撃たれてしまった。ロフィスは、どうにか死傷者を出しながらも部隊を後退させることができたが、彼自身も迫撃砲の一斉射撃をあびて地面にたたきつけられた。ノースカロライナ出身の彼は、最後は自らの足で安全な場所まで辿りついたが、気がつくと背負っていた背嚢は切り裂かれ、中に鉄の破片が入っていた。

攻撃前夜に川を渡って偵察作戦に従事したポール・ダンフィ中尉は、この激しい日本軍の抵抗をある程度予想していた一人だったと思われる。ダンフィは護岸の正面にある用水路を通って前進しようとこころみたが、飛んできた銃弾がベルトのバックルを直撃した。銃弾とバックルの破片が飛び散ると、腹部に刺さり腸を切り裂いた。衛生兵が、どうにか応急処置を施してくれたものの日本軍の銃火が激しいため、この負傷した将校を後送することができなかった。ピュー一等兵は、ダンフィ中尉があえぎながら身動きがとれずに横たわっている用水路まで匍匐しながらやってきた。あたりには、先に進んだ兵士たちが置いていった手榴弾が散らばっていた。「日中は気温が上がっていたので、腸の中のガスが傷口からもれて、横たわる彼の胃の上あたりで大きな風船のように膨らんでいた」とピューは回想した。

ピューがダンフィの上を通り過ぎようとしたところ、ダンフィは依然として海兵隊の将校らしく「頭を低くしていけ!」と声をかけた。

レイ・ジレスピー軍曹と数名の兵士たちは、前日、コーマー伍長が戦死した丘陵の稜線まで到達することができた。彼らは、数ヵ所ある日本軍の機関銃陣地を制圧しようとこころみたものの、BAR(ブローニング・オートマチック・ライフル)(*訳注2/6)射手が、狙撃兵に射殺されてしまった。さらに別の海兵隊員も足に二発被弾したため、生存者は護岸にむけて戻ることになった。戻る途中、さらに数名が負傷し、先ほど足を負傷した兵士は、今度は首の後ろ側から銃弾を撃ち込まれ、貫通した弾は上唇と上部の歯を吹き飛ばした。

ジレスピーにも、遂に順番がまわってきた。棄てられていた日本軍のBARを回収するために立ち止まったところ、銃の重さでバランスが崩れてしまった。日本軍の機関銃手は、これを逃さず護岸の用水路のほんの数メートル手前で彼をとらえた。機銃弾が炸裂し脇腹に銃弾をあびて、そのまま砲弾であいた穴に転がり込んだ。

ジレスピーは腹部に生暖かい血がひろがっていくのを感じた。日本軍の機関銃手は止めを刺そうと銃撃をつづけ、周囲で土砂が飛び散っていた。ふと気がつくと、彼の顔のすぐ近くに編み上げブーツが投げ出されているのが見えた。この足は盛り土の向こう側から突き出ており、その主はうめき声を上げていた。

「お前、誰だ？」とジレスピーは問いかけた。「フリンです」と返事があった。彼は肩を撃たれていると、ジレスピーに伝えた。ジレスピーは、どう考えても自分の傷のほうが深いと思い「この野郎、ギャーギャーうるさいんだよ。黙れ！　それから、とっとと前に進め」と怒鳴りつけた。

フリンは前に進み、護岸にある用水路にもぐり込むことができた。ジレスピーも遮蔽物となる小さな土盛りの裏側まで進めたが、その場所で体が動かなくなってしまった。衛生兵がやってくるとどうにか、彼を用水路に引っ張り込んでくれたが、ジレスピーの腹からは腸がはみ出してきていた。仲間の兵士たちはジレスピーがもう助からないと思い、口々にお別れの言葉をかけていった。ある兵士はぎこちなく頬にキスをし、また別の兵士は手を握ると「この野郎、頑張れよ、元気でな」と口にした。彼らの予想に反してジレスピーは死ななかった。その日の遅く彼は用水路を通って川を渡って後送されるまで、意識はしっかりとしていた。

撃たれてから一時間ほどしてダンフィ中尉も後送されていた。ある伍長が一〇〇ヤード

（九〇メートル）ほどの距離を、担架をひきずりながら匍匐前進で彼を収容してくれたのだ。

そのころまでに第三大隊は部隊の再編をこころみていた。K中隊の海兵隊員たちは一日中、用水路の中で身動きがとれなかったが、数輌の重武装のアムトラック（＊訳注2／7）が護岸を乗り越えて駆けつけると、日本軍の銃眼との間に停車し射線をさえぎってくれたため、ようやく動けるようになっていた。

レジナルド・フィンクル中尉が川を渡って干潟まできたところ、二人の海兵隊員が泥の中から水脹れした死体を引っ張りだそうとしていた。死体は前日に戦死して、この場所に置かれていたフランク・コーマー伍長だった。海兵隊員の一人はコーマーの相棒だったスキーキーで「俺はこいつを乾いた場所につれて行きたいんだ」と、もう一人の兵士に話していた。フィンクルは二人に近づくと「そっちに良い場所がある」と穏やかに手伝いを申し出た。

「君と俺で、橋の横の護岸の上まで彼を運ぼう。そうすれば、収容してもらえるはずだ」

レイ・ジレスピーは、どうにか生き残り、後方の救護所まで運ばれると、さらに後方にある負傷兵を野戦病院や病院船に振り分けている場所までつれて行かれた。ここでは三番目の列に担架が置かれたが、安心できる雰囲気ではなかった。気がつくと軍医が二人の牧師と彼のいる列を指差しながら、話をしていた。やがて牧師たちはジレスピーの列の右側の最初の担架に歩み寄ると、臨終の儀式をとりおこないはじめた。

もはやこれまでと思い、ジレスピーの目に涙がこみ上げてきたとき「ジレスピーじゃないか？」と誰かが問いかけてきた。信じられないことに声を掛けてきたのは、一年前にマーシャル諸島の戦闘で負傷したさいに治療してくれた衛生兵だった。衛生兵はジレスピーの傷を診ると軍医をつれてきて、さらに詳しく傷口を調べた。軍医は負傷兵識別票に記入して「こいつを陸軍第七六病院に搬送しろ！」と叫んだ。

野戦病院に搬送されたジレスピーは、負傷兵のあまりの多さに圧倒された。モルヒネで意識が朦朧とする中、誰かが彼を揺り起こそうとしているのに気がついた。それは戦友の衛生兵だった。彼は「しっかりしろ、お前の順番は四番目だ」とジレスピーを励ました。その後、ジレスピーは、どうにか手術をうけ生き残った。一一日後、彼は飛行機でグアムに運ばれた。(注2／2)

その日の終わりまでに、海兵隊は幅一四〇〇ヤード（約一・二キロ）、奥行き四〇〇ヤード（約三六〇メートル）にわたって橋頭堡を確保できたが、部隊によっては損害がかなり大きかった。第二二海兵連隊第三大隊では正午までに推定で一五名が戦死、五五名が負傷した。K中隊だけでもダンフィ中尉をふくむ四名の将校を失った。生存者が直面している日本軍の規模は依然として不明であり、頼みの綱の支援火器は、まだ安謝川の北側の対岸にあった。

夜に入ると戦況が好転する希望が出てきた。シェファード将軍は、ベイリー型の組み立て橋を架けるように命令した。これにより戦車を渡河させて、翌日の攻撃に投入できるはずだった。工兵隊が二二〇〇時頃より作業を開始すると、日本軍の砲兵隊が砲撃をくわえてきた。断続的な砲撃により架橋作業は六時間ほど遅延し、最初の海兵隊の戦車が轟音を響かせながら渡河したのは一一〇三時になってからだった。「また、橋が必要になったら、いつでも呼んでくれよ」と赤毛の小柄な工兵は戦車兵たちに声をかけた。「やつらを地獄に落とせ！」

対岸にしがみついていた海兵隊員たちの耳に、戦車がやってくる音が聞こえてきた。「あの日、渡河してきた戦車隊が本当に頼もしく見えた」とチャールズ・ピュー一等兵は回想した。到着した戦車隊はつぎつぎと亀甲墓や、洞窟の入り口を吹き飛ばすと、外に追い立てられた日本兵を海兵隊の小銃兵が射殺した。

戦車隊が到着したにもかかわらず、チャーリーヒルの攻略はひきつづき苦戦していた。トーマス・J・メイヤー率いる第一大隊は、午前中の間、丘の正面で膠着状態から抜け出せずにいた。昼過ぎになってメイヤーは艦砲射撃を要請した。安謝川の河口部に近い場所に、艦隊旗艦の重巡洋艦USSインディアナポリスがあらわれ、丘の頂上部に照準を定めると、八インチ（二四センチ）砲による完璧な連続集中砲撃をおこなった。

地面は振動し、丘の斜面には大きな珊瑚岩の塊が降りそそいだ。土砂がまだ空中を舞っている中、メイヤーの大隊は前進を開始した。しかし、信じられないことにカモフラージュされたトーチカや丘の表面にひらいた銃眼からの銃撃は途絶えなかった。この模様を隣接する稜線から高性能の双眼鏡で観察していた観測兵からは、日本兵が横穴の入り口付近に集まり海兵隊への銃撃を開始している模様が見えていた。この時、日本兵の一人は射撃をしながら仲間の方に向くときに笑顔さえ浮かべていたという。

丘の斜面を登りはじめたC中隊の海兵隊員たちは、途中、トーチカを制圧した。そこからC中隊の一個小隊がさらに斜面を登っていった。ところが日本兵は、丘の中のトンネルを走りぬけてふたたび元のトーチカの中に入ると銃撃を開始し、小隊を分断してしまった。ロイド中隊長とジョー・パサネート率いる分隊は、日本軍の歩兵部隊が陣取る亀甲墓を攻撃したが、ほんの五分の間に半数の兵士が倒れてしまい、残りは遮蔽物のかげで身動きがとれなくなってしまった。斜面の麓から同じ小隊のサム・ハワード軍曹が「負傷兵はいますか?」とロイドに向けて叫んだ。ロイドは、何人かの海兵隊員が倒れているが、日本軍の銃撃が激しく退避させるのは、ほとんど不可能だと答えた。「私が行きます」とハワードが答えて走り出した。彼は負傷した海兵隊員たちに到着する目前までせまったが、日本軍の機関銃手に射殺されてしまった。

C中隊の生存者たちは戦車が丘の周縁にある亀甲墓に至近距離から砲弾を撃ち込んでいる間に、ゆっくりと四〇〇ヤード(三六〇メートル)ほど後退した。日本軍の観測兵は火砲による激しい直接砲撃でこれに応酬し、海兵隊の戦車と歩兵の共同作戦を分断した。後退の後、一時間にわたる戦車による準備砲撃をへて、一六一五時にC中隊の残りの海兵隊員たちはふたたび丘を攻撃し、今度は頂上までのぼりつめることができた。部隊は消耗し疲労していたが、そこに陣地を構築した。深夜になって日本軍は激しい迫撃砲の一斉砲撃とともに、反撃を開始した。攻撃は一晩中つづいたがC中隊は丘にへばりついて離れなかった。夜明けとともに戦車隊がふたたび前進し、トーチカや亀甲墓にたいして直接射撃をおこなった。さらに四輌の火炎放射戦車が、頑強に抵抗する一帯を焼きはらった。こうして日没までに丘一帯は制圧された。

ロイドは、戦闘を振り返って自分の中隊の人数を数えなおすと、C中隊のもともとの定員二五六名にたいして損害が戦死三五名、負傷六八名であった。チャーリーヒルを詳しく調べてみると、その頑強さが明らかになった。石灰岩でできた小丘は、高度に要塞化されており、内部は三層構造でさまざまな部屋と火力拠点がトンネルや廊下でつながっていた。壁には寝台が備えつけられており、包帯や粉々になった薬の瓶、それに外科手術の器具などが、嫌な匂いがする部屋の中に散乱していた。ある部屋には日本製の自動車が収納されていた。また七門の擲弾筒に、一三梃の機関銃、二門の二〇ミリ機関砲、二門の四七ミリ速射砲、それに軌道に備えつけられた重火砲に、数十個の地雷や手投げ弾、一七ヵ所の小火器弾薬集積所に、三ヵ所の重火器弾薬集積所、さらには数百本のダイナマイトに、対戦車爆雷が見つかった。

日本兵の死体も、いくつかの山になって散乱していた。彼らの近くには、ここよりも北部の戦闘で奪われたと見られる米兵の背嚢があり、中には日本軍の靴下や、お守り、写真に絵葉書、それに下着などが詰め込まれていた。日本軍の軍服の多くは新品のようだった。しかし日本軍もまた思いどおりに事態を掌握していたわけではなかった。その証拠として、最近封印されたばかりの明らかに巨大な墓地と思われる部屋も発見された。壁には数百の認識票に、勲章、数本の軍刀にライフルや旗などが掛けられていた。

薄い口ひげを生やした小柄なロイドは、丘を攻略したC中隊の功績にたいして自身の功績はふくまれていないような気がしていた。「中隊のほとんどは、まだほんの子供だった」と彼は思った。「どっかの高校の方がお似合いだったよ」その中でロイド自身は老齢とも言える二四歳だったのだ。

この二日間、幅が一二マイル（約二〇キロ）にもおよぶ日本軍の首里防衛線にたいする米軍の攻撃の中で、第二二海兵連隊の進撃スピードは突出していた。このまま行けば、安里川《あさとがわ》を渡って那覇市へ進撃できるかもしれなかったが、戦略的な立場から若干の目標修正をする必要があった。そのため、五月一二日の作戦は、那覇と首里の間で南東方向に向かって一千ヤード（九一〇メートル）幅の攻撃の実施であった。

この攻撃の最終目標は安里川の上流を渡って、国場《こくば》方面に向かい、さらに国場川にそって渓谷を通って東海岸の与那原方面に進軍し、首里稜堡を包囲する計画であった。海兵隊と、目標の間、すなわち首里高地と安里川河口付近には、小さな三つの丘があり、美田千賀蔵大佐率いる独立混成第一五連隊と、その配下の部隊、総員約二千名が防御を固めていた。やがて血みどろの三つの丘として、歴史に名を残すことになる、シュガーローフ、ハーフムーンとホースショアである。

（注2／1）チャーリーヒルは、シュガーローフの近くにあるチャーリーリッジとは別の丘である。

（注2／2）ジレスピーはその後「一九四五年八月に、サンフランシスコの病院を退院して、ダンスホールに行ったけど、どうも場違いな場所に来た感じがしたんだ。そこで、たまたま高校時代の同級生の女の子に出会った。彼女は二人の別の女の子と一緒だったんだ。〝やあ〟と

声をかけたけど、彼女は俺の顔を見るなり〝ひどく疲れた顔してるわね〟と言って、そのまま過ぎ去ってしまった。一人になった俺は、ぶらぶらと繁華街に向かって歩いて、途中の橋で煙草を一、二本吸った後、一人で咽び泣いたよ」と語った。

＊

五月十日の戦況　両方地区に於いては、十日未明米軍は内間西および安謝川に架橋して南下して来た。同方面の防御にあたっている独立第二大隊（長　古賀宗一少佐（少一六期））から派遣された橋梁爆破挺身隊（将校一、下士官一、兵六）は爆破に成功し、米軍の渡河を妨害した。挺身隊の損害は兵一戦死であった。独立第二大隊は進入する米軍の阻止につとめたが米軍の兵力は逐次増強され、夕刻には安謝部落南西の線を米軍に占領された。（日本側の公式戦記：戦史叢書沖縄方面陸軍作戦より）

（＊訳注２／１）Ｖ－12士官訓練プログラム：一九四三年、米国政府により制定された。全米一三一の大学が参加し、学業を続けながら予備役士官の訓練がうけられた。

（＊訳注２／２）アテブリンとハロゲンの錠剤：アテブリンは抗マラリア薬、ハロゲンは解熱剤。太平洋戦争では個人の救急キットに入っていた。

（＊訳注２／３）独立混成第一五連隊は、実際は千葉県佐倉市や木更津市など関東一円の部隊から編成され、習志野に移動した。

（＊訳注２／４）日本側の公式戦記では、この自爆攻撃の戦死者は一名と記録されている。

（＊訳注2／5）ライフルグレネード：小銃の先端に、手榴弾もしくは同等の擲弾を装着して、空砲を用いてそのガス圧で発射する装置。素手で投擲するよりも遠くまで飛ばせる。

（＊訳注2／6）ＢＡＲ（ブローニング・オートマチック・ライフル）：ブローニング社製の分隊支援火器。主に一個分隊に一梃が配備され、突撃時に敵にたいして制圧射撃を実施する。連射がおこなえるが、機関銃ほど嵩張らないなどの利点があった。

（＊訳注2／7）アムトラック：米軍の開発した、水陸両用型の強襲装甲車。主に上陸作戦などに利用された。

第三章　G中隊、シュガーローフへ

第二二海兵連隊は九個歩兵中隊で構成されている。その一つであるG中隊にとって、五月一二日の朝は最悪のスタートとなった。兵士たちに弾薬や糧食、水などを配りおえた直後、突然、閃光とともに迫撃砲弾が降りそそぎ、戦闘指揮所は直撃弾をうけ三名の伝令要員を失い、さらに二名が負傷した。この砲撃により、中隊の戦力は、七名の将校と二三六名の兵士から、六名の将校と一五一名の兵士へとダウンしてしまった。

オーエン・ステビンス大尉は攻撃開始時刻の〇七三〇時になっても、依然として負傷者の収容と小隊の再編に追われていた。とりあえず時刻どおりに斥候隊を送り出し、作戦時間のつじつまを合わせたが、支援の戦車隊の到着が遅れたため主攻撃の開始が遅れることは避けられなかった。〇八〇七時になって、ようやく戦車隊が到着しG中隊の攻撃がはじまった。中隊の指揮統制は大隊でつかわれていた手法を新たに取り入れており、戦闘指揮所は前線からはなれた幕僚らがあつまっている後方の司令部に置かれ、予備部隊の指揮と電話による後方への連絡をおこなっていた。ステビンス大尉はこの指揮所を前進させることにより、自ら二個突撃小隊を指揮しながら、後方の部隊と無線もしくは有線電話で連絡をとれるようにした。移動中はSCR300型携帯無線機で連絡をとるが、この型の無線機は丘の裏側などでは通話が切断されたり、悪天候で機能しなくなったりなどのトラブルが多発していたため、使用に不安を感じていた。

左翼では、フランク・ガンター中尉が指揮するE中隊が延びきった連隊の側面をカバーしていたが、すぐに、第二大隊の左翼から左翼後方が見渡すことができる首里高地からの激しい縦射砲撃をうけた。E中隊の参謀であるジョン・フィッツジェラルド中尉は「われわれは、日本軍と直接接触していないにもかかわらず、想像できないほどの死傷者が出ていた」と述べている。「やつらが俺たちを待ち構えていやがる」少数の日本兵の姿を視認しフィッツジェラルド中尉はつぶやいた。「双眼鏡を通して、たまに日本兵の姿を見ることができた」「やつらは、カモフラージュの達人で、輪郭さえよくわからなかった」

戦闘指揮所に、ある軍曹がもどってきて日本軍の重機関銃陣地への攻撃に戦車の支援を要請した。「重機は強固な陣地にあり、凄まじい射撃を行なっていた」と志願兵として初めて戦場へ来たリチャード〝ヘビー〟フール中尉は回想した。フールが大隊本部に要請すると、すぐに戦車がやってきた。フールと軍曹は戦車に随伴しながら戦闘指揮所より五〇メートルほど前進した。二人が砲塔にのぼり敵陣の位置を指示する間、戦車は日本軍の射線をさえぎる位置に停止していた。軍曹が左方向を指示していたところ、突然、右方向から日本軍の機関銃が火をふいた。軍曹は首、わき腹、足の三ヵ所に銃弾をうけ、血が噴出した。フールも、一発の銃弾により右の太もも、睾丸の下部、左の臀部に銃創をうけ、焼けつくような痛みを感じたが、なんとか軍曹を引っ張りおろして保護した。そして、衛生兵が彼自身の傷の手当をはじめるまでの間、救急ジープに載せられる軍曹の姿を眺めていた。「衛生兵が私の下着をずり下ろして、大きな尻と格闘している様子は、なんだか間抜けな感じがした」と、彼は後に書き記している。「サルファ剤（＊訳注3／1）を少しかけてもらうと、完全に健康体にもどったような気がした。すぐに戦車にたいして目標を知らせるとシャーマン戦車は敵陣を完全に制圧するまで攻撃をつづけた」

フールの小さな勝利の一方で、E中隊は銃撃の中を苦闘しながら前進する以外に方法はなく、進撃のスピードはすぐに鈍った。反面、右翼側の状況は若干よく、G中隊の海兵隊員たちは軽微な抵抗の中を順調にすばやく前進し、マイク・ヘーアン中尉のF中隊が予備としてそれにつづいた。沿岸部ぞいの残りの大部分は、敵の観測所や首里高地の日本軍砲兵隊からはなれており、前進はさらに順調だった。第一大隊は一四〇〇時までに安里川北に位置する高地を掌握した。第二二海兵連隊第三大隊は〇九二〇時までに予定の位置まで前進し、那覇の近郊へ斥候隊を送り出していた。もどってきた斥候隊は、安里川にかかっている橋は爆破され、川底はぬかるんでいるため、徒歩では渡れないと報告した。

師団の左翼は大きく遅れをとっていた。昼近くになって第二九海兵連隊の第三大隊はE中隊とともに、第一海兵師団左翼後方に開いたギャップを埋めるために移動をはじめた。部隊の連携が変更されたため、第二大隊長ホラティオ・C・ウッドハウス中佐はG中隊の目標地点を変更した。三人の中隊長を街道の交差点までつれて行き、平野部の奇妙なかたちに盛り上がった土手のような丘につづく小道を指差しながら「あの丘は重要目標だ、これより攻略する」と皆に告げた。「目標は、ターゲットエリア（TA）7672Gと呼ばれる場所にある荒涼とした丘で、みすぼらしい木が少しばかり生えているだけだった」とステビンス大尉は回想する。「これまでの丘や坂、峡谷などでの戦闘と比較して、特別な不安はなかった」この「まったくパッとしない丘」は、前日にC中隊が攻略した〝チャーリーヒル〟よりも簡単に攻略できそうだった。

この長さ約一〇〇メートル、高さ約一五メートルの丘に変わった点があるとすれば、その形だった。「西瓜を半分に切った形、と言えば感じがよく伝わると思う」とシュガーローフの生存者たちは語っている。「丘の上半分は、いわゆる普通の勾配だが、下のほうは、どの方向も急斜面だった。ただ、高さはそれほどではなかった」

ウッドハウスは聡明な人物であった。体格は小柄で痩せており、いかにも堅物で典型的な海兵隊員のように見えたが、実際はとても知的で、頭も切れ、部下の参謀からも信頼されている優れた戦術家であった。そのことは彼自身の経歴が物語っている。師団長のシェファード少将は彼のいとこで、二人とも同じミドルネーム〝ゴーニック〟を名乗り、同じヴァージニア軍事大学を卒業している。彼はグアム島の戦闘で、前任者の負傷の後、大隊の指揮をとるようになっていた。「彼は一二時間で大隊を立て直した」と中隊の将校は回想した。「彼はわれわれを一致団結させたし、われわれも彼に従えば必ず勝利を手にすることができると信じていた」実際、沖縄の北部戦線での的確な指揮から、ウッドハウスの大隊は〝ラッキー〟第二大隊と呼ばれていたが、その幸運も遂に尽きようとしていた。

G中隊の攻撃軸は、第六海兵師団の主攻撃方向で日本軍の攻撃に身をさらす南方向から、やや南東へ進路を変更することになった。ウッドハウスがステビンスにたいして指示した進撃路は十字砲火から唯一、身を隠すことができる道であり、戦術上賢明な選択であった。

目標の丘については、乏しいながらも情報があった。五月一〇日に撮影された航空写真によって、TA7672Gのエリアには塹壕があることが明らかになったのである。師団の定時報告は捕獲した日本軍の書類から、このエリアの高地は「対戦車砲を装備した小部隊が組織的に連携している」ことを示唆していた。「当時は、あれほど激しい戦闘になるとは思わなかった」とステビンスは回想している。

攻撃計画は、海兵隊員たちを戦車小隊が支援する、通常の〝典型的な拠点攻略〟だった。G中隊の斥候隊が出発するかたわらでは、戦車がエンジンをスタートし排気煙を噴き上げ出発の準備がととのった。エド・ラス少尉の第一小隊は安里川の南側に那覇市の廃墟を眺めながら、小道の右手にある小高い稜線にそって進んだ。ロバート・ネルソン中尉が率いる第二小隊は小道の左手の斜面にそって進んだ。F中隊は依然として予備にまわり、洞窟や民家にひそむ狙撃兵を掃討しながら進んだ。E中隊は大隊の側面に残った。E中隊とF中隊は引きつづき首里高地からの機関銃と迫撃砲による攻撃をうけつづけていた。

　G中隊の進む小道は最初のうちは側面からの攻撃を遮蔽していたが、海兵隊員たちが目標に近づき開けた地形に差しかかるにつれて、第一、第二小隊の正面にある目標の丘から猛烈な銃撃をうけるようになっていた。それでも海兵隊員たちは、ひるまず前進をつづけた。ステビンス大尉は二つの小隊に挟まれるかたちで小道を進んだ。彼には三名の伝令兵が随行して観測所を構成していた。エド・デマー軍曹が率いる第三小隊と戦車隊も彼と行動をともにしていた。海兵隊員たちはシャーマン戦車からは、やや離れていたものの日本軍の吸着地雷による攻撃には充分な注意をはらっていた。やがて危険が現実のものになってきた。戦車のハッチが開いて、大柄の軍曹がトンプソン短機関銃を片手に地上に飛び降りると、かたわらにあった穴に走り寄った。そして短機関銃を突っ込みながら弾倉が空になるまで撃ちまくるのをクリフ・メッツォは目撃した。その場所を通りすぎるさい、メッツォが穴を覗き込むと死んだばかりの日本兵の死体があった。実際、この蛸壺は戦車のすぐ近くで、この日本兵は、軍曹の戦車の後を追いかけて吸着地雷を貼りつけるつもりだったのだ。

　小道をあまり先まで進まないうちに、M４A３シャーマン戦車のまわりに砲弾が落下しはじめた。すぐに、この砲撃に四七ミリ速射砲がくわわった。一輌の戦車が右側を煙につつまれて停止した。ステビンスからは直撃弾をうけたのか、至近弾による土煙か判別がつかなかった。二輌目の戦車も停止し、戦車の後ろ側を進んでいた二名の海兵隊員に砲弾が直撃し二人とも消し飛んでしまった。戦車隊は立ち往生し、兵士たちも後ずさりした。「ジャップのやつらは、ここの地形を一インチ刻みで零点規正（ゼロイン）（＊訳注３／２）しているに違いない」とクリフ・メッツォは感じた。「戦車隊は、露出していた高さ二、三メートルの岩かげに身を隠し、目標が定まると岩陰から出て射撃をおこない、また、身を隠した」前進する海兵隊の兵士にあびせられる日本軍の自動火器による弾幕にたいして、戦車の支援は、ほとんど効果がなかった。

姿の見えない日本兵からの猛攻撃にたいして必死に前進する海兵隊員たちは、丸裸同然であった。とくに彼らを悩ませたのは、日本軍の擲弾筒と呼ばれるビール缶ぐらいの大きさの弾を発射できる携帯型の手榴弾発射装置であった。この発射器の射程は九一式手榴弾なら一六〇メートル、八九式榴弾なら七〇〇メートルで、日本兵はこの兵器をふんだんに利用し、かつ恐ろしいほどの正確さで撃ち込んできた。彼らはとくに突撃小隊の機関銃分隊を狙い撃ちにしていた。このため日本軍の擲弾筒のターゲットにならないように、射撃と同時にすばやく移動をくりかえしていた分隊だけが生き残ることができた。ステビンスは、指揮所で、大隊本部と迫撃砲や大砲の支援砲撃の調整をつづけているアイダホ州ポカテロ出身の中隊参謀デール・ベア中尉と、SCR300型携帯無線機で連絡を取り合っていた。

ステビンスは攻撃にさらされている右翼側の戦線を維持するため、ベアを無線で呼び出そうとして無線機が壊れているのに気がついた。ベアは身長一八五センチ、体重九〇キロの巨漢で糞真面目な男だった。彼はマーシャル諸島の戦闘で銀星章を受章し、戦友は彼のことを「怖いもの知らず」と呼んだ。ベアは、ここでまったく正しい意思決定をおこなった。前進する海兵隊員たちを狙った迫撃砲にたいして圧迫をくわえるために、斜面の向こう側への支援砲撃を継続したのだ。ステビンスは、この少し前、第一小隊のラスのもとに伝令を走らせ、稜線の向こう側の兵士を引き戻して内側の稜線を前線とするように指示を出していた。これにより、支援の戦車を前進させる時間を稼ぎ、死傷者の数を最小限にすることができるはずだった。その時、ステビンスは、ラスが敵の銃火の中を走ってくるのを見た。彼は何歩か全力疾走して地面に突っ伏すと、しばらく匍匐《ほふく》前進して、また全力疾走を繰り返しながらこちらに向かってきた。全力で駆け寄ってきたラスはステビンスにたいして、彼の部隊は十字砲火をあびているが、なんとか一帯を掌握することができそうだと答えた。しかし、前方の妙なかたちをした丘の上で五名の部下が分断されてしまい、そのうち何名かは負傷しているようだった。ステビンスからも、何名かの男たちが斜面の下部に横たわっているのが見えた。そして日本軍がこの負傷兵たちに向かって手榴弾を投げはじめたのが見えた。

　ラスは、彼の小隊を丘に上げるための戦車による支援を要請した。「わかった、なんとかする」とステビンスは答えた。戦車があれば少なくとも煙幕を張ることができるし、小隊が丘を登るのに必要な支援射撃がおこなえ、さらに負傷者も収容できるはずだ。ステビンスは、まさに「海兵隊員の鑑」のようなラスにたいして、敬意の念を抱いた。勇猛果敢な元フットボール選手のラスは、体格が良く屈強だが、どちらかというと、せっかちな性格のため、友人たちからは「お前は、小隊を指揮して戦闘するのが仕事だ、タッチダウンするために走り回るのとは違う」「お前には五〇人の部下がいる。彼らを指揮し、守らなければならない」と戒められていた。

二人がしゃがみ込んで話をしている時に、ステビンスはラスが手に汚れた包帯を巻いているのに気がついた。彼が後に聞いたところによると、ラスは、その少し前に負傷していたのだが、そのことは自分からは触れようとしなかった。おそらく、典型的な海兵隊士官として「このことを誰にも喋るな、喋ったら、ぶっ殺すぞ」と衛生兵を口止めしていたようだった。その後、ラスは自分の小隊に戻っていった。観測所には、一人だけしか伝令兵が残っておらず、ステビンス自身が戦車まで走って行くことになった。彼は走り出す前に念のためもう一度、まわりの地形を注意ぶかく観察し、小道の周囲のひらけた場所にとくに注意をはらった。しかし、それでも日本兵の鋭い観察眼は彼が重要な人物であることを目敏く見つけた。彼が立ち上がった途端、足のまわりに機関銃弾が炸裂しステビンスは両足に被弾して倒れた。近くにいた伝令兵も姿が見えなくなった。ステビンスは、その若い兵士が「銃火から逃げ延びた」と考えたが、ステビンスが負傷した銃撃で即死しており、そのまま用水路に落ちたため視界から消えたのだった。

手助けしてくれる者はおらず、伝令も無線も使えないため、ステビンスは二五〇メートルから三五〇メートル先にある指揮所まで浅い用水路にそって匍匐しながら戻らなくてはならなかった。彼は、一刻も早く突撃小隊が戦車の支援を熱望していることを指揮所に伝えたかったが、亀のように這いながら気が焦るばかりであった。

ステビンスが負傷したことを知る由もなく、ラスは小隊にもどってきた。ウィンデル・メジャー一等兵は、この屈強な少尉が攻撃をさらに推し進めるのを知った。「おい、みな集まってくれ」ラスは叫んだ「俺がやつらを穴からおびき出すから、やっつけろ」
ラスは、びっくりするような方法で、日本軍の機関銃の位置を割り出そうとしていた。彼自身が標的となり飛び出して身をさらし、日本軍の機関銃が火を吹いたら、すばやくもとの位置にもどってくるというもので、他の海兵隊員たちは、そのつど、機関銃の位置を見極めることができた。これまでは、この方法もうまくいっていたが、何度も繰り返しすぎたようだった。「軌跡をよく見ておけ！」と彼は叫ぶと目標を見きわめようとした。彼が発砲すると、すぐに自動火器の弾丸が後を追い、そのうち何発かは彼の足元で土煙を上げた。「彼はすぐに左側に飛び跳ねながらもどりつつ、肩で銃を撃つかわりに腰だめで銃を発射していた」とクリフ・メッツォは語った。日本軍の銃撃が止むと、ラスはまたもとの場所にもどって銃撃したが、今度は日本軍の銃火はラスをはずさず彼は倒れ込んだ。「彼の下腹部に三発の銃創があり、激しく痛がっていた」とメッツォは回想した。「彼の顔はみるみる青白くなっていった」

メッツォの言葉どおり、ラスはタフだったが、傷が深すぎた。彼はシュガーローフから生きて収容されたが、数日後に死亡した。

この間、警戒待機中の戦車の戦車長が、用水路を這いつくばって進んでくるステビンスの姿に気がつき、無線で担架を要請した。ステビンスが応急処置をうけているところへウッドハウス中佐が心配してやってきた。ステビンスは攻撃を支援するためには戦車が必要であることを説明した。彼らが話をしていると、G中隊の若い海兵隊員ウィンデル・メジャーが伝令として最前線の様子を伝えるために到着した。ステビンスは、足に重傷を負っているにもかかわらず、この若者に気をつかい「お前を、一人で戻らせたのか？」と大声でたずねた。五〇年後、メジャーは「私は無傷で、彼は足に大怪我をしていたのに、自分のことは気にせずに、無傷の私のことを本気で心配してくれた」と回想している。ステビンスと中佐が別れると、ウッドハウスは、デール・ベア中尉や戦車隊長と、その日の午後の次の攻撃について打ち合わせをおこなった。この時点でも、戦車の支援さえあれば、G中隊は丘を確保できると考えていた。（注3／1）

小隊長のエド・デマー軍曹が、小隊の生き残りを再編しているときにベアが来て、ステビンスが両足を撃たれて負傷したことと、ラスが瀕死の状態になっていることを伝えた。二六歳のエド・デマーは、部隊の中では唯一の戦前の志願兵だった。ブルックリン出身のこの下士官は、真珠湾攻撃の一年半前に海兵隊に入隊し、その後二年間のパナマ運河の警備の任務後、最終的に現在の第六海兵師団に配属された。

彼は古参の一人で、部下からは、母親のように口やかましく説教することから〝かあちゃん〟と呼ばれていた。デマーは二日前に小隊長の中尉が迫撃砲の攻撃により負傷し、この第三小隊長を引きついでいた。ベアは、彼にラスの小隊が一九名まで減っていると伝え「ほかは皆やられた」と付けくわえた。「デマー、お前のところは何人残っている？」

「二八人です」デマーは答えた。

「あの丘を落とさなければならない」ベアは話した。「上の方は、どうなっているか分からない。でも行かなければならない。Ｅ中隊は戦死傷者が続出して身動きがとれない、俺たちだけが頼りだ」彼はデマーに攻撃開始時間が一六〇〇時で、戦車の支援があることを伝えた。

攻撃計画は単純だった。ベアが第一小隊を率いて右翼を進む間、デマー率いる彼の小隊は左翼を進み、戦車隊も同時に発進する。第二小隊はすでに制圧射撃を開始し、機関銃班が両翼にたいして射撃をはじめていた。戦車は丘の日本軍から視認されない窪地で待機していた。デマーとベアは四輌のシャーマン戦車、サークル1、サークル2、サークル3、スクエア1の戦車長と攻撃計画について打ち合わせをおこなった。戦車兵たちは、歩兵が戦車を見すてないよう懇願した。彼らは随伴歩兵が、戦車の周囲に目を光らせなければ、日本兵の吸着地雷や携行爆薬などの対戦車攻撃のカモになってしまうことを恐れていた。

デマーは彼らに「金魚の糞」みたいについていくので、心配するなと約束した。「何も心配しなくていい」と伝えた。自分の小隊にもどってくると、彼は分隊長たちに攻撃計画の説明をして、一六〇〇時まで緊張をほぐして待機するよう伝えた。彼には不安な点があった。日本軍の側面からの銃砲撃がとくに激しいことであった。また無線機が故障してしまっているので、通信に問題が生じるのも間違いなかった。ちょうど、真南に目標の丘が地面に浮かび上がっていた。「よくある、茶色の斜面で上部が小山のようになっていた」

そして時間になった。ベアの合図で四輌の戦車が重々しく一列に動きだし、海兵隊員たちも展開しながら前進をはじめた。デマーは一瞬、どこか他の場所に逃避したいと願ったが、すぐに思いなおすと、小隊を引きつれて丘に進んでいった。

早くも日本軍の銃砲撃は、信じられないほど激しさを増していた。小火器や、自動火器の弾幕は、すぐ前方の丘だけではなく、目標の両側の、やや後方にある丘からもくわえられてきた。彼の小隊も、すでに何人かが倒れていた。ジャック・ヒューストン一等兵は、突然、日本兵が携行爆薬をかかえて戦車に向かって走り出すのを目撃した。同時に別の戦車の機銃手が、その日本兵を見つけて斉射で即座に消し去った。

「小隊に戦死傷者が続出しているにもかかわらず、日本兵の姿はまったく見えなかった。ただ、日本軍の銃火は草木の根元や小岩の下から発射されているようだった」とヒューストンは語った。

左翼ではサークル1戦車が地面に埋められた地雷をふんで、激しい振動とともに動かなくなり、直後に右側面に被弾した。そのすぐ後、スクエア1が砲撃の穴にはまって動けなくなった。戦車長のジョージ・F・バーネック軍曹が戦車からおりて牽引ケーブルを引っ張り出した。後続の戦車長、フィル・モレル大尉は牽引しようとペリスコープから見守っていたところ、バーネックの首に銃弾が命中し「ホースで水を撒くように血が噴出し、俺の戦車や、あたり一面が血だらけになった」

遮蔽物のない中を、海兵隊員たちは前進しつづけた。爆破班と一緒に前進していたジョセフ・キャンベラは、一人の海兵隊員が丘の頂上に辿りついたものの、日本軍の銃火に倒れるのを目撃した。「彼は、走り出したものの、五、六メートルも進まないうちに戦死した」とキャンベラは回想する。

フィル・モレル大尉は、日本軍が、丘の表面に開いている小さな穴から射撃しているのに気がついた。「彼らの視線に入らなければ立ち上がっても大丈夫だった。しかし二、三メートル、どちらかに動くと、たちまち捉えられ、いいカモになった」

デマーは「兵士たちは、あちこちで倒れていた」と回想している。彼の左横には分隊長のリチャード・M・ルーペ軍曹がいた。彼の右には、ジュリアン〝レッドドッグ〟ポーター一等兵と、BAR射手のジェームス〝リトルビット〟デービス一等兵がいた。ポーターは突然、頭部を撃ちぬかれ、がっくりと首をうな垂れた。

デマーは、パナマ勤務以来の知り合いのマーチン・タッカー一等兵が、機関銃のかたわらで戦死しているのを見つけた。彼は分厚い眼鏡を掛けていたにもかかわらず、どうやって海兵隊に入隊できたのかを遂に聞かずじまいだった。

彼らが、丘の頂上部に近づくにつれ、デマーはベア中尉が合図を送ってきているのに気がついた。擱座したサークル1戦車砲が盛んに射撃していたが、これが左翼の味方の攻撃を邪魔しており、これを止めさせてほしいとのことだった。彼が戦車の方に向かって走り出したところベアが左足の上部に銃弾をうけて、よろめいたのが見えた。その直後、デマー自身も砲弾の破片を左足の上部にうけて、がっくりと倒れこんだ。しかしその後、ルーペ軍曹が戦車まで駆け寄って銃床で砲塔をガンガンと叩きながら戦車兵に砲撃を中止させることができた。

戦車隊長のフィル・モレル大尉は歩兵の要請を聞くために戦車の外に出たところ、戦車の外は大混乱におちいっていた。増援の兵士を乗せたアムトラックがやってきたが、監視孔から飛びこんだ銃弾が操縦手の眉間をつらぬいた。「増援の兵士たちは後部の乗降口から飛び出したが、機関銃弾を直接あびて、なぎ倒された」とモレルは回想する。彼の連絡係の無線士も、無線機を背負って後部のドアから外に出ようとしているのが見えたが、つまずいて転んだため、向きを反対に変えてしまった。「おかげで、彼は命びろいしたと思う。彼は地面に着地して、這って敵の射界の外に出ることができた」とモレルは語った。

シャーマン戦車の中にいたジェラルド・ブンティング軍曹からは、彼の擱座した戦車のまわりに海兵隊員の負傷兵や戦死者がゴロゴロしているのが見えた。負傷兵は衛生兵をもとめて叫び声を上げていた。何台かのアムトラックが彼らを収容しようと試みたが、瞬時に撃破されてしまった。戦車兵たちは非常ハッチから外に出ると、ブンティングは軽機関銃と弾帯をかついで負傷兵や仲間の戦車兵、それに周囲に残っている生存者たちのために援護射撃をはじめた。

デマーは感覚がなくなった足を引きずり、匍匐しながら丘を登っていったが、そこで見たのは壮絶な光景だった。ベア中尉が這いまわっている生き残りの海兵隊員たちを援護するために、戦死したタッカーの軽機関銃を両手でかかえながら、弾帯を肩にまわし、日本兵に向けて立ったまま連射を繰り返していた。左腕に弾が当たっていたが、それにも構わず射撃をつづけていた。這うことすらできない兵士もいた。デマーのすぐ右では、リトルビット・デービスが「母さん、母さん、父さん、父さん、僕を助けて！」と叫び声を上げていた。デービスは体が大きくタフだったが、まだ一八歳の子供だった。彼は明らかに深い傷を負っていた。この叫び声は、日本兵の注意を引きつけてしまう恐れがあるため、デマーは彼に静かにするように命じた。デービスはやがて無言になったが、その訳はあまり深く考えないことにした。

シュガーローフの最前線で釘づけになった将兵の中に、ジェームス・チェイソン一等兵がいた。彼の隣りでは軍曹が身をちぢませ「屈強で大きな男が、赤ん坊のように泣き叫んでいた」。チェイソンは、この軍曹に「よく聞け、この役立たず、お前はリーダーだろう。泣き叫ぶために、ここまで来たわけじゃないだろう」とたしなめたところ「彼は落ち着きをとり戻したようだった」しかしチェイソンは、この後、自分自身に問題をかかえることになる。

ベアは、第二大隊指揮所のウッドハウス中佐に連絡をとろうとしたが、うまくいかなかった。大隊の戦闘指揮所は、それほど離れていなかったが周囲を岩にかこまれており、その地形の影響で無線士が通信できなかったのだ。ベアは、チェイソンに、ウッドハウスのところに戻って、激しい銃撃をまじえている右翼の攻撃にたいして支援を要請するように命じた。チェイソンは「イエス、サー」と返事をして出発した。

チェイソンは、南北に走る用水路をとおり、側面の四戸か五戸の農家にひそむ狙撃兵からの銃撃を避けつつ苦労して大隊の指揮所に辿りついた。ウッドハウスは、この様子を眺めていたが「貴様はここに辿りつくまでに、えらく時間がかかっていたな」とチェイソンに非難めいた口調でたずねた。チェイソンは「まったくです」「あの鬱陶しい集落に狙撃兵がいる

んですよ」と身分不相応な口調で答えた。「ちくしょう、だから、あれほど焼きはらってお
けと言ったのに」とウッドハウスは話し「貴様が戻るときに、火炎放射手を二、三人つれて、
あの集落を焼きはらっていけ」と命じた。チェイソンは厄介事を頼まれたと感じ、火炎放射
手が見つからないよう願ったが、運悪く、すぐ隣りにタンクを満タンにした火炎放射手が二
人座っていた。「何もせずに、ただ、何かを焼き払うのを待っていた」とチェイソンは苦々
しく回想した。さらにウッドハウスは、チェイソンにたいして、最前線の状況をたずねた。
「あと何人残っている?」「おそらく、一二人から一六人ぐらいです」とチェイソンは答え
た。また、中佐に、右翼への増援が必要であることを告げた。
「わかった、デールに部隊を引き上げるように伝えてくれ、これから右翼側に援護射撃をす
るために兵士を派遣する」とウッドハウスは指示した。チェイソンは続けて、兵士たちは釘
づけになっており、助けを求めて叫んでいると話した。さらにコルセア戦闘機の対地攻撃が
味方の進出した一帯にも及んでいるとして「もう少しで味方に殺されるところでした」とウ
ッドハウスに不満を述べた。「わかった、とにかく、お前たちはみな、引き上げろ、後は状
況に応じて考えよう」とウッドハウスは言った。「もうすぐ日が暮れる」
彼はさらにチェイソンに、航空支援のさいに、海兵隊の位置を友軍機に知らせる航空識別
板を持ち帰るように命じた。
火炎放射手をつれて戻る途中、チェイソンは友人のW・M・ダニエルを見つけ「おい、ダ
ニエル、火炎放射攻撃するのに、ちょっくら援護射撃が必要なんだよ」と話しかけた。

「勘弁してくれよ、いま一六ゲージのショットガンしか持ってないぞ」とダニエルは答えた。彼によると、指揮所の警備の任務をうけており、武器は、この散弾銃しかないとのことだった。

「いいか、よく聞け、もちろん、俺と一緒に来てくれるよな？」とチェイソンは尋ねた。

「わかったよ、一緒に行くよ」と、溜め息まじりにダニエルは答えた。

チェイソンの小さな突撃チームは、トンプソン短機関銃と、一六ゲージのショットガンを乱射しながら、三軒の家に火を放った。家は数分で炎につつまれ、狙撃兵の銃撃もとまった。おそらく、一緒に焼けてしまったのではないかとチェイソンは推察した。のちに海軍の殊勲委員会は、彼の行為にたいして一二名の日本兵の戦死を認定した。

チェイソンは、彼が運んだ航空識別板について思い出すことがある。彼が丘にもどり、沖縄の亀甲墓の上面に設置した友軍機に味方の位置を知らせる布製の識別板を折りたたもうとしたところ「ニップ（日本兵の蔑称）の野郎が突然立ち上がり、俺の頭越しに手榴弾を投げたんだ」手榴弾はチェイソンの頭を飛び越えて、三、四名の海兵隊員がしゃがんでいた亀甲墓の入り口の小さな広場に落ちた。爆発で、一名が戦死、もう一名が足を折った。飛び散った破片は、チェイソンの足と腰にも刺さった。それでも、なんとか歩けた彼は、自力で斜面を降りる途中、丘の麓で砲弾の穴の中にいたベアを見つけた。同じ穴には、リチャード・W・バーテルム一等兵もいた。彼は、〝死んだ魚〟のように横たわっていて頭に銃弾による穴が開いていた。ベアも相当な重傷で、腕は銃弾が貫通しており、胸も銃撃による裂傷があった。さらに足の付け根にも酷い銃創があった。ベアは自分の傷を手当するのに手一杯のようであった。この光景にチェイソンは動揺した。チェイソンは、この大柄のアイダホ出身の友人を死なせたくなかったのだ。

「デール」彼は呼びかけた。「ケツを下にして座ってくれ、そうすれば傷口を処置できる」

ベアは言われるがままに座り、チェイソンは、彼のズボンを降ろして、傷口を処置しようとした。「やめてくれ！」「痛くてズボンが降りないんだ」とベアは苦悶の表情をうかべて訴えた。そこで、チェイソンは、Ｋバーナイフ（＊訳注３／３）を取り出すとデールのズボンを足から股にかけて切り裂いた。中尉の傷は「ちょうど急所のすぐ下をかすめて、足の側面に穴があいていた」。チェイソンは駆けつけた衛生兵と、この穴にサルファ剤をかけて、包帯をまいて応急処置をした。

この混乱状態の中、チェイソンは、何人かの海兵隊員の助けをもとめる叫び声を聞いた。四人の機関銃手が日本軍の銃火につかまり、叫び声を上げていた。「おーい、俺たちを助けてくれ！　助けてくれーーー」少なくとも一人は深い傷を負っており、瀕死の状態だった。三四歳というチェイソンの年齢は平均的な海兵隊員からすると単なる年長者ではなく、ほとんど化石の部類だった。彼は本来、快適な徴兵猶予の処置がとられていたが「退屈な民間人でいるのが嫌だった」。彼ほどの年齢になると、将校や普通の男をこえた何かがあった。若い海兵隊員たちとの、その何か特別な絆が、取り残された機関銃手たちを助けるための行動に彼をかり立てた。

思案したところ、地面に深さ十数センチの戦車の軌道による轍があるのに気がついた。戦車の下部につかまりながら、いったん轍に伏せて、つぎにそこまで負傷兵を引きずっていく。機関銃兵たちが脱出をはじめるまで、日本兵は気がつかないはずだ。あとは自分でやるしかなかった。彼はこの計画を隣りにいた海兵隊員（注3／2）に切り出した。「あそこにいる機関銃兵たちを脱出させなきゃならん。もう片方の轍を伝って一緒に来てくれないか？」

「わかった」と彼は二つ返事で承諾した。

彼らは、戦車兵のところに行き計画を伝えた。そして戦車の下面につかまりながら機関銃手たちの近くで飛び出すと、それぞれ一人ずつ負傷兵を引きずって引き返そうとした。行きはかげに隠れることができたが、帰りはそうは行かなかった。日本軍の銃撃にたいしてまったく遮蔽物がない中を、彼らは戦車の轍に隠れながら、負傷兵を引きずり戻ってきた。他の二名の海兵隊員も負傷していたが、自力で脱出した。

この時点で、状況が絶望的であることに気づき、撤退にそなえて、日本軍にうばわれるのを防ぐために、戦死した海兵隊員のM1小銃を分解して、部品を廃棄しはじめた兵士たちもいた。デマーは、依然としてまだ頂上部にいて、体を地面に突っ伏していた。彼の小銃は泥がつまって動かなくなった。何個かの手榴弾を頂上ごしに投げたが、気がつくと彼のまわりには死体しかなかった。時計を見ると一六四五時であった。

彼はとにかく自分をいったん落ち着かせて、しばらくこの場所で待つことに決めた。足は感覚がなく、相当量の出血をしていることも確かだったし、もう少しで日没のはずだった。

暗くなれば、日本兵に見つからずに丘を匍匐で降りられるのではないかと考えた。この時点でも彼は依然として、自分のまわりに生存者がいるのではないかと若干の期待を持っていた。その時、背中の方から声だけしか聞こえないが、彼の傷の具合をたずねてくれる、まさに〝救世主〟が現われた。「いま、お前らを脱出させるために煙幕を要請した。匍匐できるか?」「もちろんだ」大いに気を取りなおしたデマーは、顔を地面に押しつけながら「アメリカまでだって這っていくよ」と答えた。

すぐに、戦車から一四〇発の煙幕弾が発射され丘が煙につつまれると、デマーも脱出をはじめた。後ろからやってきた誰かが、ナイフでデマーの背嚢を切り落としてくれたので、少し楽になった。デマーは浅い溝に体を押しつけるようにして匍匐前進をつづけたが、やがて彼の部下、〝ストーニー〟クレイグ一等兵の頭部に穴があいた死体に行き当たった。デマーはこの死体を引きずって行こうとしたが、先ほどの〝救世主〟が、背後から急かしてきたため、諦めた。死体をかまっている余裕はなかったのだ。最終的に、デマーは斜面の下部に辿りつき、機関銃をかまえて、立ったり座ったりしていたベア中尉に出会った。その場所には戦車と、まわりに数名の海兵隊員もいた。

ジェラルド・ブンティングは日本軍へ制圧射撃をつづけていた。「今でも思い出すのは、私は、仲間の戦車兵と、数名の海兵隊員が脱出するために、立ったまま援護射撃をおこなっていたが、実際のところわれわれは、どの方向に逃げたらいいのか、さっぱり分かっていなかった」とブンティングは後に書き記している。彼は右側に戦車が一輛残っているのに気づき、仲間の戦車兵に、その方向に走るよう告げた。すでに自分のまわりには、もう生きている海兵隊員はいなかったため、機関銃を投げすてると彼自身も戦車に向かって飛び込んでいった。

ジャック・ヒューストンも同じく後退していた一人だった。彼と数人の海兵隊員は、柔らかい地面にできた戦車の轍にそって、腹ばいでノロノロと移動していた。「ジャップのやつらは、俺たちを狙って撃ってきたが、俺たちに当たるほど、地面すれすれまで照準を下げて撃つことができなかった」と彼は語った。「何人かが背負った背嚢に弾が当たっていた。しかし、脱ぎすてるために起き上がることすらできなかった。そこで後ろのやつが、一人前のやつの背嚢をナイフで切りすてるように全員に声をかけた。これが功を奏し、どうにか戦車の後ろ側まで辿りつけた」

負傷兵たちは、戦車に載せられることになった。そのうちの一人は、リトルビット・デービスだった。彼はジム・チェイソンに運ばれてきたが、瀕死の状態で戦車の前部に寝かせられた。他にデマーもいた。デマーは、自分の太腿に巻かれた戦闘服を見て、自分を丘の上まで迎えにきてくれたのは、撃破された戦車の操縦手ハワード・ペロート伍長だったのを知った。デマーは戦車の砲塔の後ろ側に載せられたが、隣りには、そのペロート伍長が足を負傷してかつぎ上げられてきた。デマーが彼の方に寄りかかり、どこを撃たれたのか聞こうとした瞬間、日本軍の機関銃が火をふき、銃弾が二人の頭の間を紙一重でかすっていった。さらに別の弾がペロートの首にあたり、飛び散った血でデマーは血まみれになった。

戦車隊長のフィル・モレル大尉は、ウッドハウス中佐と連絡を取り合っていたが、これに先立ってウッドハウスは、部隊を再編して、丘の下部まで一〇〇メートルほど後退するように彼に伝えていた。モレルはこの命令を、まわりにいた歩兵に伝え、生き残った戦車に援護射撃をさせながら後退を開始していた。「ところが、砲撃の照準を下げすぎたため、地面にあたって跳ねかえった破片が、近くにいた兵士の足と足首に当たってしまった」とモレルは回想した。

デマーはもう少しで戦車から振り落とされそうになったが、ブンティングが押し戻してくれた。「とにかく、ここから抜け出そう」彼はくりかえし「俺のほうにもっと近づいて、手すりをしっかり握っていろ」

デマーは彼が言うがままに、手すりを握り締め、ペロートの体を引き寄せると、戦車は後退をはじめた。「(デマーの)横にあった戦車の砲塔に載せてある死体に、弾がドンドンとあたる音が聞こえた」と、戦車を楯にしていたヒューストンは述べた。「戦車には日本軍の銃弾が降りそそいでおり、戦車の上で丸裸同然のデマーが生き残れたのが信じられなかった」

「戦車は、われわれの中隊の指揮所があった小山にもどるまで日本軍の銃火を防いでくれた。しかし、撤退する間の四〇～五〇メートルの平野部では激しい銃砲撃をあびた」ヒューストンは述べた。「戦車の周囲にいた、われわれのグループも戻る途中で一名が戦死し、四名が負傷した。気がつくと、自分の小銃の銃床のプレートも弾が当たって粉々になっており、ズボンとジャケットの袖にも弾が貫通した穴があいていた」

モレルは、すぐ背後から突然、日本軍の機関銃の射撃音が聞こえ「ちくしょう、背後にまわりこみやがった！」と叫んだが、よく見ると海兵隊の第二大隊の機関銃であった。

ベア中尉は自分の足でもどる途中も、機関銃をかまえて後方に向かって援護射撃をつづけていた。彼のズボンは引き裂かれており、まるで〝海水パンツのようだった〟とチェイソンは述べた。チェイソン自身も伏せた姿勢で、短機関銃の射撃をつづけ、他の海兵隊員たちも可能なかぎり射撃をつづけた。彼らが、岩山の裏にある指揮所に辿りつく直前、ベアはまたしても被弾した。今度は臀部だった。「彼は倒れた」とチェイソンは回想する。「とにかく、彼は限界に見えた」しかし、信じられないことにベアは苦悶しながらもふたたび機関銃を持ち上げた。

「お願いだから、もう機関銃を置いてくれよ、デール」とチェイソンは叫んだ。「急いで、岩の向こう側に行ってくれ」四回も負傷して、さすがのベアも今度は素直に従った。地面に機関銃を置くと、岩陰の安全な場所を探した。ベアが遮蔽物を見つけたのと時を同じくして、チェイソンの隣りの若い兵士の腹部を小銃弾が貫通し倒れこんだ。チェイソンは彼を肩にかつぐと、岩のかげに運んだが、おそらく助からないと思った。

クリフ・メッツォは、他の兵士たちと後退する途中、日本軍の標的になりやすい戦車の近くにいるのが気になっていた。

シャーマン戦車は砲塔を旋回して後方に向けると、同軸機銃を丘に向けて射撃していた。

真正面の左側に露出した岩を見つけたメッツォは、走ってかげに隠れようとして「こっちに行こう」と叫んだ。しかし誰もついてこなかったため、岩の数メートル手前で振りかえり再度「こっちに来い」と叫んだが、その瞬間、ちょうど大きなハンマーで殴られたように、なにかが胸に激しくぶつかった。彼はくずれ落ち、息がつまった。つぎに彼が気づいたとき、彼は岩のかげにおり、胸の傷にはだれかが包帯を巻いてくれていた。

フィル・モレル大尉は、ふたたび丘の麓までもどり、ウッドハウスに状況を報告する羽目になっていた。彼の無線連絡係の一人、ジョン・ペンはまだ少年で、戦車大隊長からの伝言をたずさえてやってきた。モレルはペンがなにかを精一杯叫んでいるにもかかわらず、なぜかその言葉を聞きとることができなかった。その時、大隊の通信士の兵士たちが「ボス、そこを見て！」とペンの後頭部を指差した。モレルが指差されたところを見てみると、四、五センチの砲弾の破片がペンの耳の裏側の頭蓋骨に突き刺さっていた。

同じころ、戦車はエド・デマーと負傷兵たちをF中隊の指揮所まで運んできた。少尉が出てきて、彼らを戦車から降ろすのを手伝った。デマーは彼にデービスと、ペロートを先に降ろしてくれるように頼んだ。少尉は、すぐに戻ってくると「軍曹」、「二人とも死んでいたよ」と話し、デマーが戦車から降りるのを手伝った。F中隊の軍曹が、デマーに前線の状況をたずねた。デマーは「あの、胸くそ悪い丘は、結構手ごわいぞ」と答えた。

G中隊の指揮所がある岩陰では、兵士たちがひしめいていた。ジム・チェイソンは、足に包帯をまき、背中には小さな破片が無数に刺さっていたが、それでも自分が幸運だと思っていた。「他のやつらみたいに、はらわたが飛び散ったわけじゃなかったからな」彼は陰鬱に回想した。まだ多くの海兵隊員たちが前線で負傷し、脱出できずにいた。そのうち何人かは生き残るために、死んだふりをしていた。ネーロン少尉がチェイソンのところにやって来ると「チェイソン、仲間がまだ脱出できずにいる。もう一度、丘にもどって連れ戻してくれないか？」と話しかけてきた。

チェイソンは一瞬、硬直して彼を見つめると「わかった、行くよ」と答えた。その時、誰かが「チェイソンは駄目だ」「彼は充分、働いた」と割り込み、彼に救いの手を差し伸べてくれたため、チェイソンはその言葉にあまえさせてもらうことにした。「とにかく喋ることも億劫なくらい、死ぬほど疲れ果てていた」と彼は回想している。負傷兵を収容するためのアムトラックが来たので、彼は背嚢を投げ入れて、ネーロンと会話をしていると「アムトラックが行ってしまった」と、チェイソンは回想した。「アムトラックは、俺の荷物を全部持っていってしまった。なんてことだ。俺があつめた記念品は全部あの中だ。服もなくなった。ものすごく落ち込んだね。おまけに負傷して、体中、あちこちから血を流していたし」チェイソンは周囲を見渡すと、トラックが一台、脇に駐車してあるのを見つけた。彼は車体の下にもぐりこむと即座に眠り込んでしまった。

クリフ・メッツォは幸運にも、ジープを改造した救急車の上で担架に乗せられていた。すでにあたりは暗くなっており、道路の起伏も激しかった。運転手は車体が大きく振動するたびに、メッツォに謝った。その後、メッツォは野戦病院に収容された。彼は裸にされ手術台に載せられると医者が傷を消毒し、治療した。そして誰かが自分の服を焼却処分するために、ポケットに雷管など危険物が入っていないか注意している声が聞こえた。医者が彼に注射をすると、すぐに意識はなくなった。

エド・デマーは大隊の救護所からトラックに載せられた。大隊の外科医は彼にウイスキーのボトルを手渡してくれたので、デマーは、一口か二口飲んで、それを返したはずだったがトラックから降りた後も、手がボトルを持った感覚のままでいた。連隊本部に着くと従軍牧師がやってきて、デマーに宗派をたずねた。デマーは「プロテスタントです」と答えると、牧師は、デマーのズボンに染み込んだ血を見て「なんてことですか、軍曹、これはあなたの血ですか?」と驚いたように聞いた。「いいえ、違います」とデマーは答え「一部は、私の血ですが、大部分は、私を助けてくれた戦車兵のもので、彼が首に致命傷を負ったさいに付いたものです」

牧師は、自分のバッグの中からブランデーのボトルを取り出すと「さあ、軍曹、これを二、三口どうぞ、気分がやわらぎますよ」デマーは申し出に従った。

午後一〇〇〇時になって、ウッドハウス中佐は連隊本部にたいして、厳しい状況を冷静にメモにまとめて送った。「G中隊は、7672ジョージ(後に〝シュガーローフヒル〟と名付けられる)をいったん確保するも、甚大なる被害をうけ、維持することができず。G中隊は司令部小隊をふくめ、無傷な将兵は推定七五名。7672ジョージは洞窟と壕が張りめぐらされている。この戦闘で戦車三輌を失った。負傷兵はすべて収容したものの、三、四体の死体は収容できず」

五月一二日の第二大隊によるシュガーローフの攻略失敗は、戦闘に参加した将兵だけでなく、上層部でも驚きを持って迎えられた。この時点で、第六海兵師団にとって、この厄介な丘は重要な目標ですらなく、単に安里川の約一・六キロ南に位置する国場《こくば》と呼ばれる場所にある高地にたいして砲撃をくわえるのに必要な地域のほんの一部であった。なにより衝撃的だったのは、この場所が見た目に無価値だったことにある。目標を攻略できなかったステビンス大尉のG中隊も、当初はまったく恐れていなかった。「あれは山とは呼べない」と戦闘に参加した兵士は回想した。「丘と呼べるほどでもない、単なるゴミさ」その「単なるゴミ」が戦車に支援された海兵隊の一個中隊の攻撃を撃退したのだ。戦車だけでも八五二発の七五ミリ砲、一四〇発の二インチ煙幕弾と、八万六二五〇発の三〇口径機銃弾を発射し、三輌の戦車が日本軍の支配地域に遺棄された。再攻撃にあたって、ウッドハウス中佐は、事前に空爆と砲撃により日本軍陣地をたたいておく必要性を痛感していた。

第六海兵師団に対峙している日本軍の部隊は、新たに配置された独立混成第四四旅団の一部の部隊であると思われた。五月一一日の早朝、第六師団は、戦死した日本兵の伍長が所持していた日記に関して報告をおこなった。表紙には穴があいていたが、独立混成一五連隊の表記と、指揮官の名前として〝ミタ〟が読みとれた。また別の日本兵の死体からは、独立混成第四四旅団第二歩兵隊第三大隊と、六門の七五ミリ砲を有する野戦高射砲第八一大隊、二〇ミリ機関砲を有する機関砲第一〇三大隊などの存在も確認された。独立混成第四四旅団は、第二歩兵隊の二〇四六名と、独立混成第一五連隊の一八八五名に配下の工兵隊や、砲兵隊をふくめ四四八五名の兵力となっていた。さらに海兵隊の第六戦車大隊の証言などから、対戦車部隊も配置されていると思われたが、この時点では確認できていなかった。

日本兵は、明らかに精鋭であった。師団の情報部門は「相当数の日本兵の死体を調査した結果、軍服は汚れておらず、靴も新品で一定期間を塹壕や洞窟陣地で過ごした痕跡が見当たらなかった」と分析した。「さらに注目すべきは、新参で補給も豊富にうけている兵士たちは、侵攻してくる米軍にたいして、最後の一兵まで戦うことを決意している」とし、日本兵の士気に関しては「きわめて高い」とされた。

夜の闇につつまれた後も、海兵隊員たちは必死に後退をつづけていた。何人かは日本兵に見つからないように死んだ振りをしていた。昨日の時点では今頃は日本軍を掃討して休養をとるはずだった海兵隊員たちは、地面の上に横たわり野ざらしの状態で死体となっていた。

G中隊は事実上壊滅した。エド・デマーの第三小隊は五名が戦死、一〇名が負傷し戦死傷率は五〇パーセントを超えていた。他の小銃小隊も、付属の機関銃班などを中心に損害が激しかった。第一、第三小隊ともに小隊長と下士官をすべて失った。「中隊の損耗があまりに激しかったので、われわれの分隊や火力支援班は消滅し、第三小隊は存在しなくなった」と、ジャック・ヒューストンは述べた。

ここまでで述べたように、G中隊は四名の将校に小隊長のエド・デマー軍曹と八一名の兵士を失った。これは、中隊に無傷で残った兵士の数よりも多かった。戦死者の中には、負傷兵を救おうと飛び出したさいに戦死した衛生兵、カミン・ビラノがふくまれていた。

ヒュー〝ハイム〟クラン少尉は、G中隊の三代目の中隊長としての初日となった。彼は前線を歩いて全員の結束をはかっていた。生存者は疲れ果てており、精神的なショックをうけていた。

その夜、塹壕を掘っていたG中隊の機関銃手、ダン・ドルシェック伍長は、〝死ぬほど疲れていた〟ため、土を盛っていた状態のまま眠りに落ち、つぎの朝、目ざめたときには片手にはシャベルを、もう片方の手には岩を持ったままの状態だった。

五月一二日の夜には、何人かの補充兵が、第二二連隊司令部中隊から、D・C・リグビー一等兵に連れられてやって来た。リグビーには補充兵たちがあまりに若く、初々しく思えた。彼らの年齢はおそらく一七歳か一八歳で、世間をなにも知らない初心な子供のようだった。彼らのうちの二人が小銃の風による照準調整について口論しているのを聞いたリグビーは「風による調整なんか必要ないさ」「日本兵は、すぐ近くに来るから、そっちに銃口を向けて引き金をひくだけだ」と険しい口調で話した。

「二人とも呆気にとられて、俺を見ていた」とリグビーは回想する。「おそらく、俺の話の意味が分かっていなかったと思う」

一二日のG中隊の攻撃で負傷したジム・チェイソンは、ようやく病院へ向かうことになったが、最後の瞬間に幸運がめぐってきた。トラックの下で寝込んだ彼は、一三日の朝起きると体中が痛かった。後方へ向かうアムトラックにヒッチハイクしたものの、荷物と記念品を失くしたことを思い出し依然として落ち込んでいた。

しかし、病院へ向かう途中に、ふと目をやると車輌番号をつけた三、四輌のアムトラックが停まっているのが目に入った。「やったね」とチェイソンは叫んだ。「俺の荷物を持っていった二一番のアムトラックだ！」チェイソンは、操縦手に停止するように頼んで飛びおりると、二一番のアムトラックのまわりに座っている三、四名の海兵隊員のところに駆け寄った。

彼らはちょうど、チェイソンの荷物をあけて山分けしている最中だった。「お前ら、それは俺の荷物だ」、「俺に返してくれ」と話しかけたチェイソンの姿は、体中に血にまみれた包帯姿の化け物のようだったに違いない。

後年、彼はこのときの出来事を、驚きを持って思い出すが「とにかく、彼らは全部もとに戻して、俺に返してくれた」

グアム　五月一二日（AP通信）

米軍四個師団と、これに激しく抵抗する日本軍との間で膠着状態がつづく沖縄本島の前線では、本日、両軍が繰り返し攻守を入れ替える肉弾戦をくりひろげ、日米両軍合わせて五万名から一〇万名が峡谷や丘をめぐって戦闘をくりひろげた。沖合の艦船にたいする日本軍の特攻攻撃がつづく中、第一〇軍の総司令官、サイモン・ボリビア・バクナーJr中将は「目覚しい前進が期待されるような類の戦いではないが、多数の日本兵が死んでおり、彼らは着実に後退している」と昨日のめざましい戦果について述べた。

（注3／1）ステビンスの左足は、すぐに完全に回復した。右足は太腿に大きな穴があいており、当初はダムダム弾によるものと考えられていたが、跳ね返った弾が、上下逆さまにステビンスの足に当たったことが分かった。

（注3／2）後にチェイソンは、この兵士がオレゴン州、ベンド出身であることを思い出した。

＊

天久台占領せらる　十二日西方の天久台及び安里正面は戦車を伴う強力な米軍の猛攻を受けた。安里北側五二高地に突進してきた米軍を不意急襲し、多大の損害を与えて撃退した。天久台方面の独立第二大隊の陣地は米軍の馬乗り攻撃を受け、接戦激闘を交えたが、天久台上の大部分は米軍の占領するところとなった。

独立混成第四十四旅団長は、右地区隊（独立混成第十五聯隊）強化のため、旅団予備であった独立混成第十五聯隊第一大隊（野崎大隊）を右地区隊に増加した。（日本側の公式戦記：戦史叢書沖縄方面陸軍作戦より）

（＊訳注3／1）サルファ剤：硫黄の粉末で、主に外傷用の殺菌剤として兵士の所持している救急キットに入っていた。

（＊訳注3／2）零点規正、ゼロイン：照準点と着弾点を一致させるために、あらかじめ試射を繰り返しておき、砲一門ごとの癖を加味して正確な射撃をおこなう手法。

（＊訳注3／3）Kバーナイフ：海兵隊員の標準装備品として支給される格闘戦用のナイフ。

第四章　攻撃続行

　第二二海兵連隊G中隊を壊滅させた丘は、複数の丘が相互連携する構造により強固な陣地が構築されていた。この仕組みを海兵隊側が完全に理解するまで、さらに四日間もの期間が必要であった。この後〝シュガーローフ〟と呼ばれる、この不規則な長方形の塊のようなかたちの丘は、東側の首里高地のかげに隠れてあまり重要視されていなかった。戦前、地元の沖縄では、その頂上から西に二四キロはなれた慶良間諸島が一望できることから「慶良間チージ」と呼ばれていた。日本軍は単純にこの丘を「五二高地」と呼んでいた。

　高さ一五メートルから二〇メートル、長さ二七〇メートルしかないため、一個中隊の兵員で大混雑する程度の広さしかなかった。赤土が積みあがり岩が露出した貧相な丘の外観は、その重要性と反比例していた。この丘は牛島中将の首里防衛ラインの西の要衝として、洞窟やトンネルで強固に要塞化され、三角形の相互防衛システムの一点として機能していた。

　シュガーローフの南東、約四〇〇メートルには、後に、そのととのった形から〝ハーフム

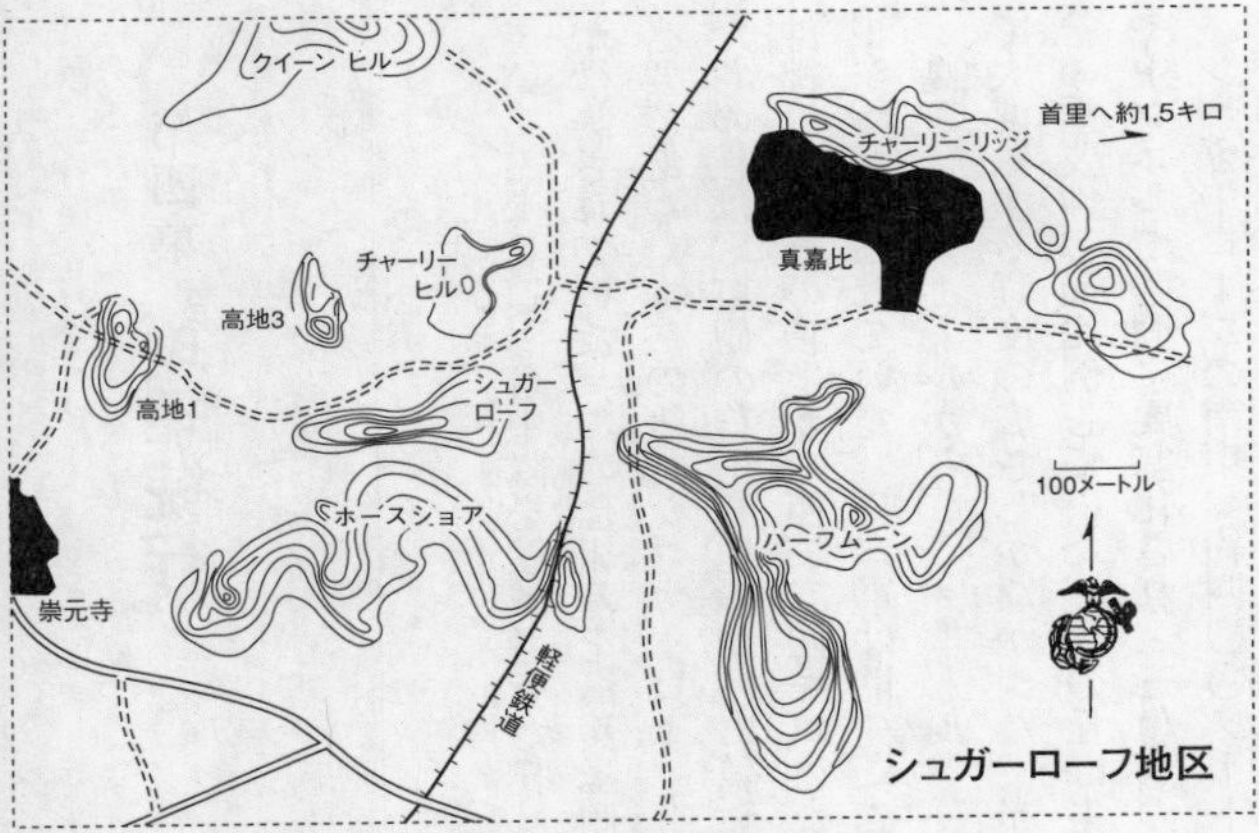

ーン（半月）〟と呼ばれる別の丘があった。この二つの丘の谷間には軽便鉄道（＊訳注４／１）が走っており、曲がりくねりながら、那覇へとつづいていた。この鉄道の脇に塹壕を掘った海兵隊員たちは、レールにはっきりと〝Tennessee 1941（テネシー州一九一四年製）〟と米国製をしめす刻印があるのを見つけて驚いた。さらにシュガーローフの南一八〇メートルには、のちに〝ホースショア（馬蹄）〟と呼ばれる別の丘があった。（注４／１）

防御側の立場では、これらの三つの丘は、シュガーローフを頂点として、ホースショアと、ハーフムーンが底辺を構成するかたちで、侵攻してくる第六海兵師団にその矛先を向けていた。いかなる攻撃にたいしても、それぞれの丘が相互に後ろ楯となるため、前日のG中隊の攻撃失敗で実証されたように攻撃側に多大な出血をしいた。また、全域はそれほど広い領域でもなく、フィリップ・

D・カールトン少佐は「進入路をふくめた戦場全体でも約一キロメートル四方が全てだった」と評した。しかし日本軍は、この区域を殺戮ゾーンにつくりかえ、後年「教科書通りの陣地防御術」と第六海兵師団の戦史研究家から評されるようになった。ホースショアの深い窪みは、日本軍にとって格好の迫撃砲陣地となり、接近戦での小銃や手榴弾による直接攻撃の影響をまったくうけなかった。丘にはトンネルや坑道が複雑に張りめぐらされており、人員や物資を地上に出ることなく補給することができた。のちの戦闘で海兵隊はシュガーローフとハーフムーンの日本軍の陣地配置図を奪取したが、その地図では、それぞれの丘は一個中隊にみたない戦力で防衛されているようであった。しかし、実際には、いずれかの丘が苦戦におちいった場合はすぐに豊富な予備兵力で増員できることは、この時点では判明していなかった。陣地は重武装されており配置図では少なくとも四五門の迫撃砲と、二九門の擲弾筒の配備が記載されていた。

地形は防御側にきわめて有利であった。攻撃側は遮蔽物がなく丸裸で丘に接近しなければならず、彼らにできる唯一の方法は、擬装して発見される前に可能なかぎり接近し、見つかったら一気に突撃することであった。海兵隊員が、どれか一つの丘を攻撃しても、他の二つの丘から丸見えで遮蔽物もなかった。また、この地帯全域はシュガーローフの東から北東に位置する首里高地一帯からの、機関銃、迫撃砲、野砲による攻撃をうけた。シュガーローフの裏側は二つの丘と幅広いトンネルで繋がっており、そのトンネルは首里高地一帯の要塞地域までつづいていた。少なくとも日本軍が、これらの三つの丘を押さえているかぎり西側の結論づけた。

戦線は安泰であった。第六海兵師団の特別活動報告書では「シュガーローフは、その地勢上、重要な戦略的拠点であり、さらに戦術面での優位性も他に類を見ないほど強力であった」と結論づけた。

海兵隊員には日本軍の砲弾が降りそそいだ。のちに編纂された師団史では「敵の砲撃は、これまでの太平洋戦線で出会ったことがないほど、優れた統制と正確さの下で実施されていた」と分析した。

首里高地の日本軍からは、第六師団の動きが丸見えであった。「やつらは、牛乳瓶の中にでも弾を撃ち込むことができた」と、その砲撃の正確性に海兵隊員たちは驚きを隠さなかった。

後に、米軍側のシュガーローフ近辺の戦死傷者の五〇パーセントから七五パーセントが、直接視界のきかない場所から零点規正（ゼロイン）された砲撃による損害と推定された。日本軍はフィリピンに輸送する予定だった大量の火砲が、米軍の潜水艦攻撃の激化により、この沖縄の地に取り残されており、独立混成第四四旅団だけでも少なくとも八門の一〇センチ榴弾砲と、四門の山砲を保有していた。これらの砲は隣接する部隊の迫撃砲や、火砲の支援をうけていた。沖縄戦がはじまる前から那覇には砲術学校があり、戦闘がおこなわれる一ヵ月前からは五二高地（シュガーローフ）には砲兵陣地が構築され、さらに付近一帯は日本軍の砲撃演習場として利用されていた。何人かの海兵隊員は、戦場に標桿《ひょうかん》（＊訳注4／2）と推察される赤い杭が打ち込まれているのを目撃した。日本軍の砲撃はきわめて正確で、射手は標定弾（＊訳注4／3）すら必要としなかった。

「凄まじい集中砲火だった」マービン〝ストーミー〟セクストン大尉は、五〇年前の記憶を鮮やかに呼び返す。海兵隊の猛者で経験豊富な戦闘指揮官であるセクストンにとっても、日本軍の集中砲撃は初めての経験であった。「あとで、いろいろなやつから聞いたけど、日本軍は砲撃演習のさいにあらかじめ、この地域の特徴を詳細に地図に書き記していたそうだ」とセクストンは思い起こした。

五月一三日の朝、第六海兵師団の攻撃は〇七三〇時開始予定であったが、悪路のために支援のロケット砲と補給物資を積んだトラックの到着が遅れたため、一一五時に遅延した。昨日の第二二連隊二大隊G中隊の攻撃失敗にもかかわらず、師団司令部は日本軍の配備状況を明らかに軽視していた。五月一三日付けの師団報告書には「敵は、安謝川と那覇の間の戦術上重要な地域を放棄した。師団前面において敵の組織的な抵抗は見られない」と記述されていた。

シェファード将軍は、攻撃の主軸を左翼側の、第二二連隊第二大隊と、第二九連隊第三大隊の正面の安里川上流の高地とすることに決めた。第二二海兵連隊の活動特別報告書には「この命令の意味するところは言うまでもなく、沿岸部に展開する第二二連隊第一大隊および第三大隊が確保している那覇市を一望できる統制線まで、約一千ヤード（九〇〇メートル）ほどの連隊規模の攻撃を実施することであった」

敵の抵抗をやわらげるために、師団砲兵による砲撃と沖合に展開している戦艦一隻、巡洋艦四隻、駆逐艦三隻による艦砲射撃がくわえられた。さらに、敵の陣地にたいして航空機によるロケット弾攻撃や、一〇〇ポンド（九〇キロ）および五〇〇ポンド（四五〇キロ）爆弾による空爆が何波にもわたり繰り返された。

こうした事前攻撃にもかかわらず、日本軍の攻撃はスタートから激烈だった。第二九連隊第三大隊G中隊の小隊長、ニックネーム〝ゼム〟ことペリー・ゼメリカ中尉は、シュガーローフの約二〇〇メートル北に位置するクイーンヒル（＊訳注4／4）の麓までやってきたところ、斜面の下部に明らかに銃撃により戦死した海兵隊員たちの一列に並んだ死体が目に入った。おそらく昨日の戦闘で死亡した隊員のようであった。彼が周囲の状況を観察していると、金髪のギルバート・コスタ一等兵が斜面を登りだすのが見えた。ゼメリカが彼を呼びとめ、コスタが振りむいた瞬間、向こう側の洞穴から小火器が発砲しコスタの右胸に弾があたり、飛び越えたばかりの蛸壺の横に倒れ込んだ。

この蛸壺は、すこし前に海兵隊員によって掘られたものだった。ゼメリカは斜面を駆けのぼりながら、そのうち一つの蛸壺に飛び込み、その穴にコスタを引っ張りこもうとした。同時に一九四二年のガダルカナル戦からの古参兵のジョージ・C・ムニア軍曹も、急いで駆け寄るとコスタの足をもってゼメリカの蛸壺に押し込もうとした。これがムニアの最期だった。この様子を斜面の下方に位置する蛸壺から見ていた海兵隊員は、ムニアの目と目の間のど真ん中に弾があたるのが見えた。

「彼は何が起こったか分からないうちに死んだと思う」と、この兵士は回想した。

ゼメリカは再度、手を伸ばしてコスタを掴もうとした時、側頭部を激しく殴打されたような衝撃をうけた。小銃弾が耳から入り、首の後ろから抜けていったのだ。ゼメリカは蛸壺の中に崩れ落ち、斜面下の味方の兵士からは見えなくなってしまった。

銃撃がつづく斜面では砲撃でできた穴の中に、仲間から〝テネシー〟と呼ばれていた、H・ロス・ウィルカーソン一等兵と、他に二人の海兵隊員が隠れていた。「ちょっとでも動くと、すぐに銃撃された」と彼は回想した。「全員が、身動きが取れなくなった」

この少し後、衛生兵のニューエルが彼らの穴に飛び込んできた。ウィルカーソンは、コスタが死んで、ムニアも死んだことを伝え、ほかに何人か撃たれたようだと話した。「ゼムはどうした?」とニューエルは聞いた。「彼も頭に弾が当たった。すぐに駆け寄って、できる限りの応急処置をしたけれど、今頃は死んでいると思う」今は一四〇〇時で、撃たれてからすでに二時間は経過しているはずだった。その時、丘の上部から何か呼ぶ声が聞こえた。

「テネシー、テネシー!」

「ここにいます」ウィルカーソンは答えた。「ゼムですか?」

「ああ」と返事があった。

「そっちに行きましょうか?」とウィルカーソンは叫んだ。

「いや、いい」ゼメリカは答えると「話を続けてくれ、今からそちらに行く」と突然、ゼメリカは飛び出し、頭を押さえて〝ふらふらしながら〟ウィルカーソンの穴に向かって丘を下りだした。ウィルカーソンは手を伸ばして彼を引き込もうとしたとき、小火器が発砲した。

しかしゼメリカの突然の動きに驚いたのか、弾は当たらなかった。穴の中に入ってきたゼメリカを見て、ウィルカーソンは、ぎょっとした。中尉の頭は西瓜のようにパンパンに膨れ上がっており、片方の眼球は眼窩から、ほとんど押し出されていた。「大丈夫ですか？ ゼム」とウィルカーソンは尋ねたものの、見た目は明らかに大丈夫ではなかった。「ああ、何とかなりそうだ」とゼメリカは答え「とにかく、ここから出るしかない」

話が終わると、ゼメリカと、ウィルカーソンはとりあえず脱出することに決めたが、いずれにせよ脱出するには戦車の支援が不可欠だった。ウィルカーソンはライフルを置くとゼメリカの四五口径の拳銃を受け取り、戦車をさがすために後方へ向かって匍匐しはじめた。彼は中隊の指揮所までもどると現在の状況を報告し、野戦電話機で電話をかけた。すると五分も経たないうちに戦車が音をたててやってきた。ウィルカーソンは、二、三名の海兵隊員とともにゼメリカを助け出すため、戦車のかげに隠れながら歩いてもどった。途中、戦車の反対側の装甲板に機関銃弾がはねかえる音がしたが、無事にゼメリカを敵の射界の外につれ出すことができた。彼らは、中尉を戦車の上にのせて、落ちないように縛ると、戦車は彼を後方に運んでいった。（注4／2）

第二二連隊第二大隊のE中隊とF中隊は、戦車と歩兵による攻撃で正面と側面の日本軍の防御陣地から凄まじい銃砲撃に見舞われ、前日のG中隊の二の舞におちいっていた。午後遅くになってE中隊はシュガーローフの北側にある小山まで辿りついたが、敵の銃撃が激しく顔を地面に押しつけたまま身動きがとれなくなった。F中隊は、近接する小山を攻撃するために第二九連隊第三大隊が進撃してくるのを午前中ずっと待ちつづけたが、最終的に敵の銃砲撃に持ちこたえられずに後退させられた。

大隊の特別活動報告書には、海兵隊員たちはシュガーローフに辿りついたものの「消耗が激しく後退させられた」と記されている。

ジョー・ビストリー率いるF中隊に所属する小隊は、猛烈な迫撃砲攻撃をうけた。何事もない静寂から突然、一八発から二〇発の迫撃砲弾が降りそそいだ。それはちょうど「両手一杯に小石をつかんで、空に投げ出したようだった」とビストリーは思った。その一斉砲撃で、彼の小隊は三名が戦死、八名が負傷した。ビストリーには日本軍が、それ以上の砲撃をおこなわなかった理由が理解できなかった。「全員を倒したと勘違いしたのかも知れない」と彼は語った。

「とりあえず、負傷者を後送して、ライフルを回収することにした」とビストリーは回想する。「死んだやつは置いていくしかなかった。そこで私と軍曹で手分けしてチェックすることにした。〝こいつは死んでる。こいつも駄目〟ってね。そうしてカルドウェルを見つけたんだ。カルドウェルは、唯一のコネチカット州出身者だったので、以前から知っていたが、彼を見るなり軍曹は、〝駄目だ、こいつは死んでる〟て言ったが、私は、〝俺はそうは思わない〟と言って、私の責任で〝やつをつれて帰る〟と言ったんだ。カルドウェルはかなりの重傷のように見えたが、とにかく背負ってつれて帰った」

ビストリーが、中隊長に報告をしているときに、部下の兵士が「カルドウェルは生きている。こっちに来てくれ」と呼びにきた。「カルドウェルは口から泡を吹き息ができなかったため、銃剣を口に突っ込んで、こじ開けたところ息を吹き返したので病院に搬送した」とビストリーは回想した。カルドウェルは迫撃砲弾の破片が四三ヵ所も刺さっており、足は皮一枚でつながっている状況であったが、なんとか生き延びることができた。のちに彼がビストリーにたいして、自分が生きているか、あるいは死んでいるかと言ったみなの会話が全部聞こえていたものの、自分から話すことができなかったと語った。

Ｆ中隊長のマイク・ヘーアン中尉もこの日の午後、機関銃の斉射を足にうけて負傷した。大隊長のホラティオ・ウッドハウス中佐は、中隊幕僚のエド・ペズリー中尉を無線で呼び出し、部隊は前進をつづけるとともにヘーアンを後方に搬送しろと命令した。ヘーアンはカリフォルニア出身の二八歳でグアム島の攻防戦では銀星章を授与されていたが、戦闘がつづいている間は後送されることを拒否した。「ヘーアン中尉を救護所へ運ぶために何度も担架をかついだ兵士がやってきたが、そのたびに彼は別の負傷兵を担架に乗せていた」とペズリーは回想した。

最後には、ウッドハウス中佐がじきじきに中隊の観測所までやってきて直接ヘーアンに次の担架に乗るように命令した。彼は、この頑固な中隊長が命令に従うのを見届けるまで、その場にとどまった。一八〇〇時までに戦車は撤退し、攻撃も中止となった。ヘーアンは後送されて戦闘も膠着状態となったため、Ｆ中隊は夜にそなえて塹壕を掘った。

左翼の第二九連隊第三大隊では、H中隊が先陣を切って二七〇メートルほど前進し、真嘉《まか》比《び》の集落の北西にある丘を掌握することができた。これまで、この丘の日本軍から第二二連隊第二大隊の後方に向けて一日中銃撃があびせられていた。こうした成功はあったものの、二つの大隊によるこの日の攻撃は、日没までにさらに一五〇メートルから二五〇メートル程度前進するにとどまった。

この間、第二二連隊第三大隊は那覇市北部の郊外に向けて偵察活動を実施し、斥候隊は那覇市の北に位置する天久《あめく》の集落に入った。この斥候隊には一八歳のペンシルバニア州イーストン出身でエール大生の大柄でブロンドのフランク・シューマン一等兵がいた。シューマンはもともと、司令部の伝令要員だったが、それでは物足りずに、上官に最前線での危険な任務を志願し、ようやく前進観測所に配属され数多くの敵の重要拠点を探し出していた。この周囲からは典型的な「ガンバリ屋」と呼ばれていた少年は、斥候隊でも先頭を志願していた。

この日の朝、斥候隊は敵の機関銃攻撃に遭遇し二名が負傷したため、一四〇〇時にL中隊の歩兵小隊と戦車で強行突破することになった。シューマンは、ほぼ先頭に位置して「僕は敵の迫撃砲の位置を知っています」と、当時悩まされていた日本軍の陣地について話し「朝、攻撃された時に見つけたんです」とつづけた。

天久台《あめくだい》の方向に向かって進撃していくと道端には日本兵の死体が、あちこちに散らばっていたが生きている日本兵の姿はまったく見られなかった。安里川の北、一八〇メートルほどの位置まで到達したところ、遂に日本軍は迫撃砲と機関銃による攻撃の火蓋をきった。この時、シューマンは最初に被弾したうちの一人で、機関銃弾が右ひざを貫通し倒れこんだ。彼はそれでもなお、敵の銃火の方向に匍匐前進し、小刻みに止まっては短機関銃を発射した。彼は四〇メートルほど前方に日本軍の迫撃砲陣地を発見すると「あそこだ!」と叫び、さらに「あそこだ!」と指差した。

別の日本軍の軽機関銃が火をふくと、シューマンはさらに足に被弾した。それでも彼は前進し短機関銃を撃ちつづけた。彼には、最後まで右側にいた日本兵の一団が目に入らなかったはずだ。日本兵は彼に二個の手榴弾を投げつけた。一個は頭の上を通り越したが、もう一個は彼の数センチ横で炸裂し、シューマンは即死した。

日本軍の陣地は村の中に巧妙に隠匿されており、海兵隊の戦車は狭い通りで身動きがとれなくなった。一輌のシャーマン戦車は村に入ったとたん、爆雷攻撃をうけて擱座したため、残りの部隊は後退した。北方向からの歩兵と戦車による別の攻撃も、日本軍の重機関銃の銃撃をうけて頓挫した。このため、連隊司令部は村全体を破壊する命令を下した。戦車と兵士たちは、建物を完全に破壊しつくし推定七五名の守備隊を殺害すると一八三〇時に撤退した。

この日、第二二連隊G中隊の生き残りはシュガーローフ前面の小山付近に踏みとどまっていた。ジャック・ヒューストン一等兵が、食事をとるために小山の裏側にもどってきたとき、中隊の左手で、周囲よりやや高くなった土手の上から二人の海兵隊員が気まぐれに銃撃を行なっているのが見えた。「俺は当時、下っ端の一等兵だったから何の権限もなかったけど、あんな無意味なことは止めさせたかったたね」と回想した。中隊は昨日、同じ場所を攻撃したもののまったく歯が立たなかった。ヒューストンは、二人に降りてくるように叫ぶと、彼らは笑いながら従ったが、一〇分ほどするとまた、同じ場所で同じことを繰り返した。

「お前ら、いい加減にしろよ」と叫ぼうとしたヒューストンの言葉は、銃弾が骨と肉を砕く音でさえぎられた。二人のうち、後ろの男は完全な宙返りをしながら背中から倒れこんだ。左目から鼻にかけて大きな穴があいており、血が吹き出していた。「牛乳瓶を逆さまにしたときのような、ゴボゴボという音がした」とヒューストンは回想した。数秒後に、もう一人の男も突然、弾が当たり、首をつかむと地面を滑り落ちた。

　ヒューストンは、すぐに衛生兵を呼ぶと、二人の海兵隊員は後送されたが、その時には、まだ息があった。


　第二二海兵連隊は五月一〇日の安謝川を超えて以降の攻撃で八〇〇名もの戦死傷者をこうむっており、連隊の戦闘能力は明らかに低下してきていた。シェファード将軍も、この戦力低下を憂慮しており、五月一三日に攻撃力を維持するために部隊を再配置することに決めた。まず第二九連隊第三大隊の後方に第二九連隊の残りを集結させ、翌日の攻撃の主力とした。つぎに予備の第四海兵連隊を、第二九連隊のもとの位置に移動させ師団の後方防御と、側面に開けた沿岸部の警戒にあたらせた。

　レイ・シンドラー一等兵はＫ中隊の機関銃手で、この日は丸一日、沿岸部にそった作戦行動に従事した。戦闘は五月一〇日ほど酷くはなかったが、死傷者が絶えることなく出ていた。

シンドラーの戦友の一人は、洞窟に火炎放射したさいの爆発で脛を砕いてしまった。こうした日々の繰り返しで、この海兵隊員はあまりハッピーな気分ではなかったが、寝床に横になると、満足げに煙草を吹かして「みな、あとは頼んだぞ、俺は少し寝るからな」と声をかけた。

この日の午後、シンドラーの所属する機関銃班は二〇メートルから三〇メートルの高さの断崖の近くにある護岸堤にそって陣地を構築していた。シンドラーたちは、これまで沿岸部の険しい高地での戦闘で、多くの仲間を失っていた。しかし今度は、海に向かって機関銃を据え付け日本軍の逆上陸にそなえる羽目になっていた。彼は神経質そうに背後にある断崖に目をやった。もしかしたら日本軍の部隊が、断崖の上をひそかに抜け道として使うことを恐れていたのだ。このミシガン出身のティーンエージャーは、とりあえず自分の陣地の背後に岩をつんで壁をつくることにした。「背後から小銃の狙い撃ちの標的になる」のを恐れていたのだ。日没で周囲が暗くなった直後、シンドラーは陣地の背後から、自分に向かって進んでくる数人の人影に気がついた。「そこに居るのは誰だ！」と彼は誰何《すいか》した。人影は、食事をはこんでいる第二小隊の兵士であると名のり、とぼとぼと歩きながら通り過ぎるさいにレーションの箱が見えた。二〇分後、さらに今度はもっと多くの人影が歩いているのに気がついた。シンドラーは「おい、そこに居るのは誰だ！」と誰何したが、今度はだれも答えなかった。さらに男たちが円形の光沢のあるヘルメットを被っているのに気がついた。彼らは八人から一〇人、おまけに陣地の背後で、数メートルのところまで迫っていた。

シンドラーは、大慌てで手榴弾を探し、ようやく一個だけ見つけると、即座に投げつけた。人影は、蜘蛛の子を散らすように四方八方に走り出すと、まわりの海兵隊員たちも銃撃を開始した。翌朝、海兵隊員たちは付近に三八体もの日本兵の戦死体が横たわっているのを発見した。おそらく、以前に抜け道としてつかった道をふたたび戻るところだったのではないかと推察された。

クイーンヒルでは、ムニア軍曹と、コスタ一等兵の二人の死体を収容することができなかった。夜に入って残りの兵士たちは、銃火をまじえた丘の斜面のすぐ北側で寄り添うように集まっていた。周囲が闇につつまれた中、ロス・ウィルカーソン一等兵は六人から八人の日本兵が二人の海兵隊員の戦死体に忍び寄っているのを発見した。ウィルカーソンが彼らに向かって銃撃をくわえようとした、まさにその時、別の兵士が「止まれ」と叫んだ。

これは、本当に馬鹿げた行為だった。夜間に動く人影を見たら日本兵だと判断するのは海兵隊員としての常識であり、この行為は敵に注意をあたえただけだった。日本兵は自分たちが発見されたことに気がつくと、すぐに反応した。「彼らはすぐに起き上がって、手榴弾をわれわれに向かって投げはじめた」とウィルカーソンは回想した。「手榴弾が地面に落ちる音がした。音は聞こえたんだ。でも、どこに落ちたか判らない。そこで大声で〝手榴弾だー〟って叫んだよ。俺たちは一斉に蛸壺の中に伏せたんだ。そうしたら手榴弾はわれわれの蛸壺と蛸壺の間で爆発した。もし伏せてなかったら、みな死んでいたと思う」

海兵隊員たちもすぐに反撃に転じた。翌朝、爆雷を体に巻きつけた四名の日本兵の死体が残されていた。「おそらく海兵隊員の死体にブービートラップを仕かけるか、あるいはわれわれを爆破してしまうつもりだったと思う」とウィルカーソンは回想した。

この目標区域（TA）7672Gという名の小さな悪魔の丘は、すでに血の洗礼をうけていた。のちに海兵隊の伝説となる『シュガーローフ』という名がつけられるのは、翌日の五月一四日のことである。

五月一四日は、絶え間ない雨と厚い雲で陰鬱な日となった。この日の朝、ウッドハウス中佐は、E、F、G中隊の中隊長をあつめると南の那覇方面に攻撃を続行するため、計画の説明をおこなった。沖縄の県都の手前には三つの小さな丘が立ちはだかっており、大隊は、この地で五月一二日、一三日と立ち往生していた。

彼の攻撃計画によれば、ウッドハウスはまず三つの丘を、右から左に向かって高地1、高地2、高地3と名づけた。高地1と3はそれぞれ高さ約一〇メートル、間の高地2は三つの中では一番高く三〇メートルほどの高さがあり、約九〇メートルから一三〇メートル南に位置していた。ウッドハウス中佐はF中隊から右側の高地1の奪取に一個小隊、左側の高地3の奪取に一個小隊を割り当て、E中隊は高地1を攻撃するF中隊の小隊の予備とし、G中隊は高地3を攻撃するF中隊の小隊の予備とした。その後、F中隊は三個小隊すべてをつかって高地2の奪取をはかることとした。

南側に対峙する日本軍の配備状況に関する海兵隊の情報収集も活発になっており、師団の報告書によると、海兵隊が交戦しているのは独立混成第一五連隊の第二大隊と第三大隊および、特設警備第二二三中隊に、独立速射砲第七大隊の一部の存在も確認された。近接する区域の日本軍の総兵力は一六五〇名と推定されたが、これには那覇とその近郊から送りこまれる予備兵力は計算しておらず、過小評価している可能性もあった。

ウッドハウスは何か質問がないか将校たちに尋ねたところ、一人の中隊長が、命令の順序を論理的に考えると、最初に攻撃する二つの丘を高地1と2、少しはなれた大きい丘は高地3なるはずだが、なぜ攻撃する順番に高地の番号を振らないのか尋ねた。「わかった」とウッドハウスは答えると「それじゃ、こうしよう。右側の丘を高地1、左側の丘を高地3、そして高地2のかわりに〝シュガーローフヒル〟と呼ぼう」

ウッドハウスは以前、ガダルカナルで行なった演習のさいに目標となった独特の形をした丘を〝シュガーローフ〟と呼んだことがあり、その丘は南部のデザートによく似た形をしていた。

高地2も実際に菓子パンのような形をしていたためウッドハウスは、このニックネームを思いついたのであろうと将校たちは後に思い返した。

第二大隊の攻撃は、第一〇軍の二個軍団を動員した東西の両方向から首里を攻略し、牛島率いる日本軍を側面から包囲する大規模な作戦のほんの一部に過ぎなかった。ウッドハウスは、第一海兵師団が攻撃担当区域である左翼側が第二大隊の攻撃時に、敵にさらされる恐れがあるため、その進出を待って攻撃を開始するつもりでいた。しかし一一三〇時になって副師団長のウィリアム・T・クレメント准将がじきじきに大隊指揮所にやってきて、書面による作戦命令書を手渡した。その命令ではウッドハウスにたいして側面の第一海兵師団の到着を待つことなく攻撃を実施するよう命じていた。さらに、それにつづく「大隊は即座に攻撃を開始し、いかなる犠牲をはらっても攻撃を遂行せよ」は、海兵隊の猛者にとっても厳しい口調の命令だった。クレメントは念を押すように「いかなる犠牲をはらっても」の部分を繰り返した。

副師団長がじきじきに大隊指揮所に現われて命令を伝達するのは、きわめて異例であった。それにくわえウッドハウスも、この命令にたいして押し黙ったままでまったく反論しなかった。ウッドハウスは、F中隊長のエド・ペズリー中尉にたいして「いかなる犠牲をはらっても」との言いまわしは第一次世界大戦のころの名残りで時代遅れの言葉であると感想を述べた。また「命令は、学校の規則と違って、絶対に従う必要があった」とペズリーは彼の反応を思い出した。

一四〇〇時にロドニー・ガウム中尉の第一小隊は高地1に突進していった。高さ二五メートルの丘は、凸凹で遮蔽物が多いメリットがあるものの、日本軍も小火器と擲弾筒で猛烈に応戦してきた。日本兵が丘の反対側をこっそりと這いのぼり下で待機している誰かに合図を送ると、擲弾筒から発射された弾が高地1のガウムの小隊に降りそそいだ。この様子を見た、西側の高地にいたB中隊の海兵隊員たちはおどろいて、即座に谷越しに発砲すると、日本兵がこちらを驚いた顔で振りかえり、すばやく姿を消してしまった。

一四二〇時までに、ガウムは高地1を掌握したものの高地3から激しい攻撃をうけていると、第二大隊に連絡が入った。さらに一〇分後「高地2と高地3の間の道を戦車で掃討してほしい」と突撃小隊から連絡がはいり「戦車の支援がないかぎりF中隊は身動きがとれない」とつづいた。この間、高地3はロバート・ハッチング中尉が奪取した。しかし、第一海兵師団の進出が遅れたため、ハッチングの小隊は左翼と左翼後方からの攻撃にさらされ、相当数の兵員を失った。東側の首里高地一帯を受け持つ第一海兵師団の進出の遅れが、第六海兵師団の戦況に悪影響をあたえる可能性はもともと懸念されていた問題であった。

戦況は情報が錯綜していた。一四五二時に戦車と歩兵が高地1からシュガーローフの間の谷間を移動していくのを第二大隊本部は確認した。八分後、今度はその高地1上の海兵隊員から「右翼から多数の日本兵がまわりこんで来ている」との救援要請があった。E中隊は戦車をともなって高地1でガウムの小隊の救援に駆けつけた後、そのままシュガーローフ攻撃に取りかかっていたのだ。

のちに同僚の将校が語ったところによると、ガウムは体格のよいブロンドの若者で、二、三ヵ月前に大隊に配属されたばかりであり、人から距離を置くところがあった。「だれも彼のことをよく知らなかった」と他の少尉も語った。しかし、戦闘に関しては天性の攻撃性があり、小隊長のジョー・ビストリーはガウムの行動はほとんど自殺的な行為だと思っていた。「彼だけがトランシーバー型の無線機を持っていた」とビストリーは回想した。「あれは、とにかくかさばったし、おまけに、動作が不安定だった。彼は戦場のど真ん中で、伏せもせず、しゃがみもせず、立ち上がって通信していた」

ウッドハウスは、ペズリーを呼び出すと、F中隊から手持ちの全兵力を動員してシュガーローフにたいして予定どおり次の攻撃を実施するとつげた。

攻撃は戦車五輌からなる一個戦車小隊の支援と、砲兵隊による煙幕弾の斉射が行なわれることになった。しかし、すぐにウッドハウスから連絡があり、砲兵隊はすでに煙幕弾を使いはたしたため、歩兵の攻撃開始五分前に戦車隊を出発させて支援すると伝えてきた。シュガーローフは間近にせまっており、戦車から煙幕弾と支援射撃をおこなえば、前進する海兵隊員たちにとって一定の防御効果はあるはずであった。G中隊の生存者たちも、攻撃を実施するF中隊にたいして、高地3を越えて支援射撃をくわえるように命令が下った。G中隊は二日間の戦闘で七五名まで兵力が消耗していたため、生存者を一個歩兵小隊に再編し、F中隊の支援にあたることになった。

ジャック・ヒューストン一等兵が到着したとき、兵士の一団が丘の麓に寄り添っていた。その場所からでは支援射撃ができないので稜線まで上ったところ、反対側の斜面を日本兵が駆け下りて行くところだった。ヒューストンは日本兵に向けてライフルを二発ほど発射すると、彼らは穴の中に飛び込み視界から消えてしまった。ヒューストンが二発目を発射したさい、風を感じるほど耳のすぐ傍を一発の弾丸が通過していった。怖くなった彼は、斜面下の兵士のところまで、いったん引き下がることにした。

「兵士たちによると、われわれが来る前に上にのぼった兵士三名が戦死しており、三名全員が眉間のど真ん中を撃ちぬかれたとのことだった」彼らは、その話を少しでも早くわれわれに伝えたかったようだった。

平野部では戦車と歩兵による攻撃が難航していた。戦車がシュガーローフに近づくと、丘の麓に、これまで海兵隊が把握していなかった銃眼が開き応戦しはじめていた。シュガーローフの南側のどこかから、前進する戦車にたいして日本軍の対戦車砲が発射される音がペズリーに聞こえた。そのうち何発かは戦車にあたって跳ねかえり、重低音が鳴りひびいた。

E中隊参謀のジョン・フィッツジェラルド中尉は、支援攻撃に参加するため線路ぞいに待機していると、ヘンリー・A・コートニー少佐が、連隊付司祭のジーン・ケリー牧師をつれてゆっくりと歩いてくるのが見えた。コートニーは大隊幕僚でありミネソタ州ドルース出身の二九歳の予備役士官で、本業は弁護士だった。彼はアイスランド勤務や、ガダルカナル戦を経験した古参士官で、大隊にはグアム攻防戦後の昨秋、配属になっていた。大柄で厳格な雰囲気は、彼の物静かでひかえめな性格を際立たせていた。彼はきわめて敬虔なカソリックであり、ケリー牧師との会話では、自分も牧師になりたいと話していた。

家族や友人は彼のことを「ボブ」と呼んだが、それ以外の人々は、彼のそのくそ真面目な性格を揶揄して「スマイリー」と呼んだ。後方勤務で、補給物資とたわむれることが好きな普通の高級将校たちとは異なり、コートニーには「放浪者」の異名があった。彼は五月九日の戦闘で右の太ももに破片が食い込んでいたにもかかわらず、大隊で任務をつづけた。また五月一二日の夜は傷ついたG中隊の将兵とともに一夜を明かした。彼の存在は、明らかに将兵たちを精神的に安定させる効果があった。

いよいよ線路を越えて敵の銃砲撃の中へ進撃する直前、ケリー牧師が待機しているE中隊の兵士たちのためにお祈りを捧げてくれることになった。コートニーは噛み煙草を噛んでいたが、いったん手の中に吐き出してひざまずくと、ケリー牧師は、まず彼のためにお祈りを捧げた。「その後、牧師は全員のために祈りを捧げるともとの場所に戻っていった」とフィッツジェラルドは思い起こした。コートニーは一言「みんな、後で会おう」と話すと部隊は前進をはじめた。その直後、戦車隊が線路までもどってきた。そのうちの一輌が線路の土手ぞいに停止すると、中から乗員がハッチを開けて飛び出した。彼は怪我を負っていたが軽傷のようだった。「うちの坊主がひどい怪我だ」と外の歩兵に向かって「手を貸してくれ」と叫んだ。

すぐに海兵隊員たちは数名の衛生兵を呼び、戦車の中から、そばかす顔の赤毛の若い乗員を引っ張り出した。一七歳くらいの、この少年は肘から下が吹き飛んでおりショック状態のため、自分の身に起きたことを完全には理解していないようだった。この戦車隊は殺戮の場と化したシュガーローフ前面の平野部で、日本軍の四七ミリ速射砲の餌食となっていた。フィッツジェラルドが見た光景は「戦場全体が、炎につつまれており、あちこちで破壊された戦車が火を吹いていた」

丘の上の状況は分からなかったが、戦車戦は完全な敗北だった。戦車隊は一輌ずつ順番に撃破されており、最初の二五分で三輌のシャーマン戦車が破壊されシュガーローフの手前の平野部で燃えていた。しかし、戦車も敵と刺しちがえるかたちで多くの銃眼を破壊していた。この間、ジョー・ビストリー中尉率いるF中隊の第三小隊がシュガーローフ前面で行方不明になっていた。

ビストリーの小隊は実際に消えたわけではなかったが、苦境におちいっていた。彼らが随伴していたシャーマン戦車が洞窟の入り口にHE弾（＊訳注4／5）を撃ち込むために停止し、彼らも敵の激しい銃火の真っ只中で立ち往生してしまったのだ。周囲に遮蔽物がまったくないため、海兵隊員たちは地面に顔を押しつけ、身動きひとつままならなかった。ビストリーは戦車の後部に走り寄ると、車内通話用の電話機をつかみ「なんで止まってるんだ！」と怒鳴り「俺たちは、日本軍から丸見えだ。どこにも隠れるところがないんだぞ」と叫んだ。戦車長は「あー、ジャップのやつらが洞窟に隠れている」と返事がもどってきた。「何発か黄燐弾でも撃ち込んどけ」とビストリーは告げた。戦車は洞窟の入り口に向かって黄燐弾を撃ち込むと、中から二人の日本兵が火だるまになって飛び出してきた。彼らは炎につつまれ、もがきながら息絶えた。

しかし依然として戦車は動き出す気配がなかったため、片膝をついた状態で敵の銃火に身をさらしながらビストリーは「何で動かないんだ？　早く動け、俺たちみんな殺られちまう」と怒鳴った。戦車長は「まだ移動の命令をうけていない」と返事をした。ビストリーは失望して電話機をたたきつけ立ち上がった瞬間、擲弾筒から発射された弾が彼のすぐ横で炸裂し吹き飛ばされた。飛び散った破片が片膝にささり、さらに大きな破片が腹部に深く食い込んだ。海兵隊員の一人が駆け寄って後方につれもどそうとしてくれた。ビストリーは徐々に視野が狭まってくるのを感じていたが、この間も周囲に銃弾が降りそそいでいた。しばらくして気がつくと、どうにか後方に戻れたようだった。ビストリーの友人の一人が、彼の傷をのぞき込み「ジョー、傷はたいしたことない」と話し「すぐにもと通りになるよ」と励ましてくれた。この後、ビストリーはジープの救急車にのせられたが、モルヒネを投与されたせいで、意識が朦朧としていた。そのつぎに彼が気づいたのは、夜間でテントの照明の下だった。二人の軍医が話をしており、そのうち一人の軍医がビストリーを指差し「俺はこいつに取り掛かる」と話すと、もう一人の軍医が「先生、あなたはもう二〇時間もぶっ通しで働いています」と異議をとなえたが、最初の軍医は「とにかく、こいつに取り掛かる」と返事をしていた。のちにビストリーは手術の前に四時間も輸血をうけたと聞かされたが、彼にはその間の記憶をまったく思い出せなかった。

この日の午後には、ウッドハウスは支配地域をひろげるよりも、これまで日本軍から奪取した地域を維持することに懸命になっていた。彼はさらなる増援を要請していた。一五〇〇時に中佐は「これまでの損害と対峙する敵の兵力を勘案すると、大隊がこれまで確保した地域を維持するためには、さらなる増援が必要である」との電文を送った。その直後の第二二連隊の報告には、第二大隊はすでに四七二名の兵員を失い、通常の六〇パーセントの兵力に低下していると記されている。

師団司令部は、この状況にたいして同情的ではなかった。一五一五時にウッドハウスは連隊の作戦将校からの電文をうけとった。そこには「シェファード将軍は、日没までに師団の作戦目標を、いかなる犠牲をはらっても失敗することなく確保せよと命令した」と書かれていた。しかし、一五四五時に、これまでの損害を考慮されたウッドハウスは第二二連隊第三大隊からK中隊を増援としてうけとった。彼は日没までに攻撃を完遂するために一六三〇時にF中隊が丘を攻撃し、E中隊が支援攻撃を実施する命令を下した。攻撃開始時刻の三〇分前に、シュガーローフと、そのまわりの二つの丘に支援砲撃が実施された。F中隊は、砲兵隊により張られた煙幕の中を戦車隊につづいて出発した。新たに到着したK中隊は、とりあえず予備にまわった。

ウィンデル・メジャー一等兵とG中隊の生き残りは高地3から支援射撃をおこないながら、F中隊の攻撃の様子を見ることができた。メジャーはアーカンソー州出身の農家の倅で、大学在学中に召集令状をうけとった。彼の兄はすでに海兵隊に入隊していたため、それ以外の海軍を志望したが、入隊当日、海兵隊の軍曹がやってきて「君は、海兵隊に決まった」と告げられた。その時からまだ一年も経っていなかった。

今まさに、攻撃は平野部に差しかかってきているのがメジャーから見えた。「海軍の艦砲射撃がくわえられたが、凄まじい轟音と衝撃波で、あの中では絶対にだれも生き残れないと思った。ところが、砲撃が終わって五分もすると日本兵たちは元の持ち場にもどって、まるで畑で干草を刈るみたいに、味方の兵士をなぎ倒していったんだ」とメジャーは述べた。すぐに「俺が見たとき、機関銃の銃撃が小隊を横切って、……まるで草刈機みたいだった。

戦車が間に入り煙幕を張ると負傷兵をすべて収容して戻っていった」

同じく支援射撃をくわえていた機関銃手のダン・ドルシェックと、彼の所属する第二小隊は、シュガーローフにつづく小道を約二五メートルの高さから見下ろす位置で稜線にそって展開していた。その場所はひらけており、周囲からも丸見えだったため、左翼側から絶え間ない迫撃砲と機関銃による攻撃をうけていた。

第二班の別の機関銃チームが日本軍の銃撃で全滅してしまい、彼がかわって小道をはさんで約七〇〇メートル先の日本軍にたいして銃撃をくわえていたところ、狙撃兵が発射した銃弾が、彼の機関銃の給弾口に当たり、ドルシェックは粉のような金属片を顔中にあびた。衛生兵が、銃弾の金属片や粒を一つずつ除去してくれた。

「赤チンを顔中にぬって、絆創膏を張ったので、まるでインディアンの勇者のフェースペインティングのようだった」と彼は思い起こした。彼はこれにひるまず、ふたたび機関銃チームが全滅した場所にもどると彼らの銃を探し出し、自分の分隊の三脚に備えつけて、銃撃を再開した。ドルシェックの班の班長、ミロ・ラブレス軍曹が、敵に面した右翼側で、兵士たちが隣接する丘に向かって道を横切っていると伝えにきた。最初彼らは、第一大隊か第三大隊の兵士たちが側面に展開しはじめたのかと思っていたが「丘の麓にある洞穴に向かって一直線に移動していた」とドルシェックは注視した。海兵隊員が分隊単位で洞穴に走りこむとは有り得ないため、その人影に向かって銃撃を開始した。「ジャップのやつらは、洞穴に向かって続々とやってきた」とドルシェックは思い出した。

「それから、三〇分くらいの間

は、とにかく撃ちまくった。たぶん沖縄戦全期間を通じてもベストの射撃だったと思う」彼らは洞穴に向かって絶えずやってきたので、穴の入り口近辺を銃撃しつづけた。「唯一後悔しているのは、その戦果を自分の目で確かめられなかったことだった」

彼らはまたシュガーローフを攻撃しているF中隊への支援射撃も継続していたが、目的を達することができなかった。F中隊が後退をはじめたころには、弾切れを起こしてしまったのだ。また兵員の損害も深刻だった。エド・ペズリーはガウムと、第一小隊との連絡がつかなくなってしまった。彼にはガウムが負傷したのか、あるいは無線機の故障か分からなかった。「彼の小隊の兵士が何人かE中隊の近くを通りぬけていったので、自分の観測所のメンバーにくわえた」と彼は思い出した。

ペズリーが膠着状態の打開策を練っているところに、コートニーが到着した。コートニーはF中隊の将兵が丘の頂上に到達しており、ガウム中尉がその中にいるのを目撃したと、ペズリーに話した。彼らが立ったまま話をしているときに、丘の頂上にヘルメットをかぶらず武器も持たない人影が見えた。ペズリーとコートニーがこの様子を注視していると、この人影は、頂上部を横切り誰かが発砲する前に別の穴に消えた。すると今度は別の人影が同じような行動をくりかえした。「あれは絶対に海兵隊員だ」とコートニーはつぶやいた。ペズリーが別の将校に語ったところによると、目撃した人影は「とてもすばやく、気迫のある動きだった」と評し、よく訓練された男だとした。ペズリーは戦前に海兵隊に入隊、その後マーシャル諸島の戦闘に従事し、グアム島の攻防戦では銀星章と、名誉負傷章を受章した。しかし彼は、丘の頂上の人影が海兵隊員であるとの見方に懐疑的であった。彼はコートニーに自分も同じような人影を何度も目撃していることを伝え「味方ならば、頂上を走って横切るだけではなく、こちらに向かって手を振ったり、合図を送るのではないか?」と疑問を呈した。コートニーもこの質問には明確に答えることができなかった。

日没は一九〇八時であった。あたりが薄暗くなってきたころ、ペズリーは高地3の背後でハッチング中尉のグループと合流した。迫撃砲要員一五名をのぞくF中隊の生き残りがあつまったが、人数はそれほど多くなかった。コートニー少佐もくわわり、先ほどのシュガーローフ頂上部の海兵隊と思われる人影について述べ、暗くなる前に救援に駆けつけるべきだと主張した。ペズリーは「わかった」と同意したものの、頂上の人影については日本兵だと思っていた。この場にはG中隊の生き残り将校二名のうちの一人、ボブ・ネルソン中尉もいた。ネルソンは〝小柄で攻撃的な男〟だったが、攻撃の役割についてコートニーに異議をとなえた。彼はもともと、ウッドハウスから高地3上でF中隊の支援攻撃の任務を命じられていた。「コートニーは、さまざまな異なる命令をうけていた何人かの士官たちと交渉していた」とペズリーは思い出した。

コートニーはF中隊の兵士が丘の頂上を確保しており、われわれが救援に駆けつける必要があることを重ねて主張した。さらに、攻撃は明日よりも夜の闇に乗じる方が容易であると付けくわえた。「彼は、全員が彼の計画に合意するまで、みんなの背中をたたいて励ましたり、おだてたりしていた」とペズリーは回想する。

ペズリーがウッドハウス中佐に無線で連絡を入れると、ウッドハウスはコートニーの計画についてたずねた。ペズリーが暗くなってからシュガーローフを登る彼の計画について説明すると、ウッドハウスはその計画の妥当性について了承して「コートニーは負傷しているにもかかわらず歩きまわっており、数時間連絡がとれなかった」と付けくわえた。ペズリーは「コートニーは武器を持って動きまわれそうにないことと、シュガーローフ上の人影は海兵隊員であると主張していることを話した」

高地3上では、数少ないG中隊の生き残り、ウォルト・ルツォスキイ伍長が夕闇につつまれる中をネルソン中尉が近づいてくるのを眺めていた。二日前、安謝川を渡ったとき、G中隊には二一五名の将兵がおり、定員に三五名足りないだけだった。ところが、ネルソンがルツォスキイにたいして「俺たちの中隊にはもう五〇人しか残っていない。お前が二五名つれて、スティーブ・スタンコビッチ伍長が残りの二五名をつれて行く」と話した。ルツォスキイは最初「彼の言葉が意味したのは、われわれはいったん後方にもどって、休養できるのかと思った」と考えたが、ネルソンは、その妄想を打ち消すように「一九〇〇時に煙幕が張られるのを待って、すぐに、あの丘を攻略する」とシュガーローフを指差した。

ダン・ドルシェック伍長のグループは、高地を小道まで下りるように命じられた。彼らが下っていくと、コートニーがおり、三〇口径の機関銃弾や手榴弾の補給をうけた。ウィンデル・メジャーも、そうした海兵隊員たちの中にいた。コートニーは彼らに「日没後に行動を開始する。われわれは、あの丘の頂上まで登り、そこを確保する。各自それまでに、この場で糧食をとり出発まで休憩せよ」

「コートニー少佐は夜間にシュガーローフを攻撃し、確保するか、一気に向こう側まで突破すると告げた」とドルシェックは思いだした。「さらに、少佐自身が、この攻撃を指揮すると話した」

ジャック・ヒューストン一等兵もコートニーの話を聞いていた。少佐は、昼間の攻撃では攻撃側が丸裸であり、夜間に敵の機関銃手から発見され難い状況で攻撃すると話したが、気乗りしなかった。「太平洋戦線の海兵隊には、夜間戦闘の絶対的な掟があった」と彼は思い出した。「動くものは全て撃て！ 夜に動きまわるのは、全て日本兵である」コートニーの妙案から出た作戦について疑問を感じていた古参兵は、明らかに彼だけではなかったようである。

海兵隊員たちが待機している間、ケリー牧師がやって来て、簡単な礼拝をとりおこなった。その後、何人かの男たちと静かに言葉をかわしていた。ドルシェックは牧師に神を信じていると伝え「もし生還できたら、またお話したい」と話した。他の男たちは「二度と戻ってこれないと感じている」ように見えた。ルツォスキイたちが斜面を降りて立ち止まっていると、コートニー少佐がやってきて「君たちは何を待っているんだ？」と尋ねた。彼は「支援射撃を担当する、私の隊のBAR射手を待っています」と答えた。

「そんな時間はない」とコートニーは話すと「暗くなってきたから、もうすぐ煙幕が張られる。すぐに移動したまえ」と続けた。

一九〇〇時、Ｆ中隊はウッドハウスにたいして「ガウムと他二名がシュガーローフ上に取り残されている。彼らだけでは戦線を維持できない。第一、第二、第三小隊を合わせた総員は現在二二名である」と報告した。大隊の戦闘記録には、高地１と高地２の間の道に多くの戦死傷者がいると記されており、それにつづくコートニーから「ガウムの消息は依然不明」と報告されている。照明弾が打ち上げられてあたり一帯を照らし出し、見慣れた灯りの中を海兵隊員たちは攻撃の準備をととのえていた。周囲を見渡すと、左手には高地３、真正面にはシュガーローフが夜の闇に浮かび上がっていた。照明弾は風に流されながら丘の向こう側に落ちていくと、稜線上の木々を浮かび上がらせた。コートニーは、最後の照明弾の灯りが消えたのを合図に行動を開始すると伝え、ペズリー中尉に大隊本部に、すべての照明弾の打ち上げの停止を要請させた。数分後、最後の照明弾が打ち上げられ、光り輝きながら、ゆっくりと風に流され落ちていくと、やがて周囲は闇につつまれた。

（注４／１）ハーフムーンは、クレセントヒルとも呼ばれている。ホースショアも文献によってはキングス・リッジと呼ばれている。

（注４／２）ゼメリカは生き残っただけではなく、すぐに回復し、沖縄戦後、グアムに移動した部隊に復帰した。

＊

首里西方地区の激戦　首里西方の真嘉比、安里、天久台地区は、十三日早朝から艦砲、地上砲火、航空攻撃に支援された戦車を伴う強力な米軍の攻撃を受けた。

天久台の一角を固守する独立第二大隊、機関砲第百三大隊などは奮戦したが、天久台上は完全に米軍に占領され、独立第二大隊長古賀宗市少佐（少一六期）以下の残存者は洞窟陣地に拠って夜間斬込みを実施して奮戦を続けた。

真嘉比北西方に陣地を占領していた戦車撃滅隊（独立混成第一五聯隊工兵中隊長北村公大尉（五五期）の指揮する工兵二コ小隊基幹）は勇戦敢闘したが、北村隊長以下ほとんどが戦死して陣地は突破された。

独立混成第十五聯隊の第一線大隊である第二、第三大隊とも多大の損害を受けたが、わが有効な火力支援（独立混成第四十四旅団砲兵隊、臨時編成海軍砲大隊（長　仁位顯陸軍少佐）海軍第二砲台（十二糎砲二門）、野戦重砲第二十三聯隊、迫撃砲など）もあって米軍を撃退して陣地を保持した。

砲兵部隊は極度に弾薬使用を制限されていたため、良好な目標も射撃できないという状況であった。

十三日正午過ぎ、海軍の丸山大隊（長　丸山喜海軍大尉―約五七〇名）および山口大隊（長　山口勝一海軍少佐―約五〇〇名）が独立混成第四十四旅団長の指揮下に入った。旅団長は山口大隊を独立混成第十五聯隊長に配属し、丸山大隊を旅団直轄として繁田川付近に位置させた。山口大隊は五二高地（シュガーローフ）に配備された。

軍は那覇方面の戦況を憂慮し、特設第一旅団で編成した精鋭な伊藤大隊（長　伊藤廣治少佐）

を十三日独立混成第四十四旅団に配属した。同大隊は独立混成第十五聯隊に配属され、五二高地地区に配備された。（日本側の公式戦記：戦史叢書沖縄方面陸軍作戦より）

（＊訳注4／1）軽便鉄道：通常よりも軌道幅が狭い鉄道路線。沖縄では、沖縄戦の直前まで沖縄県営鉄道が営業していた。

（＊訳注4／2）標桿《ひょうかん》：間接砲撃時に照準位置を指示するための目盛の付いた杭や棒。

（＊訳注4／3）標定弾：目標の場所を示すために、砲撃に先立って発射される砲弾。その着弾位置を観測兵が確認し、砲兵にたいして照準の修正をおこなう。

（＊訳注4／4）丘の名前は、海兵隊と陸軍では異なる場合がある。米陸軍の公式書類などでは、高地3のことをクイーンヒルと記述している場合があるが、それとは別である。本書では海兵隊の記述で統一してある。

（＊訳注4／5）ＨＥ弾：High Explosive 弾の略語、砲弾の内部に炸薬を装填し、着弾時に破裂させて広範囲に破片を飛び散らせる効果を持つ砲弾。

第五章　夜間攻撃

最後の照明弾の灯が消えた直後、海兵隊員たちは前進をはじめた。コートニー少佐は道をどうにか判別できるほどの暗闇の中、縦隊を率いて進んでいった。のちに推定された、このときの兵力は四五名であった。F中隊から二名の将校と一五名の兵士、G中隊から一名の将校と二六名の兵士、それにコートニー少佐である。「周囲はすでに薄暗くなっていたが、まだ目標の丘の輪郭は見分けることができた」と機関銃班と一緒に前進していたダン・ドルシエック伍長は述べた。「すぐに日本軍の機関銃が火を吹いたが機関銃弾はわれわれの頭上を通り越していった」とジャック・ヒューストン一等兵は思い起こした。日本軍の機関銃手は充分に照準をさげて射撃できず、縦隊はつねに射線よりも下を進み、コートニーは「進め！進め！」と叫んでいた。

四〇～五〇メートル前進したあたりで、高地3に明らかに、洞窟内の蝋燭と思われる、小さな明かりが灯るのが見えた。ある兵士が「俺が行って、やっつけてくる」と話すと実際に

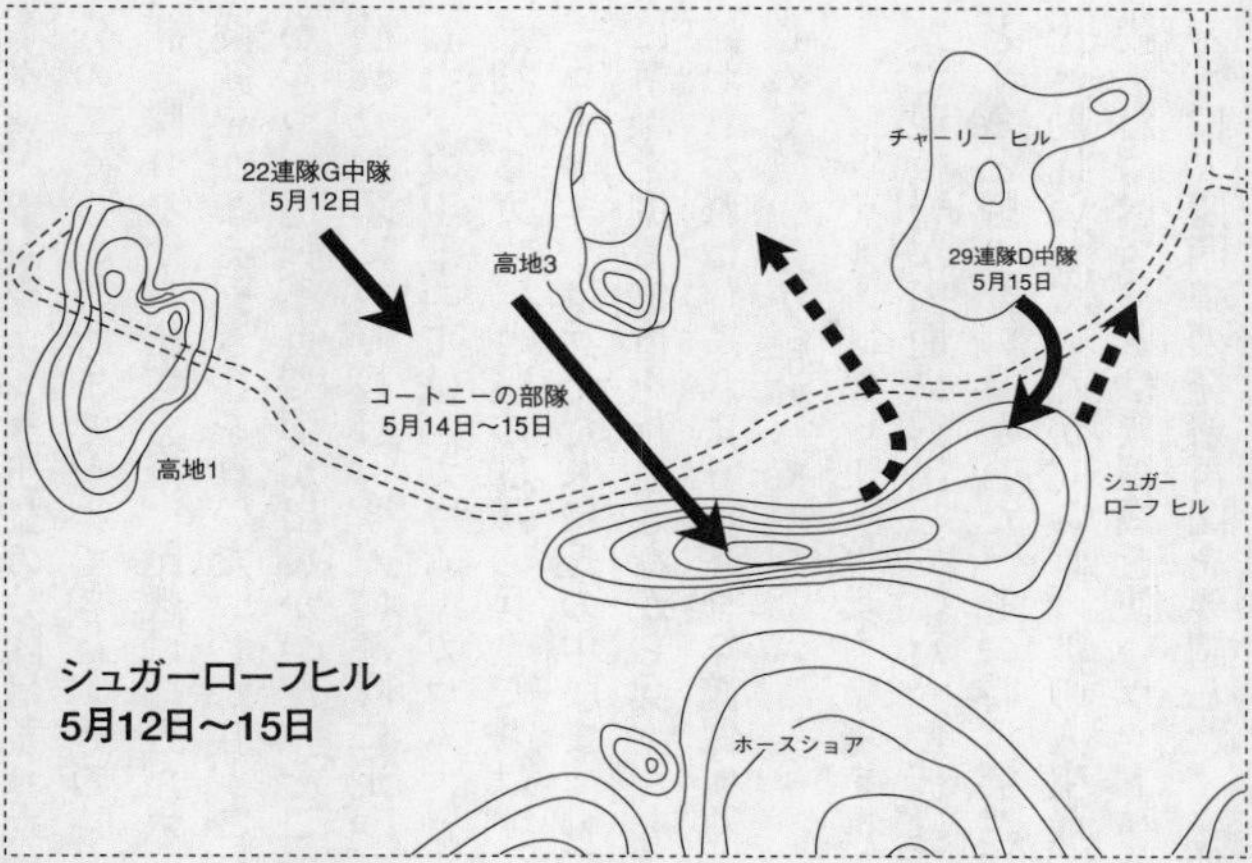

銃弾を撃ち込み、灯りは消えた。コートニーは「そんなの、ほっとけ」と吐き捨てるように言うと「前進しつづけろ、丘の頂上まで行くぞ」とつづけた。

フレッド・マクゴーワン一等兵は、ＢＡＲ副射手としてＦ中隊に加わったばかりだった。「俺は、第三分隊の最後の火力班にいた」と彼は述べ「そのため、縦列の最後尾にいて、とにかく居心地が悪かった。背中を敵にさらして、まるで素っ裸で繁華街を歩いている気分だったよ」ＢＡＲ射手のジョン・ブラウン一等兵は「俺はこの位置は嫌だ」とつぶやくと、スピードを上げて走り出し縦隊の中を六、七人追い越した。その時、突然どこからともなく日本兵が手榴弾を縦隊に投げてきた。彼は手榴弾の爆発をまともにあび、その場で戦死した。エド・ペズリー中尉は近くにいた兵士にブラウンのＢＡＲを持たせて前進をつづけるように命じた。

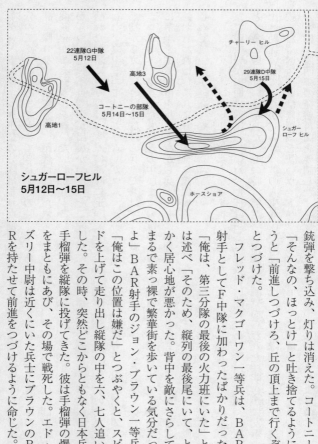

ダン・ドルシェック伍長の分隊は荒れた地面の上を遅れることなくシュガーローフまで三分の二ぐらいの所までやってきた。その時、横にあった洞窟から日本兵が二人、早口の日本語で喋りながら出てきた。距離は約五、六メートルしかなく、ドルシェックはすばやく短機関銃をかまえ引き金をひいた。しかし、これまで一度も故障したことがない銃が、この時にかぎって送弾不良で弾が出なかった。そこで即座に黄燐手榴弾をつかむと日本兵があわてて隠れた洞窟に放り投げ、すぐに縦隊に走ってもどった。縦隊はシュガーローフの麓まで到達した。コートニーは「ガウム、ガウム」と叫んでみたが、何の返事もなかった。ペズリーは最初からガウムと彼の部隊の兵士たちはすでに戦死しているに違いないと考えていた。

コートニーは兵士たちに丘の中腹までのぼって塹壕を掘るように命じた。彼はやつぎばやに塹壕を掘る位置を指差しながら兵士たちに「掘りはじめろ」と命じた。一九三〇時に彼は「われわれは、これより現在地を確保する」と告げた。この時、シュガーローフに移動をはじめて二〇分が経過していた。

ウィンデル・メジャー一等兵も塹壕を掘りはじめた一人だった。「丘は、たび重なる砲爆撃で泥板岩が表面に露出していた」と彼は話し「泥板岩は固いためシャベルを使って掘ろうとすると騒々しい音がした」その時、突然、日本兵が笑顔であらわれた。明らかに友軍の兵士と勘違いしていたが、これは彼の人生最後の勘違いとなり、海兵隊員たちは即座に彼を射殺した。ペズリーは無線機を使いウッドハウスにたいして、丘に到着したことを報告するとともに、照明弾の発射再開を要請した。

「彼は、戦闘状況をつねに報告するよう命じ、支援砲撃および艦砲射撃の準備がととのっていることを知らせた」

日本兵も反撃に転じていた。「塹壕を掘りはじめてすぐに、斜面の向こう側から手榴弾がつぎつぎと投げてきた」とペズリー中尉は回想した。「少しだけ穴を掘ると、すぐに手榴弾が飛んできた。そこで場所を変えると、また飛んでくる。だから場所を変えるのはあきらめて、そのかわり穴を掘りながら周囲をよく見張ることにした。丘の上は照明弾で昼間のように明るかったし、こっちに転がってくる手榴弾は煙が出るのですぐに見つけることができた」

ドルシェックたちは丘の中腹に移動した。コートニー少佐はスティーフェン・スタンコビッチ伍長の第二小隊と七、八名の兵士を日本軍が後方に回り込まないために左翼に配置した。その後、ドルシェックにたいして、彼の分隊に二個機関銃分隊をくわえてシュガーローフの右翼に展開し丘の横を走る道の警戒を命じた。

ジャック・ヒューストン一等兵は相棒のロッコ・ピラーリとともに、後方を警戒する任をうけ、後ろに向けて塹壕を掘っていた。丘は、これまでの三日間の戦闘で、迫撃砲や大砲による砲撃、空爆、艦砲射撃などで穴だらけになっていた。打ち上げられた照明弾により周囲は昼間のように明るかったが、ギラギラと輝く地面は、どこか非現実的な感じがした。

ヒューストンが丘の頂上に目をやると、木の枝でカモフラージュされた日本兵のヘルメットが見えた。「おい、あれを見ろよ」とピラーリに言った途端、だれかが発砲しヘルメットはすぐに見えなくなった。

すぐに、斜面の向こう側の姿の見えない日本兵が投げた手榴弾が何個も、こちらに向かって転がってきた。炸裂した手榴弾が積んであったBARの弾倉を弾きとばし、そのうちの一個が彼らの蛸壺に飛びこんできた。弾倉を手榴弾だと勘違いしたピラーリは、足で穴の外に押し出すと「いまの手榴弾だろ?」と話した。幸運にも手榴弾ではなかったが、ヒューストンは彼の肝の太さに敬服した。

一九四五時にコートニーは大隊本部にたいして、現在シュガーローフ上に展開し一五分が経過したと報告し「兵員、弾薬および手榴弾ともに不足している。ガウムも発見できず」と付けくわえた。

ペズリー中尉がひきつづき蛸壺を掘りつづけていたところにコートニーがやってきて、高地1と高地3の裏側をアムトラックが動きまわっているので、そのうち一輛を乗っ取って大隊本部に行き、手榴弾をつめるだけつんで戻って来いと命じた。ペズリーが出発しようとしたとき、ハッチング中尉がやってきて「エド、一人じゃ無理だから、俺も一緒に行く」と話しかけてきた。ペズリーもその申し出に異論はなかった。二人が丘を降りはじめると、すぐに照明弾につかまった。二人は身動きを止め照明弾が消えるのを待って動きだした。その後も照明弾が上がるたびに動きを止めながら進んでいった。つねにどこから弾が飛んでくるか分からない恐怖感から、ペズリーはエッフェル塔のような高い場所から周囲を見下ろしたい欲求を感じた。その時、アムトラックが遠ざかっていく音が聞こえたため、彼はハッチングに「行っちまうぞ」と話しかけると「とにかく急ごう」とつづけた。

彼らが走っていると、突然、胸のあたりにワイヤが引っかかった。よく見ると通信ケーブルで、ネルソン少尉の部隊がシュガーローフに向かったさいに敷設したものだった。いつの間にか彼らは道に迷っており、第一海兵師団の作戦区域に入り込んでいた。ワイヤを指でつまんでみたところ、高地3の方向に伸びているようだった。「その時、何人かの海兵隊員が高地3を降りてきて、もう少しで撃つところだったけど、聞いたことがある声だったので発砲しなかった」と話した。「アムトラックに便乗したいむねを伝えると、彼らはF中隊の戦死者と負傷兵を収容してまわっているのが一輛いると教えてくれた」

アムトラックがやってきたところを待ち伏せし、ペズリーは乗員に戦死傷者の収容を中止し、大隊の戦闘指揮所まですぐにつれていくよう命じた。アムトラックの操縦手はウッドハウス中佐からじきじきに戦死傷者を収用する命令をうけていると話し「俺たちは俺たちのやるべき命令がある」とペズリーの要請を拒否した。ペズリーと操縦手は口論となったが、その時、アムトラックの荷台にいた誰かが「おい、ペズリー、いい加減にしやがれ、俺たちは丸一日戦ってきたんだ。先に救護所につれて行ってくれたっていいだろ」と甲高い声で叫んだ。ペズリーはこの言葉に反論できなかった。彼とハッチングは二人で戦死傷の収容を手伝う羽目になってしまった。「どの死体も一様に冷たく、ひどく損傷していた」とペズリーは思い出した。「ある死体は、機関銃弾が何発もあたって頭部が吹き飛んでいた」砲弾でできた穴に溜まった水辺に座っている伍長がいたので、寝ているのかと思い肩をひいてみたところ、彼は死んでおり、そのまま水の中にゆっくりと倒れこんでいった。シュガーローフの方に目をやったところ、コートニーがいた。「照明弾で、体の輪郭だけが丘の上から見下ろしており、われわれに向かって早く手榴弾を持って来いと叫んでいるような気がした」

シュガーローフ上では、海兵隊員たちが前方と後方から十字砲火をあびていた。最初の一時間でドルシェック伍長率いる機関銃分隊が二つとも撃破されてしまった。一つの分隊は全員が戦死、もう一つも負傷者が二名出ていた。負傷者の一人はロバート・ステインベル一等兵だった。彼は機関銃の斉射を腹部にうけており、胃に穴が空いていた。彼はうめき声と叫び声を上げながらモルヒネと水をほしがっていた。しかしドルシェックは、このタイプの傷には水もモルヒネも効果がないことを知っていたため、与えられなかった。ステインベルの泣き声は、日本兵の注意をひきつけており、銃撃が激しさを増していた。ドルシェックは、どうにかして彼を静かにさせる必要があった。「そこで、小さな子供を泣き止ませるのと同じ方法を使った」と彼は思い起こした。「彼のところまで這ってゆき、彼の口元に指をあてて、左右に振っただけで彼は静かになった」

フレッド・マクゴーワン一等兵の分隊の軍曹は、背後の安全を確保するために数名の兵士をひきつれて後方に展開することになった。古参軍曹は背中のベルトから銃剣を取り出すとM1ライフルに装着した。そして「俺も少し怖いよ」と本音をつぶやいた。

これを聞いたマクゴーワンは、海兵隊入隊時の基本教練の教官の軍曹を思い出した。この軍曹はマーシャル諸島での戦闘経験者だったが、ある日、銃剣の使用方法が話題になったさい、こんな話をしてくれた。「もし日本兵のやつらが自分に向かって銃剣で突撃して、本当に間近までせまったとき、頭にうかぶのは、ライフルに弾が装填されていたか？　あるいは、走って逃げようか？　のどちらか二つだ」、「絶対に、ジャップの野郎と銃剣で突き合おうなんて思わない」

古参軍曹は、着剣したライフルを構えると暗闇に消えていった。マクゴーワンは二度と彼を見ることはなかった。

ウォルト・ルツォスキイ伍長のかたわらでは、眼を負傷したエド・シュー一等兵がいた。衛生兵が傷口を応急処置したさい、両目に包帯をまいていったので、彼は目が見えず、蛸壺に座っているだけの状態だった。その時、日本兵の投げた手榴弾が爆発した。飛び散った破片は、彼の足にささり、驚いたシューはルツォスキイに飛びついたが、その時、包帯がずれて彼は片目が見えるようになった。「もうたくさんだ、俺は降りる」と彼は話した。

「もう少し待っていろ」とルツォスキイは答えた。「すぐに負傷兵を収容しに、アムトラックがやってくる」

「俺は、救護所に行きたいんだ」とシューは繰り返した。

ルツォスキイは彼を説得しようとし「とにかく、ここで待て」と話し「ここから、救護所までの間は危険だ。アムトラックが今、こっちに向かって来ているから、とにかくもうしばらく待て」

「俺は、待てねぇ」とシューは反論し「今すぐ行く」と言い残して飛び出していった。彼は、生還できたようだったが、ルツォスキイは二度とシューの姿を見ることがなかった。

ここに来て、海兵隊員たちの手榴弾が底をつきかけてきたが、一方で日本兵はまだ豊富に持っていた。ルツォスキイの左手で、数人の海兵隊員が興奮気味に話をしていた。ちょうど丘の稜線をはさんだ向こう側で日本兵の話し声が聞こえたが、手元には発煙手榴弾しかなく、一人の海兵隊員が「俺は、こいつを投げつけてやろうと思う」と話した。ルツォスキイは「馬鹿なことはやめておけ、日本兵にとっては痛くも痒くもない」と口をはさんだところ「海兵隊員は納得したようで、彼は発煙手榴弾を投げるのを止めた」

ウィンデル・メジャー一等兵は、どれくらいの手榴弾が飛びかっているのか想像がつかなかった。海兵隊が確保している丘の斜面をめぐって、頂上部では壮絶な手榴弾の投げ合いになっていた。日本軍が手榴弾を投げると、その動きを海兵隊員が察知して銃撃をくわえた。「われわれのライフルは、発射すると銃身から六〇センチくらいの発射炎がしばらく残ってしまった。そうすると、今度は日本兵がその残り火に向かって手榴弾を投げてきた」とメジャーは回想した。

これまでの戦闘で丘の正面の平野部には六輛の戦車の残骸が遺棄されていた。そのうちの一輛はまだ炎上しており、周囲を明るく照らし出していた。一人の日本兵がその破壊された一輛のシャーマン戦車に侵入し、アメリカ兵を嘲りだした。「やーーい、アメ公、やーーい、アメ公」丘の麓にいた軍曹が、この声の発生源をゆっくりと探しはじめた。そして、突然「おい、そこの黄色い肌のくそ野郎」と叫び、侵入者に向かって発砲した。「俺には、日本兵のどこに弾が当たったのかわからなかった」とメジャーは話した。「でも、おそらく胃の近辺に当たったはずだ。ジャップのやつは甲高い悲鳴を上げはじめた。まるでブタの鳴き声のようだった」近くにいた誰かが「おい軍曹、止めを刺せ」と叫んだが、今度は違うだれかが「撃つな、あのまま放っておけ、しばらく悲鳴を上げさせておけば、いい見せしめになる」結局、軍曹はふたたび発砲しなかった。そして海兵隊員たちは、この悲鳴を三〇分ほど聞きつづけたが、やがて聞こえなくなった。

エド・ペズリー中尉と、ハッチング中尉は、負傷兵と戦死体を満載し救護所に向かうアムトラックにヒッチハイクしながら、ようやく大隊の戦闘指揮所に辿りついた。ウッドハウス中佐は、即座に親身になって彼らの対応をしてくれた。手榴弾にくわえて翌日の攻撃用の補給物資を満載したアムトラックを送ってくれると話した。「彼は、アムトラックの物資は自由に使ってくれと言った」、「アムトラックには手榴弾以外にも、火炎放射器や食料が積まれていた」とペズリーは回想した。

ウッドハウスは、自分にできることなら何でも遠慮せず言ってくれと話した。ペズリーは予備の兵士がいないか尋ねた。シュガーローフ上は海兵隊員の頭数がおらず、さらに展開しているため、防御層が薄くなっていることを説明した。ウッドハウスは、連隊本部からきた指揮所警備任務の補充兵、総員二七名を全員、ペズリーに預けるとつげた。かりにF中隊とG中隊が攻撃に失敗しても、この兵士たちを連隊本部に返す必要はなさそうだとペズリーは思った。この増援の一団には、給食班のコックや、パン焼き兵、それに司令部の通信兵もふくまれていた。これらの兵士たちを招集するには、それほど時間を要せず、すぐに物資を満載したアムトラックに乗せた。「人と物が、まるでピラミッドのように積み上げられていた」とペズリーは思い起こした。

増援部隊を率いるのは、ウォルター・R・ジェミソン中尉だった。彼はグアム島での戦闘経験があったが、師団司令部で、毎日のように前線からくる救急ジープの上で戦死体が揺さぶられている姿を眺めるのに嫌気がさし、たび重なる交渉の末、ようやく第二二連隊第二大隊勤務になった。五月一四日に、二五名の補充兵があたえられたが、彼らは海兵隊に入隊して八週間で同行の少尉も入隊して六ヵ月だった。二一三〇時に、ウッドハウスは彼を呼び出した。「本当は、こんな命令は出したくないが、君らをこれから前線に送る」と彼はジェミソンに告げた。

ペズリーは戦死傷者の収容で寄り道をして時間をついやしたため、コートニーが気がかりでならなかった。彼とハッチングはアムトラックの機銃手の席に陣取り、操縦手に照明弾で浮かび上がるシュガーローフへの方向を指示していた。彼らは丘の麓まで到着したが、ペズリーは夕刻に上ったときの道が、どこか分からなくなってしまった。アムトラックはペズリーが指示するまで、ゆっくりと丘の外縁にそって動いていった。彼は動きながら後部の乗降口より少しずつ弾薬を投げ下ろしていった。その時、コートニーが大声で二五メートルほどバックして丘の上に通じる通路までもどるように叫んだ。ところが操縦手は、これまで投げ下ろした弾薬の上を踏みつけて戻ることはできないと、それを拒否した。

ペズリーとハッチングは数名の海兵隊員とともに降ろしてきた弾薬を端に寄せて通路を空

けることにした。「ちょうど、その時、シュガーローフの下の方の日の高さくらいの場所から、オレンジ色の光がまたたいて、俺たちを狙って銃が発射された」とペズリーは回想した。「弾丸は俺の両足の間を通りぬけて、足の下の地面に当たった」海兵隊員たちは慌ててアムトラックのかげに隠れたが銃撃もすぐにやんだ。操縦手は弾薬が片づけられるまで動けないと繰り返し主張した。海兵隊員たちは危険をおかしながら弾薬箱を端に寄せる作業をおこなったが、それ以上、銃撃は起きなかった。操縦手はアムトラックを後進させ補給物資の積み下ろしをはじめた。兵士たちがバケツリレーの要領で手榴弾の箱などを丘の上に運び上げた。時刻はおそらく深夜に差しかかっていたとペズリーは推察した。

増援の兵士たちは、つぎつぎと前線に配置されていった。レオン・ペース一等兵は、新参の兵士たちがみな、カービン銃を持っているのに気がついた。これは、彼らが師団の後方部隊の所属であることを意味しており、おそらく実戦経験もないはずだった。アムトラックから降りた兵士たちは銃剣やKバーナイフを使って、ケースに入った手榴弾の金属テープを剥がす作業にとりかかっていた。手榴弾は一個ずつ分けられたケースに入っており、テープで止められていた。取り出された手榴弾は積み上げられて小山をつくっていた。そこに丘の上から兵士たちが一人ずつ降りてきては、持てるだけの手榴弾を持って丘を上っていった。

ドルシェック伍長と数名の海兵隊員は、引きつづき負傷兵や戦死体をアムトラックに積みこむ作業にうつった。その中には、この日の昼間の戦闘で死亡したF中隊の隊員の死体や、アムトラックに積み込んだ後に、息を吹き返した「ラッキー」な死体もあった。ステインベル一等兵も生きて丘をはなれ生還することができた。

丘の上では、手榴弾合戦がつづいていたが、ウィンデル・メジャー一等兵は少し前の戦車の残骸にいた日本兵の断末魔の悲鳴を聞いてから、気分が少し楽になっていた。やつらが生身の人間であることが初めて実感できたのだ。

丘の上から海兵隊員が降りてきて、隣りにいた兵士にメジャーの居所をたずねた。メジャーは普段はニックネームの〝デーコン〟で皆から呼ばれていた。前線では多くの日本兵が英語を理解しており、彼の名前「メジャー」は英語で少佐をあらわす「メジャー」と発音が同じであったため、将校と誤認されよけいなトラブルに巻き込まれたくなかったのだ。しかし、隣りの兵士は、今回は、うっかりと「メジャー」と叫んでしまった。途端に手榴弾が飛んできた。その手榴弾はメジャーの前で一回バウンドして、彼の蛸壺に落ちてきた。メジャーは慌てて手探りで手榴弾を探したが、すぐに蛸壺から飛び出て地面に伏せた、その瞬間、手榴弾が炸裂した。とりあえず無傷だった彼は、ふたたび蛸壺に飛び込んだ。すると今度は、一人の日本兵が手榴弾を片手に彼めがけて突進してきた。メジャーから、この日本兵に弾があたる音が聞こえた。「ちょうど濡れた紙袋をたたいて穴が開くような音が聞こえた」しかし、日本兵はそれでも突進してきた。「倒れるまでに、おそらく二〇発くらいは弾が当たっていたと思う。彼は倒れてもなお、最後の力を振りしぼって手榴弾をヘルメットに叩きつけ発火させると、投げてきたが、見当ちがいの方向に転がっていった」最終的に、日本兵の死体はメジャーの蛸壺から五メートルも離れていなかった。

この出来事は、別の場所で意外な効果をもたらしていた。この近くで助けをもとめて叫び声を上げていた負傷兵がいた。彼は衛生兵がいる丘の麓まで自力で降りることができないと主張していたが、日本兵の一人だけのバンザイ突撃を見ておどろき「彼は突然動けるようになった。彼は自力で歩いて斜面を降り、衛生兵のところにいって治療をうけた」

このころ、コートニー少佐は日本軍が丘の頂上部を支配し手榴弾を投げつづけている状況では、支配地域を維持しつづけることが困難であると考えていた。米軍側が支配している丘の北側の斜面では爆破班が三つの洞窟を爆破処理していたが、反対側の南側の斜面では、大きな規模の日本兵の動きがあり、おそらく日本軍側の反撃準備だと思われた。コートニーは、ここで主導権を握りたいと考えた。彼はまわりにいた兵士たちに、それぞれ二個ずつ手榴弾を持って丘を匍匐して登り、彼の掛け声を合図に稜線の向こう側に投げ、そして丘を一気に駆けのぼり、周囲にいる生き残った日本兵をやっつけろと命じた。

「われわれは、これよりバンザイ突撃を敢行する」と兵士たちにつげ、全員が銃剣を装着した。コートニーは前進観測員に丘の反対側の斜面に着弾するよう支援砲撃を要請した。すると砲弾が突然、頂上部と海兵隊の側に着弾しはじめた。コートニーは怒鳴りながら観測員に位置を修整させると、着弾は稜線の向こう側の日本軍側に移動した。

コートニーはさらに照明弾をもっと上げるよう要請すると、すぐに三発同時に打ち上げられ地面がくっきりと光に照らされた。そして「よし、この丘を落とすぞ！」と叫んだ。ジェミソン中尉は、彼が先陣を切る近くにいた。「ゲームの開始の合図のようにホイッスルが鳴ると、残りの全員が一緒になって、彼につづいて前に進みだした」このとき、約五〇名の海兵隊員がいたとジェミソンは推察した。

ウィンデル・メジャーも匍匐しながら前進していた。彼はライフルのスリングの留め具がはずれたため、掛けなおすために止まっていると後ろから来たネルソン中尉に声をかけられた。「明らかに、俺が臆病者で時間稼ぎをしているように思われた」とメジャーは回想した。ネルソンはメジャーの背中をたたいて励ますと、メジャーはスリングの件の誤解をとく説明をして前に進みだした。

同じころ、エド・ペズリー中尉も匍匐しながら前進していたが、地面から数十センチの高さまで梯子が突き出ているのに気がついた。彼はその穴に手榴弾を落としてみたが、穴は相当奥深く丘の最深部までつづいており、爆発音は小さくこもった音しかしなかった。梯子もよくある普通の梯子だったが、重く引っ張り出すことは困難だった。そのため海兵隊員たちは、そのまま残していくしか選択肢がなかった。

丘の頂上部まで、約半分の地点まで到達したころ、日本兵はふたたび稜線越しに手榴弾を投げはじめた。手榴弾は彼らの頭上を飛び越えて、先ほど彼らが出発した無人の蛸壺の近辺で炸裂していた。ペズリーが丘の稜線までくると、反対側の斜面に日本兵が動いているのが垣間見えた。さらに彼らが手榴弾を投げる瞬間に「はっ」と短い声を発しているのも聞こえた。「生きている日本兵を見るのは初めてだったから、身震いがしたよ。手を伸ばせば届きそうな気がした」とペズリーは回想した。「一番近くにいたやつは、片手で草をにぎりバランスを取りながら、投げる瞬間に小さな声を発して手榴弾を投げていた」

ウィンデル・メジャー一等兵は、すでに手榴弾の安全ピンを引きぬき、片手に持ったままコートニーの合図を待っていた。彼は二個目の手榴弾もすぐに投げられるように、手が届く場所に置いた。その時、突然コートニーが叫んだ。「よし、やっちまえ！」海兵隊員たちは、それぞれ二個ずつの手榴弾をすばやく投げた。数十個の手榴弾が一気に爆発し、集中砲火のような音がメジャーに聞こえ、破片や土煙や土砂がシャワーのように斜面に降りそそいだ。

エド・ペズリーからも、日本兵の体が土煙とともに、斜面を転がり落ちていくのが見えた。「やつらは悲鳴と叫び声を上げながら斜面を転がり落ちていった」海兵隊員の一人が黄燐手榴弾を一緒に投げたため、同時に大量の煙が上がっていた。ペズリーは手榴弾を近くの草をつかんでいた日本兵めがけて投げつけた。手榴弾は日本兵に当たったが、力一杯投げつけたため日本兵は条件反射的に苦痛の短い声を発し、驚いて掴んでいた草を放してしまった。ペズリーの投げた手榴弾が炸裂するまで少し時間がかかったため、最初は不発だったかと考えたが、最終的に、斜面の先で、走って逃げおりる日本兵たちに混じって爆発した。

ウィンデル・メジャーは、他の兵士たちと一緒に丘の稜線まで駆け上ったが、煙と土埃で何もすることができなかった。やがて日本兵が走りおりる姿が見えた。彼らは完全に不意をつかれ「怯えたウサギのように走って逃げていった」海兵隊員たちは銃撃をあびせ「まるで七面鳥狩りだった」とメジャーは回想した。

しかし、この海兵隊員たちの優位も瞬間的なものだった。日本兵の死体のまわりには陣地はまったくなかった。日本軍が支配している斜面の三分の二ぐらいのところに通路がカーブを描きながら丘と交差し、人工の壕につながっており、通路にはところどころに標石が置いてあった。

日本兵は、これらの壕の中で待機しながら先ほどの手榴弾攻撃をさけ、今度は反撃のためつぎつぎと手榴弾を持って壕からあらわれた。さらに丘の麓には、もっと大きな壕の入り口がいくつもあり、増援の兵士がいつでも救援にかけつけることができるようになっていた。

コートニーの奇襲の効果もすぐに薄れ、日本兵の手榴弾がつぎつぎと海兵隊員たちの間で炸裂しはじめていた。ジャック・ヒューストン一等兵は、壕から飛び出した日本兵が手榴弾を自分のヘルメットに叩きつけて着火させると、コートニーに向かって投げつけるのを見つけた。ヒューストンは「手榴弾だ！」と叫ぶと、反対側に伏せた。手榴弾は少佐のすぐ近くに落ちたが不発だった。ヒューストンが起き上がって、コートニーを見ると、彼は四五口径の拳銃を発射しながら「ほら、おいでなすった！　やつらは蠅みたいに湧き出てきやがる」と叫んでいた。少し前までヒューストンは、コートニーが立てた今回の夜間攻撃に否定的だったが、いまは、彼の勇気とリーダーシップに何の疑問もいだいていなかった。

すぐ近くではエド・ペズリー中尉が不運に見舞われていた。彼に向かって一個か二個の手榴弾が投げつけられ、それを避けるかたちで身を伏せたところ、彼のすぐ右足のあたりに落ちる音がした。彼は即座に左側に転がりながら避けようとしたが、炸裂した手榴弾の金属片を腰や首にあびてしまった。手榴弾攻勢がいったん小康状態になったさい、コートニーがみなに負傷したやつがいないか聞いたため、ペズリーは自分が負傷したむねを告げたところ、彼が唯一の負傷者のようだった。衛生兵が彼を七、八メートル後方までつれて行き、血に染まった下着を切りさくと、サルファ剤をあごから腰にかけて撒き、体の左側と、右腕に包帯をまいた。

丘の頂上部では、ウォルト・ルツォスキイ伍長がコートニーとBAR射手の隣りに陣取っていた。BAR射手はルツォスキイに向かってたずねた。「俺たち、どうすればいい？」「そうだな」とルツォスキイは答えると「一緒に、蛸壺でも掘るか？　ただ、俺はシャベルを持ってないんだ」「俺、取ってくるよ」と、その海兵隊員は言った。

ルツォスキイは、彼のBARをあずかると、その兵士はシャベルを探しにいった。その後、入れ替わりにペズリーがやってきた。彼の右腕の傷は軽傷だったため、コートニー少佐のところに戻ってきたのだ。

シュガーローフ上には、まだ多数の日本兵がいた。ヒューストンが斜面の下のほうを見下ろしてみると、塹壕が道路と直線的につながっており、その先に洞窟の入り口が見えた。彼は日本兵たちが塹壕を出て、道路を横切って、こちらに向かってくるのに気がついた。「よく見ると、その後ろにジャップのやつらが一列になって、匍匐しながら少しずつ洞窟を出てくるのが見えた」ヒューストンは一番近い日本兵に照準を定めると引き金をひいた。あとは前から順番に射撃をくりかえし、塹壕は徐々に日本兵の死体で埋まっていった。

通信兵のジム・ハート一等兵は、斜面北側の四分の三ぐらいの高さに位置する浅い穴を楯に、ウッドハウス中佐と通信をおこなっていた。中佐は、正確な支援砲撃を実施するため、海兵隊側の最新の位置を知らせるよう要請していた。彼は大急ぎで、この電文をコートニーのところに持っていった。斜面には匍匐前進している日本兵がおり、さらに前方の平野部では、もっとたくさんの日本兵が見えた。「可能なかぎりの全砲門を動員して、あそこのジャップどもを叩くよう伝えてくれ！　それから、お前は無線機の前から動くな」とコートニーは指示した。さらにコートニー少佐はペズリー中尉にたいして無線機のところまで行き、われわれの真正面を直接砲撃するようウッドハウス中佐に要請せよと命じた。

コートニーは突然「おい、あそこを見てみろ、ニップのやつらが登ってくる」と叫んだ。「縦隊で、やって来る」ペズリーは全力疾走で通信兵の場所まで走った。

コートニーは立ち上がり、兵士たちに目標を指示しはじめた。このすぐ右では、ルツォスキイが彼の怒鳴り声を聞いていた。「二〇人くらいでやってくるぞ！」

ルツォスキイは借りていたＢＡＲで銃撃を開始した。すぐに弾を使いはたしたが、さっきのＢＡＲ射手がいつの間にか戻ってきており予備の弾倉を手渡してくれた。その瞬間、巨大な爆発が彼のすぐ足元で起きた。ルツォスキイには、それが日本軍の迫撃砲か、味方の砲撃が分からなかった。

ルツォスキイが気づいたとき、彼はコートニーとＢＡＲ射手の間に横たわっていた。すぐに衛生兵を呼ぶと、衛生兵はコートニーに駆け寄った。彼は「大変だ」、「少佐が死んでる」と言った。彼はつぎにＢＡＲ射手のところに行くと「駄目だ、こいつも死んでる」飛び散った砲弾の破片は、コートニーの頚動脈を切断していた。ルツォスキイも腕を負傷しており衛生兵は包帯を巻くと、つぎの負傷兵のもとに走っていった。

ウィンデル・メジャー一等兵は丘の頂上部でコートニーのすぐ横にいたが、運命のいたずらで、命びろいしていた。彼は、斜面の日本兵に向けてライフル銃で八点射したため、空になった装填クリップが飛び出してきた。無意識に一二～一三メートルほど後ろにさがって新しい装填クリップをライフルに押し込もうとしたとき、大爆発が起きた。明らかに日本軍の迫撃砲による丘の頂上部をねらった一斉砲撃だったが、なんの前兆もなく唐突に着弾したため、まるで日本軍があらかじめ丘の稜線にそって爆薬を仕掛けていたのではないかと思うほどだった。いずれにせよ、この一斉砲撃で丘の稜線にそって配置されていた海兵隊は一瞬にして壊滅状態となった。

メジャーは次の一斉砲撃を恐れて蛸壺に飛びこんだが、その後は静かなままで砲撃は止んだようだった。砲撃の直後、コートニーが倒れて呻き声を上げていたのが聞こえていたため、彼がまだ生きているかもしれないと思い「コートニー！　コートニー！」と呼んでみたが返事はなかった。メジャーはこのとき彼の死を確信した。

ペズリー中尉は後方の無線機の前で支援砲撃の開始のメッセージを待っていたとき、日本軍の迫撃砲による一斉砲撃が起きた。直後にネルソン中尉が蛸壺に飛び込んできてコートニーの戦死を伝えた。ペズリーはすぐに無線機をつかって大隊指揮所のウッドハウスにこの件を連絡した。

ウッドハウスは高地1のE中隊が支援できないか無線で連絡をとったが、E中隊も現状維持が精一杯で余力がなく、ペズリーの支援はできないと回答してきた。大隊幕僚のジョン・フィッツジェラルドは、E中隊側の戦線が破られるとシュガーローフの右翼側の戦線が崩壊することになると告げたためウッドハウスも、この選択肢をあきらめた。

シュガーローフの負傷兵の中にはジェミソン中尉もいた。最初、彼は丘の頂上部にいたさい、若い補充兵が手榴弾を投げようとして誤って自陣に落として爆発させてしまった。奇跡的にもこの爆発ではだれも怪我をしなかったが、ジェミソンは、その若い兵士の尻を蹴飛ばして、あとで厳しい手榴弾の投擲訓練をさせるつもりだった。その直後、その若い兵士が伏せていたジェミソンの右手で迫撃砲弾か手榴弾が爆発し、この少年は悲鳴を上げはじめた。ジェミソンが這って少年のところまで行くと、彼は左肩を負傷していた。すぐに衛生兵を呼んだが、近くにはおらずジェミソンが肩でかついで運ぶことにした。「中尉、危ないですよ、あなたが撃たれてしまいます」と若い兵士は止めさせようとしたが、「うるせえ、黙ってろ」とジェミソンは一喝した。

彼は少年をかつぐと斜面の平坦な場所で負傷兵の治療をおこなっている衛生兵のところまで降りていった。衛生兵は彼の治療をはじめ、ジェミソンも横で見守っていた。そのとき突然、爆発が起き、気がつくとジェミソンは地面に横たわっていた。彼がつれてきた若い兵士は叫び声を上げ、体中から出血しており迫撃砲弾の炸裂をまともにあびたようだった。

「近くにいた負傷兵は、ほとんど何ともなかった。すぐに彼に包帯を巻こうとしたが、手の施しようがなかった」とジェミソンは回想した。「彼の認識票を確認しようとしたが、まだ入隊したばかりで発行されていなかった。そこで、彼の実家の住所や名前を聞き出して書き記すと、ヘルメットの中に入れておいた。彼は母親の名前を叫んでいたので、負傷兵を収容しにくるアムトラックを探してくると伝え、それに乗れば野戦病院につれて行ってくれるし、すぐに元気になると励ました」

ジェミソンは、無線機の側にいたペズリーに、つぎのアムトラックの到着予定についてたずねたが、ペズリーは朝まで来ないと答えた。ジェミソンは、負傷兵をかついで降りる途中、コートニーが泥だらけで斜面を下っているのを見ていたが、この時、コートニーの戦死を知らされた。そしてジェミソンは自分の右腕から出血しているのに気がついた。おそらく救護所で迫撃砲弾が爆発したさいに負傷したようだった。自分で包帯をまいていると、ペズリーは彼に部下を斜面にそって展開させ、右翼側を防御してくれるよう要請した。時刻は〇二〇〇時ぐらいだった。

ペズリーにとって難題が山積みしていた。丘の上の兵士の配置はすべてコートニーが決めていたが、彼が戦死し、味方は激しい日本軍の攻撃をうけているなか、気がつくと彼自身が、崩壊寸前で大混乱の防御陣地の指揮官になっていた。

ボビー・ネルソン中尉もペズリーの蛸壺を出た直後に戦死していた。数人の生き残った兵士たちが自発的にみなを集めていくつかの班をつくり、それぞれ指揮官を決め、さらに自分たちと一緒に丘で戦いつづける兵士たちを募った。海兵隊員たちは果敢に反撃していたが、寄せ集めの部隊の一員としてではなく、個人の闘志だけで戦闘を継続していた。

ペズリーは状況を把握するために懸命な努力をつづけていたが、彼の位置からは全体の状況が把握できなかったため、E中隊に、シュガーローフ上の動きを伝えてくれるよう要請していた。しかし、あちこちに日本兵がいるのは確かだった。高地1からはフィッツジェラルド中尉が、ペズリーとウッドハウスの無線の会話に聞き耳を立てていた。ペズリーのコールサインは〝メルビン・クイーン・フォックス6〟で、ウッドハウスは〝メルビン・クイーン6〟だった。ペズリーには明らかに危機が迫っているようだった。〝6(シックス)〟を発音したときの声は、上ずっており「やつらは、間近まで迫っています。これが最後の交信になるかもしれません」と叫んでいた。

ウッドハウス中佐の唯一の選択肢は支援砲撃であった。彼はペズリーが要請すれば、いつでも第一〇軍の砲兵隊から二〇門と、海軍の艦砲射撃がおこなえると伝えた。この時点で、ペズリーはその砲撃支援を要請していた。ペズリーのところには、無傷の日本兵の一団が斜面を匍匐前進しているとの報告がとどいていた。「前方だけかと思ったら、やつらは後方にも、それ以外のあちこちにいた」とフレッド・マクゴーワン一等兵は回想した。「小雨の後で、やつらのヘルメットは擬装していなかったので、照明弾が上がると、あちこちで反射して光り輝いていた」

ペズリーは、最初一〇〇ヤード(九〇メートル)前方に砲撃支援を要請した。そしてすぐに五〇ヤード(四五メートル)の位置につぎの弾着を要請した。この時点で、ウッドハウスは、弾着があまりに海兵隊側に接近しすぎているため、ペズリーの要請を許可できないと回答した。また、ペズリーは、ウッドハウスにさらなる増援の兵士を要請した。中佐は、やってみると回答した。

このころ、小雨が降ったり止んだりしていた。ペズリーは煙草が無性に吸いたくなったが、彼が持っていたマッチは全部湿っており、雑嚢の中にも乾いたマッチは一本もなかった。しかし、日本軍が打ち上げはじめた照明弾が、丘に落下してきており、照明弾は海兵隊員の上空、数メートルのところにしばらく浮かんでから着地していた。そのうち一発が、ペズリーの蛸壺のすぐ脇に落ちて、地面の上で金属片が赤く燃焼していた。ペズリーは、この照明弾の残り火に煙草を押しあて火をつけると、ようやく一服することができた。

すでに、日本兵は正面に対峙しているだけでなく、背後にも回り込んでおり、海兵隊員に攻撃がくわえられていた。後方に目をやったペズリーは赤い閃光と迫撃砲の発射音を聞いた。すぐに、その砲弾はシュガーローフに着弾した。ペズリーはカービン銃で閃光の方向に向けて銃撃をくわえると、日本軍は迫撃砲で応戦し砲弾はペズリーの至近に着弾して、彼は顔に大量の土砂をあびた。機関銃班の一つも、この迫撃砲にたいして銃撃をくわえたが、たちどころに迫撃砲を撃ち返されて沈黙してしまった。ところが、この陣地から「汚い言葉で悪態をつく声」が聞こえ、ふたたび機関銃を設置すると攻撃を再開した。ペズリーは無線で味方の迫撃砲班を呼び出し、この日本軍の迫撃砲を攻撃するよう要請した。担当の中尉は、やってみると答えたが、すぐにペズリーに連絡があり、目標は海兵隊の支配地域にあり大隊本部から攻撃の許可が下りなかったと回答してきた。

丘の上部ではウィンデル・メジャー一等兵が味方の状況把握につとめていた。丘の頂上部まで匍匐してのぼると、海兵隊の軽機関銃手が、斜面の下部のひらけた位置で機関銃を設置しているのが見えた。その位置の射界は完璧だったが、彼の行動は大胆すぎ、気がつくと機関銃にもたれかかるようにして戦死していた。まるで最後の瞬間に機関銃をまもろうとしているかのような姿であった。メジャーは、その機関銃の場所までいき、銃の回収を考えたものの機関銃は遠目にも壊れているように見えたのであきらめた。

彼は、左翼線にそって丘を匍匐でおりる途中、日本軍側の斜面が見渡せる場所にあった窪地に掩蔽壕があるのを見つけた。また丘の麓に巨大な岩石がうかび上がっていた。日本兵が、その陰から歩み出てコートニーが戦死した付近の稜線を眺めているようだった。さらに別の日本兵のヘルメットが岩のかげに見え隠れしていた。二人目の日本兵はすばやく周囲に目をやると、もとの場所にもどっていった。

メジャーはゲーリー・クーパーが主演した、第一次世界大戦の名誉勲章受章者を描いた一九四一年の映画『ヨーク軍曹』を思い出していた。この映画では、田舎者のヨークが七面鳥の鳴き声をするたびに顔を出したドイツ兵を撃つシーンがあった。メジャーの位置からは一人目の開けた場所に立っている日本兵を撃つのは容易だったが、映画のような方法がうまくいかなければ二人目の岩の陰の日本兵に撃たれる可能性が高かった。

彼は、コートニー少佐が出していた着剣命令に従わなかった。銃剣の重みでライフルのバランスが崩れ操作性がそこなわれると考えたからだった。そこで、彼は着剣して操作性を試してみることにした。メジャーは、先ほど日本兵が頭を出していた岩のあたりに照準を合わせ、大きな声で鳥の鳴き声を真似してみた。途端に岩から頭が飛び出し、彼の照門一杯にひろがった。引き金をひくと即座に反動で上がった銃身を押さえ、すばやく横に振り、もう一人の立っていた日本兵を射殺した。

彼の勝利はだれにも気づかれなかったが、しばらくして右翼側にひそかに進出してきた日本軍の機関銃がメジャーを狙い撃ちしだした。さいわいにもメジャーは浅い窪地に伏せており日本軍の機関銃手は、照準を充分に下げて撃つことができなかった。「最初、頭の前の方を、さかんに撃っていたが、やがて反対側を撃ちだした。おそらく、弾薬箱一箱分ぐらい撃ち尽くしたと思う」とメジャーは回想した。「一箱分、射撃した後、ふくらはぎと足に弾がかすっていたが、それが全てだった」ひたすら体を地面に押しつけ、呼吸で胸が上下しただけで機関銃弾があたりそうな気がするほど、恐ろしかった。弾が足をかすったさいにできた裂傷が焼けるように痛んだため、彼はゆっくりと手を使って足をさわりながら傷の具合を調べた。傷の具合は、それほど酷くなく軽傷のようだった。「すぐに痛みは消えた」彼は、かなり長い時間撃たれつづけていたように感じたが、やがて、その日本軍の銃撃もとまった。「ヘルメットを脱いで中に手を入れると、少し上に出してすぐに下げた。つぎにもう少し上に出して、また下げた。同じ動作を何度かやってみて、日本兵が弾を再装填していないか、あるいは俺が顔を出すのを待っていないか試してみた」とメジャーは回想した。「しかし、日本兵は二度と撃ってこなかった」メジャーを悩ませた苛めっ子は「全弾撃ちつくして、どこかに行ってしまった」ようだった。

斜面上では、エド・ペズリー中尉が引きつづき状況を把握しようとつとめていた。確実なのは日本兵がどこにでもいることであった。その少し前、彼の通信兵が塹壕から出て小用を足していたところ、突然、日本軍の機関銃が火を吹き、ベルトの拳銃のホルスターが千切れてしまった。「いつもより早く帰ってきた」とペズリーは皮肉まじりに回想した。

すでに時刻は明け方にさしかかりつつあり、負傷し、かつ疲れ果てていたため、ペズリーは浅い眠りに落ちたが、通信兵の会話で目がさめた。通信兵はウッドハウス中佐に、日本兵に蹂躙される恐れがあるため、最後の手榴弾を通信機の破壊のために取ってあると話していた。ペズリーが会話をかわると、ウッドハウスは、もし丘を固守できるならば、これからK中隊を増援で送り込むつもりであると告げた。K中隊は現在、高地3に向かっており、ペズリーにたいして必要であれば彼らを指揮して平野部を横切らせてシュガーローフにつれて上げるように命じた。

K中隊にたいする警戒待機命令は、少し前から出ていた。この晩、中隊は高地1の裏側に塹壕を掘って夜を明かしていた。二日前、安謝川の戦闘でポール・ダンフィ中尉が去ったのち、新たな中隊長として、レジナルド・フィンクル中尉が着任していた。フィンクルは、裕福な家庭の出身で、直接的な戦闘には参加しないと噂されていた。K中隊のある一等兵は「彼は本当に部下思いの素晴らしい将校だった。行軍のさい、疲れていた小柄な部下の軽機関銃をかわりにかつぎ、部下を休ませたりしていた」と回想した。

二三〇〇時にウッドハウスはK中隊のうち、一個小隊を高地3の背後まで進出させ、東側の斜面の日本軍を掃討するよう命じた。この場所の日本軍はシュガーローフに展開している海兵隊の背後から直接攻撃をくわえていた。小隊は攻撃を試みたものの日本軍の擲弾筒などの激しい反撃をうけ、撤退せざるを得なかった。攻撃に参加した二四名の将兵のうち戻ってこられたのは一〇名に過ぎなかった。

〇一〇〇時になってウッドハウスはK中隊にたいして、援軍としてシュガーローフに移動するための準備を命じた。ウッドハウスの観測所に出頭したフィンクル中尉にたいして「戦線は延びきっており日本軍は大挙して反撃している。シュガーローフの戦況は危機的状況だ。すみやかに補給を完了し、彼らの救援に駆けつける準備をしてもらいたい」

一時間後、フィンクルはふたたび観測所に呼び戻された。ウッドハウスは「シュガーローフの海兵隊員は八名まで減ってしまった。もし丘が日本軍の手に落ちれば、これまでの努力がすべて無駄になる。K中隊はいかなる犠牲をはらっても丘を死守してもらいたい。明朝、丘の上で諸君と会おう」と述べた。

「われわれは、シュガーローフから道を挟んで反対側の場所に塹壕を掘って待機していたが、出発にあたり、背嚢の中の余分なものは置いていくようにと命じられた」と、チャールス・ピュー一等兵は回想した。「われわれは、丘を攻略する命令をうけたが、その丘が〝シュガーローフ〟と呼ばれているのは周りのやつも含めて、誰もまったく知らなかった。ただ、分かっていたのは、これから丘を登らなければならないのと、おそらく痛い目にあうことだった」

レイ・シンドラー一等兵もK中隊の一員として戦闘に参加するのは間違いなかった。数時間前、彼は戦友たちと「いつも、つぎはどこに行かなきゃならないのかを話題にしていたが、この酷い状況で、生還できる気がしなかった。そんな時に、〝今夜、あの丘を、いかなる犠牲があろうとも死守せよ〟なんて命令をうけたから、絶対に生きてもどれない気がした。その後、短い時間で、いろんなことを考えたよ」

彼らが丘に向かって進んでいくと、シュガーローフの正面に海兵隊員の死体が散乱しているのがシンドラーから見えた。「まるで一〇〇体くらい散らばっているように見えて、気味が悪かった。それに、あちこちに海兵隊員が倒れていた」彼は生存者がいないか確かめたかったが、そんな時間はなく、部隊は移動をつづけた。

斜面上にいたペズリー中尉からK中隊が無線でウッドハウスと話している声が聞こえてきた。シュガーローフ上の海兵隊員たちからは、使用している無線機の周波数帯の設定が異なるため、K中隊とは直接交信ができなかった。そのため、縦隊を丘へ誘導するには大声に頼るしかなかった。〇二三〇時、四名の将校と九九名の兵士からなるK中隊の増援部隊は一名も失うことなく無事にシュガーローフに到着した。

丘に近づくと、フィンクル中尉は「よし、みんな、手近な穴を探して入れ」と命じた。新たに到着した海兵隊員たちは、持ってきた八梃の機関銃をかついで斜面を駆けのぼった。ピューが気づいたときには付近の蛸壺はすでに誰かが入っており、空きがないようにみえた。「蛸壺に入っている兵士が、俺たちより先に穴に入ったやつらか、それとも死体なのかよくわからなかった」と彼は回想した。彼と、戦友のギブ・カンター一等兵は最終的に丘の反対側の斜面を見下ろせる場所に蛸壺を見つけておさまった。

丘を駆けのぼった海兵隊員の中には、レイ・シリンダー一等兵もいた。このころ、日本軍も丘の異変には明らかに気づいたようで、擲弾筒や、野砲、機関銃などが丘の斜面で猛烈に炸裂しだした。「文字どおり、めちゃくちゃな状況で、斜面一面が炸裂する砲弾でいっぱいになった」とシリンダーは回想した。彼はこのとき、丘を横切って三〇口径の機関銃を稜線に設置したが、この弾幕の中を、どうやって移動したのか思い出せなかった。

K中隊の海兵隊員たちがペズリーのところに到着したさい、またしても後方から日本軍の迫撃砲が発射され、真っ赤な発射炎が立ちのぼるのが見えた。K中隊の将校が、機関銃を設置させると、迫撃砲の発射炎が上がった場所に向けて機関銃の曳光弾が、吸い寄せられるように飛んでいった。機関銃の後ろには、迫撃砲の位置を正確につかんでいた兵士が「もっと右、もっと右」と弾着位置の修整をおこなっていた。

日本軍も即座に反応し、迫撃砲弾が機関銃のまわりに着弾しはじめた。「伏せろ！　伏せろ！」とペズリーが叫んだが、同時に三発～四発の砲弾が機関銃のまわりで炸裂し、そのうちの一発は機関銃の銃身を直撃して銃を破壊すると同時に、周囲の兵士たちをなぎ倒した。炸裂の後、すぐにあたりは静寂につつまれ、重傷を負った兵の呻き声だけが周囲にひびいていた。このときの重傷者のなかに、フィンクル中尉がいた。砲弾が足の近くで炸裂したため、わずかな筋肉組織で、かろうじて足がつながっている状態だった。数名の海兵隊員が彼を担架に乗せて、丘の下まで運ぼうとしたが一人の海兵隊員の手がすべり、彼を落としてしまった。中尉は、そのまま千切れかけた足を振りまわしながら、一気に斜面を丘の麓まで転がり落ちてしまい、その光景は、あまりに凄惨すぎて目も当てられなかった。おそらくフィンクル中尉は、この傷が原因で死亡したのは間違いないと思われた。男たちには嘆いている暇はなかった。しかし後に「思い出すのもいやな酷い光景だった」と回想した。

蛸壺の中にいたペズリー中尉に「F中隊の指揮官はどこか?」とたずねる声が聞こえた。声の主はK中隊の幕僚、ジェームズ・ロウ中尉だった。ロウがフィンクルが戦死した旨を伝えるとペズリーは、なるべくすばやくシュガーローフ上に兵士を展開させるように要請した。その後、ていねいな口調で「暗闇で戦闘がつづく危険な状況下で、救援に駆けつけてくれたことを本当に感謝しています。あなたたちは、われわれにとって真のヒーローです」と語った。シュガーローフで配置についたK中隊の海兵隊員たちの中に、戦闘に放り込まれた状況を嘆く兵士は一人もいなかった。

日本軍の砲撃で通信回線が切断されてしまい、二台あった300型通信機のうち、一台が使えなくなってしまい、残った一台が大隊本部との唯一の生命線となっていた。丘の上では砲弾や手榴弾が炸裂し、兵士たちは叫び声を上げ、ときには悲鳴もまじっていた。溝にしゃがみ込んでいたチャールス・ピュー一等兵は「何で? 何で? 何で?」という悲鳴を聞いていたが、この声は、除々に小さくなり、最後には聞こえなくなった。

丘の頂上部では、主導権をにぎるため、海兵隊員と日本兵の手榴弾の投げあいがつづいていた。K中隊は全部で八梃の機関銃を運び込んでいたが、設置した途端につぎつぎと日本軍の激しい迫撃砲攻撃をうけて破壊されてしまった。そのため、海兵隊側の攻撃手段は手榴弾しか残されていなかったのだ。日本兵は斜面の反対側に掘られたトンネルや壕にひそんでいた。しかし、距離はかなり接近していたため、ピューからは日本兵が話している声が逐一、聞こえていた。日本兵は壕やトンネルから飛び出すと稜線上の海兵隊員に手榴弾を投げつけ、すぐに穴の中に引っ込んでいった。「われわれが手榴弾を投げると、彼らも投げ返してくる」とフロイド・エンマンは回想した。「どうやって状況を打開すればいいのか分からなかった」

レイ・シリンダーは、機関銃の後ろから五〇メートルほど前方の長い築堤のような場所にいる数名の日本兵の姿を捕らえていた。手榴弾を投擲するには少し遠かったが、ほかにも近くに日本兵がいた。「あの時、丘の稜線を少し超えた日本軍側の斜面にいた」と彼は回想した。「だから、ニップのやつらは、ちょうど俺の真下にいた」

シリンダーは、平和なときは野球のボールを投げたりしていたが、いまは後ろの兵士から手渡された手榴弾を前方に投げていた。「五〇メートルくらい先に日本兵の一団がいた」と回想し「その場所まで手榴弾を投げたかったが、少し遠かった。もう少し近寄ればよかったのかもしれないが、怖くてそれ以上、前に進めなかった」

こうした手榴弾の投げ合いの最中、シリンダーの右足になにかが当たった。ふと目をやると、何か火花が散っており、さらによく見ると日本軍の手榴弾だった。何も考えずに、その手榴弾をつかむと即座に投げ返した。「周囲の音が騒々しかったので、自分が投げ返した手榴弾が爆発したのか、不発だったのかは分からなかった」と彼は回想した。「いずれにせよ、向こう側の日本兵は、自分が死んだと思ったはずだ」

この時、稜線に展開していたK中隊の兵士に一八歳のケンタッキー州出身のジャック・ナッコル一等兵がいた。彼は大変勇敢な男だったが、召集令状を受け取ったときは海軍に入隊することになっており、彼自身も海軍を希望していた。ところが徴兵検査場にいったさいに、海兵隊が志願兵を募集しており、そちらにまわされた。「自分が検査場にいったときには、どうやら事前に海兵隊に入隊することが全部決まっていた」と彼は回想した。彼はBARをかかえて、いつの間にかシュガーローフ上の薄い防衛ラインの一端をになっていた。彼が必死に日本軍側の斜面を凝視していたところ、二〇メートルぐらい先の塹壕を四人の日本兵が移動しているのが見えた。日本兵は移動しながら見え隠れしておりBARで射撃しようとすると、すぐに消えてしまった。その後、火炎放射手がやってきて、火炎放射器に点火しようとしたところ、着火する前に撃たれて即死してしまった。さらに同じ蛸壺にいたナッコルの一番の戦友である、ジョージ・ディーン一等兵も、頭部に銃弾をうけ、ナッコルの膝のうえで死亡した。

左翼側では、ナッコルと同じ時期に師団に補充兵として配属された若い海兵隊員が黄燐手榴弾を斜面の向こう側に投げた。ところが、日本兵がすばやくこれを投げ返してきたため、鮮やかな煙を出して爆発し、若い海兵隊員は溶解した黄燐をシャワーのように体中にあびてしまった。彼の皮膚はとけて焼け落ち「だれか、俺を殺してくれー」と絶叫しながら周囲に懇願したが、だれも手を下せなかった。若い海兵隊員は悶絶しながら息絶えた。この時、溶解した燐がとび散って、ナッコルの背中にも少し付着したが、彼は体をよじりながら、どうにか皮膚に燃えうつる前に擦りおとすことに成功した。しかし、ナッコルの強運もここまでだった。そのすぐ後、日本軍の手榴弾が彼のすぐ左で炸裂して大きな破片が足に刺さり、さらにヘルメットの側面を引き裂いた。昏倒して意識が朦朧とするなか、まわりを見ると生きている海兵隊員はいないようだった。ナッコルはBARを引きずりながら、丘を匍匐して降りることにした。途中で出会った海兵隊員が彼を塹壕の奥に押しこんでくれた。そして後日、病院船に収容され、帰国した。一年後、彼はこのときの件について「俺は、あのくそ重いBARをかついでシュガーローフに登ったけど、遂に一発も撃たなかったって信じられるかい？　手榴弾を二つ投げただけだったよ」と残念そうに思い起こした。

明け方に近くなって、ウォルト・ルツォスキイの場所に補充兵が駆け上がってきた。ルツォスキイは、コートニーが戦死したさいに負傷したため、その後も同じ場所にとどまって戦況をうかがっており、M1ライフルと、コートニーの四五口径の拳銃を持っていた。暗闇からあらわれた、その補充兵は「俺は補充兵だ、機関銃を見つけてきたよ」と話しかけてきた。ルツォスキイが銃を見ると「あまり役立ちそうにないな」と答えた。銃の底部から、トリガーアッセンブリがなくなっており射撃できる状態ではなかった。「部品はどこだ？」と他の海兵隊員に聞くと、日本軍に捕獲されて利用されるのを恐れて、部品をバラして投げすてたと話した。「部品がなければ、使えるわけねぇだろ」と、その補充兵を追い返した。その兵士はルツォスキイを残して、どこかに行ってしまった。それからしばらくして蛸壺のすぐ横で砲弾が炸裂し、彼は六〇センチ～九〇センチほど吹き飛ばされ、横で寝かされていたコートニーの死体が彼の上に覆いかぶさってきた。ルツォスキイが見上げると、この砲撃でハンサムだったコートニーの顔は、潰れてしまっていた。

シュガーローフの左翼側の斜面では、ウィンデル・メジャー一等兵は依然として顔を地面に押しつけていたが、突然、日本兵が飛び出して低木に向かって斜面を駆けおりていく姿を発見した。日本兵がひらけた場所を横切るさい、メジャーはライフルを構えたが、銃を発射できなかった。最後の弾を撃ったのち、泥がつまったため薬室につぎの弾が装填できていなかったのだ。彼は、自分がとるべきつぎの行動について熟考しているときに、同じ小隊の戦友が彼を呼んでいるのに気がついた。その兵士は、負傷しているものの、まだ戦える様子で、彼はメジャーに、現在いる場所は日本軍に姿をさらして危険なので、すぐに移動しろと叫んでいた。

銃が故障し、間近にせまった日本兵からいつ蹂躙されるか分からない不安な状況にあったため、メジャーは意を決して飛び出し、〝まるで怯えたウサギ〟のように近くの海兵隊員に向かって走った。〝ちょうど野球の三塁ベースに滑りこむ要領で〟塹壕にとびこむと、あろうことか、塹壕の縁に銃剣を装着したライフルが立てかけてあり、飛びこんだ弾みで太腿を串刺しにしてしまった。銃剣は太腿の外側から内股にかけてつらぬいており「まるで、バーベキューの串刺しの肉みたいだった」一瞬凍りついたもののメジャーは自分でどうにかして、この銃剣を引きぬこうと動きまわっていると、右側の海兵隊員が「そこに一人、日本兵がいるぞ！　一人いる」と叫んだ。

別の海兵隊員がライフルで銃撃したが、はずした。そこでBARに持ちかえて射撃したが、またはずしてしまった。再度ライフルを持ちなおすと、最後にはメジャーの目の前で日本兵の首を銃剣で突き刺した。この日本兵は、これよりも前に負傷しており戦場から離脱するところを海兵隊員に見つかったようであった。

メジャーは日本兵の死体に気をとられる間も惜しんで、足に突きささったライフルを引きぬこうと苦闘していた。「体をねじったり、穴の中で体を支えなおしたりしながら、ライフルを引きぬこうとしたが、とにかく身動きができなかった」とメジャーは回想した。「どうにかして、巧みに体を動かしてライフルを引きぬくのに充分な空間を確保すると、一気に足から引きぬいた。その瞬間、血が噴き出したんだ。だいたい……五〇～六〇センチの高さまで血が噴き出たようだった。それで、大動脈を切断してしまったのに気がついたが、内股の付け根の部分だったので、それより上部で止血できなかった」

メジャーは、どうにかして止血帯を取り出すと、サルファ剤を傷口に振りかけ、圧迫して止血しようとした。その直後、ジャック・ヒューストン一等兵が穴に飛びこんできて、別の止血帯を傷口にあててくれた。ヒューストンもまた負傷していた。彼は、少し前に斜面をおりる途中の一斉砲撃で擲弾筒の砲弾が彼の横の穴で炸裂し、右半身に細かい金属の破片をあびていたが、まだ動きまわれた。「擲弾筒は、発射するとき、独特の柔らかいバネの弾ける音がした」と彼は回想した。

二人は丘の上で、しばらく様子を見ることにした。周囲には一〇名余りの兵士しかいないようだった。将校も、下士官も、命令を下す立場の人間はおらず、一等兵と二等兵ばかりのようだった。その後、またしても日本軍の野砲と擲弾筒の一斉砲撃があり、砲弾が斜面に降りそいだ。爆風で兵士たちは上空高く吹きとばされ地面に叩きつけられた。ヒューストンはこの時ほど長時間、真の恐怖を感じたことはなかった。「特別に激しかった一斉砲撃がとまった後、さすがに退き時だと思って、俺は、G中隊を率いていたネルソン中尉を呼んだんだ。彼なら、撤退に同意してくれると思った」と当時を回想した。「ところが、だれか別のやつが、ネルソンなら戦死したと教えてくれた」

塹壕の中で、ヒューストンとメジャーは、ジョー・フュートレルが呼ぶ声を聞いた。フュートレルは、ヒューストンと同じ第三小隊の火力班で、古参の一人だった。ヒューストンは、彼に大丈夫かたずねると、フュートレルからは大丈夫だと返事があった。しかし次に声をかけると、今度は違う兵士が、フュートレルは負傷していると答えてきた。彼はメジャーを一人で残したくはないが、フュートレルも助けを求めていることを話して、彼が負傷している場所まで一気に駆けぬけた。フュートレルは榴弾の破片を背中と腕にうけており、ヒューストンはサルファ剤を傷口にかけ、出血をとめるために止血帯を二つ巻いた。治療が終わりかけたころ、小隊軍曹があらわれ、丘の頂上部でだれか加勢が必要だとつげたため、ヒューストンはフュートレルのＢＡＲと自分のライフルをつかんで丘の頂上部に向かった。「頂上に着いたとき、あたりが不気味なぐらい静かだったのに気がついた」とヒューストンは回想した。「敵の支配地域を注視していると、突然、照明弾が三人の日本兵の姿を浮かびあがらせ、彼らの話し声も聞こえた。彼らは道をわれわれの方向に向かって何の注意もはらわずに歩いているところだった。そこでＢＡＲで狙いをさだめて銃撃をはじめた。ところが、彼らが走って逃げようとしたところで照明弾が消えてしまった。おそらく弾は当たらなかったと思う」

この銃撃で、ＢＡＲの発射炎が日本軍の機関銃手の注意をひいてしまい、銃撃で彼の周囲の地面は細かく飛び散った。「俺は、蛸壺ではなく、浅い窪地に伏せていただけだった」とヒューストンは回想し「もし、日本兵の射撃が、もう少し上向きだったら今ごろは死んでいたと思う」

この時、ヒューストンを一時的に救ったのは米軍の支援砲撃で、大砲か艦砲射撃が彼の前方の一帯に着弾しはじめていた。「沿岸部のほうから砲弾が飛んでくる光の軌跡が見えた。まるで機関銃の曳光弾のようだった」と彼は回想した。「着弾しているのが振動で分かった。とても綺麗な眺めだったけど、日本軍の機関銃を黙らせることはできずに、またすぐに周囲に銃弾が飛んできた。地面の破片が自分に降りそそいできて、どうすることもできなかった」ヒューストンは、つぎの照明弾が消えた後すぐに後退することにした。彼は「撃つな！いまから下りる」と大声で叫びながら全力で斜面を駆けおりた。彼が停止するために斜面上に滑りこんださい、数名の海兵隊員のM1ライフルが彼に銃口を向けているのに気がついた。彼らはヒューストンがいた丘の頂上部に米兵が残っているとは思いもよらず、彼が声を上げなければ撃たれているところだった。

ヒューストンはさらに斜面をおりていくと、日本軍の砲弾が周囲で炸裂しはじめた。彼は砲弾を避けるため近くにあった倒木の下にもぐり込んだ。「そこには四人の海兵隊員が座っており、斜面にもたれかかり、寝ているように首をうな垂れていた」と彼は回想した。「そしてすぐ近くで砲弾が炸裂すると、端のほうから一人ずつドミノ倒しのように倒れてきて、その時はじめて全部死体だったのに気がついた」

生存者の中に、ドナルド〝ラスティ〟ゴーラ伍長とドナルド・ケリー一等兵がいた。彼らは変わったコンビで、赤毛のゴーラは陸軍将校の息子で、サンフランシスコの港湾荷役夫だった。皮肉なことに視力が悪かったため海兵隊の徴兵検査に三回落とされ、最後は試験官を口説きおとして入隊した。彼はグアム島の戦闘で銅星章を受章していた。一方、ケリーはまだ一六歳で、シカゴの悪名高きギャング街のウエストサイド出身だった。彼の父親が息子の素行に悩んだあげく、入隊志願書を学校の入学申込書だと騙してサインさせ、海兵隊に入隊させていた。

この日、ゴーラは一晩中丘の上を動きまわっていた。「やつは野生的な男だった」とフレッド・マクゴーワンは思い起こした。「やつは、恐怖の感情がなかったと思う」マクゴーワンは自分の蛸壺に手榴弾を三個並べていた。そこにゴーラが走り寄ってきて「俺が投げてやるからよこせ」そして「この野獣のような男は、丘を駆けのぼると、おなじ行動を繰り返していた。

ゴーラとケリーは、日本軍側の斜面を見おろす位置の機関銃陣地で配置についていた。ケリーが彼らに向かって進んでくる人影に短い連射をくり返していた。彼のまわりには、すぐ後ろにいるゴーラ以外に海兵隊員は見当たらなかった。弾薬が残り少なくなってきており、ケリーはゴーラを呼ぶと弾薬箱を持ってくるよう頼んだ。「弾丸がなくなる、弾丸がなくなる」とケリーは叫び、振り返るとゴーラが築堤にもたれかかるようにして首を垂れながら座り込んでいた。ケリーは声を上げつづけたが、ゴーラはまったく反応しなかった。ケリーは銃を置いて、ゴーラのところに歩み寄り「おい、ラスティ」とゴーラの頭を引っ張った。ゴーラの顔は血まみれで、彼は死んでいた。ケリーは弾薬箱をもって機関銃の場所にもどったが、弾薬箱には半分しか弾が残っていなかった。その時、銃弾が彼のかかとを貫通し、さらに迫撃砲か手榴弾の金属の破片が足に突きささり、ケリーは銃に寄りかかって射撃をつづけた。

「照明弾が上がっていた」とケリーは回想した。「照明弾が落ちて周囲が暗くなると何かが動き出していた。そしてつぎの照明弾が上がるとやつらはすぐに隠れてしまった。でも、少しでも動くものがあれば俺は、場所を問わずに銃弾をあびせていた。彼らは二〇人から五〇人くらいの集団のようだったが、こっちには向かってこなかった。そのうち弾がなくなりだしてきたので、照明弾を撃つのを止めてくれないかって考えはじめた。そうすれば暗闇に乗じて、ここから抜け出すことができるのにと思った」

やがて、彼は足からの出血の量が激しく意識を失ってしまった。つぎに彼が気づいたときは、青空がひろがっているのが見えた。誰かの声が聞こえ、よく見ると担架に乗せられて運ばれる最中だったが、そこでふたたび意識がなくなってしまった。

すでに早朝に差しかかっていた。東シナ海で発達した低気圧から冷たい雨がふり出し、濡れた死体が生きているように見えていた。丘の頂上部の塹壕では、レイ・シリンダー一等兵が戦闘をつづけていた。夜間はときどき、彼も名前を知らない将校が塹壕までやってきては「陣地を死守せよ、あと二〇分で救援が来る」と告げていたが、同じ発言を一晩中、何度もくりかえしており「おそらく一〇回から一二回くらい来た」とシリンダーは思い起こした。「それも一晩中な」その後、シリンダーはこの将校の相手をしないことにした。

時刻は〇五〇〇時になろうとしていた。彼の分隊長、ビル・エンライトが匍匐しながらやって来て「おい、レイ、フランソワースが撃たれた」と告げた。フランソワースは彼の分隊の別の第一機関銃手だった。「死んだのか?」とシリンダーは聞き返すと、エンライトは分からないと答えた。「いま、やつはどこにいる?」とシリンダーが聞くと、エンライトはその場所を指差したので、シリンダーは今から助けが必要か様子を見に行くとつげた。

「わかった、がんばれよ」とエンライトは答えた。

シリンダーが立ち上がったとたん、擲弾筒から発射された弾がわずか一メートル足らずの場所で大きな音とともに炸裂した。大きな榴弾の破片がシリンダーの右肺を切りさき、肝臓に突きささった。空気をもとめて口であえぎながら、最初に考えたのは脳震盪を起こしていないかどうかだった。彼は以前、脳震盪を起こしたことがあり、その時も息切れが起きていた。「空気をもとめてあえいでいたところ、突然、何か熱いものが胃のあたりに落ちていくのを感じたので、あわてて上着もシャツもぬぎ確かめてみると、右胸に一ドル硬貨ほどの穴があいていた」

シリンダーは丘を駆けおりることを決意し、飛び出した。肝臓に破片が突きささったまま、何度も転がったり起き上がったりしながら、丘を横切るようにジグザグに降りていった。彼は幸運にも、丘の麓で衛生兵を見つけた。「おい、ドック（訳注：衛生兵のこと）」とシリンダーは話しかけ「助けてくれないか」

衛生兵は「もう医薬品は全部使い果たしちまったよ」と答えたが、シリンダーが持っていた救急キットをあけると胸のあたりに包帯をまき、首のあたりで縛ってくれた。

衛生兵の治療がすむとシリンダーは「あそこに見える穴に俺を押しこんでくれないか?」と頼んだ。やや突き出た岩の下に穴があり「俺をあの穴に入れてくれ、この四五口径の拳銃で、悪党どもがやってきたら一人でも多く道づれにしてやるさ」衛生兵は彼を穴まではこび、シリンダーは四五口径の拳銃を脇に置いて横になった。

この時、ちょうど、夜が明け周囲が明るくなってきた。

グアム　五月一四日（AP通信）

日本軍は新たな予備部隊を戦線に投入した。米軍の強力な攻撃は那覇市の近郊まで到達したが、日本軍は、この攻撃を食い止めるために数千発もの砲撃で対抗している。第六海兵師団のレミュエル・C・シェファード少将は、日本本土から五〇〇キロしか離れていない沖縄本島の沿岸部にそって南下しており、那覇市に突入するために安里川の北部で激しい戦闘を繰り広げている。

＊

五二高地の激戦　首里西方地区においては十四日早朝から全正面に渡って米軍の攻撃を受け、特に安里東側から五二高地地区で激戦が展開された。夕刻五二高地北方約二〇〇米にある四〇米閉鎖曲線高地付近は米軍に占領されたが陣地の大部は確保した。薄暮一部の米軍が五二高地地区に攻撃して来て五二高地東側斜面にとりついた。これに対し十五日天明時、迫撃砲火を集中して逆襲をくわえて撃退した。（日本側の公式戦記・戦史叢書沖縄方面陸軍作戦より）

第六章　逆襲

五月二五日の日の出は〇五二四時であった。周囲が明るくなってきたとき、エド・ペズリー中尉は、彼の位置から斜面下側でなにか動いているのが目にとまった。よく見てみると地面の上で木の枝が動いており、さらによく見ると、日本軍の兵士が丘の中に掘られたトンネルや洞窟から、斜面に銃眼をふたたび開けようと試みているところだった。

その時、突然、日本兵が英語で「ヘイ、マリーン（海兵隊）、お前ら朝までに皆殺しだ！」と大声で叫んだ。この嘲りはその後もつづき「マリーンは地獄に落ちろ！」と叫ぶと、なぜか「ルーズベルト夫人も地獄に落ちろ」とつづいた。ペズリーは「何故かよくわからないが、日本兵にとっては最大限の侮辱のつもりだったんだろう」と皮肉まじりに回想した。

レオン・ペース一等兵は、丘の前面の端の塹壕に相棒のヴァン・チャンドラーとともにもぐり込んでいたが、戦況にたいして悲観的だった。さらに夜が明けて「周囲が明るくなるにしたがって、想像していた以上にジャップのやつらがどこにでも、うようよいるのが見えた」ため、ますます悲観的になっていった。これらの日本兵は皆シュガーローフに向かっているようだったとペースは回想した。

日の出のころ、丘の稜線にそった浅い溝にしゃがみ込みながら、チャールス・ピュー一等兵には夜明けとともに斜面の下の方向から、たくさんの日本兵の話し声が聞こえてきた。立ち上がって見ると「かなり長い列」の日本兵が丘の方向にのぼってくるのが見えた。ピューはそのうちの一人に照準をさだめ背中に向かって発砲すると、日本兵は弾が当たった衝撃で、ばったりと倒れ込んだ。ピューは即座に溝に隠れると相棒のギブ・カンター一等兵を「ギブ！」と呼び出し「やつらが、すぐそこにいるぞ、お前も一人撃ってみろ」と話した。カンターは立ち上がり、ライフルを構えると日本兵に向かって狙いをさだめた。その時、日本兵が撃った弾丸が彼のM1ライフルの銃身とガスチャンバーに当たって跳ねかえり、彼の喉を直撃した。カンターはライフルを落とし、弾丸が当たった喉を片手で押さえてつかんだが、傷口からは大量に出血していた。ピューは付近を見渡したものの仲間の海兵隊員の姿は見えず、声も聞こえなかった。カンターは片手で喉をつかんだまま喋れず、自ら霧雨の中へ衛生兵をもとめて這い出ていった。

一人きりになったピューは、斜面の下の方向に小さな緑の茂みがあるのに気がついた。目の錯覚か、その茂みが自分の方に向かって動いているような気がしたので、もう一度、茂みに目をやると突然、それが茂みなどではまったくないのに気がついた。茂みだと思っていたのは、日本兵で、ヘルメットにかぶせた網が草や木でカモフラージュされており、彼がいる溝から数メートルのところまで発見されずに匍匐しながら接近してきていたのだ。
その瞬間、彼は、この日本兵に向かって手榴弾を投げるべきか、あるいは立ち上がって狙撃すべきか、自分のとるべきつぎの行動を冷静に考えようとしていた。その時、だれかが丘の稜線越しに黄燐手榴弾を投げ、鮮やかな燐がシャワーのようにピューの周辺の斜面に飛び散った。ピューは燐をあびずにすみ、ふたたび斜面を見ると先ほどの日本兵の姿は消えていた。

手榴弾が飛んできたことから、この丘にピューは一人きりではなく、少数だがほかにも海兵隊員がいるようであった。

その少数の海兵隊員の中にフロイド・エンマン一等兵がいた。夜間の戦闘で彼の機関銃分隊の分隊長も機関銃手も負傷して後送されてしまい、彼が一人で機関銃を受け持っていた。明け方近くになって、別の海兵隊員が彼に向かって「おい、エンマン、一緒に逃げようぜ」と声をかけたが「自分は、臆病者と呼ばれたくなかった」とエンマンは回想した。「とにかく、物凄く怖かったが、ただ臆病者と呼ばれたくない一心で、〝俺は残る〟」と返事をしてしまった。

夜が明けたとき、彼は丘の上で一人ぼっちのように思えた。そのためエンマンは仲間を探すことにしたが、機関銃をそのまま敵の手に渡したくなかったので分解しはじめたとき、狙撃兵が撃った弾が給弾口を直撃し、それ以上、分解する必要がなくなってしまった。

エンマンは匍匐しはじめようとしたところ、自分のすぐ後ろで海兵隊員の死体に出くわし驚かされた。この死体は体の半分が迫撃砲か手榴弾で吹きとんでおり、エンマンには名前も所属もわからなかった。狙撃兵は引きつづきエンマンに向けて発砲していたので、彼は這いながら海兵隊員の死体を乗り越え、丘の下にあった岩陰まで辿りついた。「そこにいた軍曹が、みな我先に逃げるやつばかりで本当に頭にくると話していた」近くでは将校が無線機で交信しており、その相手との会話でK中隊が壊滅し、戦線が崩壊しつつあることなど戦況がかんばしくない様子がうかがえた。

ウィンデル・メジャー一等兵の不屈の闘志も限界に達しつつあった。負傷して砲弾の穴の中に横たわったままだったが、朝に近づくにつれて銃砲撃の音がしだいに下火になっていくのがわかった。彼は腕時計を持っていなかったので正確な時間が分からなかったが、ときおり彼の右手の丘の中腹で砲弾が炸裂していた。日が差しはじめたころ、誰かが「日本軍がやってくる。用意はいいか?」と叫びながら指示をあたえている声が聞こえた。この時点で彼の脚の傷は耐えられないほどに痛みはじめていた。彼は自ら戦闘行動をとれる状況ではなく、周辺の見渡せる範囲に海兵隊員は一人もいなかった。メジャーは、とにかくこの場所から逃れるのが最善策であると考えて、穴を這い出ると自ら斜面をゴロゴロと転がりながら丘の麓まで到達した。すると今度は狙撃兵が彼に向かって銃撃しはじめ、彼の周囲の地面は弾があたって土が飛びはねだした。

この時、唐突に脚がかろうじて動くようになり、彼はその脚を引きずったり、這ったり、あるいは飛び跳ねたりしながら、丘から少しはなれた場所にある破壊された戦車の残骸まで辿りつき、その背後に隠れた。

ここまで来て、ようやくすべてが明確に分かってきた。どうやら海兵隊の攻撃は疑問をはさむ余地もなく、手ひどく撃退されたようだった。メジャーは立ち止まって休みながら米軍側の破壊された車両を数えてみると、戦車とアムトラックを合わせて十数輌の残骸があり、そのうちの何輌かはまだ燃えていた。平野部は多くの死体が散乱しており、シュガーローフから地面の上を歩かずに、死体の上だけを歩いても後方までもどれそうな惨憺たる状況だった。

やがて後方まで歩き出そうと立ち上がったところ、電話線を敷設中の数名の通信兵がメジャーを見つけて駆け寄ってきた。彼らは通信線を投げ出すとメジャーを手助けするために走り寄り、そのまま大隊の指揮所までつれて行った。

「丘から生存者がもどってきたぞ！」と軍曹が大声で叫ぶと、ウッドハウス中佐が肩のカービン銃をゆらしながら走り寄ってきた。彼がシュガーローフの状況を聞くと、メジャーは、まだ丘には海兵隊が残っているが反撃を準備している日本軍の叫び声が聞こえていたと報告した。またコートニー少佐も戦死したことを付けくわえた。「これから再度、攻撃を敢行して丘の上の仲間を助け出す」とウッドハウスは話した。

メジャーが話し終えると、ウッドハウスは彼を優しく気づかうように見下ろしながら「よく頑張った、握手をさせてくれないか」と話しかけた。雨が降りつづいていたためメジャーは泥だらけの手を差し出した。ウッドハウスが力強く手をにぎると、指の間から泥水が絞り出た。「汚い手ですみません。中佐」とメジャーが謝ると、ウッドハウスは微笑んで指揮所にもどっていった。メジャーがウッドハウスを見たのはこれが最後になった。二日後、彼は脚に包帯をまいた状態で読谷《よみたん》飛行場からグアムの病院に搬送された。

夜明けの時点で、丘の上の海兵隊員の数は二〇名あまりまで減少していた。多くの隊員は負傷していたが戦闘は継続できる状況で、シュガーローフ上のおのおの陣地を死守していた。戦線を維持するためにK中隊をすでに投入してしまったため、ウッドハウスはさらなる増援が必要だった。

〇六三〇時に第二九連隊第二大隊よりD中隊が第二二連隊の指揮下に入り、第二大隊の支配地域に侵入してきた日本軍の〝掃討〟作戦をおこなうことになった。（〝掃討〟は公式の戦闘報告に使われる用語で、一般に楽観的な状況で使われた）〇八〇〇時にウッドハウスは、コートニー少佐が編成した最初のグループの生き残りである七名の将兵（エド・ペズリー中尉をふくむ）にたいして、丘を降りるよう命令した。

ウッドハウスは無線でペズリーにたいして、間もなくアムトラックが負傷兵を収容するために到着すると伝え、ペズリーとハッチングをふくむF中隊の将兵は、これに乗って後方にもどるよう伝えた。ペズリーは無線機と指揮権を、シュガーローフに到着後すぐに戦死したフィンクル中尉にかわって、K中隊の指揮をとっていたジェームス・D・ロウ中尉に引きついだ。ロウと残り少ないK中隊の生き残りは、D中隊が展開するまで現状を維持することになった。

間もなく、高地3の左手からアムトラックがエンジン音をひびかせながら、こちらに向かってやってくるのが見えた。アムトラックが接近してきたとき、突然シュガーローフの底部にあった銃眼が復活し、日本軍守備隊の銃弾がアムトラックにあびせられた。驚いて後退したアムトラックは溝にはまって身動きがとれなくなってしまった。乗員は脱出し高地3のかげに逃れた。ウッドハウスは無線で、つぎのアムトラックは自分が操縦してでもシュガーローフに絶対に到着させると誓った。

ギブ・カンター一等兵は、戦闘指揮所のある丘の麓までもどってきた。彼は多くの負傷兵とともに担架に乗せられ脱出するのを待っていた。その時、丘の麓の近くに遺棄された海兵隊の戦車の下に日本兵が隠れているのを見つけた。彼は喉の傷でしゃべることができなかったためジェスチャでそのことを知らせようとしたものの、周囲の人間は彼が精神的におかしくなっていると勘違いし相手にしてくれなかった。彼のフラストレーションが絶頂に達したとき、ようやく近くの兵士が気づき、この日本兵を掃討した。

つぎのアムトラックは〇八〇〇時に全速力でやってくると、丘の麓で方向転換した。二人の海兵隊員がBARを片手に飛びおり、丘に開いていた銃眼に突っ込んで銃撃を開始しはじめると、日本軍の攻撃はぱったりと止まった。

「よし、負傷兵を運びだせ」と海兵隊員の一人が叫んだ。何人かの負傷兵がはこばれ、自力で動ける負傷兵は足を引きずったり、あるいは転がったりしながら斜面をおりてきた。ペズリーが丘を駆けおりてきたとき、アムトラックの後部の乗降口がすでに半分まで閉まるところで、丘の途中からジャンプしながら他の負傷兵の上に飛び乗った。

アムトラックは轟音をひびかせ動き出すと、側面の装甲板に小火器の弾があたる音がした。五分もしないうち彼らは大隊の指揮所に到着した。ペズリーは四、五人の手に支えられて担架に乗せられた。彼は、シュガーローフの蛸壺の中に背嚢を忘れてきたのを思い出したが、なぜか笑いがこみ上げてきた。その背嚢の中には沖縄に向かう輸送船の中で、ポーカーで大勝したさいの五〇〇ドル分の軍票が入っていたが、まったく惜しくなかった。それよりも丘から生還できたことを人生最大の幸運だと思っていた。

レイ・シリンダーも生き延びていた。このミシガン州出身のティーンエージャーは、シュガーローフの麓にある穴の中で寝そべりながら、不安になりはじめていた。アムトラックが何度か接近してくる音が聞こえていたが、ようやく到着しようとしたとき、アムトラックは突然爆発し撃破されてしまった。同じことが二、三回繰り返されたが、シリンダーはそのつど「かならず迎えはやってくる。それまでは我慢だ」と祈るように自分に言い聞かせていた。最終的にアムトラックの音がどんどんと近づいてきて、二〇メートルと離れていない、すぐ近くの丘の裏側で停止する音が聞こえた。シリンダーは、あとはアムトラックまで走って飛び乗るだけだと考え、起き上がろうとしたがまったく体が動かなかった。

彼は大量に出血したことにより体力を失っており、もし日本兵が前にあらわれても四五口径の拳銃の引き金すらひけないほど弱っていた。しかし衛生兵が、彼をかつぎ上げると、そのままアムトラックに押し込んでくれた。アムトラックには他にも負傷兵が満載されており、おそらく三五人くらいの海兵隊員がいた。「アムトラックに乗せられたとき、自分は瀕死の状態だったと思う」とシリンダーは回想した。彼の相棒でミルウォーキー出身の火炎放射手ドン・シロスキーは、喉に銃弾をうけておりアムトラックの中で死亡した。またアムトラックが急に後方にかたむいたときに死んだ兵士もいた。「みな酷く打ちのめされていた」とシリンダーは感じた。

シリンダーは幸運にも、すぐに陸軍病院に搬送されて、その日の夜に手術され右肺と腕にあった傷の治療をうけた。のちに伝え聞いたところによると、彼が所属していた機関銃小隊の総員六五名のうち、沖縄から無傷で帰還したのは三名に過ぎなかった。

ＢＡＲ副射手のフレッド・マクゴーワン一等兵も、無傷でシュガーローフを下りることができた数少ないＦ中隊の一員だった。彼は丘を下りたところでペズリー中尉が乗り込んだのと同じアムトラックに乗り込もうとしたが、別の中尉から「貴様は、自分の足で歩いて戻れない理由でもあるのか？」とたずねられた。マクゴーワンは、いずれにせよ、この先長く生き延びる気がしなかったので「いいえ、歩いてもどれると思います」と答えると、海兵隊員の死体で埋まった用水路を通りながらもどることにした。マクゴーワンが指揮所に到着したころには疲れ果てており、雨が降る中、灌漑用の用水路にもぐり込むとそのまま寝込んでしまった。目が覚めたのは昼すぎだった。用水路には一五センチほどの深さで水が流れており、泥水が口に流れ込んできていた。

曹長がやってきて、中にいろいろと物がつまった乾いた靴下をくれ、少し気分がやわらいだ。「彼は全員にそれを配っていた」その数をかぞえてみると「ちくしょう、中隊全部で二〇人もいないじゃないか」とマクゴーワンは回想した。やはり、この戦闘の生存者の一人に、K中隊の機関銃手フロイド・エンマンがいた。疲れ果てた彼は、地面にあいた砲弾の穴で寝込んでしまった。目覚めたとき、四五口径の拳銃が盗まれているのに気がついた。「眠り込んでいる間に腰から奪っていきやがった」と彼は回想した。

ウッドハウスは依然として、第二九海兵連隊D中隊の支援があればシュガーローフを維持できると信じていた。この朝、D中隊長で背の高いブロンドのアイダホ州出身、ハワード・L・メイビー大尉が第二二連隊第二大隊の指揮所に到着すると、S-3（作戦担当将校）のグレン・E・マーチン少佐から一個小隊を大隊の観測所まで前進させるよう命じられた。この日、兵士たちには通常より多くの手榴弾が支給された。第三小隊の六〇名の兵士を率いるのは、カレッジフットボールの名門でノートルダム大学のチーム「ファイティング・アイリッシュ」の一九四二年のスター選手、〝アイリッシュ〟こと、ジョージ・マーフィー中尉だった。

メイビー大尉は、シュガーローフの北側の土手に位置する大隊の指揮所からシュガーローフの状況を眺めていた。どうやら彼の中隊が最前線に投入されるのは間違いないようだった。自分の大隊に野戦電話で状況を報告した後、マーフィーが率いる第三小隊の前進観測所を訪問したころには、D中隊はK中隊の救援のためシュガーローフに向かって前進をはじめていた。この時点で、K中隊は一〇名以下まで消耗していると報告が入っていた。

ダン・ドルシェック伍長は依然として丘の上の機関銃陣地で配置についていた。夜のうちに、三名いたG中隊の生き残りのうち一名が戦死し、さらに最後の機関銃の弾帯も使い果たしてしまった。弾がなくなったあとは手榴弾を投げ、丘の上に散らばっていたライフルやカービン銃を集めて使っていた。ドルシェックは、あまりにたくさんの手榴弾を投げすぎたため腕に痛みを感じていた。夜明けが訪れたとき、ドルシェックからはD中隊の増援部隊がシュガーローフに向かって進んでくるのが見えた。この時、日本軍の砲撃は小休止となり、D中隊が斜面を登ってくるとドルシェックと相棒は彼らを出迎えた。将校が自分たちは第二九海兵連隊D中隊の所属であると名乗り、交代で、丘を下りるよう命じた。

反対側の斜面の塹壕にいたチャールス・ピュー一等兵は、新たに降りてきたBAR射手を見上げていた。彼は二九連隊D中隊所属だと名乗った。「彼がやってきたとき、谷間をはさんで真正面にある高地の上に、ライフルを下ろした状態の日本兵の姿が見えていた」とピューは回想した。「この若い海兵隊員は、自分がM1ライフルを操作するよりもすばやく、手馴れた様子でBARを操作すると日本兵に向けて発砲した。日本兵は飛び上がってそのまま崩れ落ち、両側にいたジャップが彼を後方に引きずっていった」

ピューは丘を下りるため、斜面の反対側に向けて出発した。途中で二人の戦友、ホーマー・ゴフ一等兵と、ウィリアムスという名前の海兵隊員と偶然出会い合流した。ピューが先頭に立ち、ウィリアムスとゴフがそれにつづくかたちで、三人で一列に水が流れている用水路を通りながら斜面を降りていった。ところが、いつの間にかピューは自分一人きりになっているのに気がついた。後ろを振り返り待っているとウィリアムスがあらわれたが、彼は用水路を下りてくる途中で肩を撃たれ負傷していた。ゴフはさらに運が悪く、すでに戦死していた。

D中隊の交代要員を歓迎していたG中隊の数少ない生き残りの海兵隊員の中に、ジャック・ヒューストン一等兵がいた。彼は、この日の早朝に日本軍の激しい擲弾筒攻撃をうけていた。日本兵が擲弾筒から発射した榴弾は、ほぼ垂直に上昇しヒューストンの真上で頂点に達してから落下しており、敵の位置が、かなり接近しているのは間違いなかった。一度は、発射された榴弾が彼に向かって一直線に落下してきたために、本当にパニック状態におちいったことがあった。彼は別の場所に逃げようとしたものの、長時間同じ姿勢だったため、脚が動かなかったのだ。しゃがみ込んだまま、だれも救いの手を差し伸べてくれる者はいなかった。榴弾は着弾したが、幸いなことに彼の真上ではなく、彼がまさに逃げようとした先で炸裂した。

この出来事のすぐ後、海兵隊員の一団が丘の麓にあらわれ、彼のいる方向に進んできた。だれかが第二二海兵連隊が救援に駆けつけたと叫んでいた。ヒューストンが交替のために斜面を下り出したところ「子供のように見える若い兵士に出会ったが、彼は小口径の拳銃しか持っておらず、ヒューストンがライフルをどこにやったのか尋ねると、分からないとだけ答えた」ヒューストンは、フュートレルのBARと自分のM1ライフルの二梃を持っていたので、M1ライフルを彼に手渡すと絶対に失くすなと忠告した。

その後、ヒューストンはG中隊の指揮所にもどるために用水路の中を移動していった。最初に遭遇したのはグレン・ムルーイーの死体だった。彼は中隊指揮所の伝令兵で、二日前にG中隊長のステビンス大尉が負傷したさいの機関銃弾で戦死していたのだ。しかし彼の死体は茂みの中に隠れてしまい、いままで誰にも発見されずに、この場に転がっていたのだ。「疲労が極限まで達していたので、すべての出来事がスローモーションのように感じていた」とヒューストンは思った。その時、日本軍の移動式のロケット砲（噴進砲）の発射台が引っ張り出され、射撃をはじめた。そのうちの一発のロケット弾が方向を逸れて彼の近くに落下してきた。ヒューストンには逃げる気力すら失われていたが、幸いにもロケット弾は不発だった。

後方についた彼は二人の戦友に出会った。ロッコ・ピラーリと、デニス・デルカンブルである。中隊のピーター・マラッシュ曹長が聞いたところによると、G中隊の小銃手で生き延びたのは彼ら三人だけとのことだった。これは正確ではないものの現実に近かった。ヒューストンら三人を大隊の救護所に送り出すとき、マラッシュ曹長は目に涙をうかべていた。K中隊は少しましな状況で、戦闘に参加した四名の将校と九九名の兵士のうち、三名の将校と三〇名の兵士が無傷でシュガーローフから戻ってきた。

G中隊の負傷兵の中にダン・ドルシェック伍長がいた。大隊の救護所で軍医の診察をうけた彼には、陸軍第八二野戦病院に搬送を指示するタグが付けられた。他の負傷兵らと搬送を待っていると数名の将校があらわれ、コートニー少佐の遺体の所在について質問をうけた。

ドルシェックも場所は知らなかったが、最後に少佐を見たのは丘の頂上部の中央付近だと答え、その場所には昨夜は何度もくりかえし一斉砲撃をうけているので、遺体は挽肉状態になっているのではないかと、はっきりと答えた。

五月一五日の師団正面に対する攻撃は〇八〇〇時に再開されることになった。それに先立って艦砲射撃と空爆が〇六三〇時から〇七〇〇時にかけて実施された。砲兵による支援砲撃は実際の攻撃時に合わせて実施される計画であった。攻撃の右翼では、第二二連隊第一大隊長のトム・メイヤー少佐が安里の北に位置する、那覇市を一望できる土手にある前進観測所に移動してきた。メイヤーはもっぱら〝杓子定規〟な将校として知られており、戦闘部隊の指揮官としては融通がきかないところがあったが、シェファード将軍は彼を信頼していた。これより前に少佐は数名の当番兵を狙撃兵に射殺されており、その件を引きずって意気消沈していた。彼は「俺のまわりにいると危ないぞ」と話し「俺の近くには弾が飛んでくるからな」と皆に警告していた。

〇七〇〇時を少しすぎたころ、メイヤーは自分の大隊の中隊長を赤い瓦屋根の民家にあつめ、その日の作戦計画の打ち合わせをおこなった。この場所は安全だと思われたが、沖縄本島南部に安全な場所はないことは海兵隊も気づきだしていた。日本軍の観測員の鋭い観察眼は、この将校のグループを逃さなかった。川の対岸のどこかから発射された、たった一発の迫撃砲弾は、赤い瓦屋根の民家を直撃した。硝煙が消え去ったとき、メイヤー少佐は戦死していた。五メートルほどはなれた場所では当番兵のグアイド・コンチ一等兵も戦死していた。第六戦車大隊C中隊幕僚のハリソン・P・クラスマイヤー中尉も戦死し、戦車大隊の中隊長は重傷を負った。さらに三人の歩兵中隊長も全員が重傷を負った。大隊幕僚のアール・J・クック少佐が大隊長を引きつぐことになったが、クックが大隊の指揮系統の再編に手間どり攻撃は遅延してしまった。

この間、左翼ではウッドハウスの大隊に所属する第二九連隊D中隊の海兵隊員がシュガーローフ上で戦闘を継続していた。この日の朝、救援に駆けつけたD中隊の海兵隊員のなかにデクラン・クリンゲンハーゲン二等兵がいた。クリンゲンハーゲンは現役海兵隊員の息子で、入隊してから一年も経っていなかった。カリフォルニア生まれの一八歳の彼は、五月一日までは揚陸班の一員として、補給物資の積み下ろしの任務についていた。おなじ師団の他の所属部隊の兵士たちからは沖縄北部の戦闘でつぎつぎと戦死傷者が出ていたが、彼の最大の怪我は、Cレーション（缶詰戦闘糧食）の缶を開けたときに指を切ったぐらいだった。しかし五月一日に第二九連隊D中隊に転属し、五月一五日の朝に戦線を越えて夜間に侵入してきた日本軍の掃討作戦に参加することを告げられた。

昨日の戦闘で一面に散らばった死体や残骸の間をゆっくり歩きながら丘に向かった。途中、銃剣で刺殺された日本兵の死体の横を通りすぎた。この日本兵は痛ましいほど若く、おそらく一四歳かそれ以下に見えた。この日本兵は地面に仰向けに転がり右手を顔と交差させ、かたわらには米兵の銃剣が落ちていた。その先にはどちらの兵士か分からない二本の足だけが石垣に無造作にもたれかかり、腰から上の胴体は石垣の反対側に転がっていた。この間、ウッドハウスの第二大隊指揮所では、増大する日本軍の圧力の前に、はじめから掃討どころではなく戦線を維持するのに懸命になっていた。海兵隊側からシュガーローフに向かって長い用水路があり、その周囲には蛸壺が散在しており、中には海兵隊員の死体が残っている蛸壺もあった。彼らが用水路をつたって丘に近づくにつれ、日本軍が圧力をくわえはじめているのが明確になっていた。

新たに到着した海兵隊員はすぐに激しい日本軍の銃火にさらされた。クリンゲンハーゲンら数名の海兵隊員は二五メートルほど先の場所に斜面の反対側に向けて機関銃を設置するよう命じられ、移動を開始したものの、激しい迫撃砲と手榴弾の攻撃にはばまれ、その場所に近づくことすらできなくなった。クリンゲンハーゲンが近くの蛸壺に飛びこむと顔の前方で手榴弾が爆発し、その爆風でヘルメットが後頭部の方向にぬげてしまった。「顔はかすり傷ひとつなく、ヘルメットを被りなおした」と彼は回想した。この爆発で彼は一瞬気絶したようで、機関銃に目を向けると死んだばかりの二人の海兵隊員の死体が転がっていた。

ベン・バード二等兵も重機関銃をかついで走っては地面に突っ伏し、また走る動作をくりかえし前進していた。彼が地面に突っ伏していたとき、弾が飛んできて尻に当たった。バードはゆっくりと臀部に手をまわすと、あたりは、べったりと濡れており相当量の出血をしていると思ったが、よく調べると水筒に穴が開いて水が漏れているだけだった。脚にも裂傷を負っていたが出血の量がそれほどでもなく、水の流れ出た量の方が多かった。しばらく伏せていたが、すぐに彼の戦友たちが機関銃を必要としているのを思い出し、シュガーローフに向かってふらつきながら進み出した。

丘のすそ野ではウエスト・バージニア州の炭鉱地帯出身で、一八歳のアール・カーネット一等兵が自分の分隊とともに待機していたところ、斜面をのぼって丘の上に機関銃を設置するよう命じられた。丘の頂上部にのぼるとすでに重機関銃が一台置かれており、横で海兵隊員が一人、大の字になって死んでいた。あたりは比較的静かで日本兵の動向は感じられなかった。彼は斜面下の兵士に機関銃を運び上げるよう要請し「ここにも一梃ある」と大声で叫ぶと、だれかが「じゃ、それ使え」と叫び返してきた。

カーネットは三脚を設置し、弾帯を通すと正面に向かって照準を向けた。彼はかたわらに転がっている海兵隊員の死体に目をやったところ、この〝死体〟がピクッと動いた。「おい！」「こいつは死んでない、まだ生きている」と叫んだ。すぐに数名の兵士が匍匐しながら丘の頂上部まで上がってくると、この負傷兵を引きずりながら下りていってしまい、カーネットは機関銃の後ろに一人だけ取り残されてしまった。

この数分後、なんの前ぶれもなしに十数名の日本兵が反対側の斜面をゆっくりと、こちらに向かって歩いてくる姿を発見して、カーネットは驚愕した。日本兵はライフルを構えつつ〝まるで自陣を行軍するかのように〟お喋りしながらやってきた。カーネットが日本兵を発見するのと同時に、一人の日本兵も彼を発見し指差していた。別の日本兵が即座に腰のあたりに手榴弾を叩きつけて発火させ、こちらに投げた。手榴弾は大きな弧をえがいてカーネットの機関銃に向かって飛んできたが、カーネットも同時に射撃を開始しており、手榴弾が空中を飛んでいる間に、この日本兵を斉射して切りさいた。日本兵は射殺され倒れたが、手榴弾はカーネットの足の間で炸裂した。足を見下ろしたカーネットは驚き、大きなショックをうけた。彼の右足は膝から下がなくなっていた。左足に目をやると肉の間から折れた骨が突き出していた。

周囲から海兵隊員の姿は消えており、カーネットは機関銃を置いて斜面をはって体を引きずりながら下りることにした。ようやく斜面の中腹に一メートルから二メートルの深さに掘った洞窟のような退避壕を見つけると、腹ばいで中にもぐり込んだ。中には膝の間にライフルを立てかけた海兵隊員が座っており、カーネットは吹き飛んだ右足の止血をたのんだ。この兵士は虚ろな目で見つめているだけだったので、カーネットはさらに近寄り懇願した。よく見ると、この海兵隊員は目を開けたまま死んでいた。彼は死体に向かって懇願していたのだ。カーネットはこの兵士の救急キットを開けると、中から止血帯を見つけて足の切断箇所を止血した。「もう片方の足は、骨は突き出していたが少なくとも繋がってはいたので、それほど心配ではなかった」と彼は回想した。

カーネットは知る由もなかったが、この時、アイリッシュ・ジョージ・マーフィーの小隊は大変な苦境におちいっていた。彼が斜面の向こう側で交戦した日本兵の一団は、前線全体にわたる日本軍の大規模な反攻のごく一部だった。第二大隊の観測所ではメイビー大尉の不安が高まっていた。少し前から第二二連隊の部隊はつぎつぎと丘の近辺から押し戻されており、どうやらマーフィーの小隊だけが丘に取り残されているように思われた。彼はウッドハウスに後退の許可をもとめたが、ウッドハウスに拒否された。

マーフィーの部隊の兵士たちは全部で三五〇個の手榴弾を持ってきたが、すでに全部投げつくし、それでも日本軍の激しい攻撃がやわらぐ気配はなかった。小隊長のマーフィー中尉はたまらず中隊長のメイビー大尉に無線で後退の許可をもとめたが、メイビーはあくまでも維持するよう命じた。マーフィーは日本軍の擲弾筒から発射された榴弾がシュガーローフ一帯に激しく降りそそいでおり、これ以上持ちこたえられないと報告してきた。この交信はメイビー大尉が彼の声を聞いた最後の報告となった。

シュガーローフ上では、アール・カーネット一等兵が壕を這い出て自力で体を引きずりながら、丘の麓まで下りようと苦闘していた。その時、突然どこからともなく二人の海兵隊員があらわれ、彼の両腕をつかんだ。一人は新兵のロイ・L・ウィルモット二等兵で、もう一人は〝アイリッシュ〟ジョージ・マーフィー中尉だった。彼らが並んでカーネットの両脇を支えて斜面を下り出したとき、突然、銃弾がウィルモットの胸に当たった。彼は地面に倒れると、胸から大量に出血して痙攣すると一言も発せずに、その場で死んだ。さらに、その直後、今度はマーフィーがのけぞるように倒れた。この元花形フットボール選手は自力で起き上がろうとしたが、彼は顔面に被弾しており、銃弾は眼球をつらぬき、口や鼻、それに耳から血が流れ出ていた。カーネットはマーフィーを助けようと這い寄って「マーフィー、俺が助けを呼んでくるから待っててくれ」と告げたが、彼を見下ろすとアイリッシュ・ジョージ・マーフィー中尉は死んでいた。

カーネットは彼の死体を残して、丘を少し横に進み麓から約二五メートルから三五メートルほどの場所にあった溝に入り込んだ。彼の気力は限界に達しており、それ以上動けなくなってしまった。「周囲には誰もいなかった。また誰の声も聞こえなかった。ただ砲弾があたり一面で炸裂していた」と彼は思い起こした。実際、いつ死んでもおかしくないほどの重傷だったが、不思議なことに吹き飛んだ足の痛みは感じなくなっていた。

シュガーローフの上部の斜面では、デクラン・クリンゲンハーゲン一等兵は状況を把握できていなかった。数メートル横では中尉が周囲の兵士たちを励ましていたが、突然「ポン」という音を聞いて振り返ると、中尉は迫撃砲弾の直撃をうけて即死し、体は四散してしまっていた。さらに、その少し後、斜面の上部から衛生兵をもとめる叫び声が聞こえたが、この声にはまったく応答がなかった。衛生兵は全員が戦死するか負傷して動けなかったのだ。

この海兵隊員は叫ぶのをやめ、斜面の向こう側から腹ばいで下りてきたが、クリンゲンハーゲンの横を通過するさい、この兵士の脚はふくらはぎのあたりから下がなくなっているのが見えた。（注6／1）

クリンゲンハーゲンは、これまで激しい戦闘の経験がまったくなかった。いままでの訓練から、つぎは丘の頂上を越えて日本兵がバンザイ突撃を敢行してくると考え、ライフル銃の先に銃剣を装着して身構えた。しかし日本兵の集団はあらわれず、周囲は静かになったように感じた。しかし、そのすぐ後、斜面の上部の方向から「もう、持ちこたえられない、後退する！」と海兵隊員が叫ぶ声が聞こえた。クリンゲンハーゲンは、このことを斜面の反対側の兵士にも伝えようと丘の裏側までいったが、すでに全員が後退した後だった。彼は自分の蛸壺にもどり「後退する！」と叫ぶと、斜面の上からも三名の海兵隊員が一名の負傷兵を支えながら駆け下りてきた。彼らは一緒に丘の麓まで下りると、地面に負傷兵を寝かせて一人の海兵隊員は負傷兵からはなれた。

クリンゲンハーゲンもその兵士に付き添った。別の海兵隊員は負傷兵の手当をするためにしゃがみ込んでいたが、狙撃兵に胸のど真ん中を撃たれ即死した。「つぎは絶対に自分が殺られると思った」とクリンゲンハーゲンは回想した。「だから、壊れた戦車のかげに隠れようと思った」彼が走り出そうとしたとき、残った兵士が彼のライフルを置いていってくれと叫んでいた。内心では置いていかない方が絶対によいと思っていたが「彼らは銃を必要としており、断われなかった」

遺棄された戦車の横にあった砲弾の穴に飛びこむと、そこに別のM1ライフルが落ちており、即座につかんで持ち上げた。三人の残りの海兵隊員たちも別の砲弾の穴に隠れていた。シュガーローフを見上げると、頂上付近で日本兵が行き来する姿が見えた。

クリンゲンハーゲンは拾ったライフルを調べてみると泥だらけで、ボルトが装填位置に入らなかった。彼はライフルを地面に置きボルトを思い切り蹴とばすと、ボルトは定位置に入った。とりあえず一発試射してみようと思ったが、暴発するのが怖かったのでボルトの位置を顔からはなして引き金をひいた。結果は問題なかった。そのため、丘の頂上部の日本兵に向けて射撃を開始したが、一発撃つたびに足でボルトを蹴とばさなければならなかった。シュガーローフの麓にあった溝に伏せていたアーブ・ゲハート一等兵からは、空を背景にした丘のシルエットが見えていた。「みなが両手一杯の石を放り投げたように、いろんな物が飛びかっているのが見えた」と彼は回想した。「手榴弾や、迫撃砲弾や、それ以外にもいろんな物がとんできて、そこら中で破裂していた」用水路の中はすでに海兵隊員の死体が目一杯つまっていた。

ジャック・カスティゴノーラ伍長は侵入してきた日本兵を掃討するために第二二連隊第二大隊の作戦区域に転戦してきたD中隊の一員だったが、彼らが遭遇したのは日本軍の全面的な反攻作戦だった。彼は後に〝ハンドグレネードリッジ（手榴弾の峰）〟と呼ばれた丘の稜線で戦闘に参加したが「ジャップのやつらは、丘の反対側のわれわれと同じ場所で、われわれとまったく同じ行動をしていた。手榴弾のピンを抜き、稜線の向こう側に放り投げ、敵に向けて転がすのを繰り返す」とカスティゴノーラは回想した。「ライフルでも沢山の日本兵を射殺したよ。最初に殺したのは身長が一八〇センチ、体重も一〇〇キロ以上の巨漢で、どんなフットボールチームでも通用しそうなやつだった。彼は海兵隊員の軍服を着ており、装備品も全部海兵隊のものだった。ただヘルメットだけは日本軍のものをかぶっていて、だから正体がばれたんだ」そいつは、悠然と海兵隊の戦列に歩いてやってきた。カスティゴノーラは、その男に目をやると「妙に長いライフルを持ってるな」と思った。その男は、不審者のような素振りであたりを見まわすと、左手にあった洞窟に入っていった。

カスティゴノーラはこの男の行動に疑念を感じ「味方の兵士だったら、ビクつきながら洞窟に入っていくが、そいつは堂々と入っていった」その男はふたたび洞窟から出てきたが、その時にかぶっているヘルメットがマッシュルーム型の日本兵のものだと気がついた。「洞窟の外側には石垣があり、ジャップのやつは何かから隠れるように、石垣に体を押しつけていた」とカスティゴノーラは回想した。「やつが立っている姿は、普通の小銃分隊の兵士のようだったが、俺が発砲するとロープが弛むみたいに倒れた」

シュガーローフ上にわずかに残った海兵隊にたいする日本軍の反撃は〇七三〇時に開始された。米軍側の支援砲撃により、日本軍側の攻撃の速度は一時的に鈍ったものの、すぐに勢いを取り戻した。〇九〇〇時までには八〇〇メートルの幅にわたって戦線を突破し、第二九海兵連隊の支配地域に進出しだした。第二大隊の戦闘詳報にはジョージ・マーフィーの小隊が事実上全滅したことが記録されており、交信記録ではメイビー大尉（D29）、ウッドハウス中佐（6）、E中隊幕僚（E5）となっている。

一一三六　D29から6へ：後退の許可を求める。アイリッシュ・ジョージ・マーフィーが撃たれた。小隊兵員六〇名中、戦闘可能な兵員は六名のみ。

一一三八　6からD29へ：死守せよ！

一一四三　D29から6へ：小隊は陣地を維持できず現在撤退中、負傷者も収容できず。ジャップが丘の稜線を確保した模様。

一一四四　6からD29へ：収容不能な負傷兵を援護せよ。
一二三〇　E5から6へ：ジャップがシュガーローフの頂上部へ四七ミリ砲を運び上げた模様。歩兵にたいして砲撃をくわえようとしている。
一二四〇　D29から6へ：シュガーローフ上の負傷兵は収容完了した模様。
一五〇〇　D29から6へ：依然負傷兵を収容中、煙幕の援護を求む。
一五二二　D29から6へ：負傷兵の捜索の兵士は無事帰還。一名を収容し、これ以上は発見できず。

第二二海兵連隊第二大隊と、第二九連隊D中隊がシュガーローフ一帯で日本軍の反撃にたいして苦戦していたころ、残りの第二九連隊の海兵隊員は南東に位置するハーフムーンを占領すべく攻撃を敢行していた。

この名前は、その地形的な特徴に由来しており、ある一方向から丘を見た兵士が名づけたものだった。海兵隊側から丘を眺めると北側にくぼみがある長い弓形の円弧をえがいていたが、上空から見ると、この丘は明らかにT字型をしており、T字の縦棒が南方向に伸びていた。この縦棒部分に展開した日本軍の兵士は丘の稜線に直接攻撃ができ、さらに南側の斜面に攻撃をこころみる海兵隊にたいして縦射砲撃をあびせてきた。また約七〇〇メートル東に位置する首里高地からも直接的な視界がひらけていた。

第一および第三大隊の両部隊はハーフムーンに近づくにつれ、苦戦を余儀なくされていた。

この日の午後遅く、C中隊はハーフムーン北側の谷間に到達したが、支援の戦車隊は日本軍の一五センチ榴弾砲の直接射撃に苦しめられていた。H・H・テイラー一等兵はC中隊第三小隊所属であった。前日この場所を攻撃したA中隊が多大な損害をうけて撃退されていたため「A中隊のやつらに何が起きたかは知っていたし、俺たちも同じ目に会いそうだということも分かっていた」とテイラーは回想した。彼の小隊は軽便鉄道の線路にそって進んでいたが、五月一四日の戦闘で戦死した海兵隊員の死体が転がったままで、不吉な予感がしていた。このハーフムーンに向かう途中で最初に戦死したのは若いピナーという名前の兵士だった。この兵士の実家はニューヨーク北部にあるトイレットペーパー製造会社の富豪で、その後、彼がお宝を持っていると考えた数人の兵士が毛布につつまれたピナーの死体をあさりながら「あった、あった、これだ」と話しているのを目撃した。

C中隊の爆破班に所属するディーン・ウエル伍長は、日本軍の三ヵ所の重火器拠点のうち一つを敵から発見される前に爆破するのに成功していた。つぎに彼は一人でひらけた平野部を横切り、二つ目の拠点の爆破にも成功した。さらに彼は戻ってくると、これまで以上の量の爆薬と手榴弾をかかえて三番目の拠点に向かった。彼の運もここでつき、重傷を負ったものの三番目の拠点を無力化することに成功し、小隊を丘の稜線まで安全に前進させるのに成功した。

第五海兵連隊（第一海兵師団）の師団統制線にそって第一大隊とB中隊が連携している間に、C中隊の右翼ではA中隊の一部の小隊が前進し、第二九連隊第三大隊と連携していた。

障害を乗り越えてハーフムーンに向けて前進していた海兵隊員の中に、ドム・スパイタル一等兵がいた。彼の前を進んでいた兵士が突然、機関銃の斉射をあびて即死し倒れこんだ。日本軍の機関銃手はすぐスパイタルに狙いを変えると、スパイタルは頭部に銃撃をうけた。弾は右のこめかみから入って、左側のこめかみから抜けていった。隣りにいた兵士が唖然として「おい、弾が当たってるぞ」と呟いた。スパイタルは体が想像を絶するほど、猛烈に熱くなり、自分の上着をひきさくと弾帯をはずし、さらに装備品を全部ぬぎすて、敵の銃撃の中を後方に向かって走り出した。すでにパンツと靴だけの姿の彼は後方で海兵隊員に担架に乗せられ、救護所までつれていかれた。この時点でスパイタルは意識を失っていた。軍医は彼を簡単に診察すると、彼は死体置き場に運ばれた。だが彼は死んでいなかった。奇跡的に死体置き場で体が動いているのを発見されたスパイタルは、すぐに輸血をうけ病院に搬送された。だが、スパイタルの試練はこれがはじまりに過ぎなかった。彼はすべての装備品をぬぎすててしまったため、認識票も失くしていた。さらに記憶喪失で自分が誰かも分からなくなってしまった。彼は入院後半年ほど経過したある日、突然、自分の名前「ドム・スパイタル合衆国・海兵隊」と口走った。それを聞いた軍医は「ここは陸軍の病院だ、海兵隊員が何をしておる?」と聞き返した。

スパイタルはこの間、ＭＩＡ（戦闘中行方不明者）のリストに名前がのっており、戦争も終わり、彼の家族はスパイタルが戦死したと信じていた。スパイタルは一年後、フィラデルフィアの海軍病院を退院して軍を退役した。

一方、シュガーローフの正面に遺棄された戦車の横では、デクラン・クリンゲンハーゲン二等兵と彼の新しい三人の仲間が脱出の機会をうかがっていた。周囲の様子を慎重にさぐり、みんなで相談した結果、シュガーローフの向かい側にある小高い土手の裏まで訓練で習ったとおりの方法で、一人ずつ五秒間隔で出発することにした。まず、最初の一人が出発した。五秒後に二人目の海兵隊員が全力疾走で走りだし、三人目がこれに続いた。クリンゲンハーゲンは最後の一人だった。出発の規則性について考えていた彼は、もし日本兵がこの様子を監視しており五秒おきに飛び出す兵士に気がついていたら、つぎに出発する自分が一番危ないのではないかと、急に不安になってきた。彼は、大急ぎで三までかぞえたところで飛び出した。

「走り出して平野部を土手の方向に横切りながら、正面にある岩のあたりで土煙が上がっているのが見えた」とクリンゲンハーゲンは回想した。「同時に、ジャップの重機関銃の〝ドン、ドン、ドン〟という発射音が聞こえた」彼は走るスピードを速め、途中にあった溝に飛び込み土手の方向に腹ばいで進みだした。ところが彼が腰に装着していた二個の水筒が溝にはまり、身動きが取れなくなり大いに焦ったが、すぐに動けるようになり築堤の付近まで進むと、先に出発した海兵隊員の一人を見つけた。

この海兵隊員は土手に向かって最短距離で平野部を走りぬけようとしたものの、四分の三ぐらいまで来たところで銃撃により負傷して倒れ込んだのだ。クリンゲンハーゲンが見たとき、彼は匍匐しながら、土手の安全地帯に避難しようと必死になっていた。「俺が見たとき、平野部の端のあたりに四個の砲弾によるクレーターができていた。そこで、クレーターからクレーターへ渡りながら、ようやく土手まで到着した。例の負傷した海兵隊員と到着はほぼ同時だったよ」と彼は回想した。「彼を助けながら土手を乗り越えた。彼は尻を負傷していたが、それ以外は問題なかった」

同じころ、脱出をこころみていた新任の少尉がいた。彼は昨夜の戦闘でジェミソン中尉や二五名の補充兵と一緒に、丘に増援として送り込まれたうちの一人だった。彼は肩に重傷をおっており部隊が後退する声が聞こえていたが、起き上がることが出来なかったのだ。「彼にはアムトラックが出発する音が聞こえていたが、数分後には周囲は日本兵だらけになってしまったそうだ」とジェミソンは話した。「彼は顔を溝のなかの地面に押しつけ、死体の振りをしていたが、どうやらうまくいった」周囲の騒ぎが一段落したのち、彼は匍匐しながら最終的に海兵隊の陣地に辿りついた。（注6／2）

一三一五時までに、日本軍の反攻はようやく停止したが、海兵隊はシュガーローフ近辺の平野部からも排除されてしまった。第二二海兵連隊第二大隊は絶え間ない戦闘と激しい兵員の消耗に耐えており、この三日間の戦闘ですでに四〇〇名を超える戦死傷者を出していた。

この日の戦闘による負傷者は担架に乗せられ、前線の後方にある小高い土手の裏側に並べられていた。スタンレー・ショー先任上級曹長は、苦しんでいる負傷兵を見て映画『風と共に去りぬ（一九三九年）』で、数百人の南軍の負傷兵がアトランタの鉄道操車場で並んで苦しんでいるシーンを思い出していた。

今後予想される日本軍の反撃に対処するため、シュナイダー大佐はI中隊をウッドハウスの消耗しきった大隊の予備に配置した。その日の遅く、連隊本部は第三大隊を第二大隊のかわりに置き換える命令を下した。この命令は一七〇〇時に発効し、I中隊とL中隊が前線に配置されK中隊が、そのやや後方に配置された。

前夜の戦闘から辛くも生還したK中隊員の一人にチャールス・ピュー一等兵がいた。ピューは数名の幸運な海兵隊員たちと、車座になって四五口径拳銃を磨いていた。その時、ふたたびK中隊がシュガーローフに送り込まれるかもしれないという知らせが届いた。ピューは冗談じゃないと思い「あの丘に戻らなくてもすむ何かいい方法がねぇかなぁ」と呟いた。それにたいして「自分で、足を撃っちまえよ」と小隊軍曹が答えた。その時、ピューは四五口径の拳銃をスライドさせ、引き金に指をかけていた。つぎの瞬間、銃弾が発射されひろげていた足の間の地面に当たった。軍曹は不思議そうな顔をして「なんだよ、お前にも常識の欠片《かけら》が残ってたんだな」と呟いた。

五月一四日、第二二海兵連隊重火器中隊火力班の班長で一九歳のジェームス・デイ伍長は、シュガーローフの西側斜面の銃火を避けられる砲弾の穴に、二個分隊の生き残りの七名をつれていた。彼らは集まったときから四名が負傷しており、そのうち一人は重態だった。海兵隊員たちがこの重傷の仲間を丘の麓にある洞窟に運び込んだ。しばらくすると負傷兵らは担架で運び出されていった。「他の怪我をしていた三名は、それほど重傷ではなかったが、その日の遅くさらに深く傷を負い、昼前には死んでしまった」とデイは回想した。彼らの死体は洞窟の中に安置された。

残ったのは三人の生存者で、デイのほかにデール・ベルトーリ一等兵とマクドナルドという名前の海兵隊員だった。デイはエニウェトク島やグアム島での戦闘経験を持つ古参で、ベルトーリもグアム島での作戦に参加したベテランだった。デイから見てベルトーリは勇気があり、頼りになる兵士だった。「彼は自分の成すべき行動をつねに分かっていた」一方、マクドナルドは一日か二日前に補充兵配属所から送られてきたばかりの若者だった。彼ら三人は五月一四日の一日中、砲弾の穴の陣地を守りつづけた。「夜に入って敵の銃撃や若干の侵入者もいたが、直接われわれを攻撃する目的ではなかったようだった」とデイは回想した。一五日の朝になって、彼らにはF中隊とK中隊の生存者が丘を去る音が聞こえた。ベルトーリとマクドナルドはこの場所に留まることにした。「後方までは二七〇メートル余りも日本軍の完全な射界を横切らなければならず、縦射砲撃もうけていた。それよりも今いる穴の方が安全だった」とデイは感じた。

三人の海兵隊員は付近で戦死した兵士から四、五梃のM1ライフルとカービン銃を集めていた。さらに手榴弾と弾薬はほぼ無限と思えるほどあった。数輛のアムトラックが彼らのすぐ後ろで撃破されており、そのうち一輛には弾薬が満載されていた。そのため弾薬が足りなくなったらアムトラックを探せばいくらでも手に入った。昼間の間、丘は野砲と迫撃砲の猛烈な砲撃をうけていた。「われわれの右手側には数門の日本軍の四七ミリ速射砲があり、背後の平野部で少なくとも三輛の戦車を撃破し、相当数のアムトラックも破壊して、われわれの中隊の初期の攻撃を頓挫させていた」海兵隊員たちが陣取っている砲弾の穴には周囲に瓦礫がつみあがっており、この速射砲からは、日本軍は直接射撃をくわえられなかった。また首里高地からもシュガーローフのかげに隠れていたため、砲撃されずにすんだ。「日本軍は丘の後方の平野部を砲撃することはできたが、われわれのところは死角になって砲弾は飛んでこなかった」とデイは考えていた。

三人の海兵隊員は、近寄ってくる日本兵を手榴弾で撃退しながら一日の大半を過ごしていた。デイは、この陣地を維持するには機関銃が必要だと感じていた。昼前になって、彼が弾薬を取りにアムトラックまで行ったときに、偶然にE中隊のディック・フュール中尉に出会った。フュールの率いるE中隊はデイたちの陣地のすぐ裏側に塹壕を掘って展開しており、必要であればいつでも支援すると告げた。「しかし、彼らは、主に第六海兵師団後方を日本軍から防御する命令をうけており、現在地を動けないと話した」

デイは、それにもめげずに砲弾の穴の陣地にもどってきた。「俺たちの陣地は敵も味方も羨《うらや》むような場所だった。日本軍がシュガーローフを攻略する場合は、われわれの約五〇メートルか六〇メートルか、あるいは六五メートルぐらいの前方を横切るしかなかった」とデイは語った。「日本軍はホースショアと呼ばれる丘から来ることもあったし、あるいはわれわれの右翼側にあった小さな村から来ることもあった。われわれの場所からは、そのどちらの側面も攻撃することが可能だった。それも一日中ね」

一六三〇時ころ、デイはついに念願の機関銃を手に入れた。丘の上に機関銃を運び上げようとして撃退された機関銃班が残していったものだった。デイとベルトーリとマクドナルドの三人は機関銃を再調整して設置した。「唯一の問題は、機関銃の弾薬が少ないことだった」とデイは回想した。「たしか二箱しかなく、すぐに使い果たしてしまった」機関銃の弾薬は二輌目の擱座したアムトラックに積まれていたが、彼ら三人の海兵隊員の成功も長続きしなかった。彼らは日本軍に有効な射撃をくわえようと思うあまり前方に出過ぎてしまい、右翼側の日本軍の四七ミリ速射砲に姿をさらしてしまった。速射砲はただちに砲弾を撃ち込み、手に入れたばかりの機関銃を破壊し、マクドナルドが戦死してしまった。これで陣地に残ったのはデイと、ベルトーリの二人だけになってしまった。

第二大隊指揮所の後方にある救護所では、ランドン・オークス一等兵が連隊の惨状を間近に目撃していた。彼の所属する重火器中隊はシュガーローフとその近隣の丘からの日本軍の火砲を制圧するため、一日中一〇五ミリ自走砲で砲撃をくわえていたが、ほとんど効果が上がらなかった。「二二連隊は事実上、無力化してしまっていた。一五日の朝には文字どおり消耗しきっており、丘に取り残されたライフル小隊の生存者を収容しようと苦戦していた」とオークスは回想した。彼は救護所の近辺で、相当数の死体を目撃していた。これらの死体は前線からはこばれたり、救護所で死んだものだった。ポンチョや毛布でつつまれた「死体が山積みされていた」と彼は思い起こした。

オークスはもう少しで、この死体の山に仲間入りするところだったのだ。彼の部隊が展開していた砲兵陣地は、日本軍の砲撃をうけて陣地転換を余儀なくされた。オークスは弾薬を積んだトラックを安全地帯に移動させようとしたさい、砲弾がトラックの横で炸裂し、足と脇腹に破片をうけてしまったのだ。彼が救護所に運ばれてきたとき、ちょうどアムトラックに死体を積み込んだところで、数名の海兵隊員がオークスの担架をこのアムトラックに運び上げると、アムトラックは後方に向けて出発した。「アムトラックには、乗員が二人の乗っており、それに俺の担架と、あとは死体が満載されていたよ」とオークスは回想した。「とにかく、全員が袋に入っていた。……担架に乗っているのは俺だけで、あとの全員が死体袋の中だったよ」

オークスは応急処置のさいに投与されたモルヒネで意識が朦朧としていたが、このアムトラックの荷台には少なく見積もっても六五人から七〇人くらいの袋に入った海兵隊員の死体が積まれているようであった。この時、彼は死んだ海兵隊員たちの魂に全身を支配されるような神秘的で不思議な感覚におちいっていた。「最初はモルヒネでラリってるのかと思ったが、そんなのとはまったく別次元の感覚だった」と彼は五〇年後に感慨ぶかく語った。「死んだ彼らと一緒に前線を去るのは本当に誇らしかった。彼らは私にすべてを託したのだと思う」

アムトラックは古い日本製の乗り合いバスを改造した手術室でオークスを降ろした。手術室では外科医たちが体の部位を切り取っては横に放り投げているようであった。また止血や、傷口の洗浄などについて会話がかわされていた。バスの床は血や、傷口の洗浄でつかった水で滑りやすくなっており、医師の一人が怒鳴るような口調で、床に穴をあけて水を抜けと話していた。

数日後、オークスはグアムの病院に向かう飛行機に乗っていた。砲弾の破片を摘出した傷口は大きかったが骨に異常はなかった。「とにかく俺は、みなが待ち望んでいたものを手に入れたんだ」と彼は後に語った。「生きて島を出る切符を手にしたのさ。死ぬこともなく、体の一部を失うこともなくね」

自分のことを幸運だと考えていた一人に、アール・カーネット一等兵がいた。昼少し前にシュガーローフ前面にある溝に逃げこんで以来、彼はその場所で横になったまま動くことができなくなっていた。彼が負傷してから四時間ほどたったころ、彼より後方で小さな土盛りが見え、その向こう側でシャベルの先が見え隠れしていた。「人影はまったく見えなかったが、シャベルが上がったり下がったりしていたので、誰かが穴を掘っているのがわかった」と彼は話した。彼は水筒を取り出すと、高く持ち上げて振りながら、その人物の注意をひこうとした。

このとき、穴を掘っていた生存者たちのうち、一人の海兵隊員がこの動きに気がつき「おい、あそこに誰か生きているやつがいるぞ」と話した。ほかの誰かが「いる訳ないだろ。あのあたりはさっき見たし、あの弾幕の中、生き残れる訳ないよ」と答えた。しかし最初の海兵隊員が何らかの動きを見たと主張し、これに別の兵士も同調したため、軍曹が四人からなる救出班を組織することになった。彼らは発煙手榴弾をつかって、煙幕を張るとカーネットを溝から救い出すことに成功した。カーネットはとにかく水が飲みたかった。彼は手渡された水筒をつぎからつぎに飲み干しつづけ、最後は胃が受け付けなくなり吐いてしまった。彼の無二の戦友もカーネットの隣りにやってくると「てっきり死んだとばかり思っていたよ」と話し、ボロボロと大粒の涙をこぼした。（注6／3）

「その後はまったくすることがなくなった」と彼は思い起こした。数日後、彼はハワイにいた。彼の右足はなくなったが、軍医が奮闘してどうにか左足を救ってくれた。しかし左足は完全にもとに戻ることはなかった。（注6／4）

この夜、チャールス・ピューは一人で蛸壺にいた。彼の相棒のギブ・カンターがシュガーローフで喉を撃たれて後送されてしまったため、今夜一晩を蛸壺で一緒に過ごしてくれる仲間を見つける必要があった。昨夜、彼らが過ごした蛸壺は丘の頂上部の稜線の近くにあり、日本軍の長距離火砲の着弾地域だったため、だれもその場所に近づこうとしなかった。その時、ピューは火炎放射手のアーサー・コワルスキィ一等兵が丘の麓を縁にそって歩いているのを見つけた。「おい、コワルスキィ、今晩、俺の蛸壺に来てくれないか？」とピューは尋ねた。コワルスキィは斜面を見上げると「やだね。あそこは敵から丸見えじゃねーか。あんな場所に穴掘るのは御免だよ」と答えた。

コワルスキィが去っていくと、ピューは砲弾が落下してくる音を聞いた。砲弾は地面にあたると、丘の麓近辺で炸裂し、飛び散った破片がコワルスキィの背中に突きささった。「ちきしょう！　小さい破片のくせに目茶苦茶、痛ぇじゃねーか！」とコワルスキィは驚き、苦痛の声を上げた。彼は背が高く屈強で、運び出されるときは元気に見えた。しかし後に伝え聞いたところによると、砲弾の破片はコワルスキィの脊髄に刺さっており、彼はグアムの病院に搬送される飛行機の中で死んだとのことだった。

海兵隊の大隊の定員は、予備部隊をふくめて九〇〇名である。第二二海兵連隊第二大隊は五月一〇日に安謝川をこえて以来の戦闘で四〇〇名を超える兵士を失い、稼動可能な兵員は二八六名まで減っており、さらに連隊の戦闘能力も六二パーセントまで低下していた。生存者の疲労もピークに達していた。ニュージャージー州エリザベス出身の二〇歳の補充兵、エドワード〝バジー〟フォックス二等兵は、初心な気持ちのまま、G中隊の機関銃班に配属された。機関銃班を率いる、やつれた感じの軍曹は、少なくとも三〇歳を超える年齢に見えたが、のちに実際の年齢が一九歳だと聞いてエドワードは驚愕した。

シュガーローフ攻略作戦では海兵隊は一方的に損害をうけているように見えたが、日本軍もまた激しい損害に耐えていることを複数の証拠が物語っていた。第六海兵師団の支配地域には数百体の日本兵の腐敗した戦死体が横たわり、さらに数百人が支援砲撃と、洞窟や亀甲墓への掃討作戦で死亡していると推定された。師団が五月一五日に海兵隊の沖縄本島南部戦線において日本側の戦死者一五九二名にくわえて推定戦死者が一九一二名と発表した。ただし〝推定〟という数字は文字どおり当て推量であり、実際に洞窟やトンネルの中で死んだ日本兵の正確な数は知る由もなかった。

第三水陸両用軍団（ⅢAC）は、こうした数字に懐疑的だった。五月一六日に軍団は「日本軍の戦死者数に関する報告は基本的なルールを厳守することにより、過剰な水増しをさけ、各部隊は可能なかぎり正確な状況把握につとめる必要がある。前線の部隊にとって敵の戦死者数をかぞえるのは難しい面もあるが、報告される数字は、つねに過大評価の傾向が強い」と注意を呼びかけた。

いずれにせよ、日本軍の消耗も激しかった。第三二軍は五月一五日から一六日の夜に独立混成第一五連隊の裂け目にたいして、特設第一旅団から予備部隊を増援として投入していた。この増援は緊急を要するものだった。海兵隊にとらえられた独立混成第二大隊所属の日本兵の捕虜は、尋問にたいして、彼の部隊は五月九日以来の戦闘で「事実上全滅した」と話した。これとは別に、海兵隊は独立混成第一五連隊第四中隊所属の兵士を捕虜にした。この捕虜は五月一四日から一五日にかけてのシュガーローフへの夜間攻撃に参加しており、尋問官にたいして独立混成第一五連隊の第二大隊は安謝川の南側の戦闘で壊滅したと答えた。

独立混成連隊の規定戦力は二五〇〇名であると捕虜は話し、さらに那覇市には一万名の予備兵力がいると告げた。この予備兵力は陸軍が一千名から一二〇〇名、海軍が二千名で残りは沖縄県民の義勇兵であると語った。さらに「この付近は強固な拠点として選ばれた場所で、猛烈な抵抗をおこなう」と情報部の報告書に記載されていた。しかし、この捕虜は第三大隊についてはは何も知らないのか言及していなかった。このころ、独立混成第一五連隊は、第三大隊を新たに投入してシュガーローフの防御を強化していた。つぎの海兵隊の攻撃は、この新たな部隊と対峙することになった。

グアム 五月一六日（AP通信）

合衆国海兵隊は本日、沖縄本島の県都、那覇市の境界線において激しい戦闘を行なった。第二二海兵連隊の将校は「一晩中通して懸命に戦った」と話し、AP通信の特派員アル・ドプキンスによると、本日の戦闘の結果、ある米軍の中隊は二四〇名の兵士が二人まで減ってしまい、また別の中隊は八人の生存者しかいなかったと報告した。

ニューヨークのCBS放送が受信した、イギリスのロイター通信の速報は本日、那覇市が陥落した模様だと伝えた。米軍司令部は公式には確認をしていない。

（注6／1）クリンゲンハーゲンの目撃した兵士はおそらく、アール・カーネットだと思われる。

（注6／2）この少尉はグアムの野戦病院でジェミソンにこの話を告げた。二人とも回復期だったが、五〇年後、ジェミソンはどうしてもこの少尉の名前を思い出せなかった。

（注6／3）この時、双眼鏡を通してシュガーローフを眺めていたマービー大尉もカーネットを視認していたと証言している記録がある。この証言は彼の戦友を通じてカーネットに伝えられた。

（注6／4）ベン・バードは、もう少し幸運だった。彼はその夜のうちに避難して、後に回復

した。ただし身体から水筒の破片が取り出されたのは何年か後だった。

＊

安里の激戦　十五日朝安里東方の五二高地の米軍は撃退したが、眞嘉比及び安里北側高地の一部は米軍に占領された。独立混成第十五聯隊長は五二高地正面の海軍山口大隊の損耗が大きいので、旅団予備から復帰した独立混成第十五聯隊第一大隊を五二高地正面に増加配置した。

天久台洞窟を死守していた独立混成第二大隊長古賀宗一少佐（少一六期）以下の残存者は、無線をもって適時敵情を報告し、斬込みを実行していたが、十五日夜残存者総員の斬込みを敢行し大隊長以下ほとんどが戦死した。軍は独立混成第四十四旅団に防衛築城隊（長牟田大輔大尉）を増加し、海軍から二〇組の斬込隊を天久、眞嘉比方面に派遣させ、那覇正面の米軍の攻撃力減殺に努めた。（日本側の公式戦記：戦史叢書沖縄方面陸軍作戦より）

第七章　最前線

第六海兵師団は直面する多くの問題にたいし、混乱したまま建て直しが不能な状態におちいっていた。第一〇軍司令官バクナー中将のたてた理解に苦しむ作戦計画と、地形的な制約が相まって、海兵隊側は大規模な戦力投入ができなくなっていた。また師団も当初よりシュガーローフの日本軍の防御体制を過小評価する過ちをおかしていた。当初は、ステビンス大尉率いるG中隊だけで丘を落とせると思っていたのは、後から考えれば馬鹿げた作戦行動で、もっと損害を少なくすることも可能だった。しかし不幸なことに、日本軍がきわめて頑強な防御網を構築していたのに気がつくのがあまりに遅すぎた。

「シュガーローフは、割れない胡桃《くるみ》みたいなものだった」と師団参謀のジョン・C・マックイーン中佐は述べた。「個人的な感想を言わせていただくと、投入した兵力が少なすぎたと思う。これはシェファード将軍にも伝えたけれども、最初から大隊規模の攻撃をしておけば、もっと損害も少なく早く攻略できたはずだ。しかし小規模の兵力を逐次投入していき、傷口がひろがったと考えている」

戦闘が継続する中、シェファード将軍と彼の参謀たちには七つの重要事項が明らかになってきた。
(1)第六海兵師団の攻撃により、これまで知られていなかった牛島中将の重要防御拠点が明らかになった。
(2)この重要防御拠点は三ヵ所の地形を生かして構築されていた。ハーフムーン、ホースショア、シュガーローフの三つの丘は高度に要塞化されており、それぞれの丘が相互に連携していた。
(3)これら三つの丘は、地形的にも防御網としても長い線の終端に位置しており、いかなる進撃路をとっても、この場所を通過せざるを得ない。
(4)日本軍はこの三つの丘を、決死の覚悟で防御する準備をおこなっていた。
(5)この丘を確保できれば、首里一帯の牛島中将率いる日本軍を包囲することが可能である。
(6)沖縄の県都、那覇市への進撃路は開いているが、シュガーローフの攻略を完了するまで部隊を進めることはできない。
さらに、七つ目として、このころには最前線の二等兵から、将軍まで気がついていた事実として「この丘は簡単には落とせない」ということだった。

大きな地図や部隊の駒など司令部の空気とは無縁な海兵隊のシュガーローフ最前線の兵士たちは、何度も何度も際限なく繰り返される死の恐怖の渦に飲み込まれていた。消耗しきった兵士たちは、まるでロボットのようだった。ある生還者は、当時の自分の様子を「まるで酔っぱらっているように、ボーっとしているような状態で、体だけが反応していた」と表現した。戦闘が長びくなかで形成された、こうした無力感は戦後も長い間、兵士たちを苦しめた。「俺はあの場所に、ただ存在しただけだった」とエド・ソーハ一等兵は語った。「まるで、沢山のブリキの兵隊みたいにね。……ただ、前進して、前進して、前進しただけだよ」

食事は箱詰めされて届けられた。Kレーション（野戦携行食）とCレーション（缶詰食）、それに新型で味もよいテン・イン・ワン・レーションだった。Kレーションは一人分が箱に入っておりメニューは、チーズやハムなどの小さな缶詰、粉末コーヒーかレモネードに、硬いビスケットとチューインガム二枚、それに煙草が四本とトイレットペーパーなどが入っていた。ただし食欲がある兵士は、ほんの一握りで、多くの兵士は煙草を吸いながら「Dレーションバー」（通称「犬の糞」）と呼ばれていた栄養食のフルーツ・チョコレートバーをかじっていた。そのため前線勤務の海兵隊員は例外なく体重が減り、平均すると七キロ〜一〇キロくらい痩せた。また消化器系の不調にも悩まされ「下痢でげっそりするか、便秘でお腹がパンパンするかどちらかだった」とジェームス・ホワイト伍長は回想した。「下痢と便秘の中間は有りえなかったね」

ボストンから来たアイルランド系の少年、ジョージ・ナイランド一等兵は「とにかくいま自分が入っている蛸壺の中のことと、攻撃している丘のことしか頭の中になかった。普通の感情などはまったくなかった。たとえば、僕は家族のことを愛していたけど、かりにあの時、家族の全員が災害で死にましたって電報をうけとったとしても、まったく悲しまなかったと思う。とにかく頭の中は敵を殺すことと、自分が生き延びることで精一杯で、そんな生活をつづけていると動物みたいになってしまうんだよ」

直接的な危険の度合いに応じて、恐怖心も高まってくるが「つねに潜在的な危険からくる不安感にも悩まされた」とホワイトは述べた。ホワイトによると、恐怖心がもっとも高まるのは攻撃の時である。「命令が伝えられると、行動を開始した」と彼は回想した。「出発するさい、カートリッジベルトはそのまま装着していくが、場合によっては取りはずして水筒二個を金具で直接、尻のあたりに取りつけることもあった。背嚢を背負い、予備弾薬ベルトを首からかけ、ライフル銃の薬室に弾が装填され、動作もスムーズか確認した。歯ブラシがいつも同じ場所に置かれているか？　みたいにね。胸にはUSMCの四文字と、ポケットに海兵隊のエンブレム。この後ライフルを発射するところを頭の中でイメージしながら準備をととのえる」

そうして、攻撃がはじまる。「われわれが前進を開始するにあたって、みなを駆り立てるような号令はなかった。馬に乗りながら軍刀を振りまわして、雄叫びを上げたり、馬の脇腹を蹴ったりするみたいにね。小隊長は普通の声で〝よし、出発〟と堂々と命令すると、われわれは蛸壺を出て小隊長に従いながら丘を登りはじめたんだ。比較的安全な蛸壺を出て、敵のいる方向に進むことはそんなに抵抗はなかった。これまで日本兵の姿を見たことはなかったしね。もちろん、そのまま蛸壺の中にいたいけど、本能的に小隊長に従っていたよ」

彼らの進む先には、以前の攻撃で戦死した、たくさんの戦友たちの死体が転がっていた。「まるで地獄を目のあたりにしているようだった。照明弾が打ち上げられるなか、炎と煙が不気味に上がっていた」と生存者は語った。「言葉で表現することができないぐらいの光景だったよ。炸裂音がつねに鳴りひびいてね。そう、後ろからも、両側からもだった」

突撃小隊が丘の頂上まで到達すると、今度は日本軍が後方から砲撃を開始する。「とにかく、迫撃砲弾からは逃れようがなかった」とサイパン戦やタワラ戦を経験した古参兵のロバート・フェア伍長は語った。「丘の後方にいても死ぬし、頂上までのぼっても吹き飛ばされるし、残って戦うか、……あとは逃げるしかなかったよ」

マルコム・リア一等兵は第二二連隊第三大隊L中隊の機関銃手だった。彼はシュガーローフを攻撃した数多くの歩兵部隊にたいして、近くの土手に掘った塹壕から支援射撃の任務を命じられていた。彼の位置からは、煙と土ぼこりの中を海兵隊員たちが突撃していく姿を見ることができた。兵士たちはつぎつぎと倒れたが、弾が当たったのか、それとも単に伏せているのかは判別できなかった。シュガーローフと、後方の陣地の間の平野部は、破壊された装甲車両にキャタピラのはずれた戦車、焼けた木々に、ありとあらゆる残骸で、廃車置場のような様相を呈していた。

「紙くずに、紙の箱に、砲弾ケースみたいな普通のゴミもね」さらに数多くの死体もあちこちにあった。そのうちいくつかは彼がいた土手の裏側まで運ばれてポンチョにつつまれていたが、多くは野ざらしで、数日後に死体処理班がきて運び出していった。それ以外にも、死者としての尊厳さえも失う者もいた。彼らは文字どおり小さな破片となって散らばっていた。リアの陣地の周辺は、腕や、脚、それに部位の判別ができない肉片があたり一面散らばっていた。いくつかの肉片には緑色の戦闘服の一部が巻きついており、かろうじて海兵隊員のものだと判別できた。海兵隊員たちはこうした腐りはじめた肉片をひろい集めようとしていた。「ここで散った兵士のことを考えながら拾っていたよ」とリアは回想した。「脚のない死体があったら、近くで脚をひろってきて一緒に死体袋や、ポンチョの中につつんでいたよ。神様が天国で正しく組み合わせてくれるようにね」リアの機関銃陣地の前方に、敵の砲撃で殺られた緑色のズボンを穿いた脚が落ちていたが、収容することができず、海兵隊員たちは数日の間、その脚が腐っていくのを眺めていた。「緑は、やがて脂肪分で灰色になり、さらに黒っぽくなった」とリアは観察していた。「こうした光景を眺めていると〝明日は何色になるんだろう〟とか真面目に考えてしまうんだよ」

ある日、ウィリアム・マンチェスター軍曹が戦線に向かう途中、戦線からもどってくる兵士たちの縦隊とすれ違った。縦隊の中に普段は〝何事にも絶対動揺しない〟顔見知りの伍長を見つけた。彼に話かけると呆然として、そのままカーブを曲がって通り過ぎていった。やがて彼を悩ませていた原因について、マンチェスターも薄々分かってきた。道の脇には数百体の戦死体が並んでいたのである。それぞれの死体はポンチョにつつまれ、電話線で縛られて、整然と薪のように並べられていた。ポンチョの端からは突き出た足の軍靴が見えていた。「軍靴がペアで並んでいたが、隣りの死体とペアになっているような錯覚がした」と彼は後に書き記している。「自分の靴を見下ろすと、まったく同じものだった」

シュガーローフでの前線勤務を経験すると「死」は生きることよりも普通になっていった。これは特別なことではなかった。ヘルマン・コーガン二等軍曹は戦友たちと出会ったさいに「この野郎、お前まだ生きていたのか？」と、驚きと喜びで出迎えられたことを思い出した。いくら死が日常的だったとはいえ、戦友たちを失うのは心が痛んだ。「〝パピー〟とか〝スカイ〟とか呼ばれていた戦友たちが機関銃の斉射をうけてバラバラになったと聞くと、本当に心が痛んだ。もし、戦友たちが崩れ落ちていく光景を自分が間近に見たら、なおさら心理的なショックは深く大きかった」とコーガンは回想した。

死の多くは劇的ではなかった。ジェームス・ホワイト伍長は、ある軍曹が塹壕を掘る兵士たちを立って眺めていたときのことを思い出した。「突然、彼はベルトのあたりのシャツを手でまさぐりだした」とホワイトは回想し「彼は、そのまま座り込むと、ゆっくりと横にもたれかかるようにして倒れ、そのまま死んだ」かなり遠方から飛んできた銃弾が彼の背中にあたり、腹部から出て行ったものだった。

そのしばらく後、戦闘中に蛸壺の中に隠れたホワイトは、胸を撃たれた負傷兵と一緒になった。衛生兵がやって来て、この負傷兵に包帯を巻きモルヒネを投与すると、衛生兵はつぎの負傷兵のもとに走っていった。「周囲は危険な状況で、この負傷兵を後送することができなかった」とホワイトは回想し「彼の意識はしっかりしており、自ら周囲に注意をはらっていた。そこで傷が痛むかたずねると、それほどでもないと答えた。その後は、周囲で戦闘が継続していたので、あまり彼に注意をはらわなかったが、ほんの数分後に気がついて彼を見ると、顔は土色に変わり息をしていなかった。傷のショックがもとで死亡していた」

死が突然おとずれる場合もあった。部隊が日本軍の攻撃をうけていたウィリアム・クロムリング軍曹は、ジェームスという名前の衛生兵と話をしていた。「ジェームスがやって来たとき、彼と俺は水田のあぜ道の下にひざまずいており、彼は頭があぜ道より上に出ていた。俺は彼の横にいて手を膝の上に乗せて彼に向こうにいくよう伝えようとした。ちょうどそのとき、ジャップの速射砲はわれわれの二〇メートルくらい後ろにいた戦車に狙いを定めており、発射された砲弾は水田のあぜ道にあたり、ジェームスの首は吹き飛び、俺も負傷した。気がついたとき、爆風でもともとジェームスと俺がいた場所から七、八メートル吹き飛ばされていた」

五月一六日、その日、フランク・ククチェッカの中隊は四名の兵士が戦死した。そのうちの一人はジョン・オラリー一等兵だった。「われわれ数人は、石垣の上の段地に座ってつぎの指示を待っているところだった」とククチェッカは回想した。「ジョン・オラリー以外は、みなヘルメットを被りライフルを持って出発の準備をととのえていた。彼だけが布製の帽子をかぶっており、これは今でも鮮明に覚えているけど、シャツのお腹のあたりに煙草を一杯つめ込んでいたよ。彼は広場で立ち上がっており、場所は私の少し横だった。その時、突然、銃弾が飛んできて彼の眉間にあたった。彼は〝うぇっ〟と短い声を発して私の上に倒れこんできた。これは言葉で表現するのは難しいが、血があんなに噴水のように吹き上げるとは、それまで想像したこともなかった。彼はすぐにジープに載せられて後方に運ばれたが助からなかった。通称〝オー〟ラリーは、マサチューセッツ州ローレンスの出身で、一九歳の誕生日まであと二週間だった。

第二九海兵連隊Ⅰ中隊所属のケン・ロング二等兵は、彼の戦友でサルドという名前の海兵隊員をハーフムーンの戦闘で失った。彼がサルドについて覚えているのは、とくに目立った特長がないイタリア系の風貌で、目はつねにきょろきょろと視線を変えて落ちつきがなく、一瞬たりとも視線が定まらなかった。サルドは自分の家や家族、将来の夢など戦前のことを何ひとつ語らなかった。「彼はいわゆる影が薄い人間だったが、俺の弱点をおぎなってくれ、危険な仕事もなにひとつ文句を言わずこなしてくる、とても頼りになる無二の戦友だった」とロングは語った。サルドはⅠ中隊が敢行したハーフムーンへの最後の攻撃のさいに小火器の銃火で戦死した。「蛸壺を共にしてきた戦友が死ぬと、途方もない喪失感が自分をおおった。もう世界最後の一人になった気分だった」とロングは回想した。兄弟のように親しかったにもかかわらず、ロングは二年後に除隊するまでサルドの苗字だけしか知らなかった。彼の名前はジェームスだった。

「われわれは、あの貧相な丘をのぼる友軍を砲撃支援しようとしたが、逆に迫撃砲や機関銃弾をあびてしまった」と第二二海兵連隊重火器中隊のビル・ピアース一等兵は語った。「三七ミリ砲をすてて、近くにあった蛸壺に飛びこむと、モグラのように穴の中で体をちぢめた。……周囲はシャワーのように砲弾の雨がふった。……母が送ってくれた薄茶色のロープに付いたロザリオをその時も持っていたので、取り出して祈った。カソリックの祈りの言葉を少なくとも五〇回かそれ以上呟いたと思う」五〇年たったいまでも、蛸壺に一緒にいた彼の戦友のハウイ・ジョージはカソリックでないのにかかわらず、祈りの言葉を暗記している。

フィリップ・D・チャールトン少佐は、沖縄戦において、日本軍の砲撃が第六海兵師団にたいしてあたえた多大な影響について分析をおこなった。「砲撃は、前線に向かって移動している部隊の将兵にたいして甚大な被害をおよぼした。また予備部隊として待機している将兵も被害をうけた。この結果、安全地帯はなくなり、師団は攻撃時に予備部隊を安全な場所に待機させることが不可能になった」と書き記した。

こうした分析は、実際に日本軍の砲撃による真の恐怖を表現しているわけではない。ジェームス・ホワイト伍長が所属していた中隊の配下の小隊が前線に到着したさい、丘に近い道路の盛り土を背後に一列に並んでいた。その時、一発の砲弾が盛り土の端にあたり炸裂した。この砲撃で十数名の海兵隊員が一気に吹きとばされ、その半分が即死して一人が脚を失った。「俺はちょうど丘を上がろうとしていたときで、だいたい二五メートルから三五メートルくらい先で砲弾が爆発して、右のほほに肉片が飛んできて当たった」とホワイトは回想した。「最初は、なにが当たったか分からなかったので、自分が負傷したと思った」それからしばらくして、ホワイトは自分の蛸壺の中に切断されている腕を見つけて埋葬した。

ある日の午後、ドナルド・ホーニス二等兵と彼の所属する機関銃班は蛸壺にひそんでいた。「ジョン・ザック一等兵は自分の一五メートルほどの所にいたが、ちょうど彼の足元に砲弾が着弾して炸裂した。もう一度、ザックを見たら消えていた。みなで彼を探したが文字どおり消えてしまった」彼の軍務記録には「遺体は埋まり、発見できず」と記録されている。

精神の緊張状態は多くの兵士にとって耐えられないものだった。グレン・ムーア一等兵のいたシュガーローフから九〇〇メートルほどの八一ミリ迫撃砲の陣地には、絶え間なく日本軍の砲弾がふりそそいだ。「ジャップのやつらは、海軍の艦載砲を転用しレールに乗せており、それを洞窟の奥に隠していた。昼間のわが軍のコルセアやヘルキャットなど、航空機からの機銃掃射やロケット弾攻撃の影響をまったくうけなかった」と彼は回想した。「夜になると洞窟から引っ張り出されて、われわれの迫撃砲陣地に向けて正確な砲撃をおこなってきた。ある夜、三人の機関銃手と分隊長からなる第一機関銃班が陣地で射撃命令を待っていると、ニューヨーク出身の弾薬運搬係の一七歳の少年が機関銃陣地にやってきて泣き出した。私は彼にこの場に留まるように伝え、射撃命令も出ていなかったので、彼と一緒に蛸壺に入ることにした。彼はロザリオを聖書に巻きつけて、祈りの言葉をとなえながら蛸壺と聖書にキスを繰り返していた。そのつど、砲弾が飛んできて近くに着弾していた。唱えていた祈りの言葉にはムーアの名前も入っていた。ムーアも覚えている範囲で讃美歌を歌ったが、つぎの着弾までの間はこれで少し気分がやわらいだ。そのつぎの着弾はついに蛸壺と機関銃陣地の間に着弾し、分隊長と第一機関銃手が負傷し野戦病院にはこばれた。のちに機関銃手は沖縄戦の末期に部隊に復帰した。このときの爆風で私と一七歳の少年は蛸壺から外に吹き飛ばされたが、気がつくと私の腕が少年をかかえるようにしており、体も五体満足だった。また彼も大丈夫のようだった。少年は翌日、転属となり、われわれはふたたび会うことはなかった」

前線に近い場所では、迫撃砲弾、手榴弾、機関銃弾、それに小銃弾が飛びかっていた。とくに日本軍新型の南部製九九式軽機関銃（通称・ナンブ）は一分間の発射速度が八〇〇発で、これは米国製の三〇口径M1919軽機関銃の約二倍の発射速度だった。「まるで女性の叫び声のような音がした」と、この甲高い発射音を海兵隊員たちは回想した。

それにくわえて狙撃兵がいた。日本軍の砲撃は、海兵隊員たちに無差別におとずれる死の恐怖をあたえていたが、狙撃兵は冷徹に選択された死の恐怖を味わわせていた。日本軍の狙撃兵は、きわめて忍耐強く、神業としか思えない選択眼で将校を見きわめていた。彼らは将校か通信兵を狙撃するために一般の歩兵には目もくれずにやり過ごしていた。そのため、すぐに将校たちは身につけている階級をしめす、あらゆる徽章や装備を隠すことになった。

「もし、将校で四五口径の拳銃ストラップを肩からかけていたら、瞬時に射殺された」とビル・ピアース一等兵は語った。「やつらは必ず眉間か、胸のど真ん中を狙ってくる。一発で即死だよ。おまけに絶対はずさない。この部分を撃たれた死体があまりに多いから誰もがショックをうけたよ」狙撃兵による戦死傷者の中でもっとも多かった階級は中尉だ。「中尉はつぎからつぎにやってきて、まるでトイレットペーパーみたいだった」とロナルド・マンソン一等兵は回想した。「もう名前を覚えていない中隊長もいたよ。ある将校は着任してから一五分で死んで、またつぎのやつがやってきた」

ある若い小隊長は、あまりに多くの戦友を失ったので精神的に憔悴しきっており、戦線に到着したばかりの補充兵たちにレクチャーを行なうさいは、日本兵にたいする畏敬の念を隠そうとせず、拳銃を振りまわしながら困惑する兵士たちに向かって「いいかよく聞け、もしお前らの誰かが、日本兵なんてたいしたことない、なんてぬかしたら、撃ち殺してやる。もしお前らの誰かが、日本兵の弾なんてまっすぐ飛ばないなんて大口たたきやがったら、やつらのかわりに俺がお前らの眉間に弾を撃ち込んでやる」

こうした日本軍にたいする一種の畏敬の念は連隊の特別活動報告書にもあらわれていた。この地域は無数の小さな丘や谷、段地や亀甲墓があった。すべての丘が日本軍の強固な抵抗拠点になっており、すべての方向へ向けて銃眼がもうけられ、緻密に設計された坑道でつながっていた。これらの拠点は相互に支援するよう設計されており、また入念にカモフラージュされ、砲弾の直撃をうけない限りは被害をあたえることができなかった。左翼の首里高地の観測所からは、海兵隊側の動きは丸見えで、日本軍は惜しげもなく迫撃砲弾を撃ちこんできた。最前線の海兵隊員は「何日もの間、蛸壺の中で、体が一つのボールになったように小さく丸まっていた」

多くの海兵隊員たちは日本兵の姿を見ることなく死んでいった。日本兵はひたすら蛸壺や、洞窟、銃眼のなかで忍耐づよく待っており、米兵が彼らの射界に入ってきたときだけ射撃した。「俺は一度も日本兵を見なかった」と、支援の戦車隊として最初にシュガーローフ攻撃に参加したフィル・モレル大尉は回想した。「一人も見なかった。俺は人が死んでるのも見たし、血を流しているのも見たし、撃たれたやつも見た。だけど日本人は一人もいなかった。俺たちは日本軍を攻撃しているんじゃなくて、丘そのものを攻撃していた。奇妙なことに誰も姿が見えないんだ。〝いったい、日本兵はどこだよ?〟って、みんな言ってたよ。丘には切れ目があって、そこから弾が飛んできて、それにあたって人間がつぎつぎ死んでいった。ただ見えるのは丘だけで、だから丘を相手に戦っている気分だった。まったく奇妙としか言いようがないよ。ちょうど日曜の朝に散歩していて、突然、人が死ぬのに出くわしたら〝いったい何が起きたんだ?〟って言うだろ。それと似た気分だよ」

トム・マッキーニー一等兵は四人からなる諜報班の一人に任命された。彼らの任務は日本兵の死体から書類や手紙をさがしたり、危険をおかして洞窟に入り何らかの情報を収集してくることだった。彼が最初に入ったのは三層に掘られた四七ミリ速射砲の陣地で、砲のまわりには四、五名の腐敗した砲手の戦死体がころがっていた。この陣地の入り口の坑道は高さが一メートル二〇センチくらい、幅が六〇センチから九〇センチくらいだったが、中ではひろがっており立ち上がることができた。坑道は材木を加工した支柱でささえられており、部屋はさらに多くの支柱でささえられていた。部屋には武器や、背嚢や雑嚢、腐った握り飯などが散乱していた。地上で戦死した多くの兵士の死体も、こうしたトンネル内に引きこまれており、沖縄戦を通じて、このようなトンネル陣地が無数に発見された。マッキーニーは、ある部屋に入ると、どこか丘の深い場所から日本語で話す声が聞こえてきたこともあった。「日本兵との待遇の違いに愕然とすることもあった」と彼は思い出した。「死んだばかりの日本兵の死体を発見したさい、彼らの軍服は乾いていた。一方、われわれは泥だらけで濡れて惨めな姿だった。この日本兵はどこか奥からやってきて、その場所は居心地のよい場所に違いなかったからね」とマッキーニーは思い出していた。背嚢を背負った日本兵の死体は少なかった。彼は日本兵の戦闘糧食に入っている硬い飴玉をさがしていたが、ほとんどの日本兵が背嚢を背負っていなかったので、諦めた。おそらく、日本兵は背嚢をどこか洞窟や坑道の奥に置いてきており、海兵隊を攻撃するために塹壕や蛸壺にあらわれるときは、武器だけを持って行動していると思われた。こうした情報収集班で生き残った海兵隊員は戦後、暴力犯罪科学の専門家になったものもいた。

「おかしなことだが、ジャップを撃ち殺しても、あまり出血しなかった」とジョージ・ナイランド一等兵は語った。「アメリカ兵が撃たれると、この世のものとは思えないほど出血した。だけど日本兵は血が出ない気がした。やつらはただ死ぬだけだった」

つぎに火炎放射手の話にうつる。火炎放射器は主に洞窟にひそむ日本兵を掃討するのに使った。「まず引き金をひく。二つの引き金があるが、そのあと考えるのは、ただひたすら炎が相手になるべく早く到達してくれないかということだけだ」と第二二海兵連隊の火炎放射手だったエバン・リーガルは語った。「そのあとは、地獄が解き放たれたような光景になる。絶叫とともに髪や服が火だるまになった人間が飛び出してきて、小銃手が止めをさす。燃料がガソリンだとすぐに焼きつくして消えるが、ナパームが燃料の場合、ゼリー状のガソリンが糊のように肌にこびりつき最後まで焼きつくす。沖縄では、ほとんどがこのナパームを使っていた」

他の海兵隊員によると実際の話として「人間に向かって火炎放射すると、皮膚が焼ける臭《にお》いがする。臭いはじきに消えるし、しだいに慣れてしまう。焼死体は不思議なもので、そのままだと臭いが閉じこめられていて、それほど臭わない。ただ、何かのきっかけで踏んだり、弾が当たったりすると、猛烈な臭いがするんだ」

日本兵も火炎放射攻撃に対抗するため、洞窟陣地の入り口を急角度に設計したりしていた。ときには入り口を濡れた毛布でおおったり、半分の壁をつくったり、あるいは濡れた分厚い素材を立てかけたりしたが、こうした方法では、短時間の攻撃は持ちこたえられたが、通常は少しばかり攻撃を長引かせたりする程度の限定的な効果しか上がらなかった。こうしたケースの日本兵は結果的に、洞窟やトンネルの奥深くに退却するか、入り口にあらわれて射殺されるか、あるいは窒息するか、さもなければ生きながら焼き殺されるかのいずれかであった。

海兵隊員たちは、火炎放射手の背中の装備に特別な注意をはらって彼らを支援した。火炎放射手がいったん引き金をひくと、実際に炎が噴出するまでの四秒から七秒は完全に敵に身をさらし無防備になる。「もちろん、燃料タンクが空だったら無防備だし、たくさんの日本兵を火だるまにしても、やつらがいっぺんに飛び出してきて、小銃手が撃ちもらすとやられちまう」とリーガルは回想した。「だから、とにかくすばやく相手を殺すことしか頭になくなってしまう。〝神様、どうか俺が撃たれるよりも早く相手を始末してください〟って祈ったよ」

これは想像上の恐怖ではない。五月一〇日から一一日にかけてのチャーリーヒルへの攻撃に参加した一六名の火炎放射手のうち、生き残ったのは、わずか四名だった。リーガルはその四名の生存者の一人だったのだ。「俺が負傷して病院にいたとき、よく覚えているのは、つぎつぎと火炎放射手が運ばれてきたことだね」とジョン・オウズン一等兵は回想した。「彼らはみな、肩を撃たれていた」火炎放射手はタンクの重みで背中を丸めながら小走りに前進するため、恐怖にかられた日本兵がタンクを狙撃しようとしたさいに、弾道が下にそれて肩に弾が当たることが多かった。

バクナー司令官は、こうした洞窟の掃討作戦に関して「ブロートーチ（溶接バーナー）と栓抜き作戦」と称した。栓抜きとは爆破処理のことで、ブロートーチとは火炎放射器のことだった。新聞記者には聞こえがよかったがジョージ・ナイランド一等兵にとっては、もっと生々しい視点でとらえていた。ひとつは、死体が焼ける臭《にお》いをかぐと、フライドチキンの臭いが恐ろしいほど似ていることに気がついたことだ。おそらく帰郷したときは、少し嫌な思い出になるだろう。また日本兵にたいして何の感情もいだかなくなった。「日本兵たちに火炎をあびせることに、何の躊躇もしなくなったよ。まるで小石をつまみあげるみたいにね」と彼は単調に話した。「とにかく、何の感情もなかったよ」

こうした感情はひろく一般的なものだった。フランク・ハーベン一等軍曹は、シュガーローフ近辺の兵士たちに弾薬を運ぶよう要請された。彼がシュガーローフ前面の平野部の無人地帯を横切っているさい、〝テックス〟とみんなから呼ばれている海兵隊員に出会った。彼は、日本兵のボタンとか徽章とかを記念品で集めているのかと思い、興味本位で覗きこんでみた。テックスは日本兵の死体のかたわらに立ち軍服の上にしゃがみ込むと、死体の口をあけて金歯を引きぬいており、ハーベンが見たところ、すでに煙草の空き箱の半分くらいまでためていた。こうした気味の悪い行為がおこなわれているとは想像もしていなかったのでハーベンは、この病的な光景にうんざりし、これ以上かかわらないことにした。

ある海兵隊の軍曹は「日本兵は、ガニ股で飛び跳ねながら猿のように金切り声を上げたり、ブタのように鳴いたりするやつらだと思っていたが、実際に見ると目はおちつきはらっており、まさに俺たち海兵隊員と同じ顔つきをしていた」と語った。日本兵はきわめて統制がとれた集団だった。海兵隊の特別活動報告書には安里川やシュガーローフ近辺の戦闘で対峙した日本軍の兵士についての記述があり「よく訓練され、統制もとられた陸軍兵士で、とくに士気の高さと、身体能力の高さは特筆すべきである」と記載されている。

日本軍の兵士は、つねに頑強で機知にとんだ戦法で戦い、絶対に投降しなかった。「やつらは、わずかな地面でも手放さずに行動するよう、洗脳されてるんじゃないかと思った」とジェームス・デイ伍長（後に少将まで昇進）は語った。太平洋戦争の全期間を通じて、デイの小隊が捕虜をとったのはエニウェトク環礁の戦いのさいの一人だけで、その捕虜も火炎放射器で大やけどした状態だった。「シュガーローフ近辺でも捕虜はいなかったと思う」とデイは語り「大隊にも捕虜はいなかったと思う。なぜなら日本軍は純粋に捕虜にならないよう命令されていたからね」

米軍側の大規模な砲撃にもかかわらず壕の中の日本軍の損害は軽微に思われた。「丘の正面で釘づけになっていると、ジャップの野郎が丘の向こう側から顔を出して、こちらを撃ってくる」とフレドリックス・クロス二等兵は回想した。「彼らは丘を越えてこちらには、絶対にやってこずに、すばやく機関銃を撃ったり、手榴弾を投げたりすると、すぐに姿を消してしまう」

夜になると海兵隊員たちは、侵入してくる日本軍の斬込隊を撃退するために手榴弾をつかった。「もし、手榴弾がつかえない場合は、そのまま見過ごした」とチャールス・クレメンソン一等兵は思い起こした。「誰かがライフルを一発でも撃つと、銃口から直径九〇センチくらいの大きな火の玉が出てしまい、目立ちすぎるので夜間は銃撃しなかった。そのため手榴弾がない場合は、後方のやつらに日本兵の面倒を見てもらった。もちろん彼らは迷惑だろうけど、俺たちはそのほうが少し安全だった」

安里川の那覇市から対岸の川岸に蛸壺を掘ってしゃがみ込んでいた、レイモンド・ヒューティス二等兵は突然、日本兵におそわれた。日本兵は銃剣でヒューティスの右肩を突きさし、さらに右腕と首をつづけて突きさした。日本兵が再度、突きなおそうと一歩下がったところで、ヒューティスは思いきり胃のあたりを蹴り上げた。ヒューティスは手前に倒れこんだ日本兵の首を左手でつかむと、満身の力をこめて締め上げた。日本兵はヒューティスを蹴りつづけたが、彼は敵兵が死ぬまで首を絞めつづけた。ヒューティスは数ヵ所の刺し傷があったものの生還した。

「ゼーラーと俺は、塹壕の中で壁を背に向かい合わせに座っていた」とチャールス・ミラー一等兵は回想した。「日本兵が突然、穴の淵に這ってきたので、ナイフで突きさした。ちょうど枕に突きたてるような感触だった。日本兵は、とくに声も上げずに死んだと思う」

運命は紙一重の偶然に左右される。ドナルド・ホーティス二等兵の機関銃班は、日本軍の砲弾が落下してくる音を聞いたとたんに全員が地面に伏せたが、彼の相棒だけが立ったままだった。砲弾が地面で炸裂し、飛び散った破片で、相棒は足を負傷したが、伏せていた別の海兵隊員は頭部に破片があたって即死した。

「俺は奇跡を見た」とジョセフ・コーミアー一等兵は回想した。「たぶん、信じてもらえないと思うが、その時、俺のすぐ下に八一ミリ迫撃砲の陣地があり、場所はおおよそシュガーローフの麓に近くで、そこから日本兵がいる斜面の反対側を砲撃しようとしていた。そして、ちょうど、陣地に目をやったときに、日本軍の砲弾が八一ミリ迫撃砲陣地を直撃した。俺が見たとき陣地に兵士は一人しかおらず、その兵士は高さ二〇メートル近くまで吹き飛ばされた。彼が落下してくると、……これは本当の話なんだが……、やつは地面で周囲を見渡して、げらげら笑い出した。これはラッキーなんてものじゃなくて、奇跡だよ。彼自身も信じないだろうし、もう一度起こせといっても無理だと思う」

戦場での熾烈な戦闘中に、ブラックな笑いに満たされることもある。チャールス・ミラーは新たに分隊長に任命され、近くにあった小さな丘を攻略するよう命じられた。彼は分隊のメンバーを集めて迫撃砲弾をさけて前進する作戦計画を説明し「みんな、分かったか?」とたずねた。全員がうなずいたため、ミラーはビル・カンニンガム一等兵のほうを振り向き「ビル、お前、先に行け」と命じた。カンニンガムは、ミラーの顔を凝視すると「ミラー、てめぇ、ふざけんなぁ。冗談じゃねーぞ。お前が分隊長なんだから、お前が先行けよ」と言い返してきた。「彼のあまりの必死の形相に、こみ上げてくる笑いをこらえることができなかった。すぐに分隊全員が笑い出した」

彼らの分隊は、数名が負傷して後送されたものの丘の頂上部を超えることができた。その時、斜面の反対側で日本語を話す声が聞こえた。すると突然、一人の日本兵が丘の頂上に立ち上がり「バンザイ!」と叫んだ。彼は星のマークが入ったヘルメットをかぶり、片手には軍刀を持ち、もう片方の手には手榴弾を持っていた。日本兵は手榴弾をヘルメットに叩きつけ発火させせようとしたが、明らかに不良品だったようで、ヒューズに点火するかわりに、その場で爆発して頭を吹き飛ばしてしまった。この光景を目撃した海兵隊員たちは「わははは、ざまみろ! メイド・イン・ジャパン! メイド・イン・ジャパン」と大爆笑した。

戦闘がはじまると、後方には洪水のように負傷兵が送られてきた。こうした残虐な戦闘行為がつづく中、最前線で戦う多くの海兵隊員は、相棒に付き添うため「ハッピー」と呼ばれる程度の負傷は無視した。衛生兵のラルフ・ミラーは、ジェリー・シェルという名前の海兵隊員が三回も負傷しているにもかかわらず戦列に復帰したことを思い出した。「彼を三回治療したが、三回とも一時間もしないうちに最前線にこっそり戻っていった」

「衛生兵はいつも最前線の近くで、負傷兵から破片を取り出していた」とジョン・フィッツジェラルド中尉は語った。「その後、サルファ剤をかけて終わり。それだけ。ほとんどの負傷兵は大隊の救護所までもどらなかった。兵士たちの多くは、後方の救護所までもどると、たいした傷じゃなくても手や足を切断されるんじゃないかと恐れていた。そのため、中隊の指揮官がもどるように命令するまでは、戦えるかぎり前線にとどまった」

大隊所属の外科医、チャールス・ヴェッチが第六海兵師団に配属されたのは、ガダルカナル戦のさなか、前任者の軍医が離任するちょうど一〇分前で、彼が荷造りをしている最中だった。「ああ、一つ申し伝えなきゃならんことがある」と彼は話し「ココナッツの木を這って超えてはならん。大変なことになる」

沖縄にはココナッツの木は見当たらなかった。ヴェッチは医薬品の一式をガスマスク・バッグに入れていた。供与された衛生兵のバッグは赤十字のマークが目立ちすぎ、日本軍の狙撃兵の注意を引きつける恐れがあったためだ。彼は短機関銃を持ち四五口径の拳銃や、Kバーナイフもバッグに入れていた。大隊には全部で四〇名の衛生兵がおり、半分は戦闘部隊に配属されていた。それぞれの小隊に一名ずつ中隊本部に二名である。残りはすべて大隊本部の所属だった。日本軍は衛生兵にたいしても情け容赦なかった。そのため、彼らもカービン銃を持ち必要に応じて使っていた。ジュネーブ協定はあってないようなものであった。

ヴェッチは、前線からはなれた塹壕の中に救護所を設営し、前線から運ばれてきた負傷兵の選別作業をおこなっていた。「私の仕事は、救護所に運ばれてきた患者の生体反応を調べることだった」と彼は回想した。「前線の塹壕にいる衛生兵たちの仕事が完璧だったので、包帯を巻きなおしたりする場面はほとんどなかった。血圧が正常か？　息をしているか？　場合によっては、その場で手や足を切断することもあった」

ウィリアム・クロムリング軍曹は、砲弾の破片を脇腹にうけ、かなりの重傷だった。彼はポンチョにつつまれ、ジープを改造した救急車の担架ラックの一番上にのせられて、意識が朦朧としながら救護所に運ばれていた。「そのときは、意識を失ったり、また戻ったりを繰り返しながら救護所に向かっていた」と彼は回想した。「それでも、よく覚えているのは、俺の下の担架に載せられていた兵士が、〝上の野郎は生きてるのかい？〟と聞き、〝生きてるよ、なんでだ？〟とジープの運転手が答えると、〝さっきから血をぶちまけれられて、しょうがねぇんだよ〟と会話していることだった」

クロムリングは洞窟に設営された救護所に運び込まれたが、この傷は彼らの手に負えないようだった。それからしばらくして目が覚めると、野戦病院のテントの中におり、吊り下げられた裸電球が彼の上で光り輝いていた。すでに素っ裸で、これから手術されるように思われた。彼が横たわっていると看護婦が軍医に向かって「彼をキョ……しますか？」と話かけていた。クロムリングは「彼女が、去勢しますか？　なんて言いました？」と割り込んだ。「兵隊さん、あわてて「ちょっと待ってください、いま、なんにも取ったりしませんから」と看護婦は答え、手術がはじまった。心配しないで下さい、なんにも取ったりしませんから」と看護婦は答え、手術がはじまった。彼は生き延びたが、その後の一ヵ月間は完治するまでグアム島からカリフォルニアにかけて病院を転々とした。

ヘルマン・コーガン二等軍曹は、海兵隊の戦闘広報係として、第二海兵連隊第一大隊の救護所の模様を書き記していた。救護所は前線から九〇〇メートルほどさがった巨大な岩のかげに設営されていた。患者を乗せた泥まみれの救急車がガタガタとゆれながら、道路から下りてきた。三人は自力で救急車から降りたものの、痙攣して震えていた。それ以外の兵士は担架にのせられ、足のほうから先に降ろされてきた。そのうちの一人は衛生兵だった。「その時、迫撃砲弾が俺とほかの四人がいたすぐ右隣りで炸裂した」そして気がつくと負傷した兵士が、「ちくしょう、怪我したのは俺だけじゃないか」と叫んだ。すると「中尉（大隊付き外科医、D・M・タイゼル中尉）はコーンパイプを歯でくわえながら、彼をすばやく診察すると、〝Bランクの治療だ、急げ！〟と命じた。衛生兵が即座に運び去ると中尉は〝彼は脚を切断することになる〟と話した」

「戦車兵の将校の顔の左半分は、無残にも大量の血にまみれ肉がむき出しになっていた。点滴の治療がほどこされたが、最初の瓶がからになる前に彼は死んだ。同じ戦車の搭乗員で、足に軽傷を負っただけですんだ兵士は、戦闘の様子を重い口調で話した。〝道にそって進んでいくと、数人の小さなジャップが建物の背後から爆雷をかかえて飛び出してきた。かなり酷く吹き飛ばされた〟話している間中、彼の目は遠くを見つめたままだった」

別の救急車が、死体と負傷兵をつんでやってきた。オハイオ州コロンバス出身の赤毛の衛生兵、ジャック・リオドランは、運ばれてくる担架をつぎから次に運んでいるうちに、手は乾いた血液で縞模様になっていた。運ばれてきた海兵隊員は生気がなかった。血に染まったズボンのまわりには蝿が飛びまわり、あわてて胸に巻かれた包帯は、ずり落ちそうになっていた。心臓の上あたりにギザギザの穴があいていた。「おい、元気だせ」とリオドランは言った。「すぐに治してやるからな」別の衛生兵がすばやく点滴を刺すと、リオドランは胸のあたりを洗浄した。海兵隊員は何かささやいていた。リオドランは屈みこみながら、それを聞き取ろうとした。「大丈夫、大丈夫、やつらにはお前みたいなガッツはないからな、そんなことを心配するな」

他の多くの負傷兵たちは、これほど幸運ではなかった。第三軍団第二後送病院のリストには、病院に到着後に死亡した患者の傷の状態について記載されており、銃創（GSW：Gun Shot Wounds）、破片傷（SFW：Shell Fragment Wounds）が若者たちの体を修復できないほど傷つけているさまが記載されている。この病院が作成したリストには、まず傷の種別が記載され（銃弾か砲弾の破片か）、つづいて死因について書かれている。

ＧＳＷ　肺　ー　肺水腫、ショック、脊髄離断
ＧＳＷ　頭部（貫通）ー　ショック、肺水腫
ＳＦＷ　頭部（貫通）ー　ショック、肺水腫
ＧＳＷ　腹部　ー　広範性腹膜炎、心臓麻痺
ＧＳＷ　腹部　ー　腹腔内出血、急性毒性腎炎

GSW　頚部 ― 頚髄《けいずい》打撲
SFW　頭蓋 ― 膿瘍《のうよう》、髄膜炎
SFW　頭蓋 ― くも膜下出血
GSW　胸部 ― 全身気腫（縦隔）、陰嚢破裂、肋骨複雑骨折、肺破裂、その他多数

患者の後送は迅速におこなわれたため、沖縄戦での負傷兵の致死率は三パーセント以下に抑えられた。第三軍団第三後送病院では五四九四名の海兵隊員が運び込まれたが、死亡したのは二八名だけだった。アメリカ合衆国の国家をあげておこなわれた献血による血液は、冷凍されてグアム経由で沖縄に空輸され、多くの海兵隊員たちの命を救った。沖縄戦が終結するまでに、第一〇軍では五万七千リットルもの血液をつかった。

重傷患者の約半分は快適なベッドや豪華な食事に看護婦までついた病院船でグアムに搬送された。それ以外の数千人の患者も、四発エンジンのC－54輸送機を改造し、四五名の患者を搬送できるようにした病院機で同様に運ばれた。さほど重傷でない患者は、沖縄で治療され、最終的には自分の部隊に復帰していた。

こうした光景は戦闘がつづくにつれ一般的になっていった。また〝軽傷〟の定義も、序々に拡大解釈されるようになり、肩の銃創がふさがらないうちに部隊にもどされた海兵隊員もいた。

アーブ・ゲハート一等兵は五月一七日の戦闘で背中に迫撃砲弾の破片が突きささった。衛

生兵は金属製の棒で破片を摘出しようとしたが、ゲハートの覚えているかぎりでは、破片がささったときよりも、摘出のときのほうが痛かった。「だから俺は〝もう勘弁してくれ、勘弁してくれ〟って言ったんだ。そうしたら衛生兵は〝いや、今すぐに取り出さなきゃならん。感染症にかかるからな。いやなら後方に送るぞ〟と言った。俺はとにかく友達からはなされて、後方に送られることに恐怖を感じていた。いま思い返すと、どうかしていると思うけど、当時は一八歳の子供で若気のいたりだったんだと思う。ただ、どうせ死ぬなら友人たちとともに死にたかったんだ」ゲハートの小隊では、沖縄戦全期間を通じて小隊に在籍できたのは五名だけだった。「五名のうち二名は負傷していたにもかかわらず小隊に残った兵士だった」と彼は思い起こした。「残りの五二名は、みな同じ〝機関銃小隊〟だった」

後方では、第二二海兵連隊G中隊の数名の生き残りの一人、ピーター・C・マラッシュ曹長に、新たに着任したヒュー・クラン少尉が近づいてきた。クランはマラッシュが思っていた通りの人物であった。同じ師団のノートルダム大学の同窓生で、何事にも能天気な男だったが、その性格がわざわいして苦境におちいる傾向があった。しかし部隊がシュガーローフで手酷くやられた後に中隊長の任務を引きついでからは、短い間に指揮官らしく人間的にも成長しているように見えた。クラン少尉はマラッシュ軍曹に近づくと、胸のボタンに重傷者票を結びつけた。「なんだよ、これ」とマーシャルアイランド諸島戦以来の古参軍曹はたずねた。「国へ帰る切符だ」と、この数少ないG中隊の生き残り将校は答え「君は充分に活躍した」

「あんたは、どうするんだ？」とマラッシュはたずねた。「中隊のことを知ってる人間が少ないんで、残ることにする」マラッシュは重傷者票を引きちぎると「あんたが残るなら、俺も残る」と話し、実際に残った。

しかし、皆がこのような献身的な振る舞いをしたわけではない。第二九海兵連隊の前進観測将校だったジーン・フォルクス中尉は、元フットボール選手で役立たずの中尉のことを思い出した。部隊が南下するにともない、日本軍からの執拗な砲撃をうけるようになった。

「こうした砲撃は、それほど危険なものではなかったが、着弾は近く、われわれはその場所で野営することになった」とフォルクスは回想した。翌日、部隊がシュガーローフに接近すると、この役立たずの中尉がやってきて「やぁ中尉、じつは急にお腹が痛くなってね。それもかなり痛いんだ。下痢もしてるし胃も痛い。ちょっと後方にもどって軍医に見てもらってくる」と言って去っていった。フォルクスは二度と彼の姿を見ることがなかった。

経験豊富な兵士たちがつぎつぎと戦列を去り、かわりにやってくる補充兵の質はさがる一方だった。「戦線にあいた穴を埋め合わせるために、あらゆる兵士がつれてこられた。中にはコックや、パン焼き兵、それにMP（憲兵）までやってきた」とチャールス・ピュー一等兵は語った。ピューは四八歳のMPの面倒を見るように依頼されたが、前線勤務をするには年を食いすぎており、夜哨のたびに眠りこんでしまった。頭にきたピューは四五口径の拳銃を取り出して、つぎに寝たら殺すとおどした。「そうしたら四八歳のおっさんが、赤ん坊みたいに泣き出しやがった」

新兵訓練所から出てきたばかりのままの、丸刈り頭の補充兵の若者は血気さかんだったが、戦線では弱点となった。「新兵訓練場を出てから一〇日間しかたっていない場合もあった」とチャールス・クレメンソン一等兵は語った。「補充兵は若いか年寄りかどちらかで、精神的にもたない一七歳か、肉体的にもたない三〇歳だった」

ステビンス大尉の中隊が手酷くやられた後、アービン・オーテル軍曹は、つれてきた補充兵たちとともに塹壕を掘って夜営することになった。複数の塹壕で円陣を組み、一つの塹壕に二人ずつ配置して、二人のうち一人は必ず起きているように命令した。オーテルはその円陣の中央に塹壕を掘り、眠りに落ちた。彼が朝になって目覚めると、全員がぐっすりと寝込んでいた。「全員をこっぴどく懲らしめてやった」と彼は回想した。「そのあと、補充兵たちを中隊の前線につれて行ったさいに、ジャップの砲撃がはじまった」と彼は話した。「全員が地面に突っ伏した。砲撃が終わると一人の坊やが太腿に破片をうけて失血死していた。隣りの兵士はあまりの恐怖に彼を救護することができなかった。彼はこうした場合の対処について、新兵らにレクチャーしなければならなくなった。やつらは本当に子供だったから、砲弾が落下しはじめたのが怖かったんだろう。俺も怖かったがね」

第六海兵師団直属の砲兵連隊で第一五海兵連隊所属の前進観測員、ポール・ブレナンはシュガーローフ攻略二日目か三日目に、五、六名の補充兵がやってきたときのことを思い出した。彼らは我が物顔でやってくると「ジャップのやつらはどうした、怖気づきやがったか」と大きな口をたたいていた。そのとき突然、日本軍の一斉砲撃があり、古参兵たちは地面に突っ伏した。彼が顔を上げると補充兵たちは全員が死んでいた。「かなり大口径の砲弾のようで、彼らの死んでいる姿は赤ん坊の人形のようだった」とブレナンは回想した。「赤ん坊の人形って、どんなのか知ってるかい？　足が背中のほうにまわったり、首が真後ろを向いたり、手がおかしな方向にねじれたり、とにかく凄惨な光景だったよ」

初期の戦闘で戦死したり負傷した将校にかわって、新任の将校たちもたくさんやってきたが、すぐに馴染むことができたのは少数だった。「小隊は軍曹や伍長がたくみに切り盛りしており、そこに中尉を送り込むと混乱するのは必至だった。そこで軍曹や伍長がうけ入れの段取りをすませるまでは、中尉を任務につかせなかった」とフィッツジェラルド中尉は語った。「当時は、数人の新任の将校が着任早々に、日本軍の射界に身をさらして射殺されていたから、とにかく神経質になっていた」

フィッツジェラルドの下に、メリーランド大学出身の中尉が着任してきた。新任の中尉はフィッツジェラルドがメリーランド州に近いジョージ・ワシントン大学の出身だと知ると、昔の学生時代の話題で話がはずんだ。「最後に彼に一つ忠告した。ここはワシントンとはまったく違う、オキナワだ。もっと俺からいろいろ聞き出しておいたほうがいいぞ」とフィッツジェラルドは忠告した。翌日、この中尉は無用心に敵の射界に身をさらし戦死した。

ジョセフ・コルミエ一等兵は、負傷した中尉にかわって、新たに着任した中尉のことを覚えている。「彼は、オムツが取れたばかりのように見えた」とさげすんだ。新任者は着任早々、古参の軍曹らに説教をはじめた。すると突然、カリフォルニア出身の大柄の軍曹があと何も言えなくなった」

「偉そうなことを言うんじゃねぇぞ」と割り込み「よく目をあけておけ、それからよく耳を澄ましておけ、そして口だけは閉じておけ」と怒鳴りつけた。「かわいそうな中尉は、そのあと何も言えなくなった」

これから戦闘に参加する新任者の一方で、沖縄からはなれるものもいた。五月一五日の朝に負傷したレイ・シリンダー一等兵は、その夜に陸軍病院で手術をうけた。その後、三、四日間の間、彼は病院内で捨て置かれてしまった。他の患者たちが医師の診察をうけているにもかかわらず「俺には、だれも話しかけてくれなかった」と彼は回想した。シリンダーは大暴れして海軍病院に転院され、航空機でグアムに搬送された。「グアムに到着した最初の夜、自分はもしかして死んで天国にいるのではないかと思った」と彼は話した。「まばゆい電気の灯りに、新鮮な牛乳と目玉焼き、それに新鮮なオレンジジュース、ただ三〇分もしないうちに、それを突き返してしまった。なぜか体が受け付けなかった」

シリンダーは激しい腹部の痛みを感じるようになり、看護婦は虫垂炎を疑った。医師も同じ診断だったため、一九歳の海兵隊員は手術室にはこばれ、腹部を切開された。医師は「おい、レイ、いま腹を開けたぜ」と、意識があったシリンダーに話しかけた。「こりゃ盲腸じゃないな。負傷したときの血のかたまりが胃につまってる。これを取り出してもいいかね?」

「お願いします」とシリンダーは答え、医師もそれに従った。「その後、グアムからパールハーバーへ運ばれた。俺は普通の状態で体重が八〇キロだけど、そのころは六〇キロを切るくらいまで減っていた。もちろん、胃を切開したおかげで三ヵ月、何も食べられなかったからね。そして負傷した右の肺も問題だった。サンフランシスコから、アイダホ州のバレットの海軍病院に転院したが、そのころがとくに辛い時期だった。肺に穴があいたため、そこに水が溜まってしまい、二、三日おきに診察されて穴をいじられた。毎日のようにレントゲンの撮影があり、椅子にもたれかかると、今度は穴の奥まで太い針を突っ込まれた。あまりに痛いんで、こいつら全員、撃ち殺してやろうかと思ったよ」

シュガーローフから運び出されて九ヵ月半後、シリンダーは除隊した。彼の肝臓には砲弾の破片が刺さったままだった。

第八章　惨敗

五月一六日、水曜日、この日の第六海兵師団の作戦の鍵はハーフムーンヒルの攻略であった。この頃になり、ようやく師団は三つの丘からなる日本軍の防御網の実態を把握しつつあり、シュガーローフを攻略するためには、ハーフムーン一帯の側面からの日本軍の銃砲撃を遮断する必要性を感じていた。

この半月形の丘を攻略する任務は、第二九海兵連隊にあたえられた。彼らが丘を確保した時点で、第二二海兵連隊第三大隊がシュガーローフに進出し、これを確保する計画になっていた。

第二九海兵連隊は、沖縄の北部戦線で前任者がシェファード将軍に解任されて以来、第一次世界大戦を経験した老練な士官のウィリアム・J・ウェーリング大佐が指揮をとっていた。ミネソタ出身で、五〇歳の屈強でハンサムなウェーリングは、第一次大戦の戦場で勝利し、ガダルカナルでは第五海兵師団で大隊を指揮して、グロスター岬強襲作戦では第一海兵連隊人のようなセンスを持っていた。

五月一五日、ウェーリングの指揮した部隊は、ハーフムーンへの入り口近辺で一日中、攻撃をおこなったが限定的な成功しか得られず、今日はその雪辱戦だった。この様子はシュガーローフ上に取り残されたジム・デイとデール・ベルトーリの陣地からも一望できた。昨夜も日本軍は、この蛸壺を蹂躙しようとこころみたが、二人の海兵隊員たちは、これをそのつど照明弾の助けをかりて撃退した。朝になると雨もやみ晴れ間がのぞいてきた。

「この日は、われわれの後方が一望できた。そして部隊が陣形をととのえているさまも見えた」とデイは観察した。「われわれの後方では動きはなかったが、大隊の指揮所の兵士たちは別の中隊のエリアに移動したようで、その中隊に補充兵が到着しているのが見えた。それにくわえ第二二海兵連隊第二大隊の中隊の兵士たちが、向こうの丘に向かって急いで移動しているのが見えた。われわれの場所は高い位置にあったので、戦場全体の動きがパノラマのように見渡せた」

一般的に米軍の攻撃は戦車と歩兵の連携行動が軸となる。戦後、日本軍の八原高級参謀は米軍の戦車の優位性について「沖縄戦での勝敗の鍵となったもっとも重要な要因」と評した。しかし、シュガーローフヒルの戦いにおいて戦車が果たした役割については、議論の余地がある。シャーマン戦車の七五ミリ砲は、歩兵を支援しつつ、日本軍のひそむ洞窟にたいする攻撃や、強固な機関銃陣地への攻撃に威力を発揮しており、全体的な評価としては頼れる存在だった。第六海兵戦車大隊のA戦車中隊の中隊長、フィル・モレル大尉は「われわれが前進すると、歩兵のやつらは〝お前らが目立つから弾が飛んでくる〟と文句をいい、こっちは〝お前らはかげに隠れてるだけじゃないか〟と言い返していたよ」

日本軍は海兵隊の歩兵と戦車を分断する意図をもって、激しい銃火をあびせてきた。日本軍の戦闘教本では「戦車に随伴している歩兵を撃退しなければ、戦車は整然と前進して配置につき火炎放射器でわが軍の陣地を焼きはらい、生き残った兵士はすべて殺される。そのため、攻撃こそが最大の防御である。戦車が接近してきた場合は、随伴している歩兵にたいしてすべての火力をもって攻撃を遂行せよ。歩兵を撃退した後に、あらゆる方法を駆使して戦車を破壊すべし。歩兵を全滅させれば戦車を撃退することは容易になる」と記載されていた。

戦車の内部は五人の乗員がおり「地獄よりも暑かった」とフィル・モレル大尉は回想した。戦車の搭乗員は七五ミリ砲弾の空薬莢をまわして小便をした。「射撃したあと、二〇分くらいは薬莢も熱いので、チンチンを火傷しないよう気をつけにゃならん」とモレルは話した。「それに、糞も同じ薬莢の中に入れた。ほかにする場所ないだろ？　場合によっては朝の五時半から、夜は六時とか七時まで戦車の中にいた。途中で砲弾がなくなると〝助かった、これで後方に戻っていったん外に出れる〟って喝采したものだよ」

米軍の戦車の優位性にたいして、日本軍は対戦車兵器をもって洞窟などにひそみ、海兵隊の戦車をいったんやり過ごし、シャーマン戦車の装甲が薄い後方から攻撃をくわえた。「砲弾は装甲を貫通して、外側に大きな穴をあけ、内側には小さな穴があいた」とモレルは回想した。「穴は小さいが、自分の戦車の装甲板が砲塔の内部で飛び散って、車内を跳ねまわり乗員を殺傷した」こうした日本軍の対戦車砲に対抗するために、一輌の戦車は後方に配置して、砲塔を後ろにまわしながら警戒しつつ前進した。

「自爆攻撃もあった」とモレルは述べた。「彼らは、カバンのようなものに爆薬を入れて体に結びつけ、戦車に近づき自爆した。ただ、あまり効果的な攻撃ではなかった。多くの場合は外側に爆風がひろがっていたからね」ただ、地雷は脅威だった。シュガーローフ近辺では多くの戦車が地雷で撃破された。また日本軍の正確な砲撃でも多くのシャーマン戦車が失われた。

この日、空爆支援の航空機が三〇分遅れ、攻撃開始も遅れた。海兵隊の戦闘記録によれば「〇八三〇時に攻撃を開始したものの、激しい日本軍の銃砲撃で前線の全体にわたって先頭の突撃中隊が一掃されてしまった」また、数輌の戦車も丘に到着する途中で失われた。デイ一等兵は、この模様をシュガーローフの陣地から眺めていた。「この日の〝殺戮ゾーン〟の中心は、シュガーローフの頂上や、その周辺ではなかった」と彼は回想し「われわれの位置から後方のシュガーローフへの進撃路にあたる三〇〇ヤード（二七〇メートル）四方の場所に海兵隊員たちが差しかかると、ほとんどの将兵が死ぬか負傷していた」

第二九海兵連隊第一大隊B中隊はチャーリーリッジの反対側の斜面を掃討しつつ前進した。しかしB中隊の海兵隊員は、すぐにわずか七〇〇メートルの距離にある首里高地の日本軍からの激しい、野砲、迫撃砲、速射砲、小火器の銃砲弾の嵐に見舞われ、身動きがとれなくなった。C中隊も状況は同じでチャーリーリッジの稜線を超えようとしたところで、日本軍の激しい攻撃で立ち往生してしまった。大隊の担当区域において前進できたのはB中隊の一部のみで、第一海兵師団の統制線にそって一〇〇メートルほど前進してC中隊の位置に並んだだけだった。海兵隊の戦史研究家によれば「きわめて激しい前面および側面からの銃砲撃」により、前進をはばまれたとしている。海兵隊員たちは戦車を楯に前進をこころみたが、あらゆる方向から銃砲撃がくわえられたため、戦車は楯としての用をなさなかった。

一四〇〇時になって、前進観測所にいた大隊長のジーン・モロウ中佐は至近弾をあびてしまった。着弾地点から四五メートルほどはなれた場所にいたジョージ・トンプソン少尉は、砲弾が落下してくる音がまったくしなかったので、これは迫撃砲弾による攻撃であると考えた。砲弾の炸裂でモロウ中佐は足を吹きとばされ、皮一枚でつながっている状況だった。「中佐は最初、意識がなかったが、運び去られるときは叫び声を上げていた」とトンプソンは回想した。モロウは足を失い大隊長の任務はロバート・P・ネファー少佐が引きついだ。

第六海兵師団長のシェファード将軍も負傷した。彼の日課である前線の視察中に、迫撃砲の一斉砲撃をあび、側近の兵士が彼の上に覆いかぶさったが、破片が腕にあたってしまった。シェファードは治療をうけると腕をつった状態で指揮をつづけた。

エルマ・A・ライト中佐率いる第二九海兵連隊第三大隊は、午前中は日本軍の激しい迫撃砲や野砲による砲撃にはばまれながらも、ハーフムーンを攻撃するために適した場所へ部隊を移動するのに費やした。

一四〇〇時になって、第六戦車大隊のAおよびB戦車中隊の戦車がシュガーローフ北東の線路にそって、ハーフムーンとの間にひろがる谷間に向けて前進してきた。途中、五月一二日の戦闘で穴にはまって遺棄されたジェラルド・ブンティング軍曹のシャーマン戦車の横を通りすぎたが、残骸の横には二名の戦車兵の死体が横たわったままだった。B戦車中隊は、第二九海兵連隊第一大隊正面の斜面の稜線に向かって砲撃をくわえた。A戦車中隊はG歩兵中隊と、I歩兵中隊がハーフムーンの北側斜面へ向かうために平野部を横切るさいの支援砲撃をおこなった。日本軍の抵抗は凄まじかった。一輛のシャーマン戦車が四七ミリ速射砲の直撃で行動不能におちいったが、奇跡的にも乗員に怪我はなかった。さらに二輛の戦車も地雷により撃破され、戦車のまわりにいる歩兵に向かって、報復の迫撃砲弾と野砲による砲弾が降りそそいだ。

I中隊の小銃手、ケン・ロング二等兵は周囲に散乱する海兵隊員の死体や負傷兵をかまう余裕もなく、ひたすら砲弾のクレーターからクレーターへ、砲撃を避けていた。空気は硝煙や舞い上がった土煙が分厚く立ちこめ、息をすることもできないほどだった。「二五メートルほど右手に、機関銃弾にやられた七人の海兵隊員の死体が転がっていた。彼らは四、五メートルおきに並んでおり、まるで軽便鉄道の線路脇で仮眠をとっているみたいに見えた」ここ数日、彼は恐怖のために睡眠不足で食事も満足にとっていなかったため、衰弱気味であり、戦場の真っ只中で「沖縄にきて以来、鳥を一羽も見ていない」こととか「戦場が、廃棄物だらけで誰が片づけるのだろうか」などと、場にふさわしくないことをぼんやりと考えていた。

二〇歳のBAR副射手、エド・ソーハー一等兵は開けた平野部を走り抜けようとしたさい、機関銃弾が飛んできて彼の左側の地面で土煙が上がっているのが見えた。ソーハーは、砲弾であいた浅い穴に飛び込んだ。この穴は黄燐爆弾であいた穴のようで、周囲に白い物体がこびりついていた。飛んできた銃弾は彼を飛び越して、BAR射手の顔面に当たった。ソーハーは彼のBARを持つと射撃をつづけた。

チャーリーヒルを降りて、鉄道の線路を乗り越えるとロス・ウィルカーソン二等兵の所属するG中隊の火力班は、ハーフムーンの北側斜面に辿りついた。斜面に辿りついたとたんに、日本軍は軽機関銃やあらゆる小火器を動員して銃撃を開始したため、ウィルカーソンは背嚢をぬいで、シャベルを取り出すと地面を掘り出した。日本兵たちは、彼らが開けた場所に差しかかって姿をさらすまで、じっと忍耐強く射撃を待っていたのだ。

ウィルカーソンは丘の斜面に体を押しつけた。彼のすぐ前にはジョン・ライアンという名前の海兵隊員が突っ伏しており、ウィルカーソンの頭の前に、ライアンの足があった。さらにBAR射手の頭がウィルカーソンの足のあたりにあった。日本軍の機関銃の連射が、ライアンの膝の上のあたりに当たり、両足を負傷した。

ウィルカーソンが斜面下側に目をやると、砲弾の穴があるのを見つけた。そこには二人の海兵隊員がおり、一人はウィルカーソンの部隊の唯一の将校で、第三小隊の中尉だった。もう一人は小隊軍曹、いまは寝そべっているが立ち上がれば身長が二メートル近くあるメンデル〝ビッグジョン〟ボンス軍曹だった。ウィルカーソンは、ライアンを引っ張りながら砲弾の穴に向かって転がると、ビックジョンが負傷兵を引っ張りこみ肩の上にかつぎ上げて、丘を下りていった。「たぶん、九〇メートルかそれ以上の距離を走っていった」ウィルカーソンは、這ってBAR射手の上ところまで戻ったが、周囲の地面一面に銃弾が着弾しており「俺は後ろのやつに目をやると、……もちろん二人とも泥だらけだったわけだが、……とにかく天気がよかった。太陽が光り輝いて、だからその頃には服はすっかり乾いていた。ただ俺たちは泥と埃の中にいた。そして後ろに目をやると、そいつの肩のあたりに土煙が上がるのが見えた」彼は一瞬たじろいだ。

ウィルカーソンは「おい、弾が当たったのか?」と聞いた。「ああ」と海兵隊員は答えた。「包帯巻いてやろうか?」「頼む」ウィルカーソンは匍匐しながら後退すると、救急キットを開けて傷口に包帯を巻きだした。

彼らの周囲一帯には、銃弾が飛びかっており土煙が上がっていた。BAR射手はこれまで平然としていたが、突然「これ以上はやばいぞ」と負傷した自分の腕をつかみながら話すと「俺はとにかく丘から下りる。また弾にあたるかもしれないから、後ろをついてきてくれないか?」

「わかった」とウィルカーソンは答え「とにかく下がろう」海兵隊員たちは、それ以上負傷することなく、無事に丘を急いで下りることができた。

この間、師団の攻撃の右翼側では第二二海兵連隊第一大隊が、第三大隊にたいして支援射撃をおこなうため配置につこうとしたさいに、崇元寺《そうげんじ》集落周辺からの激しい自動火器の銃撃の嵐に見舞われていた。崇元寺の一帯はホースショアの西側に位置しており、これまでは日本軍の動向は確認されていなかった。日本軍はシュガーローフへの側面からの攻撃を防ぐために、増援部隊を送りこみ新たな防衛ラインを構築したようであり、崇元寺付近からの攻撃にくわえ、シュガーローフやホースショアからも攻撃をうけたため、第一大隊は所期の目的である近辺の高地の確保を達することができなくなった。

第三大隊長のマルコム・O・ドノーホー中佐は第二九連隊第三大隊が側面を制圧すると同時に、I中隊を攻撃の主軸としてシュガーローフを東側から攻略する攻撃計画をたてた。ドノーホーは恰幅のいい体格で口ひげを生やし、人懐っこく、おおらかな性格の人物だった。「彼がイラついているところを見たことがない」と、I中隊参謀のアート・コファー中尉は回想した。コファーはグアム島の戦闘で負傷しており、北部沖縄戦線ではI中隊を一時的に指揮した。彼にとってドノーホーは、これまで出会ったなかで最高の大隊長だった。「彼は隠しごとをせず、さらにいかなる些細な支援もいとわなかった」とコファーは回想した。

五月一五日の戦闘で第二二海兵連隊第三大隊は、那覇に面する安里川の北側を一三〇〇メートルにわたって制圧した。ドノーホーは、L中隊をホースショア外縁の高地まで前進させる間に、I中隊を左翼側からまわりこませる攻撃計画を立案した。L中隊はホースショアの南西側からI中隊にたいして支援射撃を実施し、第二二海兵連隊第一大隊がさらに西側の高台を制圧してL中隊の攻撃を支援することになった。

　I中隊も他の中隊の例にもれず、規定戦力を大幅に下まわっていた。一週間前、中隊は二四〇名の兵力を擁していたが、いまでは八〇名から一〇〇名まで減っていた。そのため、生存者は通常の三個小隊から、二個小銃小隊に再編されていた。中隊長のジョン・マーストンJr大尉は海兵隊の将軍の息子であった。短く刈り込まれた黒髪に、ほっそりとした体格で鼻の下からのびた口ひげはまるで円をえがいているようだった。彼は後方から口だけで命ずるのを好まず、自らも危険をおかして任務を遂行するため、中隊の将校たちは、彼を尊敬していた。

「まったく馬鹿げた話だが、俺たちは、これから攻撃する丘のことについて何も知らされていなかった」とコファーは回想した。「どんなところかまったくわからない。ただ単に、那覇市の方向に戦線を押しひろげて、そのあとシュガーローフに向かって方向を転換するとだけ告げられた。だけど、本当にそれがどこの場所にあるのか分からないんだよ。われわれは攻撃準備をととのえると、マーストン大尉が、これから丘を攻撃するとだけ命令を伝えた。その頃、われわれはかなり激しい砲撃をあびていたし、実際、われわれの迫撃砲班は二、三人で六〇ミリ迫撃砲をつかって日本軍に向けて砲撃していたけれども、敵の砲撃で一掃されてしまった。その後、一日前の夜にシュガーローフで一晩中走りまわったK中隊の兵士に会ったが、彼らも二〇人か三〇人まで減っていた。だから、このあと自分たちがどうなるのか、さっぱり分からなかった。われわれに伝えられたのは、そこの丘を上って攻撃するだけだった」

第二九海兵連隊第三大隊は左翼側の高地を掌握することができていなかったが、一五〇〇時にI中隊は戦車をともなって出発した。中隊は軽微な抵抗しかうけずにシュガーローフの麓まで到着したものの、海兵隊員たちが斜面をのぼりはじめると状況は一変し、日本軍の機関銃や、迫撃砲が一斉に火を吹いた。

マーストンは、日本軍が掌握している斜面の反対側にシャーマン戦車をまわりこませて砲撃をくわえるよう戦車中隊に依頼したが、すぐに地雷原に入りこみ、一輌が破壊され、戦車隊の攻撃は頓挫してしまった。

こうした日本軍守備隊の激しい攻撃にもかかわらず、I中隊は一七一〇時までに丘の頂上付近を確保し、蛸壺を掘った。

ロバート・スティーブンス一等軍曹はインディアナ州のクロスカントリーのチャンピオンで、アラバマ大学では陸上競技のスター選手だった。彼は丘の頂上部の蛸壺の中にいる兵士たちに弾薬を運んでいた。スティーブンスが退避壕に入ろうとしたとき、彼の背後に日本軍の擲弾筒から発射された榴弾が降りそそいだ。だれかが「衛生兵！　負傷した！　衛生兵！負傷した！」と叫んでおり、彼が周囲を見渡そうと立ち上がったときに、今度は別の砲弾が炸裂し、足に多数の破片をあびた。後で考えると、砲弾が炸裂した瞬間に立ち上がっていたのはラッキーだった。「もし地面に突っ伏していたら、砲弾の破片を足ではなく体中にあびるところだった」と彼は思い起こした。

スティーブンスは歩いて丘を下ろうとしたが「これに乗っていけよ」と担架運搬兵が、担架を指差した。それは正しい指示で、よく見ると右足の前面からは、かなり大きな骨が飛び出しており、そのままにしておけば戦後の生活も台なしになるところだった。スティーブンスは、丘から後送されると野戦病院に運ばれた。彼はその後、サイパン行きの病院船に乗った。「怪我のことは気にしなくなった」と彼は素っ気なく述べた。「タマゴサンドイッチと、ミルクシェークで満足したよ」

L中隊は、シュガーローフへの支援射撃をおこなうための場所に到達することができなかった。一五〇〇時に移動を開始してから、すぐに三方向からの銃砲撃をあび、攻撃は立ち往生してしまった。「われわれの大隊のL中隊は右翼側から支援射撃をおこない、第二九海兵連隊の部隊は、ハーフムーンヒルから支援射撃をおこなってくれるはずだった」とコファーは回想した。「しかし、両方の部隊ともに激しい抵抗をうけて、ほとんど支援射撃の効果はなかった」

第二二海兵連隊第一大隊と、L中隊が、右翼側から支援射撃を実施する場所に到達できず、第二九海兵連隊第三大隊もハーフムーン攻略に苦戦していたため、シュガーローフ上のI中隊も戦線を支えきれなくなってきた。海兵隊の戦史論文によると「両翼からあびせられる日本軍の銃撃により、シュガーローフ上の戦死傷者の数がうなぎのぼりにふえて、中隊は撤退せざるを得ない状況におちいった」

I中隊の機関銃班の班長、ベントン・グレーブス伍長は軽機関銃を射界のひらけた場所に設置すると、後退する部隊の支援射撃を開始した。彼はこの時の功績でのちに銀星章を授与された。

「かなり激しい日本軍からの銃砲撃をあびていたが、彼は日本軍の機関銃陣地二つを潰し数名の日本兵を射殺した。彼の活躍で中隊はすみやかに撤退し、かつ戦死傷者も最小限に抑えることができた」

米軍側の師団および軍団の砲兵も、撤退するI中隊を攻撃する日本軍にたいして砲撃をくわえ支援した。

コファーによると、I中隊の生存者の数は四〇名から五〇名になっていた。彼らは「もぐらの丘」と呼ばれていた小さな土手の裏側に集まった。「ちょうど、われわれの生活が〝もぐら〟のようだったからね」と海兵隊員は回想した。I中隊はこれが最初で最後のシュガーローフへの攻撃となった。

第二二海兵連隊第三大隊は、夜間の防御体制を編成しているさいに、日本軍の三〇分にもおよぶ砲撃をうけて死傷者の数はさらに増加した。このときの負傷者の中にコールサイン「ブリザード6」ことドノーホー中佐もいた。彼は指揮所に直撃弾をうけて足を負傷し後送された。情報偵察員はこのときの模様を記録している。

一九一〇　指揮所近辺に砲弾が落下中
一九一八　指揮所に直撃弾あり
一九三四　ブリザード6負傷

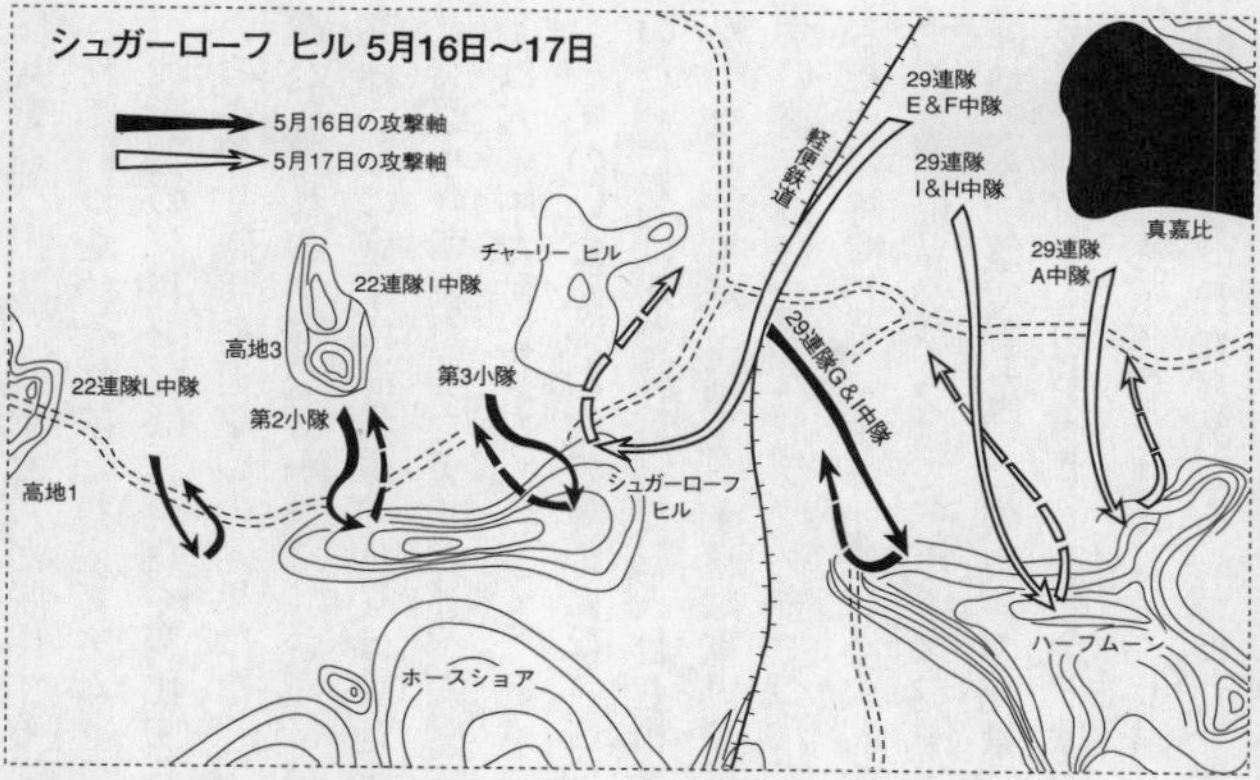

一九四〇　砲撃終了

一九四五　ブリザード6搬送される

大隊長は、大隊幕僚のジョージ・B・カントナー少佐が引きついだ。この攻撃で、大隊は八名が戦死、六七名が負傷し、一名が行方不明となった。海兵隊側によると日本兵は七六名が死亡したことになっている。

ジェームス・デイ伍長は、今回の海兵隊の攻撃でシュガーローフを遂に確保できたと感じていた。友軍の砲撃は午前中一杯つづけられ「すべての砲撃は、丘の上に零点規正（ゼロイン）されているように見えた」と彼は回想した。しかし彼の楽観的な見通しはすぐに消えていった。「われわれの位置からは、負傷兵がつぎつぎと後送されていくのが見えた。その負傷兵にも攻撃がくわえられ、恐ろしい一日だった」と彼は回想した。「戦車隊がやってくると、負傷兵を運び出し、兵士たちが脱出するさいの楯になろうとしたが、戦車もつぎから次に撃破されていった。それにくわえてアムトラックも多数が撃破されていた」

戦術上のジレンマはまったく変化することがなかった。日本軍が反対側の斜面を掌握しているかぎり砲撃や迫撃砲の効果はなく、戦車もまた強固に防御された日本軍の速射砲や、地雷から逃れるすべがなかった。さらにハーフムーン、ホースショア、および左翼後方の首里高地からの砲撃に海兵隊の歩兵は前進をこばまれた。「とにかく、隠れる場所がなかった」と突撃小隊所属だったデイは述べた。「シュガーローフ上には一本の草木もなく、隠れる場所は穴の中だけだった」

デイのいた砲弾の穴の陣地には、この日の戦闘で三名の負傷した海兵隊員が運びこまれていた。二名はかなり重傷で三人目も相当量の出血をしており、彼らを後送することができなかった。デール・ベルトーリは重傷の二人を、銃弾の楯となり、かつ担架運搬兵が近づきやすい遺棄されたアムトラックまでつれていった。三人目の海兵隊員はアムトラックへ移動するために待機していたさいに、小火器の銃弾が当たって死亡した。この時、スコールが通りすぎると視界がひらけて、ホースショアから安里川にかけての風景が、デイとベルトーリの陣地から一望できた。このときの光景は彼らの士気を高めるものではなかった。日本軍の増援部隊が前線に向かっているのが、はっきりと見えたのだ。「日本兵は、われわれの四五〇メートルから五五〇メートルぐらい先のあたりで、彼らが左翼と右翼の戦線を越えて攻撃を開始するまで丘から銃撃をつづけた」とデイは語った。こうして彼らは丘の上の小さな陣地を維持しつづけた。

一五〇〇時ころまでに、ハーフムーンを攻撃していたライト中佐率いる第二九海兵連隊第三大隊は、側面からあびせられる銃砲撃が深刻な問題となっていた。塹壕を掘ろうとしたものの、ハーフムーンの南側の斜面の陣地や洞窟から、手榴弾の雨がふっており、海兵隊員たちは密集したまま身動きがとれなくなった。それにくわえて、両翼や後方から小火器、機関銃、迫撃砲弾があびせられた。

丘の斜面に張りついたライトのG中隊とI中隊は合わせて六〇名以下になっており、その大半が負傷していた。エド・ソーハー一等兵は「助けてくれ、このままじゃ、皆殺しだ」と当時を回想した。

ドナルド・ホーニス一等兵は彼のまわりでI中隊の機関銃班が見るまに数が減っていくのがわかった。ブラウンという名前の海兵隊員が、まず最初に太腿に被弾した。「迫撃砲弾が炸裂したとき、俺は隣りにいたエドワード・フィンクバイナー二等兵よりもわずかに深く伏せていたようで、破片が音をたてて自分の上を跳び越してフィンクバイナーのケツと背中に当たった。この付近一帯は大混乱になっていた。ノーマン・マックール伍長は首に銃弾が当たったが奇跡的に助かった。銃弾が当たった場所がどちらかに一ミリでもずれていたら、死んだか、少なくとも頚椎を損傷して半身不随になっていたと思う。さらに近くでは別の海兵隊員が胸に銃弾をうけて即死した。ジョージ・ブロックス一等兵は機関銃をかまえていたが、日本兵の銃弾が機関銃の弾帯に当たり、弾丸が炸裂して飛び散った薬莢の小さな金属片を顔にあびた。幸いなことに目には入らなかった。われわれは三方向からの十字砲火をあびてズタズタにされており、そこら中に海兵隊員が倒れていた」

チャーリーヒルから、この攻撃を指揮していたライト中佐は煙幕弾を要請し、攻撃にさらされている海兵隊員たちを支援した。これにより攻撃は少し緩和されたが、日没前には、ライト中佐は攻撃命令の撤回と部隊の後退を余儀なくされた。ロス・ウィルカーソン二等兵は、他の生存者たちと丘を駆け下り、狭い平野部にさしかかった。周辺に生えていた背の高い草の上部を日本軍の機関銃弾がなぎはらっており、彼らは姿勢を低くしながら移動した。別の海兵隊員が走り下りてきたが機関銃弾を脛のあたりにうけ、倒れこんだ。「頼む、置いていかないでくれ」とこの兵士は叫んだ。「お願いだ、つれて行ってくれ！　つれて行ってくれよ！」

ウィルカーソンは、あたりにいた海兵隊員の一団に目をやると「お前と、お前、一緒に来い」といって、三人の班を編成した。彼らは負傷兵の場所まで走り寄ると、ポンチョと二梃のライフルを使って急造の担架をつくり、負傷兵を引きずるようにして比較的安全な軽便鉄道の線路まで走った。ウィルカーソンが左の端をもち、フランシス・ウエスト一等兵が右の端をもち、負傷兵の足が下になるように運んだ。

「周囲には銃弾が飛びかっていたが、あたりを気にする余裕がなかった」とウィルカーソンは回想した。そのとき突然、ウエストのヘルメットに何かが当たった。ウエストは担架を落としてしまい、頭を押さえるとそのまま走り出してしまった。ウィルカーソンは担架の両端をすくいあげると、よろめきながらも線路にそって戦闘区域から逃れる方向に精一杯走り出した。しばらく線路にそって走ると、彼らはウエストが盛り土を背に座っているのを見つけた。彼はヘルメットをぬぐと、顔を手でこすっていた。彼は最初、額を流れている液体が頭に銃弾をうけて流れ出た血液だと思ったが、どこにも血は流れていなかった。ウィルカーソンは負傷兵を置くと、ウエストの顔を見たが、それは血液ではなく、汗だった。「ウエスト、弾はあたってないようだよ」と再確認すると「これも血じゃない」ウエストはヘルメットのライナー（内帽）を取りはずすと、日本軍の銃弾がポロっと落ちてきた。「これまで見たこともないが、ヘルメットのライナーで向きを変えて銃弾をうけ止めたようだ」とウィルカーソンは回想した。ウェストも安堵の溜め息をつき、落ちた弾丸をひろい上げると「これは、最高の記念品だよ」と話した。

負傷兵は地面の上で横たわっていたが「ちょっといいかな」と甲高い声で話しかけてきた。「俺を助けてくれて、ありがとう。もう一つ願いを聞いてくれないか？」

「もちろん」とウィルカーソンは答え「なんだい」

「端的に言うと、足が駄目になった」

ウィルカーソンが彼の足に目をやると、奇妙な方向に捻じまがっており骨が突き出ていた。海兵隊員たちは、この足をまっすぐにし傷口にサルファ剤をまくと、銃剣を添え木のかわりにした。

日本軍の銃砲撃は依然としてチャーリーヒルの近辺に降りそそいでおり、ウィルカーソンたちも線路にそって急いで後退することにした。途中、線路脇に遺棄された戦車があり、中尉がその陰で後退してくる海兵隊員たちに逃げる方向を指示しながら、いわば交通整理をおこなっていた。海兵隊員たちは這いながら戦車のまわりに集まってきていたため、大きな集団にならないように数名ずつが数分おきに後方に向けて移動していた。つぎはウィルカーソンたちが出発する番だったが、戦車の背後で数分間、休憩することにした。

「お前ら、準備はいいか?」と中尉はたずねた。海兵隊員たちは準備できていると答えた。中尉はヘルメットをぬぐと膝の上にのせ、戦車の周囲を見渡した。中尉が戦車の端から頭を出したとき、頭の頂点をかすめるように日本軍の銃弾がとんでいった。もし三センチ弾道が低ければ彼は即死していた。中尉はタフで、ラッキーだった。彼がよろめきながら、頭に手をやると血が少しにじんでいた。「みんな」と彼は待機している海兵隊員に話しかけると「これは教訓だ。ヘルメットはいつもかぶっておけ」

ウィルカーソンと他の海兵隊員たちは、負傷者をつれてチャーリーヒルの裏側まで到着し、アムトラックに乗ることができた。中隊は激しく消耗していた。近くに集まった兵士をかぞえると四月の上陸時に二四〇名いたにもかかわらず、二〇数名しか残っていないようだった。もちろん中には行動途中ではぐれて自力で後方に戻った兵士もいるが、ほとんどは戦死するか負傷して戦列をはなれていた。「一人を除いて将校全員が負傷していた」とG中隊の兵士は回想した。「一人残った将校は、精神状態がおかしくなっていた。彼は泣きつづけながら、くりかえし今日が一九歳の誕生日だと叫んでいた」

数少ない生存者たちは照明弾が光りかがやくなか、丘の裏側に壍壕を掘ってもぐり込んだ。ウィルカーソンも六〇センチほど掘ると水が沸いてきた。惨めな一日の惨めな終わり方だった。

第六海兵師団は、この五月一六日を沖縄戦全期間通じて〝もっとも打ちのめされた日〟と評した。師団の特別活動報告書には「一個連隊が全兵力を動員して攻撃を敢行するも、不成功に終わる」と記録されている。

シュガーローフや、ハーフムーンの斜面や、その周辺地域に散乱する海兵隊員の死体も作戦の失敗を物語っていた。隣接する丘から双眼鏡でこの様子をながめた第二二海兵連隊第三大隊I中隊のアンソニー・コートス中尉は、戦場が海兵隊員の死体でおおわれている様子を見て衝撃をうけた。もちろん日本兵の死体もまじっていたが、大半は海兵隊員の死体だった。夜の闇がおとずれると、生きている日本兵が忙しそうに陣地を再構築している姿も見えた。

この日の負傷兵の中には、ハーフムーンで負傷兵を助けてかつぎ上げようとしたさいに機関銃で足を撃たれたドナルド・ホーニス一等兵がいた。彼は包帯をまかれ、モルヒネを打たれてアムトラックに載せられた。二、三人の瀕死の兵士は担架に載せられていたが、それ以外の負傷兵はアムトラックの装甲板にそって並んで乗った。G中隊のある兵士は、両足と右腕が吹きとばされていた。近くに砲弾が着弾するたびに装甲板に破片があたる音がしていた。アムトラックの操縦手は衛生兵が点滴の瓶を持ちながら負傷兵とともに乗り込むのを待っていたが、すぐにガクンと揺れると出発した。

「俺の右側にいたやつは、俺の上に血をぶちまけていた。俺の左にいたやつも俺の上に血をぶちまけていた。それに俺自身も出血して靴の中に血が流れこんでいた」とホーニスは回想した。「アムトラックの中には、一五名ほどの負傷兵がいたが、相当量の血が流れており、車体が揺れるたびに血が片側から片側へと流れていた」

大隊の救護所への日本軍の砲撃がはじまり、負傷兵の上に破片や土砂がシャワーのように降りそそいだ。救急車をつかって安全地帯に搬送をはじめたが、ホーニスは突然まわりが静かになったのに気がついた。救急車のエンジン音は聞こえていたが、どうやら前線の騒音の中で過ごしたため「耳が難聴になっていた」

深夜になって、ようやく負傷兵の安全地帯への後送が完了した。「五月一六日は昼夜をとわず一日中、連隊の支配地域にたいして日本軍の砲弾が落下しつづけ、退避行動や、補給に支障が生じた」と第二九海兵連隊の特別活動報告書に言及されている。「日本軍の観測所は絶好の位置にあり、われわれのあらゆる動きを見通して攻撃をくわえてきた」

第二二海兵連隊も叩きのめされていた。この日の損害を推計したシュナイダー大佐は連隊の戦闘能力が四〇パーセントまで低下していると報告した。のちの海兵隊の事例研究では「第二二海兵連隊の攻撃能力は低下しており、さらなる攻撃を遂行する能力はなかった」と結論づけた。

師団長のシェファード将軍は、シュナイダー大佐の指揮能力への疑念をつよめていた。シェファードは、シュナイダーの攻撃が積極性に欠けるとかねてより思っており、五月一四日には、副師団長がじきじきに、前線にあるシュナイダー配下の大隊の指揮所をおとずれ、直接命令を伝えていた。これは異例の事態であり、指揮系統に問題をはらんでいることを暗示していた。

シュナイダーは一九二三年に海軍士官学校を卒業し、戦争がはじまってからは、勤務のほとんどの期間を海外で過ごしていた。彼はサモアに駐留し、マーシャル諸島の上陸作戦に参加したのち、グアムでの戦闘を経験していた。「おそらくシュナイダーは、これが彼の最後の戦闘になるかと考えていたのではないか？」とシェファードは回想した。「彼は、用心ぶかくなりすぎており、戦闘中も、ほとんど沖縄の亀甲墓のなかに設置された連隊指揮所から外に出ることがなかった。私も彼を前線につれ出して、惨状を目のあたりに見せることができなかった」

シェファードの理念では、戦闘部隊の指揮官たる者は戦っている部隊の実情を把握するため、充分な時間を最前線で過ごす必要があると考えていた。シェファードは「果敢に行動する」ことを求めており、シュナイダーについて「連隊長のくせに、自分の部隊の場所すら知らない」と思っていた。こうした事情で、シュナイダーの第二二海兵連隊は相当消耗していたものの、シェファードは後退させるつもりはなかった。

攻撃はさらに敢行しなければならないが、ここにきて第二二海兵連隊の戦闘能力の低下が深刻な状況におちいり、翌日の攻撃に支障をきたす状況になっていた。このため、第二九海兵連隊との統制線を西に移動させ、シュガーローフは第二九海兵連隊の担当となった。連隊同士で、さらなる調整をおこない、翌日のハーフムーンとシュガーローフへの同時攻撃の準備をととのえた。

後方の第八二陸軍野戦病院にいたダン・ドルシェック伍長は、海兵隊が必死になって戦闘に参加できる、歩ける兵士を探しているのが聞こえた。彼もトンプソン短機関銃をもって前線にもどるように要請された。彼が自分の中隊に一日半ぶりにもどったとき、自分の知っている仲間を捜しあてるのが大変だった。

こうして、前線の海兵隊員たちは悲惨な状況であったが、牛島中将もまた、対峙している第六海兵師団だけではなく、首里防衛線全体にわたるプレッシャーをうけていた。五月一六日、牛島は、大本営と、台湾にいる直轄の第一〇方面軍司令部にたいして緊急電文を送った。この電文では、戦況は逼迫しており最後の予備部隊を投入することになり、首里防衛線は日に日に消耗していると書かれていた。

彼はまた、二万五千名分の武器(沖縄県民の義勇軍のものか、あるいは陸軍兵士への不足分かは言及されていない)と、数個大隊の空挺降下による増援があれば、さらに戦闘を継続することができるとし、また沖縄沿岸の米国艦隊にたいする総力をあげた航空攻撃で、バクナーの第一〇軍の補給を遮断できるはずだと述べた。

牛島中将は、おそらく大本営の返答は最初から分かっていたと思われる。彼が伝えたかったのは、彼らは、これまでも、これからもベストを尽くすという本質的なことだったのだ。

*

五二高地の争奪戦　十六日那覇北方の安里から眞嘉比にわたり、米軍は〇八〇〇頃から強力な火力支援の下に戦車を伴って来攻し激戦が展開された。戦闘の焦点は五二高地地区で、一時同高地頂上付近を米軍に占領されたが、わが部隊は有効な砲迫の支援もあって勇戦して撃退した。
しかし、わが損害も多く五二高地付近を守備していた海軍の山口大隊は昼間逆襲を実施し、大隊長山口少佐以下ほとんどが戦死し残存者は負傷兵二二名という状況となった。（日本側の公式戦記：戦史叢書沖縄方面陸軍作戦より）

第九章　E中隊の試練の日

五月一六日の午後遅く、シェファード少将と、師団参謀のビクター・H・クルラック中佐が日課である前線視察にやってきた。この日の攻撃失敗の理由は明らかだった。シュガーローフの日本軍守備隊は、この二四時間で増強されていたのである。さらに悪いことに、師団の左翼と左翼後方からの激しい砲撃が海兵隊の攻撃を分断してしまっていた。この首里付近からの攻撃は第一海兵師団の担当区域であり、彼らの攻撃もこの日は頓挫してしまったため対処のしようがなかった。

ウェーリング大佐と検討したところ、数名の指揮官が、シュガーローフの東側までのびている窪地の存在を指摘した。この窪地は南北に走っており、谷と呼ぶには浅すぎたが一定の防御効果はあるようだった。ときおり日本軍の砲弾が、この窪地に着弾していたが、とくに何かを狙って射撃しているようには見えなかった。そのため、うまくいけば、この窪地を通って攻撃を避けながら兵士を前進させることできるのがわかってきた。

シェファードは、五月一七日の攻撃は、この窪地を利用し火力に物をいわせた正面攻撃を実施することにした。攻撃計画は、まず左翼側に配置されている第二九海兵連隊が、この小さな窪地をとおって縦隊ですすみ、ひらけた場所にさしかかった段階で、日本軍の防御網の各拠点にたいして大隊単位で攻撃をくわえる。それぞれの攻撃は、各部隊の進撃に合わせて実施されることになった。先導は第一大隊で、この部隊がハーフムーン南東の端からの攻撃をうけている間に、第二大隊がシュガーローフにたいして東側から突撃する。そして第三大隊が、第一大隊の右翼側を通ってハーフムーンを攻撃する。これらの攻撃の目的は、日本軍の相互支援射撃を封じるために、各防御拠点にたいして同時攻撃を敢行することにあった。

さいわいにも、ハーフムーンの手前側の斜面を掌握することができていたため、第二大隊の部隊が、シュガーローフの東側から攻撃するための進撃路が確保できており、このシュガーローフへの攻撃の先導はE中隊の手にゆだねられた。

このときの攻撃により、シュガーローフ上の蛸壺に取り残されていた、デイとベルトーリはようやく解放されることになった。昨晩から、彼らの蛸壺の一帯は、日本軍に蹂躙されてしまっており、彼らは一晩中、ライフルと手榴弾で抵抗しつづけていた。二人の海兵隊員は、両者とも砲弾の小さな破片を顔や両手のあちこちにあびており、そのうえ昨晩は日本軍に向けて発射された黄燐弾の飛沫の一部まであびてしまった。「友軍の砲弾だったけど、大歓迎だったよ」とデイは語り「俺たちの戦闘をさまたげるほどではなかったし、焼けたのも、ほんの一部だったからね」

第二九海兵連隊の一部は、朝のうちに彼らの蛸壺に到着していた。その部隊の中尉がデイにたいして、これから支援射撃の準備をおこない、東側から突撃するつもりだと話し、そのため、このあたりも日本軍の攻撃をうけるのは間違いないと告げた。

「そのことが、俺たち二人が後方に退くきっかけになったよ」とデイは回想した。デイとベルトーリは、それぞれ、そこにいた第二九連隊の負傷兵をかつぐと、よたよたと戦闘指揮所に向けてもどりはじめた。救護所で軍医が、破片のいくつかを掻き出し、黄燐弾の火傷のあとに軟膏をぬってくれた。そのあと、二人は所属していた火器中隊にもどっていった。「俺のシュガーローフの戦いは、それでおしまいだったよ」とデイは語った。のちに、彼らがいた砲弾の穴の蛸壺の正面には五八体もの日本兵の死体が発見されたという。

〇八五五時の、ウェーリング率いる第二九海兵連隊の攻撃開始時刻に先だって、連隊の攻撃対象を無力化するために、海軍や砲兵隊により、一六インチ（四〇センチ）艦砲、八インチ（二〇センチ）榴弾砲、一千ポンド（四五〇キロ）爆弾などをつかった入念な支援砲撃がおこなわれた。突撃中隊は、この間断なく激しい弾幕の背後で攻撃準備をととのえた。歩兵大隊には、それぞれ戦車中隊が支援することになっていた。シュガーローフに攻撃をくわえる第二大隊を先導するのは、アラン・メイズナー大尉率いるE中隊であった。

メイズナーは戦争前にはミネアポリスにある企業の管理職であり、もの静かできわめて地味な男であった。同僚の将校たちは、彼のことを「素晴らしくいいやつで、いわゆる猪突猛進型で攻撃的な男ではないが、本当に有能で良き指揮官だった」と評した。これまでの海兵隊員たちと同じく、メイズナー率いるE中隊の兵士たちもまた、シュガーローフの外観に特別な感想を持つことはなかった。ある海兵隊員は「地面にあるちょっとした瘤のようなものだった」と当時を回想した。周囲一帯は間断ない砲撃で、あたかも月面のようにクレーター孔だらけであり「まるで、耕したあとの畑のようだったよ」と語った。

メイズナーは三輌の戦車を東側の線路にそってシュガーローフの裏側まで送り込みたがっていた。そうすれば、日本軍が陣取る丘の反対側の斜面に攻撃をくわえることができるはずであった。しかし戦車隊長はこの案を拒否した。彼は、線路の切り通しと、その先の地面では、戦車の機動性が失われるのを憂慮しており、チャーリーヒルと、シュガーローフの間の谷間に戦車をとどめておきたがった。このためE中隊の攻撃は戦車抜きでおこない、線路の切り通しを遮蔽物として進みながら途中で大きく方向転換して攻撃を敢行する計画になった。最初の攻撃は、中隊がひらけた場所にさしかかった瞬間に日本軍の砲撃がはじまり、またたく間に頓挫してしまった。砲弾は首里近辺と、迫撃砲陣地があるホースショアから、突撃小隊に降りそそいでいた。サウスダコタ出身で、身長一八〇センチのととのった体型をしたクリス・クレメンソン一等兵は同じ小隊の仲間をほとんど、そこで失った。

「われわれの小隊は、線路の切り通しを越えて進むように命じられた」、「線路の切り通しを、半分くらいのところまで来たところで、迫撃砲や機関銃の猛烈な射撃をうけてしまった。私が所属していた小隊……第二小隊だったが、一五分間で、私もふくめた三名を残して皆やられてしまった」とクレメンソンは回想した。こうして攻撃は失敗に終わった。

E中隊の二度目の攻撃は、シュガーローフを左翼側から近接攻撃をおこなったものの、丘の南東の急斜面に拒まれてしまった。

しかし、この時、信じられないことに、たった一人の海兵隊員がシュガーローフの頂上部に到達していた。

第二二海兵連隊、I中隊所属で機関銃班の班長のオ・コナーという名前の伍長で、一〇〇〇時ころ、銃声が鳴りやんださいに、たった一人でシュガーローフに突撃したのである。この時、チャーリーヒルと、シュガーローフの間の谷間から引きつづき戦車が砲撃をくわえており、オ・コナーは、この砲撃に乗じて、手榴弾をつめたバッグと、ピストルを片手にシュガーローフをのぼりはじめた。この様子に戦車兵たちは、とまどった模様で砲撃を中断した。オ・コナーは頂上部の稜線で、銃撃を避けながらピストルを発射し、手榴弾を投げていたが、弾と手榴弾がつきると、ふたたび彼は谷間を横切ってもどってきた。

I中隊の中隊長、ジョン・マーストンJr大尉は、シュガーローフの頂上部に海兵隊員が一人到達していると聞かされ、オ・コナーの突撃を双眼鏡越しに観察していた。多くの海兵隊員のなかで、頂上部に到達できたのは彼一人のようだった。そのすぐあと、彼は部隊の兵士たちが「こいつが、シュガーローフから戻ってきた、頭のいかれた海兵だよ」と話しているのが聞こえた。マーストンは、それでもオ・コナーが、たった一人で突撃して、しかも無事にもどってきた事実が信じられなかったので、彼から事情を聞くことにした。

オ・コナー伍長によると、前日のI中隊の突撃で多くの戦友を失ったため、その借りを返したかったのだと述べた。マーストンは、この若者を精神鑑定のために二四時間の期限で後方に送ることにした。

この間、E中隊は突撃小隊を再編して、一七〇〇時に第一および第三小隊によりシュガーローフ北東斜面から攻撃をおこなうことにした。この時、第三小隊にいたジム・デニー一等兵は、ウエスト・バージニア出身の一八歳で高校を卒業してすぐに海兵隊に入隊し、いまは小隊の伝令兵であった。「シュガーローフに向かって進撃すると、すぐに広い平野部にさしかかった。本当に広い平野だったよ」と彼は回想した。「そしてすぐに砲弾が落下しはじめたんだ。……俺たちは、右往左往しながら地面に突っ伏したりするしかなかった」

最初に戦死したのはジェームス・クライアナー一等軍曹だった。「彼は屈強な古参兵で、たしか、一九三〇年の海兵隊のボクシング大会のヘビー級のチャンピオンだった。大体一二、三メートル走ったところで、砲弾が落下してきたので地面に突っ伏したんだよ、そしたら砲弾が彼を直撃したのさ」とデニーは語った。

やがて小隊は、シュガーローフに到達できたため、小隊長のギルモン・ウェールス少尉はメイズナー中尉のもとに、つぎの指示を請うためにデニーを伝令として走らせた。デニーは走って伝言をとどけたところ「よろしい、あとはただ現状を維持しろと伝えろ」とメイズナーは告げた。

しかし、デニーがこの伝言をもってウェールスのもとにもどったころには、すでに海兵隊員たちは丘から押し戻されてしまっていた。

この時点で、第一小隊は一〇名、第三小隊も二五名まで兵員が消耗してしまっており、ウェールスらと、第三小隊の生き残りは、丘から約五〇メートルはなれた用水路の中に身を隠していた。丘の稜線には、日本兵らの姿が見えており「さっと頭を出しては、本当にすばやく引っ込め」ながら、用水路を銃撃していた。海兵隊員たちも、身をかがめながら、この飛び出してくる頭に向かって撃ち返した。

デニーは部隊では強肩として知られていたため、しばらくするとウェールス少尉が彼を呼び寄せると、手榴弾を一ケース持って、丘の左手の麓まで行けと命じた。「彼は、手榴弾を投げることで日本兵の注意をひき、しかもなるべくすばやく投げることで、一人ではなく、たくさん居るように見せかけようとさせたんだ。日本兵はそちらからまわり込もうとしていたからね」

デニーは手榴弾の入った箱を持ちながらすばやく前進すると、シュガーローフ東端の麓に身を隠すことができる砲弾でできた大きな穴を見つけて飛びこんだ。「だいたい、深さ一五〇センチくらいあり、いや、もしかしたら二メートルくらいはあったかもしれない」と彼は回想した。「物凄くでかい砲弾が、そこに落ちたんだろうね」

そこで手榴弾を取り出すと、できるだけすばやく、丘の頂上部に向かって投げ出した。これに日本兵も反撃し、彼らの手榴弾もつぎつぎと落ちてきた。デニーからも日本兵が彼に向かって手榴弾を投げるさいの手や、頭がちらちらと見えていた。日本兵の位置はかなり接近しており、彼らが手榴弾を発火させるために、ヘルメットに叩きつける金属音が聞こえるほどだった。

デニーは最後の手榴弾を投げ終わると、砲弾の穴の底にしゃがみこんだ。ところが日本兵の投げた手榴弾が一緒に転がってきたので、即座につかむと、爆発する前に投げ返した。すると二個目の手榴弾が転がってきたので、同じように投げ返した。するとさらに三個目の手榴弾が落ちてきた。

「三個目は俺の方に向かって転がってきたので、それを掴んで投げ返そうとしたんだよ。そのときは、とにかく動転していたんで、投げた手榴弾が穴の淵にあたって戻ってきてしまった。そこで穴の底に突っ伏したよ」と彼は回想した。「穴は相当大きなクレーターみたいな場所だったけど、手榴弾は、俺の脚のほうに転がってきた。だから、そいつを蹴とばして、ちょっとだけ自分も動いたんだ。その〝ちょっと〟のおかげで脚をなくさずに済んだと思う」

しかし、爆風で飛び散った金属片は脚を貫通し、さらに脚、腕、体中に破片をあびてしまった。デニーは穴から這い出ようともがいていると、日本兵の発射した小銃弾が地面にあたって跳ね返り、腕から首の付け根へ貫通していった。

一方で用水路では、まだ戦闘がつづいていたが、デニーの戦友で、ジム・ドイルという名前の海兵隊員は、デニーが苦境におついっているのを見ていた。デニーが気がついたとき、ドイルは彼に向かって、遮蔽物がない中を走ってくるところだった。ドイルはデニーを足元まで引っ張り上げると「俺は体中から出血していたけど、だけど、とにかく走ることはできたんで、彼の肩につかまって走って戻ったよ。彼こそ命の恩人だよ」

海兵隊員たちは再編したうえで、ふたたび攻撃を行なった。しかし、今度は頂上に到達することなく、またしても一掃されてしまった。「丘にあいた沢山の穴から銃撃されていて、実際のところ、どの穴から撃たれているのかわからなかった」と、丘で戦った海兵隊員は語った。

このころ、さらに多くの兵士が負傷して用水路に横たわっていた。デニーはこのとき、小隊の戦友がなんの前触れもなく戦死するのを目撃した。「銃弾がそいつの首に当たって、ちょうど頭だけが吹き飛んだ」とデニーは語った。「まさに首から上だけがなくなったんだよ」

カルビン・クリストファー一等兵は、軍曹に命じられて支援砲撃の位置を観測しようとしたところ撃たれてしまった。飛んできた銃弾は彼のライフルの弾倉を破裂させ方向を変えると、飛び散った金属片や銃床の木片とともに、右肩に命中し、さらに右手の薬指と小指をひきさいた。

「それで全て終わりだった」とクリストファーは語った。「名前が思い出せないけど、機関銃手の一人がやってきて傷口に包帯をまいてくれた。その後、キンケロー（インディアナ出身）って名前の肩甲骨を撃たれたやつと、プライスって名前のふくらはぎに銃弾をうけたやつ、それにマサチューセッツ州のリベア出身で、ライダーって名前の尻を銃弾が貫通したやつが集められたんだ。その後、ジャップの砲撃を避けて隠れていた戦車から煙幕が張られたので、四人そろって一緒に丘を降りることができたんだ」

彼の戦友の一人が止血するためにサルファ剤をくれ、泣き叫ぶクリストファーをアムトラックに乗せて避難するまで見守ってくれた。ジム・デニーもこの日の午後遅く、アムトラックに乗せられて運び出された。彼はその後、一一ヵ月も入院する羽目になったが、足を失わずにすんだ。

午後遅くになって、F中隊の第二小隊が、E中隊の支援射撃のもとで丘の西側斜面から攻撃する計画になった。ウォーレン・ワナメーカーは第二小隊の機関銃班に所属していた。小隊長のチャーリー・ベーハン少尉はデカルブ大学のアメリカンフットボール部の主将をつとめ、一九四二年にはデトロイト・ライオンズの選手だった大柄な男だった。ベーハンは戦闘中にどこかで、唇か口になにかの破片があたり、大きな絆創膏をあてていたため、うまく喋れなかった。「彼は何か伝えたいときは、腕か手でサインを送って合図すると言っていた」とワナメーカーは語った。「彼は絶対に退かないと決心していた」

ベーハンは第六海兵師団に所属していた有名な大学フットボールの選手の一人で、五月一五日の突撃で死亡したノートルダム大学の花形選手であったD中隊のアイリッシュ・ジョージ・マーフィーとはとくに仲がよかった。マーフィー戦死の報を聞いたベーハンは大きなショックをうけ、復讐心に燃えていた。この日の午後、シュガーローフ上のE中隊の海兵隊員たちを支援する任務は、その絶好のチャンスであったが、彼らを待っていたのは、凄まじい迫撃砲や小火器の弾幕であった。

ワナメーカーと彼の戦友のジョン・ブランチャードは、突撃時に持ちはこびやすいように小型の三脚を装着した三〇口径の機関銃を装備していた。彼らの前をすすむ別の機関銃手は、丘の上に機関銃を設置しようとしたが、瞬時に撃破されてしまった。「俺たちは機関銃をどこかの射撃できる位置に設置しようとしたが、迫撃砲弾が落下する中では不可能だった」とワナメーカーは語った。

ベーハンと小隊軍曹が丘の頂上部に到達したとき、日本軍の迫撃砲の集中砲撃があった。「彼らは、あっというまに吹き飛んでしまった」とワナメーカーは語った。この時、ベーハンと軍曹は戦死した。

ワナメーカーが陣取る一角では、生存者たちが釘づけになり身動きできずにいた。男たちは後退をはじめたが「そのときは、〝俺たちどうすればいいんだ?〟って誰かが言ったんで、〝こんなところにいるのは馬鹿らしい、とにかく後退しよう〟って俺が言ったんだよ」と彼は回想した。

ワナメーカーと機関銃手は後退の最後尾だった。その時は、なぜかたくさんの煙幕手榴弾をもっていたので、丘の稜線にあらわれた日本兵に向かって海兵隊員たちは煙幕手榴弾を投げつけると、煙の中に銃撃をくわえて、飛び跳ねるように走って逃げた。日本兵の数はそれほど多くはなく、ほとんどは五、六名の小さな集団だった。「やつらも俺たちと同じく怖がっていた」とワナメーカーは推察した。「やつらは周囲を見まわしながら、俺たちを見つけると、指差して銃撃してきた」

この時点では、もはや組織的な行動はとれなくなっていた。「そこら中で兵隊が右往左往していたよ」とワナメーカーは語った。「俺たちは、将校は残っていなかったし、下士官も二、三人だけだった。誰一人として、いま、何をしようとしているのか判らなくなっていた。だけど退却だけはできた」

ワナメーカーらは、第二二海兵連隊の防衛陣地まで辿りつくことができた。部隊がそこで再集結していると、ある少尉が「なんで、お前らは丘へ突撃するのを教えてくれなかったんだ？　俺たちが支援射撃することができたのに」と話しているのが聞こえてきた。この時のすべての出来事は、ワナメーカーの推定では三〇分の間に起きたと思われた。

E中隊の苦戦は、第一および第三大隊のおちいった状況の一部でしかなかった。両部隊とも、かぎられた範囲でしか前進することができず、さらに攻撃目標の奪取にも失敗してしまったため、E中隊はハーフムーンからの攻撃をうける羽目になっていた。

攻撃計画では、H中隊とI中隊の残存部隊はハーフムーンの西側の突出部を東側から攻撃し、さらに東側にいるA中隊が、チャーリーリッジとハーフムーンの谷間を南下して、第三大隊の左翼を防御する予定になっていた。A中隊の攻撃を支援するための戦車隊がチャーリーリッジの麓にある村の廃墟を通りすぎようとしたさい、瓦礫の下にひそんでいた日本軍が待ちかまえており、戦車に随伴していた海兵隊員たちは手榴弾を投げつけられた。そのため残りの第一大隊も、チャーリーリッジの斜面裏側に陣取る日本兵を掃討するために攻撃を開始した。

B中隊とC中隊がチャーリーリッジと、その周辺の日本軍と戦っている間、A中隊は新たな攻撃を敢行し、一気に谷間を横切ってハーフムーンの手前側斜面まで進撃した。

A中隊の機関銃班を率いていた、ノースダコタ出身で二七歳のウィルバー・ゲハート少尉は、稜線まで斜面を駆けのぼった。しかし、すぐに向こう側の斜面の塹壕に、彼がこれまで想像していたよりもたくさんの日本兵が集結しているとの報告をうけた。彼と部下の兵士たちは、塹壕に向けて、目いっぱいの銃撃をくわえて、手持ちのすべての手榴弾を投げつけると、海兵隊側が防御している側の斜面に向けて急いでもどった。

A中隊の進撃のおかげで、左翼側からの縦射を逃れることができたH中隊とI中隊は、ハーフムーンとの間の谷間でひきつづき戦っていた。この日の午後遅く、二つの中隊はすでに規定戦力の三分の一まで消耗しており、ハーフムーンの北西の突起部分で陣地を構築した。しかし、彼らの位置とA中隊の位置の間には依然としてギャップが存在しており、I中隊では増援を要請したため、一六三五時にウェーリング大佐は、このギャップを埋めるためにF中隊から二個小隊を派遣するよう命じた。

A中隊もまた困難に直面していた。部隊の左翼側が日本軍の攻撃にたいして完全に露出してしまったため、現状を維持できなくなりつつあった。

「丘にへばりついている兵士たちは、まるで大波にさらされる岩礁のようだった」と、ある海兵隊の将校は書き記している。「兵士たちは、それ以上先に進めず、部分的な防御体制しかとれなかったため、攻撃することもできず、ただ耐えるだけだった」

Ａ中隊長のジェーソン・Ｂ・ベーカー大尉は、Ｂ中隊にたいして戦線を補強するために一個小隊の増援を要請した。Ｂ中隊長でタワラ戦を経験していたライル・Ｅ・スペッツ大尉は、この直前に負傷しており、チャールス・ガルハー中尉がその任を引きついでいた。

ガルハーの無線機は故障していたため、彼は防御を担当している将校と直接話をするため、丘へ駆け足で向かった。ガルハー中尉、Ｈ中隊からウィリアム・Ａ・ギャンブル大尉、Ｉ中隊からジョン・Ｐ・ストーン中尉、Ａ中隊からウォーレン・Ｂ・ワトソン中尉が、撃破された日本軍の機関銃陣地の中にあつまり、今後の方策について討議した。ワトソンはすでに半数の兵士を失っていたため、これ以上の増員は単に海兵隊の死者をふやすだけで無駄であると主張した。一方で、ストーンとギャンブルはまだ戦線を維持できると考えていた。

ガルハーは中隊にもどるとＡ中隊の背後にひかえているロバート・Ｈ・ネフ少尉率いる小隊を投入することにした。この小隊の機関銃でワトソンの兵士たちに援護射撃をくわえられるはずであった。

Ａ中隊は、こちらを見下ろせる背後にある丘から日本軍の銃撃をうけつづけていた。ワトソンは苦労して、この攻撃源の日本軍陣地を発見すると丘をおりて谷間に向かい、戦車にたいして、この陣地を攻撃するように要請した。そのさい、左翼側のネフの小隊を誤射しないように警告した。戦車はすぐに日本軍の機関銃陣地を撃破したが、戻る途中で操縦手が混乱してしまい、砲手は七五ミリ砲をネフの小隊の機関銃陣地に撃ち込んでしまった。これで状況はもとの木阿弥となってしまった。

夕暮れどきになり戦車が引き上げると、日本軍の機関銃が黄色い曳光弾をひきながら海兵隊員たちを捕らえだした。左翼側ではA中隊がじりじりと丘を後退しはじめていた。この後退は、将棋倒しのように状況を悪化させ、戦線全体が後退しはじめた。

ギャンブル大尉とストーン中尉の両者も後退の許可をもとめてきたため、ネイファー少佐はハーフムーンの北一三〇メートルほどの場所にある遮蔽位置までの後退を許可した。夕闇につつまれるころ、海兵隊員たちは丘の谷間を横切る道路まで後退すると陣地を構築した。

日没直前に、消耗しきったE中隊の生き残りは、どうにか部隊を再編して再度シュガーローフを攻撃した。彼らは頂上部を確保することができ、その場所を維持しようと苦戦したものの、日本軍も彼らを駆逐しようと反撃をくわえてきた。そのため最後は持ちこたえられなくなり、後退を余儀なくされた。海兵隊の報道班員は、兵員は一握りまで消耗しており「週末の狩猟旅行にいくことができないくらい、弾薬もなかった」と書き記した。

この時、頂上部に到達した兵士の中に、ホーマー〝ポップ〟ノーブル一等兵がいた。彼のニックネーム、〝ポップ〟（飛び出す）は、二五歳という、ずば抜けて高い年齢に由来していた。彼が海兵隊にいることが、彼自身にとっても不思議な感じがしていた。彼はもともと、海軍に入隊するつもりだった。これは、彼の家族や、友人、それに、寒く暗くて、水につかりながら恐怖の夜を塹壕ですごした第一次世界大戦の帰還兵らの忠告を聞き入れたからであった。しかし、彼が新兵勧誘所をおとずれると、十数名の海兵隊員たちが「うろうろしながら、海兵隊について大きな声で話してまわっていた」そのうちの一人がノーブルのいた一団にたいして、海兵隊に入隊する気はないか問いかけた。彼自身、自分でもわからないが、この声に反応して、一人だけ立ち上がってしまった。勧誘官は「よろしい」、「この中で一番のやつが来た」と話した。

そしていま「この中で一番のやつ」と、ほかに二名の海兵隊員が丘の斜面の左手をよじのぼると、砲撃でえぐられてあいた浅い穴を見つけて陣取った。あたり一帯は死体だらけだった。日本軍の迫撃砲と機関銃弾によりE中隊は分断され、散り散りばらばらになってしまっていた。彼にとって長い長い間、友人だった仲間の海兵隊員たちは、いま、シュガーローフの上に散乱する死体となっていた。彼らがいた丘の縁からは一八〇メートルも離れていない丘の反対側の斜面で、日本兵たちが蛸壺から立ち上がっている様子が見てとれた。

日本兵たちはつねに銃剣を装着している場合が多く、ノーブルからは、斜面の蛸壺から突き出ている、まぎれもない銃剣の森が見えており、その数は百以上あるようだった。その上、穴の縁からはマッシュルーム型の日本軍のヘルメットが見えてきたため、海兵隊員たちは、これにライフルで銃撃をくわえて撃退した。

幸運にも日本兵らには、これほど数が少ない海兵隊員だけで丘の稜線を守っているとは気づかれていないようで、彼らをうまく釘づけにすることができた。しかし日本兵たちは姿勢を低くしたまま、擲弾筒で応酬してきた。この〝ビール缶型〟の榴弾は、周囲に雨のようにふってきたが、ほとんどが不発だった。ノーブルが推察するところ、斜面の角度か擲弾筒の発射角度の関係で、榴弾の信管がうまく作動していないように思われた。

三人の海兵隊員は少しでも日本兵の動きがある場所に銃撃をくわえつづけていたため、ついに弾切れを起こしてしまった。その時、突然、ジョセフ・ボッダン一等兵が立ち上がろうとした。彼の様子を見たノーブルは「そんなところで立ち上がるな」と警告したが、ボッダンは丘の下のほうで何が起きているのか見てみたいと話し、立ち上がったまま「大変だ！やつらバンザイ突撃をするつもりだ！」と思わず口に出した。ほぼその直後、脇の下に命中した銃弾が胸から飛び出し、彼は、投げ出されるように倒れて戦死した。

ノーブルともう一人の海兵隊員は、残っていた手榴弾を斜面に投げると、急ぎ足で丘の北側の斜面をおりはじめた。周囲はすでに暗くなりはじめており「おーい、丘から降りるぞ！」と斜面の下に向かって一回だけ叫び、駆けおりた。その後、二人は一晩中かけて、E中隊の数十名にのぼる負傷兵をアムトラックに運び込む作業を手伝った。

D中隊のW・R・ライトフット一等兵の所属する分隊はアムトラックに乗って手榴弾を前線に運ぶとともに、負傷兵を収容する任務をうけていた。彼は戦況がどうなっているかまったく知らされていなかったが、明らかに状況はよくないようだった。「周囲は大混乱で、走りまわったり、叫んだり、すべてがそんな感じだった」と彼は回想した。「ほとんどの負傷兵は収容できたが、それでも何人もの叫び声が聞こえていた」

弾薬を使いはたし、甚大な数の戦死傷者を出しており、さらに負傷兵の収容すらできず、海兵隊はこれ以上持ちこたえることができなくなっていた。一八四〇時になってウェーリング大佐は、生存者は暗くなってから撤退するように命じた。この攻撃で、E中隊の損害は戦死傷者一六〇名にものぼった。

この日のE中隊の負傷者の中には、エドガー・C・グリーン少尉と、ジョン・A・スパッツァフェロ伍長がいた。二人とも、第二小隊の所属で、最初の突撃のさいに負傷してしまった。スパッツァフェロは大きく、たくましいイタリア系で、身長は一八五センチ、ピッツバーグ・スティーラーズのコーチだったと言われていた。彼は、一四名の分隊の、たった二名の生き残りとともに撤退しはじめていた。のちにグリーンは、彼のことを「これまで見た中で、もっとも不死身な男」と評したが、この伍長が怪我をしないわけではなかった。まず銃弾が彼の左腕を貫通した。つぎに二発の銃弾が右腕を貫通し肘から上部を破壊し、さらに右の人差し指に銃弾が命中し、その、ほとんどを吹き飛ばし、今度は、五発目が背中に命中し左の臀部のやや上まで貫通した。最後の六発目は、右の尻をかすめていった。

元デトロイト・プレス誌の新聞記者だったグリーンも、やはり被弾した。彼は胸部に四発の弾丸を受けてシュガーローフとハーフムーンの間を通る鉄道の線路脇に倒れこんだ。彼が頭を上げると、〝スパッツァ〟はまだそこで立っており、銃を撃っているのが見えた。その後、日本軍の銃撃がやむと、スパッツァフェロは動き出したものの、グリーンから三メートルくらいの場所に倒れこんだ。グリーンは彼が死んだと思った。

突然、どこからともなく四人の日本兵があらわれ、彼らの方に向かってやってきた。グリーンは、血まみれで死んだふりをして、やり過ごすことにした。一人の日本兵が、彼の腕時計を盗ると、つぎにグリーンのポケットの中に手を伸ばしたが、手が生暖かい血にまみれてしまい、引っ込めた。日本兵の一団がスパゥツァフェロのあたりから去ると、グリーンは頭をあげて「スパッツ！」と呼んでみた。

この問いかけに伍長は歯を見せてニヤッと微笑みかえした。二人とも、這って味方までもどるには傷が深すぎたが、信じられないことに、無事に生還できた。

奇跡的な生還者の中には、第二二連隊第三大隊K中隊所属のサミュエル・O・ブラッドフォード二等兵がいた。ブラッドフォードは、五月一四日から一五日にかけての夜戦で、コートニー少佐の部隊の増援としてシュガーローフに上った。

夜間の戦闘中に落下してきた日本軍の迫撃砲弾が炸裂し、彼の左側にいた戦友は戦死し、彼も脚の下部を吹き飛ばされた。このジョージア出身の若者は、冷静さをたもちつつ泥のなかで傷口の止血処置をほどこした。彼は二日間もの間、戦闘の合間に日本兵の話し声などを聞きつつ、何度も意識を失ったり、取り戻したりしていた。五月一七日の朝、ある海兵隊員がついに彼を発見し後方に送りとどけてくれた。（注9／1）

一九歳のH・H・テイラー一等兵は、第二九連隊C中隊の生存者とともに陣地を構築していた。二日前、戦闘に突入したさいは、中隊には二五二名の兵士がいたが、いまテイラーが数えてみると五〇名くらいしか残っていないようだった。彼と一握りの海兵隊員たちは、遺棄された日本軍の塹壕に陣取っていた。

日が暮れてきたとき、正面からなにか日本語で話す声が聞こえてきた。どうやら、百名ぐらいの日本兵が叫んだり怒鳴ったりしながら、バンザイ突撃を準備しているように見えたため、テイラーは恐怖におののいた。

海兵隊員たちは、無言だった。彼の部隊のＢＡＲ射手で二七歳の一等兵は恐怖で声を発することができなかった。テイラーは最右翼の位置におり、ジョージ・スコット伍長が最左翼だった。テイラーは間違いなく全員が死ぬに違いないと思った。彼がおぼえているのは、迫りくる死をうけ入れた人間としてとった行動としては妙だったかもしれないが、隣りにいた兵士にたいして明るい声で話しかけると「重要なメッセージを伝達する。このメッセージは左翼にいるジョージ・スコット伍長宛てだ。ジョージ、右翼側にはだれも指揮をとる人間がいない。以上、H・Hからのメッセージだ。伝達をたのむ」と言った。しばらくすると、伍長からの伝言が一人ずつ兵士伝いにもどってきた。「H・H　お前を信頼する、お前が指揮をとれ」

周囲は照明弾がときおり打ち上げられる以外は暗かった。彼らには、艦砲射撃や、野砲や迫撃砲への支援を要請するための通信手段がなかった。テイラーは「俺たちはみな、今晩、死ぬに違いない」と思った。そのとき、一人の海兵隊員がテイラーの横に飛びこんできた。「お前、誰だ?」とテイラーは聞いた。海兵隊員は笑いながら「やぁ、俺は新しい前進観測員さ、ここは前線かい?」と答えた。

「後方の一〇五ミリ砲か、一五五ミリ砲へ連絡がつくのか?」とテイラーはたずねた。

「もちろん」と海兵隊員は答えた。

テイラーは彼に、通信回線をつないで、上官を呼び出すように告げると「すぐに支援砲撃を要請してくれ！」と話した。

観測員はそのとおりにすると、砲兵隊の将校が電話口に出た。「大尉があなたと話したいそうです」と観測員が言うと「あなたの階級は？　少佐ですか？」とたずねた。

「ちがう、一等兵だ」とテイラーは話すと、電話を取り上げて「テイラー一等兵です」と告げた。

電話口の将校は機嫌が悪くなりながら「上官を出したまえ」と要求した。テイラーは「誰も残っていないんです」と答えた。

将校は「そのノイズは何かね？」とたずねると「あれは敵です」と答えた。

「誰？」

「ジャップです。やつらは、こちらにバンザイ突撃をしてくるところです！」

ここでようやく将校も事態を把握したようだった。テイラーは彼に、真正面への支援砲撃が必要だと要請した。「解った」と将校は答え「これから標定弾を発射するので、位置を確認しろ」

「駄目です」とテイラーは告げ「標定弾は撃たないでください」

「なんで？」

「やつらは知っているんです。一発着弾すると、みんなが地下にもどってしまいます。だから標定弾は撃たないでください」

「そんなことしたら、お前らもみな死ぬかもしれんぞ」と将校は心配した。

「馬鹿野郎、まだ解らんのか」とテイラーは叫び「どっちみち、俺たちは死ぬんだよ」

この時点で、のん気だった前進観測員は猛烈な恐怖におののいていた。「その若い前進観測員の兵士は、叫んでいるのがジャップだとわかってから、泣きはじめてしまった。そして上官の大尉に電話口で泣き叫んでいたよ。大尉も彼に過酷な任務を命じたもんだね」とテイラーは回想した。

前線の海兵隊員たちが支援砲撃を待っている間、右後方から日本軍の狙撃がはじまった。照明弾が流れ落ちてくるなか、突然、腰から上を穴から出して、銃を発射する男の影が、テイラーから見えた。テイラーがM1ライフルを発射すると、男は崩れ落ちた。すると、日本兵があつまっている場所に砲撃がはじまり、死んでいようと隠れていようと、おかまいなしに砲弾が落下しはじめた。

C中隊の位置から、正面の日本兵は、おそらく牛島中将が夜の闇にまぎれて前線に投入しようとしていた増援の部隊だったと思われる。米軍の観測兵は、シュガーローフ背後の平野部に大規模な部隊の移動をみとめ、一二個もの砲兵大隊からの支援砲撃を要請して、この不運な日本軍の増援部隊を完全にたたきつぶした。

五月一七日の時点で、日本軍の支配する地域は沖縄の、ほんの一部しか残されていなかった。しかし、米軍はわずかな支配地域を奪い、ひろげるために途方もない代償を支払ってい た。沖縄戦がはじまって以来この日までに、米第一〇軍は三九六四名の戦死者と、一万八二五八名の負傷者、三〇二名の行方不明者、それにくわえて九二六五名の非戦闘損耗死傷病者を出していた。沖合に展開している海軍もまた四千名をこえる戦死傷者を出していた。

五月一七日の第六海兵師団の作戦失敗の理由は明白になっている。戦後、海兵隊の戦史研究家の調査によると「日本軍のハーフムーンと、シュガーローフの防御網は緻密に構成されており、一部だけを占領してもまったく意味がない。第六海兵師団は、すべてを同時に占領する必要がある。もしかりに丘を一つだけ占拠しても、ほかの丘を無力化するか占拠しなければ、その場所から日本軍の攻撃があびせられ海兵隊は撤退を余儀なくされる。これが、これまでシュガーローフを落とせなかった最大の理由であり、五月一七日の攻撃失敗の主因でもある」

この失敗にもかかわらず師団の戦史研究家は、この日の戦闘結果に希望を見出していた。第二九海兵連隊は、この日の主攻撃目標であったシュガーローフの奪取に失敗したが「しかし、左翼側の前進で、一定の場所が掌握できたことにより、翌朝、連隊が攻撃を再開するにあたって好位置を確保できた」と書き記している。

第二二海兵連隊は、依然として戦線で重要な役割を演じていたが、そこには連隊長のマーリン・シュナイダー大佐の姿はなかった。シェファード将軍は、積極的な攻撃をしないシュナイダーの指揮に業をにやしたため、一四三〇時にシュナイダーと、副官のカール・K・ラウザー大佐を更迭した。
「噂では、シュナイダーは、二、三回も任務をはなれることを拒否したそうだ」と第二二海兵連隊の若い将校は語った。「シュナイダーはよい男で、みんなから尊敬されていた。ただ、高位レベルで行なわれているいろんなことは俺たちには解らなかった。彼は、配下の大隊や連隊への思い入れが強すぎたのだと思う。だから良心の呵責で、部隊をこれ以上、戦闘に投入するのをためらっていた」

この噂は明らかに事実ではなかった。シェファードが更迭を決めたのはシュナイダーが疲れきっていたからである。シェファードによると、シュナイダーは「精神的にも肉体的にも憔悴しきった戦闘疲労症」であり、〝ぐずぐず屋〟であった。

解任の理由にはいかなる偏見もなかった。「彼は、一度、家に帰って休むべき時が訪れていた」とシェファードは説明した。「断じて不名誉な決定ではない。彼は素晴らしい部下だった。そのため銅星章をあたえて、国に送り返した」(注9/2)

この決定が、師団全体にあたえたメッセージは明白であった。シェファードは目に見える成果を望んでいたのである。シュナイダーはそれに応えることができなかった。師団参謀だったオーガスト・ラーソン中佐は、シェファードは、積極的な攻撃をおこなわない指揮官は躊躇せずに解任していた様子を記憶している。

「彼は、とにかく日々の目標達成を望んでいた」とラーソンは語った。「彼はつねにプレッシャーをあたえつづけた」シェファードはまた、第二二海兵連隊には強力なリーダーシップが必要であると感じていた。「連隊は、シュガーローフで手酷くやられていて、ようするに、過酷な戦闘で多くの人が命を落とし、そのため連隊の士気もかなり低下していたと思う」と彼は語った。

連隊を立てなおすために、シェファードは、師団幕僚だったハロルド・C・ロバーツ大佐をシュナイダーの後任に任命した。

ロバーツは四六歳で、第一次世界大戦では海軍の衛生兵として、フランスのベローウッズの戦いに海兵隊とともに従軍し、そのときの功績で海軍十字章を授与されていた。戦後、海兵隊への入隊を志願して、一九二三年に入隊した。一九二八年、副司令官としてニカラグアのココ河遠征隊に参加し、二個目の海軍十字章を授与された。

一九四五年一月に第六海兵師団に配属される直前には、第五水陸両用軍団の海兵隊の砲術参謀として、フィリピン侵攻作戦に参加した。オーガスト・ラーソン中佐は彼の副官であった。

ロバーツの最初の仕事は、指揮所を前線のすぐ近くに移動させることだった。シェファードがこの様子を見て思わず「ロバーツ、お前は何でこんなところにいるんだ？　弾にあたってしまうぞ」と口にした。

これにロバーツは「私は、みんなに、ここに連隊長がいると存在を示しておきたいんです。そうすれば、みな、つぎの攻撃命令に従ってくれると思います。彼らには、だれか、蛸壺から引っ張りだして、前進させてくれるような人間が必要だと思います」と答えた。彼は、自分の姿が部隊の励みになると考えており「気合を入れさせろ!」と一喝していた。シェファードの人選は正しかったのである。

（注9／1）ブラッドフォードは生還し、三人の子供をもうけた。長男は海兵隊に入隊したが、ベトナムで戦死した。

（注9／2）マーリン・シュナイダーの戦闘従事記録が、この時点で終わっている事実が、全てを物語っている。彼もまた、戦争中に疲弊した数多くの〝良い男〟の一人だった。彼は一九四八年に准将で退役した。

*

五二高地の争奪戦つづく　那覇北方地区においては、十七日天明独立混成第十五聯隊第一大隊が、大隊長率先先頭に立って五二高地の米軍を逆襲し同高地を確保した。〇八三〇ころから米軍は、猛烈な砲射撃の支援下に戦車を伴って五二高地、眞嘉比地区に猛攻を開始した。

五二高地は包囲攻撃を受け接戦激闘が続き、米軍を撃退したが、わが損害も多大であった。眞嘉比北側高地は米軍に占領され、眞嘉比東側陣地（独立混成第十五聯隊砲陣地）も米軍の馬乗り攻撃をうける状況となった。同聯隊第三大隊（長　西村信義大尉（少一八期））は聯隊砲陣地の奪回攻撃を行なったが失敗した。この日軍は海軍の一コ大隊（伊藤大隊）を独立混成第四十四旅団長の指揮下に入れ、牧志町（安里南側）付近の防備を強化させた。（日本側の公式戦記：戦史叢書沖縄方面陸軍作戦より）

第一〇章　シュガーローフ陥る

五月一八日、海軍長官のジェームス・フォレスタルはワシントンでの記者会見で、沖縄戦がはじまって以来、海軍の支援艦隊乗組員の戦死傷者数が四七二〇名に達したと発表した。この中には、九〇〇名の戦死者と二七四六名の負傷者、それに一〇七四名の行方不明者がふくまれていた。フォレスタルは「海軍による上陸作戦への継続的な支援は困難な業務であり、高価な代償ともなうものであることをアメリカ国民の皆さんに知っていただきたい」と話した。この発表には、バクナーの前進が遅いことへの暗黙の批判がこめられていた。

バクナーは上層部からのプレッシャーを感じていた。彼は、第一〇軍の前線における進撃が遅いとの苛立ちをかくさず、軍団の指揮官たちに攻撃のスピードを速めるようにせかした。第一〇軍の海兵隊副参謀長のオリバー・P・スミス大将は「バクナーには、沖縄近海に展開している海軍が、甚大な損害に耐えている間に進撃を加速させよとの大きなプレッシャーがくわえられていた」と語っている。

第一〇軍が総攻撃を開始した五月一一日の一日だけでも、カミカゼ特攻により四隻の艦船が甚大な被害をうけていた。この中には、空母バンカーヒルの、戦死三六四名、負傷二六四名がふくまれていた。日本軍は、艦隊がバクナーの陸軍を見すてて退去を余儀なくされるシナリオに望みをつないでいたが、これは達成されることはなかった。

それにもかかわらず、地上では八原参謀の防御戦術が陸軍の兵士や海兵隊員たちに、膨大な出血をしいていた。首里防衛線の全面にわたって、第二四軍団の陸軍の兵士たちも、第三水陸両用軍団の海兵隊員たちも状況は似かよっており、進撃はつねにヤード（〇・九メートル）単位であった。

第一海兵師団は、首里高地への攻撃で、ズタズタにされていた。第六海兵師団もシュガーローフの前面で消耗していた。第二四軍団は、これより、もっと状況が悪かった。

日本軍もまた苦しんでいた。彼らの戦力は、米軍の猛攻撃の前に着実に消耗していた。日本兵の士気の低下は、第六海兵師団と対峙していた陸軍の混成大隊に歩兵として配属された、海軍所属の兵士の日記からも読みとれた。（訳注：以下、英文からの翻訳）

五月九日　天気が良い為、敵機による空爆が激しい。我軍は再び移動を開始する。

五月十日　〇五〇〇時に約五〇〇〇米離れた地点へ移動する。第三、第四分隊から来た六名の仲間と一緒である。敵機による機銃掃射が激しい。

五月十一日　夜明け前に、第三、第四分隊と、艦艇乗組員など、全員で移動を開始する。

敵の艦砲射撃が激しく、直前まで我々がいた陣地が直撃弾を受ける。我々は命拾いした。神様に感謝する。

五月十二日　天気は快晴。敵は近い。夜の内に陣地を転換する。軍靴の使用を禁止され、布製のサンダルに履き替える。どうやら陸軍は、この島で玉砕を命じられたようだ。海軍の艦艇乗組員は全員、陸軍の二等兵として編入された。宮川は決死隊に志願し戦死する。この周辺一帯は荒廃している。

五月十四日　二ヵ月前、那覇港に入港して以来、戦況は悪化する一方である。勝利には制空権が必須であるが、友軍機は一機もいない。艦の戦友の一人が野菜を採りに外に出て、砲撃で死ぬ。物凄い数の敵機が来襲する。今朝の命令によると夕暮れ前に移動する事になっている為、通信線の確保を試みるものの激しい砲撃で断念する。

五月十五日　恩賜の煙草と、菓子を少しばかり配給される。私は煙草一本と菓子を四分の一切れ、それに栄養糧食を二袋受け取る。どうやら、ついに死ぬのだろうか。敵は我が軍から一〇〇メートルの位置で留まっている。わずかな三八式歩兵小銃の弾と、三式機銃弾を六十五発残すのみ。

五月十六日　機関銃を高台の陣地に設置する。飯は砂混じりで、生煮えである。約一五〇メートル先に敵兵の姿を見る。

五月十七日　缶詰食を食う。敵の動きを偵察する任務に就く。各人に二個から三個の手榴弾が支給される。石部隊の小隊が、艦砲射撃の直撃を受けて全滅する。十メートル四方ほどの場所に六十発もの集中砲撃は、極めて危険である。次の海軍記念日には、聯合艦隊がやってきて敵を蹴散らしてくれるとの噂がある。

五月十八日　我が軍には、戦闘機もおらず、戦艦もおらず、戦車もない。我々は見捨てられたのだ。死ぬまで抵抗する以外に道は無い。これまで死んだ陸軍の指揮官も皆同じ事を言っている。我が軍の山砲も破壊され、もはや一門も残っていない。この部隊に配属されてから、食事は一日二回に制限されている。腹が減った。この不毛な島で死ぬのだろうか、無事に故郷に戻りたい。

この望みがかなうことはなかった。この数日後、第二二海兵連隊K中隊の海兵隊員が、作者の死体から、この日記をひろい上げたのだ。

シュガーローフの前面の陣地で、五月一七日の夜に、丘から撤退してきた第二九海兵連隊第二大隊の海兵隊員たちの表情はとくにけわしかった。E中隊の丘への最初の二回の攻撃で、大隊の手榴弾は底をついていた。このことは、首里高地からの避けようのない日本軍の攻撃とともに、中隊のかかえる問題点を如実にあらわしていた。このため、この日の攻撃も前日と異なる点があるとは思えなかった。

しかし、大隊長のウィリアム・G・ロブ中佐は楽観的だった。彼は日本軍の戦力が消耗しはじめているのを感じとっていたのである。夜のうちにウェーリング大佐と野戦電話で話し合ったさい、彼は「われわれは、陥せる。明朝、もう一度、仕かけるつもりだ」と話した。

前線の近くでは、D中隊の中隊長、ハワード・メイビー大尉が、前日のE中隊の攻撃でシュガーローフの頂上部に到達できた数少ない海兵隊員の一人、ホーマー・ノーブルを探し出していた。彼はノーブルにそこで見た内容を聞きだそうとした。日本軍の防御の厚い場所はどこか？　うまくいかなかった点は何か？　なぜ攻撃は失敗したのか？　ノーブルは左翼側からの日本軍の攻撃は致命的であると話し、右翼側からの迂回攻撃が有効ではないかと助言した。メイビーはこの話に耳をかたむけながら翌日の攻撃計画を練りはじめた。

八〇〇メートルほど東側に位置するハーフムーンの正面では、前夜の戦闘で戦線の右翼側の指揮官を演じ死をも覚悟したH・H・テイラー一等兵が、奇跡的にも日の出の時点まで生き残ることができていた。彼の横では、昨晩は恐怖のあまり、言葉を発することすらできなかったBAR射手が立ちつくしていた。

その時、日本軍の九九式軽機関銃の甲高い発射音が鳴りひびき、BAR射手は手首に被弾して傷口をつかんだ。日本軍の軽機は、一五メートルほど先の洞窟の入り口から発射されているが見えたため、テイラーはBARをつかむと、その場所に向けて直接射撃をはじめた。彼が撃たれなかったのは、日本軍の射手が弾倉を交換しようとしていたからだった。九九式軽機のまわりには三名の日本兵がおり、必死に射撃を再開しようとしているように見えた。テイラーは、BARの銃撃をくわえつづけ、三名とも射殺した。

前線では、やはり、この朝を迎えることができたのを喜んでいた中に、ニューヨーク州ウッドサイド出身の二三歳の少尉、フランシス・X・スミスがいた。彼のニックネームは〝ボビーソックス〟で、これは彼がジャズに熱中していることに由来していた。童顔のスミスは、四月の上陸以来、第二大隊の司令部に配属されていた。毎日、毎日、送られてくる戦死傷者のリストには、彼が大隊司令部で知り合った多くの将校がふくまれており、心を痛めていた。前線での将校の消耗がはげしかったため、ロブ中佐は最終的にスミスを第二九海兵連隊D中隊に転属させた。「これは朗報だと思ったよ」とスミスは回想した。彼の兄は二月に硫黄島の戦闘で負傷していた。「だけど、それは若気のいたりだったね。だれも自分には弾が当たらないと思い込んでしまうものなんだよ」

メイビーは、スミスを第一小隊長に任命した。小隊は「かなり激しく痛めつけられたようだった」とスミスは回想した。しかし闘志はまだ失われておらず、いつでも出動できる態勢にあった。

攻撃計画は、メイビー、ロブ、フィル・モレル大尉、それと第六戦車大隊の間で調整がおこなわれた。メイビーは、彼の配下の小隊長をあつめると、この日の作戦計画について説明した。スミス率いる第一小隊は、シュガーローフの側面を攻撃するため谷間を南下したのち、丘の西の斜面をのぼりながら、西側の日本軍の注意をひき寄せる。このさい、火力班は本隊とはなれ、丘の斜面にそって、すそ野から頂上まで連続した防衛線をしく。スミスの小隊が頂上まで半分の位置にきた時点で、アーネスト・エリソン軍曹率いる第二小隊が直接頂上をめざし、丘の左翼側に展開する。五月一五日の戦闘でアイリッシュ・ジョージ・マーフィーに率いられ、壊滅状態になった第三小隊は、谷間の反対側で予備部隊として待機するとともに、機関銃とライフルで支援射撃を実施する準備をととのえる。

メイビーの中隊は五月一五日以降、実際の攻撃には参加していなかったが、海兵隊員たちは、危険とは無縁な場所にいたわけではなかった。デクラン・クリンゲンハーゲンの分隊は、昨日、前線にもどる途中で日本軍の機関銃攻撃をうけ、用水路の中で釘付けになってしまい、一人が戦死した。「釘付けになっている間……」と彼は回想すると「グループの中で、ガサガサという音がしたと思うと、そのうち一人がライフルを放り出して泣きはじめた。そして後方に向かって、這いつくばって戻っていた。俺たち数人は、ライフルを拾い上げると、戦闘教本にしたがって解体した。そして部品を四方に向かって投げ散らかしたんだ」と語った。そして、いまD中隊はシュガーローフに向かって攻撃を開始しようとしていた。攻撃作戦のかなめは戦車だった。メイビーとロブは、これまでの苦い経験から、もしスミスの部隊がシュガーローフ頂上に到達すると、丘の奪還をこころみる日本兵が反対の南斜面の横穴からあらわれてくるのを恐れていた。そのさい、戦車をまわりこませておけば側面を掃討して、地下から出てきた日本兵を一掃できるはずであった。もし、この作戦がうまくいけば第二九海兵連隊は丘を手中におさめることができるが、かりに失敗すれば、これが連隊にとって最後の攻撃になると思われた。

この数日間の戦闘で連隊は、激しく消耗しており、かりに攻撃に失敗すれば師団最後の予

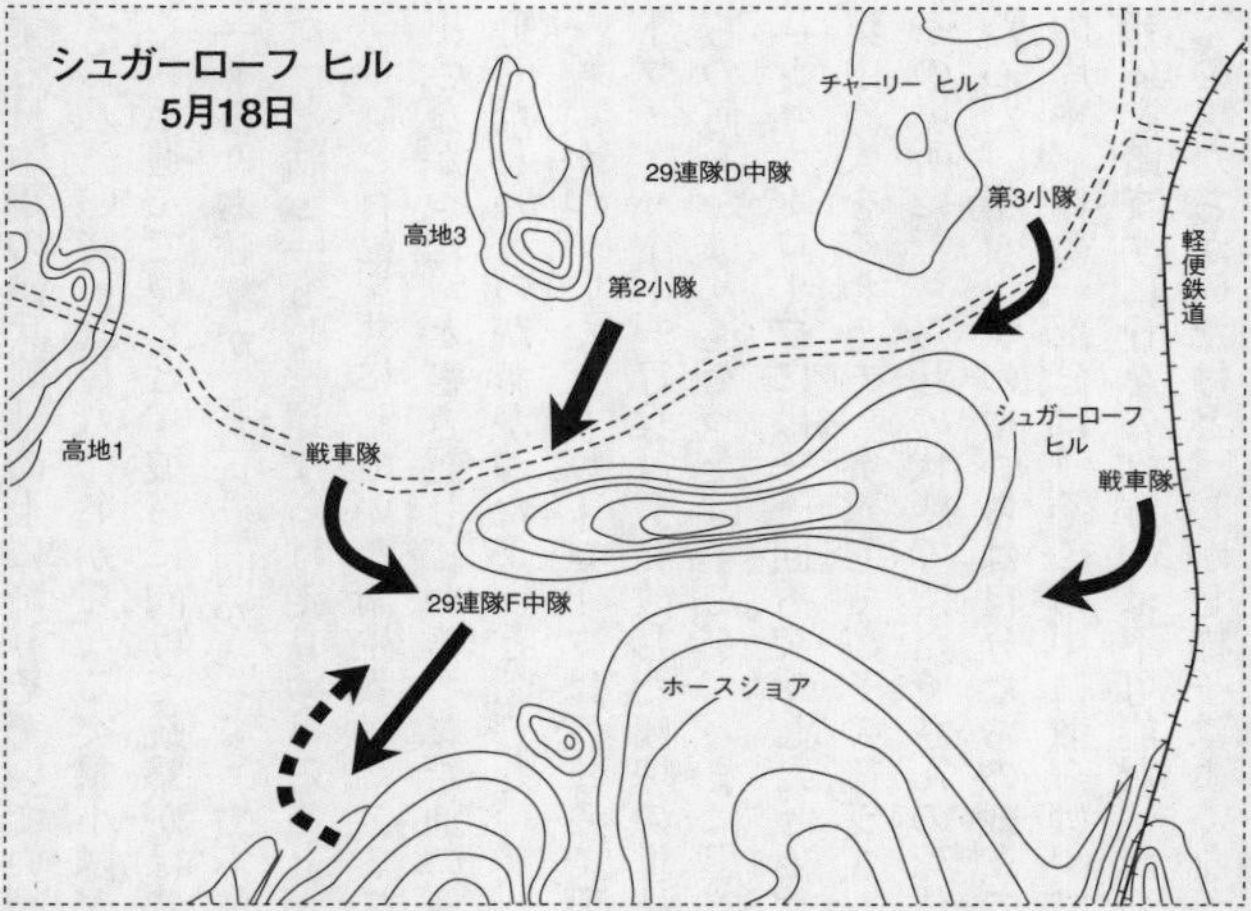

備部隊である第四海兵連隊が攻撃任務につくはずであった。

Ｄ中隊が配置につくと、大隊の観測兵が日本軍の防御網にたいして支援砲撃を要請した。この砲撃には大隊の八一ミリ迫撃砲もくわわっており、砲弾は丘の頂上部に落下していった。

攻撃は第六戦車大隊によるシュガーローフへの両翼攻撃ではじまった。作戦は当初の予定どおりに進んだわけではなかった。巧妙に敷設された地雷と速射砲で、またたく間に六台の戦車が行動不能におちいってしまったのだ。この損害にもかかわらずＡ戦車中隊のフィル・モレル大尉とＣ戦車中隊のジョン・クリフォード大尉は丘の両側まで戦車をすすめ、攻撃の準備がととのった。トラックに載せられたロケット砲から発射されたロケット弾は、地下陣地から射撃のために運び出されようとする日本軍の砲兵陣地の上に降りそそいでいった。

〇八三〇時、総員八〇名からなる突撃小隊が前進をはじめた。スミスらが丘に向けてゆっくりと進んでいくと、彼らに向けて銃撃がはじまったが、これに対処するすべがなかった。「あらゆる銃撃がこちらに向かってきたが、我々にできるのは目標に向けて走るだけだった」と話し「もし幸運ならば走りぬけることができた」と回想した。

中隊と行動を共にしていた衛生兵は、スミスの冷静さを「怖いもの知らずで、感情を表に出さなかった」と書き記している。また別の海兵隊員は、この童顔の少尉を評して「タフな野郎だというのがわかったよ」と話した。

殺戮がつづいたシュガーローフは、まるで肥溜めのような状態になっていた。D中隊のアーブ・ゲハート一等兵は、腐敗した肉塊の堆積物の横を通過していた。二日前まで、このうちの何人かは友達だったはずだが、いまは黒く膨張して誰だかわからなくなっていた。

「シュガーローフには一一回も突撃した」とゲハートは語った。「毎回、丘に突撃する前に集中砲火をくわえて、突撃して、その後ジャップの野郎がもどってきて俺たちを攻撃する。その場所に野ざらしの状態で、たくさんの死体は転がっていた。誰も死体を収容できなかったんだ。ジャップのやつらは自分たちの戦友の死体を持ち帰ろうとしていたみたいだけどね。肉片や、体の一部分は、そこら中に散らばっていた。五月一八日に俺たちが突撃したとき、死体を踏まずに丘をのぼるのは不可能だった。我々のもジャップのもね。そこには、たくさんの男たちがいたけど、しかし様子はよくなかったよ。まるで臭い生ゴミの山をのぼるような感じだったからね」

　砲撃でズタズタになった丘の上にころがる腐乱死体の上を急いで乗り越えながら、スミス率いる小隊は、丘の頂上部に到達できた。「丘の稜線にそって、守備ラインを構築しろ！」とスミスは大声で命じた。今回、スミスの小隊はありあまる手榴弾を持ち込んでおり、そのうち何人かは一人で一五個から二〇個もの手榴弾を持っていた。「奴らにくれてやれ！」と彼が叫ぶと海兵隊員たちは、地下から現われだした日本兵のいる斜面の下部に向かって手榴弾を投げだした。斜面の下で手榴弾が爆発をはじめると、スミスは他の海兵隊員たちに向かって機関銃の設置を命じた。

「射撃しつづけろ！」と彼が命じると、反対側の斜面に銃弾がふりそそいだ。スミスはこの時、頭と手に、砲弾か手榴弾の破片による浅い傷を負っていたが、まったく気にする様子はなかった。

　そのとき突然、轟音をひびかせて戦車が丘の側面にまわりこんできた。第六戦車大隊A中隊は三輌の戦車をシュガーローフ東側の鉄道の線路にそって送り込んでいた。C中隊も同じく西側からまわりこんでいた。すでに地雷原は通りすぎており、日本軍の対戦車網も消耗して薄弱になっていたのだ。戦車兵たちは遂に反対側の斜面に辿りついた。これでスミスの小隊に反撃するために地下陣地から出てくる日本兵たちにたいして直接射撃がおこなえるのだ。

　戦車隊将校のドナルド・R・ピノウ少尉は「何発か横穴の入り口に砲弾を撃ち込んだところ、日本兵が丘の稜線から走って降りだした。俺たちは、目に見える日本兵に向けて撃ちまくり、やつらを吹き飛ばした」と語った。

日本兵の決死隊が対戦車爆雷をかかえて地下からあらわれると、戦車に向かって走り出した。チャールス・M・スコット軍曹は機関銃で掃射すると、一発が爆雷に命中し全員が吹きとんでしまった。それ以外にも二組の決死隊が、やはり撃ち倒された。

ジェラルド・ブンティング軍曹が操縦する、ピノウの戦車はシュガーローフ南側に位置する長い日本軍の塹壕にさしかかった。この塹壕は丘に通じており、日本兵の丘への進撃路兼退却路として機能しているようであった。ピノウはブンティングに塹壕をまたがる位置に戦車を動かすように命じた。ブンティングが命じられた通りにして操縦手席から車長席を見上げると、ピノウはハッチを開けて塹壕に手榴弾を投げ込んでいた。こうして彼は多くの日本兵を殺害した。

別の戦車長、ワーレン・R・マクガリティ伍長は、日本軍の将校が横穴の入り口に立っているのを見つけた。この将校は軍刀を片手に部下に反撃を指示していた。マクガリティは主砲を彼に向けて発射すると、この将校は跡形もなく消え去ってしまった。リチャード・ピーターソン少尉もこの光景を目撃しており「彼の持っていた軍刀は一五メートルほど空中にとび、太陽光が反射していた」と回想している。

後続の指揮戦車の中で、フィル・モレル大尉は、丘のすそ野の荒地にいた海兵隊員が戦車をよじのぼり、砲塔をたたいて何かを知らせようとしているのに気がついた。中の戦車兵は、これに気がついていないようだった。そこでフィル・モレルは無線機をつかむと「おい、誰か兵隊がお前の戦車をたたいているぞ、砲塔を旋回させてピストル孔をあけて、そいつに叫んでみろ」と告げた。

前の戦車兵は言われたとおりにすると、海兵隊員は戦車からおりて、車底の非常ハッチから中に引っ張り上げられた。数分後、前の戦車兵から「おい、こいつは負傷兵だ、一晩中ここにいたらしい」と無線が入った。

この負傷兵はエドワード・グリーン少尉で、前日のE中隊の突撃のさいに負傷していたものの、なぜか突然、気力がわいてきて、フラフラと歩きながら弱々しく戦車に呼びかけていたのだった。グリーンとともにスパゥツァフェロも救出され、二人はこの試練から生還した。

この時、グリーンは戦闘にもう一つの貢献をしていた。フィル・モレルは「ジャップのやつらが現われて時計を盗んでいったとき、彼はすでに死んでいると思われていた。しかし、コンパスはそのままにしていったんだ。シュガーローフの裏側の丘には、大型の大砲がかくされており、海兵隊側に甚大な被害をあたえていた。彼は発射閃光をもとに方位角を割り出すとともに、〝ワン・ワン・サウザンド、トゥ・ワン・サウザンド、……〟と砲弾の着弾音が聞こえるまでの時間をかぞえ、これにより距離と方位を割り出せた。後方にもどって、この大砲の件を報告すると、すぐに沖合いの重巡洋艦タスカロッサに無線で連絡された。おそらく、彼らは集中砲撃でこの大砲を破壊したと思う」

一時間にわたる激しい戦闘をへて、D中隊はようやく丘の周辺部を掌握した。日本軍の抵抗は弱まっており「丘から線路が走っている隅のほうが見えたが、日本兵らは、この近辺から、線路伝いに逃げ出しているようだった。われわれから遠ざかる方向にね」とアーブ・ゲハートは語った。

モレルもまた日本軍の戦線が崩壊しはじめている様子を目にしていた。「前進すると、ジャップのやつらがあたりを走りまわっていた。やつらはヘルメットを被っておらず、おまけに武器すら持っていなかった」と語り「俺たちは、戦車の同軸機銃をつかってやつらを一掃したよ」

一週間にわたる戦闘で、モレルが実際に日本兵を見たのはこれが初めてであった。のちにモレルら戦車兵によると、彼らは一〇〇名以上の日本兵を殺害したという。一方で戦車搭乗員側に戦死傷者はいなかった。

日本軍の銃砲撃がおさまりだすと、スミス少尉は前方にいる兵士に手をふって合図し「丘を下って周囲を掃討しろ」と叫んだ。スミスは随伴の伝令兵と二人で丘の前面の斜面を下りだした。「この一帯に残存兵がいないか確認しろ」と、日本軍の地下陣地を確認させた。つぎの瞬間、彼がおぼえているのは誰かが彼をつかんでいることだった。最初は、部下が話しかけようとしているのかと思ったが、とっさにあたりを見まわすと、二人の日本兵が彼を穴に引きずりこもうとしている所だった。数名の海兵隊員が慌てて反対側からスミスをつかみ、引っ張った。

「あれは、まさに綱引きだった」とスミスは語った。「はたから見ると、まるでドタバタ喜劇映画みたいだったが、自分たちに弾が当たるのが怖くて銃を撃てなかった。みんなで押したり引いたりしていたよ」

幸運にも、スミスと仲間の海兵隊員はこの綱引きに勝利した。二人の日本兵はあわてて穴にひっ込むと、あとを追うように海兵隊員たちが手榴弾を投げ込んだ。この出来事には、さすがの怖いもの知らずのスミスをも震え上がらせた。「もう少し年寄りだったら、心臓マヒで死んでたと思う。ただ、心臓マヒにかかるほど、俺は頭のよい人間じゃなかったけどね」

デクラン・クリンゲンハーゲン二等兵はD中隊の最初の突撃には参加せずにすんだ。二日前の戦闘があまりに激しかったので、彼の軍曹が大目に見てくれたのか、あるいは、単に幸運なだけだったか、それは彼にもわからなかった。「その時、私は小さな丘のすそ野にある塹壕の底に座りこんでいて、恐怖におののいていたんだ」と彼は回想した。「別に隠れていたわけじゃない。まわりには他の海兵隊員がいっぱいいたからね。ただ、だれも俺の存在に気がつかないでくれと願っていた。とにかく怖かった。ただ、同じ分隊の古参のやつが、俺を見て、なんで突撃に参加しないんだって聞いてきたんだ。そしたら軍曹が、そいつに〝こいつは一人にしておけ〟、〝やつはいいんだよ〟って言ってくれたんだ」

そしていま、クリンゲンハーゲンは、シュガーローフの頂上にいる仲間の海兵隊員たちに合流せよとの命令をうけて歩き出したところ、途中で日本兵の死体の横を通りすぎた。この日本兵は手榴弾の爆発で内臓が飛び出しており、大きく切りさかれた胸部には腐った肉に蛆虫がはりついていた。その後、彼が頂上部の少し反対側をめざして、丘の表斜面をのぼっていく途中、砲弾の爆発で、ほとんど土に埋もれていた海兵隊員の死体につまずいてしまった。

この男の脚は地面から突き出ており、多くの海兵隊員たちと同様に編み上げ靴に、認識票が結びつけてあった。立ち止まって、その名前を読むと同じ高校で二年前に卒業した先輩と同じ名前であるのに気がついた。この先輩はクリンゲンハーゲンと同じく海兵隊に入隊していた。ただ、比較的よくある名前だったので、確信がもてず、そのため、いくぶん気が安らいだ。

〇九四六時に、スミス少尉はメイビー大尉に無線で連絡し、シュガーローフを確保したむねを報告すると「PX品（＊訳注10／1）を持ってきてくれ」と勝ちほこった様子でつげた。スミスは楽観的だったが、D中隊は一三〇〇時ごろまで日本軍の激しい迫撃砲攻撃をうけ続けていた。しかし海兵隊は丘の上におり、後は、ただひたすら、この場所を手放さないことだった。

第二九海兵連隊の戦闘能力は一週間にわたるシュガーローフの戦闘で、いちじるしく衰えていた。第一〇軍が攻撃を開始した五月一〇日以来、第六海兵師団は二六六二名の戦死傷者と、一二八九名の非戦闘死傷者を出していた。この被害のほとんどは第二二および、第二九海兵連隊だった。

このため、作戦を続行するには新たな部隊の投入が急務であった。一八三〇時、ガイガー少将は第三水陸両用軍団の予備部隊であった第四海兵連隊の投入をきめ、シュガーローフの占拠を命じた。第二九海兵連隊は師団の予備部隊となり、第三水陸両用軍団の指揮下に入った。

五月一九日の攻撃は、第四海兵連隊第二大隊と第三大隊が担当し、第二九海兵連隊と交代するとともに五月一八日の掌握地域をより強固にすることになった。

この間、シュガーローフ上の海兵隊員たちは、依然として攻撃をうけつづけていた。丘は米軍の手にあったものの、すぐ西側に位置するホースショアからの激しい砲撃がつづいていた。とくに海兵隊側の攻撃がきかないホースショアの遮蔽陣地からの迫撃砲射撃は深刻であった。

このため、一六三〇時、ロブ中佐はF中隊にたいして、ホースショアの高台を掌握するよう命じた。結果論として、このロブの命令は見通しがあまいものだった。まだ相当数の日本兵がシュガーローフからホースショアにかけての一帯や、ホースショア自体にも残っていた。そのため攻撃を開始したF中隊はすぐに立ち往生してしまった。先導小隊がシュガーローフとホースショアの間の谷間にさしかかるやいなや、海兵隊員たちは背後からの機関銃射撃をうけはじめた。銃撃はシュガーローフの底部にある横穴からくわえられており、どうやら日本兵が逃げる途中でもぐりこんだか、掃討作戦の間中、息をひそめていたようであった。メイビー大尉は爆破班と、火炎放射手に丘を降りて、この日本兵に対処するように命じた。彼はさらに戦車隊にたいして、戻って地下陣地の入り口に砲弾を撃ちこむように要請した。

D中隊の火炎放射手、ジェームス・ロア二等兵は、横穴の入り口にむかってジリジリとつめ寄ると、七人の日本兵が入り口付近にいるのが見えた。日本兵らがロアの姿を発見し彼が火炎放射手であるのに気づくと、三名と四名の二つのグループに分かれて、両側にむけて逃げ出した。ロアはまず四名のグループに火炎放射をあびせて火だるまにすると、向きを変えて残った三名の方に砲口をむけた。火炎を発射したところ、日本兵の服に火がついたところで、プスプスと音をたてて火炎放射器がとまってしまった。怒りくるった日本兵が、こちらに向けて突進してきたため、ロアは慌てて向きを変えて逃げ出した。ところがタンクやホースなどが嵩張るうえに、途中、通信線に足をひっかけて転んでしまった。燻りながら突進してくる日本兵にたいして、追いつめられたロアは、火炎放射器の燃料を吹きつけるしかできなかったが、この最後の手段が効を奏して日本兵をふたたび燃え上がらせるのに成功した。

F中隊の兵士たちは、手榴弾をつかった接近戦を制しながら、ホースショアの窪地の淵にむけて進んでいた。シュガーローフの頂上部に展開しているD中隊も、このホースショアの表斜面を制圧しようとこころみているF中隊にたいして、支援射撃を実施していた。しかし日本軍の激しい反撃のため、前進をあきらめたF中隊は、その場所で陣地を構築することになった。F中隊の補充兵で、オハイオ州バウスビルの高校を一年前に出たばかりの、ケニス・ウェルス二等兵はこれが初めての実戦だった。彼からは日本兵が見えなかったが、とりあえず撃ち返していた。彼のとなりにいた海兵隊員は、突然、左胸の鎖骨の下に銃弾をうけてしまった。

ウェルスは圧迫包帯をつかって止血をこころみたが、負傷した兵士はショックから、気絶してしまった。ウェルスは戦場での経験が浅かったため、彼が死んでしまったと思い、ふたたび日本軍に向けて銃撃を再開した。その後、伍長がやってきて、日本軍の位置を指差して指示をあたえようとしたところ、銃弾が伍長の太腿にあたって崩れ落ちた。ウェルスはKバーナイフを使って、伍長のズボンを切りさき、止血帯をあてようとしたが、伍長もショックから気を失ってしまった。ウェルスは彼も死んでしまったと思い、ふたたび銃撃をはじめた。

海兵隊は日本軍の戦線に深く入り込むかたちで、いわば突出部を形成しており不利な状況にあった。中隊が展開していた長い稜線は、わずかに地面から高いだけで蜂の巣状に洞窟があった。こうした洞窟には日本兵がひそんでいると推定された。

F中隊長のジョージ・S・トンプソン少尉は、五月一五日の戦闘で負傷したボブ・フォーラー大尉の後任として指揮をとっていたが、稜線の西端で那覇へとつづく道路がある狭い谷間に危険な死角があるのに気がついた。この道路は、すぐ北西に展開している第二二海兵連隊第三大隊L中隊によって掌握されているはずであったが、トンプソンとは連絡をつけられなかったうえ、彼らがいるべき場所にも姿が見えなかった。彼はこの死角をおぎなうために、右翼側の防衛線を道路にそって後退させ、機関銃を設置して死角をカバーすることにしたが、機関銃からは狭い谷間以外の場所へ射撃をくわえることができなくなった。

夜の暗闇がおとずれると、三つの中隊の六〇ミリ迫撃砲から二分間隔で照明弾が打ち上げられはじめた。

ウォーレン・ワナメーカー一等兵は他の二名の海兵隊員とともに、砲撃でできた穴に身をかくしていた。ワナメーカーとジョン・ブランチャード一等兵は機関銃を担当し、もう一名はライフルを携えていた。「俺たちは機関銃を設置しようとしたものの、いったい、どこに向かって撃てばいいのかさっぱり分からなかった」とワナメーカーは語った。「その時は、けっこう暗かったからね、照明弾もたくさん打ち上げられていたし、でも丘の稜線よりも上に頭をさらすのは、ほとんど自殺行為だったんだよ」

彼らには、稜線の反対側からの、水筒や装備品のガチャガチャと鳴る音や「バンザイ、バンザイ」と大声で話す日本兵の声が聞こえていた。彼らがつぎに取るべき行動について思案していたところ、照明弾が真上に打ち上げられ「大柄の日本兵が丘の稜線越しに頭を出して、こちらを見下ろしているのが見えた」三人ともこの男に向けて発砲したが、すぐに頭をひっ込めてしまった。しかし、数分後、数個の手榴弾が、シューっと音をたてて丘の稜線越しに転がってきた。そのうちの一つは彼らのいた砲弾の穴のなかで爆発し、三人とも負傷してしまった。ワナメーカーは体の右側の上部と下部に破片をうけた。足の筋肉に激痛がはしったので、歩けるかどうか分からなかったが、少なくとも戦えた。二人の戦友も負傷したようだったが、動くことはできた。

日本軍の最初の組織的な攻撃は二三〇〇時ころにはじまった。暗闇のもとで、叫び声や矢つぎばやに指示を出す声が聞こえ、日本軍の迫撃砲弾が海兵隊の陣地に落下しはじめた。砲弾には黄燐弾もふくまれていたが、多くの海兵隊員は、日本軍がこの種の砲弾を装備していたのを初めて知った。充分な探査攻撃をへて、〇二三〇時に総攻撃がはじまった。日本軍は、トンプソンがもっとも心配していたひらけた右翼側を進撃路として選んでおり、狭い谷間に増援部隊をあつめつつ、黄燐弾による激しい集中砲撃がF中隊にくわえられた。

海兵隊員たちは、前面の斜面を維持するために豊富にもっていた手榴弾を惜しげもなく使っていた。しかし、日本軍の一団は小さな谷間を通って道路までくると、谷間の土手をのぼって海兵隊員の戦列に縦射攻撃をあびせられる位置に機関銃を設置した。F中隊は、この機関銃を二回にわたって撃破したものの、べつの機関銃がおなじ場所に三度設置された。この場所からの絶え間ない銃撃に耐えきれなくなったため、機関銃に一番近い位置に布陣していた小隊が後退し、シュガーローフまでもどって防御をかためることになった。さらにつぎの戦列にいた小隊長も、部隊の後退を命じたため、海兵隊はなしくずし的にホースショアからの全面撤退に追いこまれた。

ワナメーカーのグループもこの時、撤退を命じられたため、三人の海兵隊員は持っていた水冷式機関銃の冷却筒に銃弾を撃ちこんで使用不能にすると「足をひきずり、這いつくばり、傷だらけになりながら」後方の陣地にむかった。

日本兵は、彼らのすぐ背後にせまっていた。この時、海兵隊はシュガーローフの以前の陣地の奪還をめざした日本兵の小さなグループ、三三名を殺害した。しかし、それ以外の日本兵は、明らかに丘の横穴へ到達するのに成功し、前日の戦闘で蜂の巣状の地下陣地に逃げこんでいた生き残りの守備隊との合流に成功したようだった。

この夜間の戦闘で活躍したのは、シュガーローフ上に布陣するD中隊の分隊長だったチャールス・H・ホーバス伍長である。彼のいた前哨陣地にたいして日本軍の攻撃が激しさを増すなか、彼は無人になった機関銃陣地まで這ってすすみ、反攻してくる日本兵にたいして銃撃をあびせつづけた。日本兵はぞくぞくと現われ「銃の真正面に、まとまってやって来た」二回負傷したにもかかわらず、ホーバスは夜が明けるまで機関銃に張りついた。「その時のことは全部忘れたよ」とだけ、彼はのちに語った。

夜から早朝にかけての時間、シュガーローフ上の海兵隊員たちには地面の下で日本兵が穴を掘っている音が聞こえていた。「一体全体、音がどこからしているのか分からなかった」とフランク・スミス少尉は語った。「彼らは穴を掘りすすんで、丘の表面にふたたび穴をあけようとしているようだった。夜の間は俺たちもあえて銃撃をくわえなかった。さいわいにも、俺たちがいた穴にはやつらは入ってこなかった」

「やつらはネズミみたいだったよ」とホーバスは思い起こした。「なにか、地面が動いたなと思ったら、何もないところから突然あらわれるんだ」ホーバスが日本軍の迫撃砲と手榴弾の攻撃を避けるためしゃがんでいると、彼の手前の地面でなにかがゴソゴソ動き出した。すると突然、軍刀を振りあげた日本軍の将校が起きあがり、隣りの蛸壺の海兵隊員の首を背後から切り落とそうとした。「M1ライフルの弾倉がからになるまで、やつの背中に撃ち込んだよ」とホーバスは語った。（注10／1）

アーブ・ゲハートも、D中隊の薄い丘の戦線に張りついていた生き残りの一人である。ゲハートと彼の戦友たちは丘の稜線に、数名の兵士と機関銃を設置するのに充分な大きさの塹壕を掘って身をかくしていた。「結構、怖い場所だったよ」とゲハートは語った。たまに友軍の砲弾が、彼らの位置をかすめて丘の〝かなり頂上の近く〟に着弾していた。そのすぐ後、今度は日本軍の砲弾が反対方向にかすめて飛んできた。そして、まれに砲弾はちょうど頂上に着弾していた。

夜の間、海兵隊員たちは誰かが彼らの正面にいるのに気がついた。「何か音が聞こえるが、姿は見えなかった」とゲハートは語った。「歩いている音だった」

音はどんどん近づいてきた。海兵隊員の一人がおぼろげな影にむけて銃を発射してみたところ、その影は倒れた。「ジャップだったんだ」とゲハートは語った。「やつの足には包帯がまかれていた。片方の足は撃たれていたんだ。頭にも包帯がまかれていた。そのため片方の目しか見えなかった。おまけに腕も包帯がまかれて、三角巾でつられていた。でも彼は手榴弾を持っていた。彼は満足に歩くこともできず、足を引きずりながらやってきたんだ」彼らが聞いた音は、不自由な足を地面に引きずり、よろめきながら彼らに向かってきた音だった。のちに海兵隊員たちがこのときの出来事を話すさいに、この不運な亡霊のような男を「ミイラ男」と名づけて呼んだ。

朝の明かりで、東の空から厚い雲が浮かびあがってきた。シュガーローフ上の前進観測班の一員であったトム・クランク伍長は、もやにつつまれた丘の下から、かすかに助けをもとめる声が聞こえたように思えた。夜の間のホースショアで繰りひろげられた混戦で、多くの海兵隊員たちが中隊とはなれ離れになっていたのだ。クランクはもう一度、耳をすませてみると、今度ははっきりと「助けてくれ！　助けてくれ！」と叫ぶ声が聞こえた。

ミズーリの元鉄道員のクランクは、数名の兵士をかきあつめて、丘を下って砲弾で切りさかれた谷間に向かって進みだした。すると砲弾の穴のなかに大柄な海兵隊員が横たわっているのを見つけた。夜間の戦闘で、日本兵はこの穴に手榴弾を投げこみ、彼はそれを投げ返したものの、別の手榴弾がつづけて投げこまれて爆発し、体中に破片をあびてしまった。歩くことすらできなかったため、全身の力を振りしぼって助けをもとめる声を上げていた。クランクと仲間は、この大柄の海兵隊員をポンチョに乗せてつれて帰った。

彼らがもどって落ちつくと、今度はシュガーローフの右翼側の端にいた機関銃手が「おい、観測兵、こっちに来てくれ、何かヘルメットみたいなのが見えるんだ。ジャップか海兵隊かわからん。双眼鏡で観てくれないか」とクランクに叫んだ。クランクは、その場所に駆けつけ、双眼鏡で目をこらしたものの結局「俺にもわからん」と答えた。「でも、海兵隊員じゃないかな?」

そこで彼は、別の救出班を組織し出発すると、小銃をもった日本兵が一二〇メートルから一八〇メートルくらいの先のひらけた場所におり、こちらに向かって走ってくるのが見えた。日本兵は突然立ち止まると、小銃を下にむけて穴の中に突き立てた。すると穴の中から足が飛び出て、日本兵の股間を蹴り上げた。さらに手がのびて小銃をひねると、これを取り上げた。日本兵はあわてて向きを変えると逃げ出した。

穴の中にはアメリカ兵がいるようだった。海兵隊員たちは、援護するので彼らに外に出てくるように呼びかけると、三人の男が穴からあらわれた。三人とも負傷していたが、ぶじに海兵隊の戦線までもどることができた。この三人は、少し前に機関銃手が発見した兵士たちだった。

クランクは救出班に「よし、俺について来てくれ、他のやつらを探しにいこう」とつげた。谷間は、砲弾による穴だらけで、昨晩打ち上げられた照明弾のパラシュートがあちこちに落ちていた。

この一帯は少し前までブドウ園のようだったが、いまはブドウの木は粉々になって足元に散らばっていた。ジグザグに全力疾走して走りぬけると、クランクの背後から叫び声が聞こえた。彼は振りむいて目をこらすと、どうやら負傷した海兵隊員を通りすぎてしまい、さらに、いつの間にか自分がホースショアの稜線まできているのに気がついた。「そこで、丘の反対側に目をやると、そこにもここにも、あちこちにジャップの野郎がいた」砲撃がやんだため、地下陣地から日本兵が外に出てきたのだった。

クランクは斜面をもどりはじめると、途中で負傷した男を見つけた。彼は海兵隊員で、銃弾が体を貫通しており重症だったが、意識はあった。救出班の兵士たちは、彼をポンチョに載せると、この若者はかすれた声で「もし、戻ったらモルヒネを投与しないように伝えてもらえませんか？　私はモルヒネを投与されると死んでしまうんです」と話した。彼らは、この負傷兵をつれて帰ると衛生兵に、モルヒネをあたえないように告げた。（注10／2）

この日遅く、少佐がやってくると、負傷兵救出班の責任者と話したいと告げた。クランクの上官の少尉が名乗り出たところ「一つ言っておきたい。君たち前進観測員の仕事は負傷兵の収容ではない。それは前線の中隊の仕事である」と話し、一呼吸して「ただし、今回の件にかんしては感謝しておる」と付けくわえた。

シェファード少将は、第三水陸両用軍司令官より電文をうけとった。「貴下の師団の部隊がシュガーローフを攻撃し、ついにこれを占領するさいに見せたゆるぎない決意と忍耐力は、兵士たちの闘争心のあらわれである。本攻撃に尽力した将兵の諸君に心よりお祝い申しあげる」

第三水陸両用軍の定期報告でも通常の事務的な記述の行間に、意気揚々な雰囲気、あるいは安堵感がうかがえた。「本日の作戦において特筆すべき点は、激しい争奪戦をくりひろげたシュガーローフヒルを確保し、第六海兵師団の支配地域としたことである」

ロブ中佐は、もっと率直であった。「恐ろしいほど、高くついた」と報道班員に話し「とにかく、やつを手に入れたよ」と付けくわえた。

(注10／1) ホーバスは、この時の軍刀を、メア島の海軍病院を退院するまで持っていた。その後、折ってしまい、戦友とのビール代を得るために水兵に一〇〇ドルで売ってしまった。

(注10／2) 数年後、クランクはミズーリ州ケネット郡の出納係兼、税金徴収員として働いていた。ある日、空軍の男がきて、彼はちょうど沖縄からもどってきたところだと話した。クランクは、シュガーローフについて聞いたことがあるかと尋ねたら、その男はあると答え、彼が以前はたらいていたオクラホマのガソリンスタンドの店主が、そこで脾臓《ひぞう》を撃たれたと話した。

とても興味ぶかい話だったので、彼は続けると、負傷した男はモルヒネが使えず、彼の命を救ってくれたのは、陣地から出てきてくれた海兵隊員で、衛生兵にもモルヒネを打たないように説明してくれた。話を聞いていくと、このオクラホマのガソリンスタンドの男は、クランクが谷間で救助した男と同一人物であることに気がついた。この男性は戦場から生還したものの、その後亡くなったと、空軍の男は話した。

＊

五二高地占領せらる　安里東側の五二高地地区は、十八日早朝から猛烈な砲迫の集中火と戦車を伴う米軍の攻撃を受け勇戦したが、一〇〇〇ころには五二高地頂上付近は米軍に占領された。同高地守備の独立混成第十五聯隊第一大隊（野崎大隊）は十八日夜奪還逆襲を行い、十九日〇二三〇ころには米軍を五二高地頂上付近から撃退したが、死傷者続出し奪回は不成功に終わり、大隊は十九日黎明安里北側台地に後退する状況となった。

眞嘉比地区の独立混成第十五聯隊第三大隊も米軍の強圧を受けながら、眞嘉比南側地区の陣地を保持した。同大隊は十八日夜包囲下にある聯隊砲陣地の救出攻撃を実施し、聯隊砲中隊、速射砲中隊の両中隊長以下の救出に成功した。（日本側の公式戦記：戦史叢書沖縄方面陸軍作戦より）

（＊訳注10／1）ＰＸ品：軍隊の基地内の売店で販売されている日用品。

第一一章　第四海兵連隊の投入

第三水陸両用軍団では安堵感が支配的であったにもかかわらず、日本軍は、まだシュガーローフ一帯を放棄するつもりはなかった。数日前、安里川まで前進した第六海兵師団にたいして、那覇市への突破を恐れた日本軍は、四個大隊の海軍陸戦隊を独立混成第四四旅団の前線の南側の一帯に配置していた。海軍の大隊は、国場川の南西の丘に陣取り、シュガーローフを援護すると同時に独立混成四四旅団の防衛線が突破されたさいに、首里防衛線をまもる役割であった。

そしていま、美田大佐率いる独立混成第一五連隊は消滅し、これらの部隊は国場川と首里高地をむすぶ、独立混成四四旅団の新たな戦線を補強するために投入されるか、さもなければシュガーローフの奪還作戦にむかう準備がととのっていた。かりに戦線が崩壊すれば牛島中将の防衛線の側面が押しあけられ、海兵隊に国場川まで突破され、首里要塞の背後にまわりこまれるため、彼らの役割は重要であった。

陸軍の正規部隊ですら寄せ集めの状態で、新たに投入された海軍部隊の大半は戦闘経験のない管理支援部隊や、民間人からの義勇兵、それに、大田海軍少将指揮下で、ほとんどが戦闘訓練をうけたことすらない、地元の沖縄県民による飛行場設営部隊で構成されていた。しかしながら、これらの部隊は小禄半島にあった補給処と、飛行場に散らばっていた航空機の残骸などから回収した豊富な自動火器と弾薬を装備していた。このうち、とくに第三大隊は「巌部隊《いわお》」と呼ばれており、二個中隊からなる四二五名の兵士に、二八梃の機関銃、二五八梃の小銃、二七門の擲弾筒、一九一個の地雷に、一七四四発の手榴弾を所有していた。これらの三個大隊は第三二軍の増援のために組織されたものであった。

米軍側の指揮官らの祝賀ムードが一段落したころ、日本軍の新たな部隊が、失った陣地を奪還するために移動をはじめていた。

夜明けとともに、第四海兵連隊第三大隊のK中隊とL中隊がシュガーローフ上の第二九海兵連隊の部隊と交代をはじめた。第二大隊のF中隊とE中隊も残りの第二九海兵連隊の前線をひきつぐことになった。（注11／1）

ジャック・ブレイナー一等兵が前線に向かっていると、もどってくる第二九海兵連隊のなかに古い友人を見つけたが、彼は精神に異常をきたしているようだった。肩には機関銃をかついでいたが、もう片方の手をのばしてブレイナーを掴むと「あの場所は狂ってるぞ！　本当にとんでもねぇ」と叫んだ。

地面にひろがる光景も戦闘の激しさを物語っていた。「つぎつぎと男たちがやってきては、蛸壺の兵士と交代していった」とフィリップス・カールトン少佐は回想した。「丘へつづく一帯は、ゾッとするような戦闘の廃棄物でおおわれていたよ。装備品は回収されつつあったが、裂けたヘルメットに、負傷兵の背嚢から撒きちらされた私物、壊れたライフル、ものすごい量の迫撃砲弾の紙製ケースなんかでね。ところどころに落ちているCレーションの缶が何度も踏みつけられたりして、地面は汚かった。それに、腐敗の進行度合いが違うたくさんの日本兵の死体がころがっていた。一部は埋もれていたけど、多くは横たわった状態で、剥き出した腕や顔がべたべたと黒光りして腐ってふくらんでいたよ」

L中隊の機関銃手、ポール・ユーリッヒ一等兵は自分の部隊とともに、破壊された製糖工場のボロボロになった煙突の横を通りすぎ、最前線の後方の平野部にやってきた。その場所にいた少佐が部隊を停止させると、L中隊のマービン・L・パースキー中尉に、当初命令されていた丘ではなく別の丘に行けとつげた。「〝別の丘〟の同じ場所に行け」は戦線復帰の知らせであり、〝別の丘〟とはシュガーローフのことを指していた。

ユーリッヒはペンシルバニア出身の農家の倅で、入隊前はラジオ製造のフィルコ社で、ラジオのキャビネットへラッカーの吹き付け塗装をする仕事をしていた。シュガーローフに向かって屈みながら走っていくと、丘に近づくにしたがい日本軍の砲弾が落下しはじめた。

彼は顔見知りの若い二等兵を追い越した。この男はすでに結婚しており、二人の女の子がいた。ところが彼は死んでいた。砲弾が突きささり頭全体をとばしてしまったのだ。体はかがんだままの姿勢で、死の直前の状態を知ることができた。片方の耳がボロ切れのように顎のあたりにぶらさがっており、それ以外の部分はつぶれた頭蓋骨と一緒になっていた。この状態で、個人を判別できる状態ではなかったが、なぜか背負っていた背嚢がなくなっており、ジャケットの背中に刷られた名前を明確に読みとることができた。

ユーリッヒの機関銃班は、シュガーローフの前面の斜面に到達することができた。彼らは、トンネルか洞窟の入り口のような穴に飛びこむと、二九連隊F中隊の海兵隊員が一人で入り口のすぐ内側のかげに隠れているのを見つけた。彼以外の海兵隊員は全員死んでおり、二〇平方メートル程度の場所に死体が散らばっていた。

ユーリッヒの部隊が、穴に落ちるように入っていくと、F中隊の生存者は「神様、感謝します」と言った。この海兵隊員は両腕と片足に包帯をまいていたが、BAR銃を保持しつづけていた。彼はトンネルの入り口にもどる途中で、近づいてくる日本兵にたいしていつでも銃撃できる態勢だった。仲間の死体にかこまれて、たった一人で戦闘準備をしているところにL中隊の兵士たちが到着し、どうやら生き残る希望がもてたようだった。

そのころ、丘の上にはダニー・ブリュスター少尉がいた。このグアム戦を経験した古参士官のブリュスターは、部隊では伝説的な存在だった。彼の実家はボルチモアで化学薬品会社を経営している大富豪だった。彼は一九歳で入隊し、海兵隊史上もっとも若い将校として任官した。彼の父親は第一次世界大戦で現師団長のレム・シェファードとともに戦った経験をもち、ダニー自身は名門プリンストン大学を中退して、海兵隊にくわわった。もっと戦争からはなれた安全な生活をえらべたが、それは彼のスタイルではなかった。彼は戦闘部隊を強く希望し、ついにL中隊第一小隊を率いることになった。

ブリュスターと交替する第二九海兵連隊の部隊は、かろうじて丘を維持しているようだった。小火器、迫撃砲、野砲の激しい攻撃にくわえ、丘の中の地下陣地には依然として日本兵がいた。ブリュスターは第二九海兵連隊の下士官を見つけたが、思わず「神様、助かった。もう全滅寸前だったんだ」と口走ったのを聞いて、いだいていた楽観的な見通しが即座に消え去ってしまった。

ブリュスターは小隊軍曹のフィル〝パディ〟ドイル軍曹を呼ぶと、二九連隊の下士官と小隊の三個分隊をどうやって展開すればよいのか相談するように命じた。彼らが話しはじめると、日本軍の擲弾筒から発射された砲弾が炸裂し、ドイルの首を吹きとばし、飛び散った破片がブリュスターの足に食いこみ、彼も転倒した。

ブリュスターはこの傷を気にせずに指揮をつづけ、小隊をすばやく展開させた。彼らが陣地を構築していると洞窟から定期的に日本兵が姿をあらわしたため、そのつど、作業を中断して銃撃をくわえた。戦史研究家は、このときの様子を「複雑な地形、定常的な砲撃、夜間に戦線を侵す小グループ敵対勢力（斬り込み隊）などの要因にもかかわらず、交代は順調に実施された」と記している。

第四海兵連隊第二大隊はハーフムーンの表斜面をのぼっていた。トム・マッキニー二等兵はお碗形の窪地に海兵隊の将校と通信兵、それに小銃手の死体が投げ出されるように散らばっているのを偶然発見した。

「死体の状況から判断すると、彼らは二、三日放置されているようだった」と回想した。みな武器を持ったままで、通信士は無線機を背負ったまま死んでいた。「でも、めちゃくちゃに撃たれていたよ」とマッキニーは語った。「明らかにナンブ（＊訳注11／1）で撃たれており、体中が穴だらけだった。最悪だったよ」

この日、戦線からはなれる兵士の中にケン・ロング二等兵がいた。彼と交替の海兵隊員が蛸壺に飛びこんでくると「小便タイム！（訳注：起床ラッパの俗語）」と宣言した。ロングは冗談を聞くのは二週間ぶりだったが、自己紹介でこれ以上、時間を無駄にしたくなかったので「あとは頼んだぜ！」とだけ話すと、蛸壺をあとにした。

後方にもどるために中隊の兵士が整列していたが、ロングはみなが放心状態であるのに気がついた。目は充血して隈ができ、装備品は乱れていた。話すこともなく「頭をつかった会話がまったくできなかった」

顔を下にむけて意識が朦朧としながら歩いてもどる途中、ロングはライフルの銃床が何かにぶつかったのに気がついた。彼はゆっくりと顔を上げると、そこにはシェファード将軍がいた。彼はライフルの銃床で、うっかりと師団長の膝をたたいてしまったのだ。「将軍は不快な素振りは見せず、目の中に哀れむような表情が見えたような気がする」とロングは回想した。「とくに言葉はかわさなかった。私はただ、ジープの前をうろうろしていただけで、そのまま歩きつづけた。将軍の姿を見たのは、それが最初で最後だったよ」

ロングが戻っているころ、彼らの部隊がいた場所は攻撃をうけていた。一六〇〇時ころ、ハーフムーンの左翼側にたいして、日本軍の反撃が開始された。この第四海兵連隊がしがみついていた小さな区域は、その前日に第二九海兵連隊が奪取した場所であった。攻撃は激しい迫撃砲の支援砲撃をともなっていたが頓挫し、海兵隊によると六五名の日本兵が戦死した。しかし、海兵隊は安全上の問題から、側面の戦線を二五〇メートルほど北側に後退させることで防御しやすい平野部に移し、その場所で夜営することになった。

五月二〇日の朝は、シュガーローフ上の機関銃陣地にいたポール・ユーリッヒにとって幸先のよいものではなかった。朝日がさすと機関銃班の班長が彼の蛸壺に滑りこんできた。彼の手には今日の任務が記された紙がにぎられていた。彼は塹壕の端から頭をあげて命令書に書かれている場所を調べていると、狙撃兵が撃った銃弾が額の真ん中にあたった。この火力班長は、額に手をあてると「あぁ、母さん」と呟くとそのまま崩れ落ちて死んでしまった。

ロバート・パワーズ伍長は、ブーゲンビルやグアムでの実戦経験がある強襲大隊出身のベテランで、この朝、三名でパトロールを組織してホースショアを偵察せよとの命令をうけた。パワーズと三名の海兵隊員は稜線の頂上部まで到達し、反対側の斜面を見下ろしたところ「おそらく、二、三個小隊のニップ(日本兵の蔑称)のやつらがいて、……それに数人の将校か下士官が、軍刀を手にもって兵士たちを鼓舞していた」そのうち誰かがパワーズの一団を発見して、攻撃を開始した。「二、三〇人が自動火器で俺たちを狙ってきやがった。たまらないよ」とパワーズは回想した。

パトロール隊の三人全員が銃弾をあびた。二人は最初の一斉射撃で死んだ。一人目はミネソタ出身の、パワーズのよき友人で、頭頂部がなくなって即死した。もう一人は胸に二発の銃弾をうけ、その場で死んでしまった。三人目もやはり胸を撃たれたが、意識はまだあった。パワーズは彼を引き寄せると、消防士のように両肩でかつぎ、可能なかぎりすばやく丘を駆けおりだした。彼らがひらけた平野部に差しかかると、日本兵が蛸壺から、ひょっこりと姿をあらわすのが見えた。パワーズは負傷兵を落として、地面に伏せると手榴弾を引っ張り出した。

「その時、黄燐手榴弾と、破片手榴弾を持っていたが、二個とも蛸壺にむかって投げつけた」とパワーズは回想した。「おそらく、日本兵をやっつけたと思う。爆風がおさまると、その後は何も起きなかった。やつは二度と姿を見せなかった」パワーズはふたたび負傷兵をかつぎ上げると、残りの道を友軍の戦線にむけて戻った。

この一帯にはまだ相当数の日本兵がいたものの、第四海兵連隊の二つの突撃大隊は、この五月二〇日は予定どおり前進した。攻撃開始時間は〇八〇〇時で激しい支援砲撃のもとで、戦車隊と突撃部隊は、ホースショアやハーフムーンからの反撃をうける前にすばやく一八〇メートルほど前進した。ホースショア西端の高台を攻撃する第四海兵連隊第三大隊に、右翼側の第二二海兵連隊が支援射撃を実施した。攻撃の方法は、戦車を先頭にして、目につくすべての洞窟などの開口部にたいして至近距離から七五ミリ砲を撃ちこむか、二門の火炎放射器を装備した通称〝ジッポー〟と呼ばれた支援戦車で焼きはらっていくものであった。その後、火炎放射手と、爆破班をともなった歩兵部隊が前進していった。

マービン・パースキー中尉に率いられて、ユーリッヒの機関銃班はホースショアに向けて前進していった。パースキーは普段は分厚い眼鏡をかけていたが、この日はかけておらず、失くしたか、どこかに置き忘れたようで、そのため視力に問題が生じていた。「まったく、線路は一体どこだ?」と彼は分隊長にたずねた。分隊長が正面の線路を指さすと、その向こう側には茂みにおおわれた小山があった。中尉は線路を横切って、その高さ三～五メートルの小山を占拠せよと命じた。

機関銃手たちは、この小山から少しさがった線上に機関銃を設置すると射撃を開始した。そのさい、ユーリッヒは銃身の交換をしようとしたとき「左に目をやると、三発の迫撃砲弾が着弾した。一・二・三って並んでね。それが、ちょうどわれわれのいる場所に向けて一直線に並んでいたんだ。そこで俺は、〝おいおい、もう一発きたぞ、伏せろ!〟って叫んだんだ」と回想した。

ユーリッヒは前方に向かって体を投げ出すと同時に、効果的に防御できるように、ヘルメットを首の後にずらした。四発目の迫撃砲弾が炸裂したとき、ユーリッヒの体はまだ宙を舞っていた。彼の左の足もとに置いてあった弾薬箱は、一〇メートルぐらいの高さで吹きとばされた。ユーリッヒはひっくり返ると、左足に破片が突きささっていた。すぐ近くではユーリッヒの戦友、カル・フロスト伍長が顔をまもるように胸にむかって頭を下にしていた。この姿勢のおかげで、彼は一命を取りとめたかもしれない。伍長は腕と胸に破片をあびたが、致命傷は負わなかった。他の四人の海兵隊員たちは建設途中の亀甲墓の大きな穴に身を隠していた。

破片が飛び散る方向は不規則であり、二人の海兵隊員は重傷を負ったが、残りの二人は爆風すらあびていなかった。重傷を負った一人は、ジョージ・ストーバル一等兵だった。大きな金属片が胸につきささり、直径二センチほどの穴をあけた。彼の傷は深かった。じつはユーリッヒの負った傷が一番深かったが、このときは誰もそうは思わなかった。表面的には彼の傷は、前線を退くには充分だが、手足が不自由になるほど酷くはなく、足に細かい破片をうけただけのように見えた。「お前は、本当にラッキーな野郎だな」と戦友たちは彼をからかった。「足を負傷して、これで国に帰れる」

フロストとユーリッヒは後方にむけて戻りだした。「足は感覚がなくなっていたけど、彼が支えてくれていたので、その足で歩いていた」とユーリッヒは回想した。「シュガーローフから、しばらく進んで、ひらけた場所に出たところで、それ以上前に進めなくなってしまい、目眩がしてきた。ズボンの左足を見ると、全体が真っ赤に染まっていた。彼が穴に指をつっ込んで、ズボンを引き裂くと、血が心臓の鼓動に合わせて出血しているのが自分からも見えたよ。どうやら左足の動脈を傷つけたようだった」彼は出血多量で瀕死の状態だったのだ。

フロストがどこかから短いロープと、棒を見つけてきた。どこから見つけてきたのかはユーリッヒには判らなかった。彼はそれを使って足を止血すると、モルヒネを打ってくれた。すると突然、担架兵があらわれて、担架に彼を乗せると、大隊の救護所まで運んでくれた。

ユーリッヒは何か特別なことが起きるたびに腕時計を見る癖があり、四月一日に沖縄に上陸したさいに腕時計を見てチェックした時間は、予定よりも三分遅れだった。彼は負傷したさいも同じように時間をチェックしており、破片をうけたのは、五月二〇日、日曜日の午後二時一五分ちょうどだった。

L中隊の東側で、第二大隊のハーフムーンへの攻撃は、悪夢のような惨状になっていた。猛烈かつ正確な首里高地からの平射砲撃で大隊の側面は大混乱になった。ハーフムーンの裏側斜面の窪地からの迫撃砲による砲撃は進撃地域の全域を射程にとらえていた。支配地域を防衛しようとする日本軍の抵抗は午前中も引きつづき頑強だった。

一一三〇時、攻撃に参加した三個中隊の戦死傷者の数は増加していった。そのため、レイノルド・H・ハーデン中佐は攻撃をハーフムーンの中心から側面にシフトさせた。F中隊は戦線の中央を維持し、師団境界線を南に下ったE中隊の攻撃を支援する。G中隊はシュガーローフを通過後、転換しハーフムーンの裏側斜面を南西より攻撃する。一個戦車中隊が丘の両翼攻撃により、E中隊とG中隊を支援する一方で別の一個戦車中隊が遠距離支援射撃を実施する。一二四五時までに詳細な計画がきまり、攻撃を再開した。

G中隊に随行する戦車隊の進撃路は、地雷原をぬけるハーフムーンの右翼側に設定した。この強力な支援のもとで歩兵部隊は丘の西端を確保することができた。E中隊に随行した戦車隊は、それほど順調ではなかった。ブルドーザ型の戦車により丘の東側への進撃路を確保しようとしたものの頓挫してしまい、斜面の裏側を砲撃できる位置まで戦車を前進させるのに失敗してしまった。そのため、彼らが前進すると三方向からの手榴弾や迫撃砲による攻撃をうけ、両翼攻撃の左翼側は激しい損害をうけてしまった。
最終的にE中隊はハーフムーンの表斜面に陣地を構築した。第二大隊と日本軍守備隊の夜間の位置は接近していたが、丘の稜線にそった場所が、両軍の迫撃砲や野砲による継続的な砲撃により、草が刈られたような無人地帯となり、おたがいを隔離していた。

第三大隊は、もう少し運がよかった。ホースショアの前斜面にあった蜂の巣状の洞窟は、戦車で爆破され、つぎに火炎放射で焼かれ、最後は爆破班が入り口を封鎖した。この地下陣地のひろがりに海兵隊員たちは驚かずにはいられなかった。ある時、洞窟の入り口を爆破もしくは煙幕弾を撃ちこんだところ、周辺の五、六ヵ所の別の洞窟の入り口から土ぼこりと煙があがり、丘の反対側斜面からも立ちのぼった。

この日のヒーローは火器中隊の三七ミリ対戦車砲小隊所属の武装偵察員、ヒュー・ホーゲル伍長だった。彼の功績書によると、ホーゲルの任務は彼の小隊が日本軍の砲兵陣地に直接射撃をくわえるために、その場所を割り出すことだった。ホーゲルは、よりよい視界をもとめて、危険を承知で戦線を越えて進むと日本軍の一三ミリ機関銃を見つけた。その場で機関銃手らを殺して銃を奪うと向きを変え、迫撃砲陣地を破壊し、砲手らを全員射殺した。

一六〇〇時までに、夜間の防御体制をかためるために連隊は攻撃を停止した。K中隊とL中隊はホースショアの窪地にある日本軍の迫撃砲陣地を見下ろす場所を支配した。シャープレー大佐は第三大隊の担当区域での日本軍の反撃を予想していた。とくにマービン〝ストーミー〝セクストン大尉のK中隊が危険だったので、第一大隊にたいしてホースショアの海兵隊を支援するように命じた。

B中隊も任務をうけた。「夕方になって、装備品を装着しておくように命じられた。もしかしたら夜に入って、どこかへ移動命令をうけるのかもしれないと思った」とスチュアート・アップチャーチ一等兵は思った。「これは、少し妙な感じがした。SOP（標準作戦手順書）では、何があろうとも夜間は陣地から外に出ないことになっていた。蛸壺から出るのは、衛生兵、通信兵、それに担架兵だけだった。彼らの多くも友軍から誤射されていたよ」

第三大隊の救護所では、ポール・ユーリッヒがまだ地面に寝かされていた。外科医が動脈を縫ってくれたため、彼は後方に避難するのを待っていた。ユーリッヒがここに到着した直後、負傷兵を満載したアムトラックが日本軍の砲弾の直撃をうけて、爆風で乗っていた全員が死亡した。この事態の二の舞をさけるため、救護所では全員を夜になるまで引き留めることにしていた。

ユーリッヒの左側には、友人のジョージ・ストーバルが寝かされていた。彼は胸の傷により、明らかに死期がせまっていた。皮肉にも、ストーバルはこの場所にいなくてもすむはずだった。彼の兄は欧州戦線で戦死し、父もまた彼が出征している間に亡くなった。第六海兵師団が沖縄戦にむけて編成されたガダルカナルで、シャープレー大佐は、このミシガン出身の若者を呼ぶと、一家で最後の男性となってしまったため、国に帰ることができると告げた。ストーバルはきっぱりと「嫌です」と断わると「最後の一人であろうとも、私は自分に課せられた仕事をやり遂げたい」と言った。いま、そのストーバル自身も死期が近いのを自覚していたが、簡単には死ななかった。彼は担架の上で大暴れしており、それを五人がかりで押さえていた。しかし動きがピタッと止まると、ついに息を引き取った。

夕闇がおとずれると、懐中電灯でアムトラックを誘導し、ユーリッヒは大きな陸軍の病院に収容された。陸軍の衛生兵が一杯のコーヒーをくれて、一緒に砂糖を一ポンド（約四五〇グラム）もくれた。その日の夜、揚陸船から、病院船USSリライフに搬送された。この時、乗組員が彼を運ぶさいに、その砂糖を脇に落としてしまい、彼は多いに落胆した。

数日後、軍医が看護婦をユーリッヒのベッドに呼び寄せると「みてごらん」と言った。ペンシルバニア男のユーリッヒの足から摘出された砲弾の破片は、ほとんどがマッチ棒の半分くらいの大きさで、数えてみると全部で六四個あった。これには足首にささっていた一・五センチの破片はふくまれていなかった。

シャープレー大佐が恐れていた第三大隊にたいする日本軍の反撃は、現実のものになっていた。二二〇〇時、九〇ミリ迫撃砲の集中砲撃につづいて大隊規模の日本軍が、K中隊とL中隊にたいして攻撃を開始した。

ブルックリン出身のイタリア系の悪ガキだったパオロ・デメイズ一等兵は、グアム島で二度のバンザイ突撃を経験し、そのうち一度は銃剣で撃退した。しかし今回は、バンザイ突撃とはまったく異なっていた。「今回のは、統制されていた」と彼は回想した。「やつらは無秩序じゃなかった。なんと言うか、組織だっていたんだよ。酔っ払っているように大きな音をたてたり無秩序ではなく、自滅的でもなくて、最初に迫撃砲やら煙幕弾を手あたり次第に撃ち込んできて、……そうして奴らはやってきたんだ」

日本兵はまだ、数百メートルの距離にあったが、照明弾の明かりで、ずんぐりした漫画映画のキャラクターのように見えた。デメイズは、海兵隊員の一人が「必死の形相で叫びながら」進撃してくる日本軍にむかって支援砲撃の位置調整をしているのが聞こえた。突撃を支援する日本軍の火砲や迫撃砲による砲弾も、海兵隊員らに降りそそいだ。

一九歳のミシガン出身で歯医者の息子のジョン・アーソン一等兵は、K中隊左翼の蛸壺の中にいた。彼から左手の三つの蛸壺は、一つずつ順番に砲撃で撃破されていった。別の砲弾が、彼のいる蛸壺の直前で炸裂したものの、彼は傷を負わずにすんだ。日本兵は彼の間近にせまっていたが、彼の位置は同時に、左翼側に布陣するL中隊の防衛線の一端をになっていた。L中隊の兵士は、丘の弧をえがく場所におり、彼は頭を隠したまま、アーソンの蛸壺の正面を見ることができた。逆にアーソンは、頭をさらさずに、L中隊の兵士の蛸壺の正面を見ることができた。「彼は俺に〝一〇時の方向に手榴弾を投げろ〟みたいに叫んでくれた」とアーソンは回想した。そしてアーソンも彼に同じように指示をあたえていた。彼らは、こうして二人の間の斜面を侵入してくる日本兵を排除していた。

しかし、日本軍は中隊にたいして、四五〇名から五〇〇名による大隊規模の攻撃を仕かけており、彼らを止めることはできなかった。すぐに日本兵らは陣地までやってきた。前進観測員の一人が、砲撃支援を要請する叫び声がアーソンに聞こえていた。「ちくしょう！　奴らは、もうここにいるんだよ、そう、ジャップだ！」

デメイズと一緒の蛸壺にいた海兵隊員は、この穴を以前つかっていた日本兵が置いたままにしていた擲弾筒を発見した。榴弾も八発か九発残っていたので、彼は前進してくる日本兵にむけて全弾発射したが、ほとんど効果がないように見えた。「止める方法はなかった」とデメイズは回想した。「やつらは前進しつづけた。それは、全員が一斉にこっちに向かって迫ってくるように見えた。それからしばらくの間、まるで西部劇の銃撃戦みたいな感じになった。そこら中で人が走りまわっているのさ。手榴弾も両側から飛んできた」デメイズはBARをつかんで弾倉がからになるまで全弾発射し、その後、M1ライフルの弾帯ベルト二つ分の大部分を撃ちつくした。

日本兵は、海兵隊の陣地を通りすぎていった。「何が変かというと、やつらはわれわれの蛸壺を攻略しそこねても、そのまま、わき目もふらずに進んでいくことさ」とアーソンは語った。「日本兵の目標は、ただ一つ、ひたすら進むこと。敵を殺しそこねても、後ろのやつが面倒を見てくれる。もし、どちらかに一歩でも、やつらの突撃コースからずれていれば、見向きもされなかった」

アーソンが、動きまわる人影にカービン銃で銃撃をくわえようと立ち上がり、引き金をひこうとした瞬間、砲弾の破片がとんできて、トリガーガードの後ろから、ストックが吹きとばされてしまった。しかしなぜか、手を怪我せずにすんだ。いずれにせよ、銃弾も残り少なかったので、蛸壺にもぐり、Kバーナイフで、ストックの残りを削り落とそうとした。彼が、穴の中にかがみ込んだとき、突然、着剣した小銃をもった日本兵が蛸壺の縁にうかび上がってきた。

「日本兵は、俺を仕留めたと思ったはずだよ」とアーソンは語った。日本兵は、銃剣をかまえて突進してきたため、アーソンは本能的に左腕を上げて防御しようとした。この時、奇跡中の奇跡が起こり、銃剣が腕と胸のあいだの脇の下に横滑りし、どこも傷つけなかった。アーソンは左手にKバーナイフを持っていたので、そのまま男を突きさすと同時に、刃を手前にひいて、ぐいっと上に押し上げた。「日本兵も驚いたと思うよ」と彼は語った。この後、彼は死体をナイフごと、斜面の下にむかって投げ落としたが、これは当時の彼の動転した心理状況を物語っていた。

K中隊は、しばらくの間、予断を許さない状況にあったが、なんとか持ちこたえていた。ロバート・パワーズ伍長は日本兵について「そこら中に溢れていた」と話した。「不気味な戦闘だった。なんの気配もなかったところに、照明弾が打ち上がると、つぎの瞬間にやつらはすぐそこにいた。そして俺の横を……ニップのやつらが……走りすぎていった。俺たちはやつらを一掃しようとしたが、大混乱だったよ」

この時の模様を東側の高台からながめていた第一海兵師団の兵士が、後にアーソンに語ったところによると、彼の第一海兵師団は、第四海兵連隊が蹂躙されたので、後退して右翼側の戦線を閉じよとの命令を三度もうけた。しかし、そのつど、命令は撤回された。第一海兵師団の兵士から見えた光景は、K中隊の戦場が真っ赤だったことである。あらゆる火砲による砲弾や、迫撃砲弾が炸裂し、その赤いエリアは、どんどん大きくなりつづけていった。

混乱した状況で、ジョン・アーソンのとった行動は奇妙なものだった。「銃撃戦の中で、俺は弾薬もなにもかも全て使いはたしてしまった。その時、支援砲撃の砲弾が俺たちの上に落ちてくるって聞いたんだ」とアーソンは思い起こした。「そこで、ひでぇなと思った。俺の膝は、蛸壺の中でずっと跪いていたので、すごく痛かった。そこで思ったのは、〝どうせ、どこにいたって砲弾は飛んでくる。どっちみち死ぬんだ〟それで、自暴自棄になって、蛸壺の縁に腰かけて足を穴の中におろして、煙草に火をつけて一服したんだ。なぜか膝が痛い状態で死ぬくらいなら、もっと伸び伸びとして死にたかったんだ。……そしたら、隣りの蛸壺のやつが、俺に向かって伏せろって叫ぶんだ。それでその通りにした。なんであんな行動をしたのか後で考えるとよく分からない。それと他に覚えているのは、戦線で見上げると日本軍の機関銃と銃身が、鮮やかな赤い色をしていたことだよ。それに銃身が少しまがっていた。ちょうど指を少しだけまげた時のようにね。やつらは機関銃をずっと発射しつづけていたので、熱で真っ赤になって、銃身がまがってしまったんだ。俺たちは、それを見て、塹壕から頭を出さなくても斜面の下の方を射撃できるって笑ったんだ。ただ、あんな場所にいると、ユーモアのセンスもおかしくなるけどね」

派手な照明弾の明かりをともなう激しい混戦は二時間で終わりをつげた。「恐怖と苦痛の叫び声が戦場に満ちていた」と海兵隊員は後に書き記している。「ジャップのやつらも海兵隊員らも暗闇のなかで行動を確認したり、戦線を立てなおすために、戦友に叫び声をかけつづけていた。〝誰だ？〟〝音を立てるな、撃つぞ！〟〝大丈夫か？〟〝ニップが来た、撃ち殺せ！〟〝マック、そこを見ろ、そこにニップがいるぞ！〟叫び声、悪態をつく声、祈る声、それに手榴弾の閃光」

深夜までに、戦線を突破できたわずかな数の日本兵は、死ぬか撤退した。「それでも散発的に銃撃が起きていたが、ときおり音が聞こえる程度で、たいしたことはなかった」と、パオロ・デメイズは語った。別の生存者の一人も、その時の模様をポップコーンが弾け終わるときのようだったと語っている。大気はかなり湿っており、霧がかかりはじめていた。ジョン・アーソンは彼の後方のもやの中から、海兵隊員が一列になって現われるのを見た。それはB中隊だった。彼にはこの海兵隊員たちが、これまで見た何よりも眩しく見えた。

新たに到着したのはB中隊の兵士たちで、その中に、スチュアート・アップチャーチ一等兵がいた。アップチャーチと三名の海兵隊員は、高台に展開し、迫撃砲小隊を防御するように命じられた。その場所でアップチャーチらは、これまで見たなかでもっとも深い蛸壺を見つけた。この穴は明らかに両軍の間で何度か持ち主を変えたようで、そのたびに新たな主が、少しずつ掘り進めたようだった。そのため、アップチャーチが外をうかがうには、なにかの上に立たなければならなかった。

すぐ近くには、海軍の巡洋艦からきた前進観測員も配置についていたが、船との間の無線交信で、なにかトラブルを抱えているようだった。アップチャーチからは、この男が無線機にむかって叫んでいる声が聞こえた。「照明弾を一五秒おきに打ち上げろと、あの馬鹿艦長に伝えとけ。それも一晩中だ。さもなくば、明日、俺が艦にもどったら、あの馬鹿、ぶっ殺してやる」海兵隊員たちには、この若い将校が、艦長に向かってそんな口をきくのが信じられなかった。「そこで俺たちは、その観測員に〝自分の艦にむけて砲撃要請してみたらどうだい?〟って言ったんだ」とアップチャーチは語った。いずれにせよ、彼らには照明弾の灯りがあったが、それ以外にも不気味な灯りがあった。第一小隊の不運な海兵隊員は、銃弾が彼の持っていた三個の黄燐手榴弾にあたって爆発し、彼の体は朝まで燃えつづけていた。

この兵士が手榴弾を手に入れたK中隊の戦闘指揮所では、ジョー・マクナマラ伍長が、B中隊の兵士たちに前線の配置について説明をしていた。彼がようやく蛸壺にもどってくると彼の小隊軍曹や、他の軍曹、それに下士官らが彼の隣りにある壕にいた。そこには衛生兵も横に寝そべっていた。マクナマラは、下士官らが一ヵ所に集まりすぎていると感じたものの、その時は疲れきっていたのと、小隊軍曹が配置についていたので、なにも言わずに蛸壺にもぐり込み、少しでも睡眠をとろうとした。彼が目をとじるとすぐに巨大な爆発があり、彼も蛸壺から体が少し飛び出てしまった。「蛸壺で立ち上がったものの、だれかに頭の右側を野球のバットで殴られたような感じがした」と彼は回想した。別の海兵隊員がやってくると、彼に言った。「マック、負傷してるよ、横になっとけ」

マクナマラの右袖は血で真っ赤に染まっていた。そこで彼は上着の下にある腕を調べてみたが傷はなかった。「俺じゃない」と彼は返事をした。そこで隣りの壕に目を向けた。そこには、B中隊の下士官がマクナマラが最後に見たときとまったく同じ場所にいた。しかし、彼は頭がなくなっていた。マクナマラの戦闘服についていたのは迫撃砲弾で飛び散った彼の頭部だった。壕の横の方で寝そべっていた衛生兵も、砲弾の破片で切りきざまれて死んでいた。「まるで雑巾のかたまりのようだった」小隊軍曹は意識がなく、後方に搬送された。もう一人の軍曹はその場に留まっていたが、なぜか不自然なほど静かだった。よく調べると彼も重傷で口がきけなかった。気がつくとマクナマラはいつの間にか、小隊の責任者になっていた。

朝日がのぼると、K中隊の周囲は、海兵隊員や日本兵の死体、飛び散った肉片などで、食肉処理場のような様相を呈していた。「泥の上に散らばったり、谷間の壁の岩に張りついたり、人間の肉片は、あたり一面に散らばっていた」と海兵隊員は語った。体が真っぷたつになった男、切断された腕や脚、取れた頭部などがゴロゴロしていた。G中隊の海兵隊員、フランク・ヘップバーンがこの場所にやってきたとき、手をのばせば、どこにでも砲弾の破片があり、前夜の砲撃の凄まじさに息をのんだ。「降りはじめた小雨で、泥の表面が洗われ、金属片や、肉片などが驚くほど鮮明に、ぼんやりとした霧の中にうかび上がっていた」と彼は当時を回想した。

ヘップバーンは、死体を踏まないように、前を歩く兵士の足跡に、注意ぶかく自分の足をかさねながら進んでいった。泥のかたまりのなかの武器の部品、弾薬ベルト、それに未使用の手榴弾などが肉片のなかに散らばっていた。こうした肉片は、どちらの陣営のものか識別できなかったが、どうやら日本兵のもののようだった。しかし、あちこちにUSMCと上着のポケットの上に書かれた黒い文字が見てとれた。それに海兵隊の編み上げ靴はすぐに判別できた。「誰もその場所をあえて歩こうとしなかった。荒らしたくなかったんだ」と回想した。「足を進めていくと、地面の下に死体が埋まっているのが分かってきた。すなわち弾薬ベルトの下には胴体があった。だから誰もヘルメットを持ち上げようとしなかったよ」

生存者の中にはパオロ・デメイズがいた。周囲でうろうろしている海兵隊員の多くは「ケツに茶色の星が描かれていたよ。パンツの中で糞を漏らしていたんだ」と彼は話した。一晩中戦わざるを得なかった兵士は、汚物をこうして持ち帰った。深夜から一、二時間たったころ、元強襲大隊の海兵隊員が撃たれたようで、デメイズに体の不調をうったえた。右肩の付近に小さな破片がささっており、衛生兵がきて処置をした。搬送されるとき、この海兵隊員は普通に話し、元気そうだったが、のちにデメイズは彼が死んだことを知らされた。

朝がきたとき、ジョン・アーソンは依然として傷ひとつ負っていなかった。前夜、アメリカ軍の砲撃がはじまる前、彼の陣地の正面にある棚田のような場所に、日本兵の死体が「麦を刈ったあとに積んだ山」のようになっていたが、いまや、同じ光景があらゆる場所で見てとれた。朝がおとずれて、米軍の砲撃が終わった後、彼の小さな担当区域だった丘の稜線を見渡すと「まるで畑を耕した後のようだった。何ひとつ残っていなかったよ」

ウィリアム・スコット一等兵は、アイオワの農夫から海兵隊員になった。彼は昨晩の戦闘で、手榴弾を丸一箱つかい切っていた。彼の正面は土手になっており、しかも、かなりの急斜面で、そこを日本兵がのぼってくる音を聞いていた。そして戦闘が終わって、土盛りの縁から下をのぞき見ると、二人の日本兵の死体が手足を投げ出すように蛸壺の前にころがっていた。それぞれ軽機関銃をもっており、そのうち一人は手をのばせばとどく距離だった。そのため、スコットは彼がにぎっていた九九式軽機関銃を手元にひき寄せた。二人目の日本兵は、この二メートルほど向こう側で、どうやらスコットの投げた手榴弾が、顎の下あたりで炸裂したと思われた。

しかし、この朝、スコットが印象ぶかく記憶しているのは、ただよっていた匂いだった。K中隊の場所は、血の匂いに満たされており、彼は「まるで、ハンバーガーの匂いだった」と回想した。彼自身も血をあびていた。その日の早朝、二人の重傷の海兵隊員をシュガーローフの反対側にある救護所までつれていった。二人とも、出血が激しく、彼のズボンは血まみれになった。「いわゆる血まみれだったよ」と彼は回想した。「それで何日か後、それが死体の匂いになったんだ」

日本軍の大隊規模の兵力を動員した攻撃は粉砕された。第四海兵連隊が、陣地の正面で集計した日本兵の死体は四九四体にものぼった。それ以外にも一六体が、砲撃や銃撃をうける手前で死んでいるのが発見された。さらに第二二海兵連隊の担当区域でも四〇体の死体が確認された。「日本軍の軍服は、比較的新しく、きれいだった。中には、米海兵隊のヘルメットや弾薬ベルトを着用した日本兵の死体も見うけられた」と米軍の情報分析報告書には記されている。

日本軍が首里防衛線の西翼を突破されることをいかに恐れているかは、今回の攻撃の規模と激しさが物語っていた。戦死していた日本兵は、正規兵で沖縄の義勇兵ではなかった。死体の一体は、身分証を所持しており、階級が海軍の二等水兵であった。また死体の山のなかから見つかった一体は、一等水兵の階級章と、海軍整備科の所属を記載した郵便貯金の通帳を所持していた。のちの捜索で、独立歩兵第一大隊をしめす身分証や、さまざまな海軍の身分証が見つかった。これは、日本兵の多くが那覇近辺の管理支援部隊から掻きあつめられていることを示していた。

この事実は、三日後、第四海兵連隊のI中隊がつかまえた、瀕死の捕虜からも確認された。この捕虜は海軍所属で、この晩の攻撃にも参加していた。彼は死の直前、訊問官にたいして、五月一七日ころに小禄の北で三〇〇名ほどの部隊を結成し、その後、独立混成第一五連隊に編入されて五月二〇日の攻撃に参加した。「この捕虜は、自分のいた部隊は、米軍の激しい集中射撃で、全滅したと考えていた」と米軍の諜報報告書には記されている。

五月二一日、第六海兵師団はふたたび攻撃を実施した。この日の目標は安里川上流への到達であった。攻撃の中心は第四海兵連隊で、第二二海兵連隊は前進にあわせて支援攻撃を実施する計画になった。ジョージ・B・ベル中佐の指揮の下、第四海兵連隊第一大隊（C中隊が連隊の予備で抜けていた）がシュガーローフの南側斜面を下り、ホースショアの東の端にむけて攻撃の中心をになった。進撃速度は遅く戦闘は激しく、A中隊、B中隊とも川に到達するために苦戦していた。機関銃手のメルビン・ヘックは、〇八〇〇時ころ、B中隊がK中隊の位置を通りすぎたあたりで、彼らの部隊になにが起きたのかを日記に書き記していた。

「最初にドンビートがやられた。尻に砲弾の破片がささった。つぎはダンハムで、鎖骨が折れて、脳震盪を起こした。彼が撃たれたのは信じられなかった。その時、彼を見ていたが、なにも喋らなかった。つぎはワード・バワーズで、ニップの砲弾で戦死した」

「九時三〇分、われわれは第二小隊と第三小隊の予備で、いくつかの爆弾穴に身を隠していた。クレンが砲弾の破片を背中にうけたため、アンドリオーラが介助して退避しようとしたところ、ナンブが火をふいた。アンドリオーラは尻に、クレンは足に銃弾をうけた。二人の近くにいたハッセルが走り寄って射界の外側までひきずって行こうとしたが、鼻と口と腕に銃弾をうけてしまった。マッギーとコンドンの二人が走り寄って、クレンとハッセルとアンドリオーラの三人を安全な場所までひきずっていった」

「野砲と迫撃砲の砲撃は、激しく、強烈になってきた。そこで、私は班の指揮をとると、バウムハード（少尉）率いる第三小隊と偶然に、見通しがよい開けた場所で出会った。コンドンが戦死したので、場所を移動したが、これはラッキーだった。あの場所にとどまれば、恐らくもっとたくさんの戦死傷者が出ていたはずだ。マリタートが尻と股間に銃弾をうける。アクナが撃たれる。われわれは戦線の構築とA中隊への連絡をこころみる。トラックの轍に機関銃を設置し、兵員を配置する。この場所はどこよりも安全だと思われたが、ニップの迫撃砲弾が轍のなかを直撃して三名が即死する。ジェニングス、アルバートそれに、マッギーだ」

「サイモンは他の三名と座っていたところ、足、腕それに脇腹に砲弾の破片をうける。衛生兵がプラズマとアルブメンの点滴を準備する間、私が応急処置をする。サイモンはどうやら大丈夫のようだ。これで私の分隊で戦死したのは六名だ。こんな最低の場所をとるために、あまりに多くを失いすぎる。赤毛のマッギーはかわいそうに、丘の一面に飛び散ってしまった。彼が座っていた場所に残っていたのは、わずかに赤い毛がついた頭皮だけだった。敬虔なカソリックの信者だったジェニングスは、われわれの中で一番信心深かった。彼は死の前に、〝今日、これから歩かねばならない者たちに、神の恵みがありますように〟と祈っていた。彼は昏倒していたので、自分に何が起きたのか最後まで分からなかったと思う。彼は体がパンパンに膨張していたので、誰だか判別できないくらいだった」

この日の早い段階で、ジョー・マクナマラ伍長も砲弾の破片を肩にうけて倒れた。さいわいにも破片は薄く、肉が切りさかれることなく、真っすぐ刺さっていた。ところが、マクナマラが立ち上がろうとしたところ左腕は、ぶら下がるように動かなくなっていた。彼は部隊に残りたいと主張したが、衛生兵は傷のレベルを〝後送〟の分類にした。「わかったよ、でも何ともなければ、戻ってくるからな」とマクナマラは主張した。彼が大隊の救護所にいくと、軍医が血だらけのエプロンをつけて、重傷の海兵隊員を処置している恐ろしい光景に出くわした。兵士は担架の上に乗せられ、点滴のプラズマ瓶がぶら下がっていた。マクナマラは「まるでダンテの地獄の世界から抜け出してきたようだ」と思った。しかし、マクナマラはここで特別な処置をうけることなく、その日のうちにアムトラックに乗せられ、第六海兵師団病院につれて行かれた。(注11／2)

雨は、朝から午後遅くまで、絶え間なく降りつづけた。砲弾で穴だらけの地面は沼のようになり、滑りやすく、補給は困難になった。海兵隊は川に向けて、点在する多くの日本軍の防御拠点だけではなく、天候とも戦いながら、さらに一八〇メートルほど前進をこころみた。第三大隊は、ホースショアの内側の窪地を攻撃した。この場所の日本軍は、もはや以前のように地形に防御されることはなかった。火炎放射班と、爆破班が日本軍の迫撃砲陣地からの抵抗を一掃した。K中隊とL中隊は昼さがりに攻撃を停止し、ホースショアと安里川の中間に防衛線を構築した。ホースショアの窪地にあった日本軍の迫撃砲陣地は無力化された。師団の左翼側では、第四海兵連隊第二大隊が、首里からの激しい砲撃をうけたため、ほとんど前進できなかった。

五月二一日の深夜、雨がふたたび激しさを増していた。このため、戦闘要員の輸送と、臨時物資集積所への補給は泥沼で身動きがとれなくなってしまった。「第六海兵師団の新たな攻撃計画にとって、最大の障害は日本軍守備隊の激しい抵抗ではなく、勢いの衰えない土砂ぶりの水で急変した沖縄南部の泥の海であった」と、海兵隊の沖縄戦史研究家は書き記している。

この雨も、スチュアート・アップチャーチの蛸壺にはメリットがあった。深夜近く、アップチャーチは、照明弾の灯りの下で二人の日本兵が侵入してきたのを見つけた。彼はBARで銃弾を撃ち込みつづけ、二人を倒した。その後、当直から解放されると、いつの間にか眠りに落ちたが、爆発による衝撃をうけて起こされた。隣接する蛸壺からは叫び声が聞こえていた。「〝母さん〟みたいな死ぬ間際の叫び声ではなかった」と彼は思い起こした。「何か、助けをもとめるような叫び声で、二人が同時に叫んでいた」

アップチャーチが蛸壺から飛び出そうとしたところ、何かがヘルメットの上から叩きつけられ、そのまま耳のあたりまで叩きおろされた。一瞬、何が起きたか分からなくなったが、すぐに彼の頭を叩きつけたのは日本兵であるのに気がついた。日本兵が蛸壺の縁で泥に足をとられて転倒している間に、アップチャーチはM1ライフルを引き寄せた。日本兵は手に軍刀をもっており、バランスを取り直そうとしていた。アップチャーチはM1ライフルで、日本兵の胸の真ん中をねらって四発を速射すると、彼は濡れた雑巾のように崩れ落ちた。この時、彼が〝軍刀〟だと思っていたのは、一メートル二〇センチくらいの竹槍であるのに気がついた。

日本兵はアップチャーチに襲いかかる前に、持っていた最後の手榴弾を隣りの蛸壺に投げこんでいた。蛸壺の中にいた二人の海兵隊員は重傷を負っていた。一人は足がつぶれており、もう一人は睾丸に破片をうけていた。睾丸に破片をうけた兵士は激痛で苦悶しており、衛生兵が彼にモルヒネを投与すると静まった。

アップチャーチは、用心のため陣地の前方に手榴弾を二発投げようとしたところ、隣りの兵士はふたたび痛みの感覚がもどってきたようで、衛生兵が海兵隊員を抱きしめて、安心させようと耳もとで、すべて大丈夫だと呟いていた。アップチャーチは手榴弾を投げてみたものの、戦線からはなんの反応もなかった。夜明けごろになって、担架兵がやってきて二人の負傷兵を運び出した。その後、一人は両足をなくし、もう一人は睾丸を摘出された。

日が差しはじめたとき、別の海兵隊員が、アップチャーチが撃った日本兵を「こいつ、まだ生きてるぞ！」と叫んだ。「このくそ野郎が、まだ生きてやがる！」と、この日本兵の頭部に向けて二発の銃弾を撃ちこんだ。アップチャーチは、海兵隊員が、この日本兵にふたたび銃弾を撃ちこんだのに不快感を感じた。実際、日本兵が生きているはずがなかった。この日本兵は一五歳くらいの少年で、太腿を負傷しており、乱雑に包帯がまかれていた。アップチャーチが少年のポケットを探ってみると、写真と、わずかなお金が出てきた。一ヵ月後、彼はこの日本のお金を売春宿で使ってしまった。

この五日間にわたるハーフムーン一帯の不毛な戦闘で、シェファード将軍は首里高地からの砲撃がつづくかぎり、ハーフムーンの占領はむずかしいとの結論に達していた。そのため、第一海兵師団が首里の攻略に成功するまで、ハーフムーンの攻略は見合わせることにした。

東側から首里の裏側への進撃が困難となったため、シェファードは師団の進撃方向を変更した。左翼側のハーフムーン裏側斜面に強力な防衛ラインを構築し「これ以上、南東方向の首里へ向かう攻撃はおこなわず、師団の攻撃軸を那覇へ突入するための南から、南西方向へ集中させる」計画になった。

一方で、第二二海兵連隊第三大隊を、ほぼ真東の首里方向にむかって配置した。この大隊は第四海兵連隊と、左翼側の第一海兵師団との間で連携を維持させた。シェファードは、この配置により、師団左翼からの脅威に対処すると同時に、南方向への進撃を支援することができると考えた。

五月二二日、海兵隊員たちは安里川の護岸にむけて散発的で軽微な抵抗の中を前進した。第三水陸両用軍団の情報部は「日本軍の重火器拠点を攻略すると、死体は遺棄されていたが、わずかなライフル以外の武器は発見できなかった。自動火器や、多用されている擲弾筒などの重火器は、これらの重要拠点が維持できなくなると、後方に向けて運び出されている模様である」と報告した。

偵察隊は、日本軍の散発的な銃撃がはじまる前に川を渡ると、一八〇メートルほど前進して、那覇市の郊外に到達した。計画では五月二三日に大規模な渡河作戦が計画されていた。一〇三〇時、第四海兵連隊第一大隊からA中隊とB中隊、第三大隊からI中隊とL中隊が川を徒歩で渡りだし、一一〇〇時までに対岸までの強固な渡河ラインを構築した。

ガイガー将軍は、第一海兵師団との境界線を右に移動させて第四海兵連隊第二大隊と接近させ、第六海兵師団の左翼側と、第四海兵連隊の橋頭堡の防御をより強固にさせた。この間、激しい降雨により、安里川は胸の高さまで水深があがり、濁流と化していた。工兵隊は、第四海兵連隊の突破口を押しひろげるために、渡河器材の搬送を急いだ。

五月二二日の夜、雨が首里城の廃墟を激しくたたきつけるなか、牛島中将は作戦会議を招集した。首里防衛線には亀裂が生じており、西翼では、シュガーローフの三角防御網が第六海兵師団に遂に突破されてしまい、海兵隊はいつでも首里を側面から攻撃できる位置にいた。東翼では、陸軍の第九六歩兵師団がコニカルヒル（運玉森）で突破口をひらき、米第二四軍団は、この裂け目に第七歩兵師団を投入した。いまや日本軍の第三二軍は、首里要塞が包囲される危機に瀕していた。

戦後、米軍の訊問官との聞き取り調査に応じた八原大佐は、作戦参謀の見解として「シュガーローフが陥落しただけならば、左翼側の戦線を那覇市の南まで下げることにより解決できた。そのため、これだけで首里防衛線が危機におちいったわけではない。しかしながら、コニカルヒル（運玉森）も同時に失ったため、西側の圧力からの首里防衛がきわめて困難になった」

牛島中将は決断をせまられていた。首里で玉砕するか、知念半島へ撤退するか、あるいは二〇キロメートル南に位置する、多くの洞窟が点在する八重瀬岳・与座岳まで撤退するかである。この場所には第二四師団が北の首里に移動したさいに、武器や弾薬の補給物資をそのまま残していた。

すでに六万人以上の将兵が戦死していた。歩兵第六二師団、歩兵第二四師団、独立混成第四四旅団ともに、ボロボロになっており、首里防衛線は崩壊の危機に瀕していた。

首里の防衛拠点が縮小していくなか、最後の決戦のために大規模な撤退作戦が計画された。生存している五万名もの将兵が、直径数キロの円内に押しこめられた場合、自滅は必至である。いったん包囲されてしまえば、圧倒的な火力をほこる米軍の前に日本軍の将兵は、格好の餌食にされてしまう。

最善の解決策、かつ、もっとも戦闘をひきのばす策を、牛島中将は選んだ。生き残った将兵を南部の八重瀬岳・与座岳方面へ撤退させることである。背後は海であり、彼らはここで死ぬまで戦う運命となった。

補給物資と、負傷兵の撤退がすぐにはじまり、通信や管理支援部隊がそれにつづいた。砲兵部隊はそのつぎで、五月二九日に戦闘歩兵部隊がそのあとを追った。首里が最後の決戦場であると米軍に信じこませるために、一定の砲撃は継続されることになった。さいわいにも、雨がこの撤退作戦を米軍の監視の目から隠匿した。後衛の防御部隊、五千名は五月三一日まで首里に張りつくことになった。

五月二四日、自力で歩行可能な負傷兵が、病院壕を出発した。ここにきて、日本軍が置かれていた困難な状況が白日の下にさらされることになった。第三二軍の陸軍兵士、クリマヤ・ノボルは、三〇〇人から四〇〇人もの負傷兵が道路脇を移動している光景を思い起こした。中には這うように進んでいる両足を切断した兵士もおり、一緒につれて行ってくれと拝むように頼んでいた。「彼らは、シャベルを松葉杖がわりに使っていた」そして「彼らをつれて行くことはできなかったが、それでもしつこく付きまとってきた」と語った。傷が深い負傷兵は、殺されるか、そのまま放置された。その多くは、手榴弾か青酸カリで自決を強要された。

兵士にとって武器は宝物である。彼らは将校の検閲にそなえ、つねに銃を磨きあげ、小さな傷ひとつ付けないように注意をはらう。その武器が、いまや錆と泥にまみれ、消耗しきった兵士たちは、散り散りになりながら首里をはなれていった。

シュガーローフの日本兵の生存者の中に、丘の南側の迫撃砲陣地に配属された、元農夫のシノハラ・マサッグがいた。彼と戦友らは昼間の間は、射撃命令が出たとき以外は、陣地のなかで動かずに、乾パンをかじりながら耐えしのいだ。米軍の圧倒的な火力の前に、着実に死傷者がふえていった。シノハラが最終的に撤退することになったさい、六〇名いた部隊は、五名しか生き残っていなかった。ある日本兵は「名誉ある一騎打ちはもはや存在しない。巨大な鉄の機械は、一方的に、人間の肉体を破壊し、粉々にしてしまう」と苦々しく書き記した。

(注11／1) 大隊が前進を準備していたさい、不可解な悲劇が発生した。上空を飛んでいた航空機が突然火につつまれ、集合していた海兵隊員の中に墜落し、約三〇名が死亡、もしくは負傷した。

(注11／2) 翌日、マクナマラは回復し、原隊に復帰させるように主張した。

*

五月十九日の戦況　五月十九日那覇北方地区の米軍の攻撃は比較的ゆるやかであったが、五二高地が米軍に占領されたため、安里からその西方崇元寺町方面にわたって陣地占領中の独立混成第十五聯隊第二大隊は右翼からの攻撃をうけ苦戦に陥り、損害も多くなった。しかし、独立混成第十五聯隊の健闘は軍首脳の感嘆するところであった。（日本側の公式戦記：戦史叢書沖縄方面陸軍作戦より）

（＊訳注11／1）ナンブ：米海兵隊員の俗語、日本軍の軽機関銃にたいする総称で、とくに新型の九九式軽機関銃を示す場合が多い。

第一二章　苦い勝利

ついに第六海兵師団は、シュガーローフの占拠を確たるものにした。しかし、祝賀ムードはほとんどなかった。埋葬しなければならない海兵隊員の死体があまりに多かったからである。第二九海兵連隊のある兵士は、軍曹がシュガーローフ上の死体収容作業の志願者をつのったときの様子について話した。「軍曹が〝海兵隊員は死者の世話もしなければならない。シュガーローフの近辺には、まだたくさんの兵士が、埋葬されるのを待っている〟そして、〝すぐに行かなければならない。なぜなら多くの死体は、もう五日間も放置されており、このままだと溶解して、地面にとけて染みこんでしまうからだ〟と言ったんだ、まったくその通りだったよ」

ロバート・ルーニー一等兵は、志願してシュガーローフにのぼり、第二九海兵連隊の兵士の死体回収作業に従事した。死体は、あちこちに散乱していた。第二九海兵連隊の所属をしめす丸のマークが、ヘルメットカバーの後部や、ジャケットの背中にえがかれている者だけではなく、第四海兵連隊や、第二三海兵連隊の死体も多かった。

「まず死体の腕のまわりに弾帯をまいて、滑らせるように動かすんだよ」とルーニーは回想した。「そうすれば、うまく動いた。それから、足のほうでも同じようにする」こうして死体修復班が持ってきた折り畳み式の担架に、死体を転がすようにして乗せていった。「半分くらいの死体は、認識票を持っていなかった」とルーニーは語った。「ある死体は、負傷して治療中に死んでおり、包帯をまいたままだった。その中に、自分で腹部の傷に包帯をまいた状態で死んでいた者もあったが、腐敗して膨張していた」

司令部中隊に所属していた海兵隊員によると、一般的に五体がそろった死体から先に収容されていった。「ほとんどの海兵隊員は、ベルトのお尻の上に引っかけるようにして、ポンチョを所持していた。そのポンチョを開いて、死体を乗せようとしたけど、結構むずかしかった。最初は、五体そろった、新しい死体から収容していたけれども、それでも変色はしていた。それに、手の皮膚が、手首のあたりから剥がれ落ちはじめていて、まるで、外科手術用の手袋みたいな感じだった」

「われわれは、こうした死体を、なるべく、きちんと揃えたかった。ちょうど、材木や薪をつむみたいにね。まず四体の死体を並べて、つぎにその上に三体の死体を置いていく、その上は二体、最後に一体。こうしてピラミッドのように死体の山ができるが、かなりの数のピラミッドをつくったよ」

「それから今度は、バラバラになった海兵隊員を集めにかかる。まず指示された方法は、ポンチョの上に、体の部位を集める。頭、胴体、腕が二本、足が二本。もし同じ死体のものでなくても、とりあえず入れてしまった。後は埋葬班が、うまく合わせてくれる段取りになっていた。こうして、われわれは死体を回収していった。それ以外の部位も、集めて山のように積んでいったよ」

第二九海兵連隊E中隊のチャールス・ネラー一等兵は死体回収班に任命された。「なぜか理由はわからないが、その班に選抜されたんだ」と彼は回想した。「俺が命じられたのは、シュガーローフの北斜面でE中隊の戦友の死体を収容すること。しかも、雨は土砂ぶりで、くるぶしまで泥に埋まりながらだった。作業していると、時折ジャップの狙撃兵が発砲してきたし、狂ったように迫撃砲弾が落下してくることがあった。その時、収容したのは認識票がない軍曹の死体で、首の後ろ側を撃たれていて、担架に乗せられたままだった。そこで、俺は担架の後ろ側をもって、アムトラックに載せるために丘を降りていった。ところが、途中で砲弾が落下しはじめたため、担架を落としてしまい、軍曹の首が胴体からはなれてしまったんだ。あわてて全部落としてしまった。そしたら衛生兵がやってきて、死体はそのままにしてアムトラックに戻れと言われた。そこでアムトラックに乗ったら、車内は天井まで死体が満載されていたんだ。さすがに、俺は耐えられなくなって、アムトラックから飛び降りると、そのまま数キロを泥に埋まりながら歩いて帰ったよ」

この日、彼が回収した死体の中には、自分の小隊軍曹がいた。この軍曹は五月一七日、E中隊の最初の攻撃が撃退された鉄道の線路に顔を伏せ横たわったままの状態だった。

コートニー少佐の死体回収の命をうけて、第二九海兵連隊の本部管理中隊の海兵隊員による選抜班は、丘の頂上の稜線部分で少佐の腐乱死体を発見した。彼の遺体を担架にのせたが、体が大きくはみ出してしまった。「彼の背があまりに高かった」と、この時の一人は語っている。「敵の銃撃と砲弾のなかを駆け下りるには、持ち運びやすくする必要があった。そこで仕方なく、足を切り落とした」少佐の遺体は丘の北側斜面をおりると、他の死体とは区別して置かれた。最終的には、ミネソタ州ドルースの家族のもとに送り届けられた。

荒れ果てたシュガーローフ一帯には、数百、数千もの日本兵の死体が散乱していた。その大半は、独立混成第一五連隊の兵士たちだった。マルコム・リア一等兵は、これまでの人生でこれほど多くの死体を見たのは初めてで、その光景に息をのんでいた。死体はあらゆる場所に散らばっており、突き出た手や足が「まるで子供のボーリングゲームのピンのようだった」と語った。当時は日本兵にたいする憎しみの感情が強かったので「気分爽快な光景だったよ」

それ以外の日本兵もシュガーローフの地下のトンネルや、洞窟で腐って横たわっていた。勇気をふりしぼってシュガーローフの裏側斜面の入り口から洞窟の一つに入った海兵隊員は、三人の日本兵が機関銃のかたわらに横たわっているのを見つけた。軍服の内側はドロドロしており、溶解した皮膚が辛うじて骨に張りついている状態だった。「閉ざされた空間で、想像を絶する悪臭が充満していたよ」

ジョン・ナイランドは「可能なかぎり日本兵の上に土をかぶせたよ」と語った。「そしたら、あろうことか雨がふり出して、洗われた死体が地面からふたたび出てきてしまった。頭部が見えたので歩み寄ってみたら、足から全身、蛆虫が張りついており、耐えられない悪臭がただよっていたんだ」

日本兵の死体は死んだ場所で土をかけられるか、あるいは、そのまま放置されて腐っていった。一方、海兵隊員の死体はアムトラックに載せられて、第六海兵師団の師団墓地に埋葬するために運ばれた。

埋葬班の一員だった、ある海兵隊員は一八から二〇体の死体とともにアムトラックに搭乗した。アムトラックの床面には一〇センチほどの水がたまっており、車両が坂道を登ったり降りたりするたびに、死体の山が水の中で前後に転がりはじめた。手すりにしがみついていた海兵隊員は、死体の山と水の直撃をうけ、バランスを失ってしまった。彼は助けをもとめて悲鳴を上げたが、エンジン音に掻き消されてしまった。「死体の頭が、目の前にせまってきたかと思うと、つぎに腕の部分がせまってきて、気がつくと死体の山に押しつぶされそうになっていた」と恐怖の体験を思い起こした。「そのうち、水も流れてきて、色んなものが口の中に入ってきた。水に、蛆虫に、肉片も。〝やめてくれ〟〝やめてくれ〟〝やめてくれ〟って叫んだけど、そのうち気を失ってしまった。しばらくして、気がつくと、助け出されたようで座って食事をすることになった。「メニューは、缶詰のハムに、缶詰のスイートポテト、素晴らしいメニューだよ」と彼は回想した。「つぎに缶詰のトマトを開けたんだ。そうしたら、トマトの種がただよっていて、それが蛆虫に見えてきた。食えなくなったよ」

それから何年も後になって、この時の体験や、それ以外の恐怖が精神的なダメージとなって残っているのに気がついた。

五月二三日付けの第三水陸両用軍団情報分析報告書でも、師団の苦悩がにじみ出ていた。報告書によると「作戦開始当初から、日本軍は地形を十二分にいかし、兵力を温存してきた。また、かつてないほど、多用な火砲と支援火器をつかい、利用できる火力は効果的に活用した。防御網も機敏で柔軟性にとんでおり、地面を物理的に支配するかわりに、緻密に火力拠点を配置して一帯を支配した。重要火力拠点は、進入路や重要な場所を射界におさめるように配置され、相互的に補完していた。需要な拠点や場所を失った場合は、迅速に反撃のうえ奪回して、この統合防御網を維持しつづけた」

第二二および第二九海兵連隊は、約三千名もの兵士が、死ぬか負傷した。それ以外に、一二八九名もの兵士が、戦闘疲労症や病気で戦列をはなれた。いくつかの中隊は二四〇名の兵士がいたが、戦闘が終わってみたら十数名しか残らなかった。また、ある二つの中隊では、将校と下士官が一名も残らなかった。

第二九海兵連隊C中隊のある小隊の衛生兵だったラルフ・ミラーは、小さな負傷者記録簿に、小隊の運命を記録していた。

――左膝に銃創

――胃に銃創（死亡）

――両足に砲弾片

――脇腹に砲弾片
――頭部に砲弾片
――熱中症
――難聴
――臆病で役立たず
――左脇腹に被弾
――右手に砲弾片
――肝臓に障害
――肛門に砲弾片
――失明
――被弾・死亡
――背中に銃創
――砲弾片、右手および足
――脳震盪
――死亡
――不発弾により、足骨折
――頭蓋骨骨折、腕、足、腰を負傷
――死亡

このリストは、どんどん増加していった。「小隊総員五六名でシュガーローフに上っていったが、自分の足で歩いて降りたのは、八名だけだった」とミラーは回想した。

第一五海兵連隊（砲兵連隊）の前進観測員だったポール・ブレナンは「俺は本当によい友人を、あそこ（シュガーローフ）でなくした」と語った。「フィラデルフィア出身の通信兵のタレン（一等兵）は、アイルランド系のタフなやつだった。いつも口に葉巻をくわえて、〝俺たちアイリッシュは、敵には殺られない〟と言っていたんだ。彼は自分自身を不死身だと思っていた」、「戦後、何年かして別の友人とアリゾナ州ツーソンで会ったとき、沖縄戦の時の昔話になり、そいつがシュガーローフから戻ってきたときに立っていた場所の下に何かあったそうだ。そしたら別のやつから、〝おい、そこからどけ、そこは仲間の墓だ〟って言われて、よく見るとタレンの墓だったそうだ。その時までタレンが死んだのを知らなかったよ」

第二九海兵連隊、E中隊のクリス・クレメンソン一等兵は「われわれは多くの人々を失った、戦死した者だけでなく、負傷した者もふくめてだ」と語った。「シュガーローフから戻った後、衛生兵とそれぞれの小隊に残った人間の数をかぞえたら、彼の小隊が一八名で、私の小隊が一七名だった」

第二九海兵連隊G中隊の生存者にロス・ウィルカーソンがいた。彼の小隊の生き残りは再編のために安謝川の護岸にもどっていた。日曜日の午前中、ウィルカーソンは立ち上がると

「おいおい、この感覚だよ」と話した。

「〝素晴らしい、俺は立ち上がるという感覚を忘れていたよ。ただ立ち上がるだけで、こんなに感動するとは思わなかった〟そして、周りのやつにも言ったんだ。〝おいみんな、立ち上がってみろよ、気分いいぞ〟それでみなが立ち上がった。〝な、凄く気持ちいいだろ〟俺たちは、一〇日間も屈んだままだったんだよ」

ホースショアでの五月一八日から一九日の夜の戦闘で負傷したウォーレン・ワナメーカー一等兵は、グアム島に向かう病院船の中にいた。「野戦病院で、ペニシリンを大量に打たれたので、丸二日間寝入ってしまった」と彼は回想した。「そんなわけで、船に乗ってからの最初の何日間かの出来事をあまりよく覚えていないんだ」海兵隊員の負傷兵には、それぞれ担当の衛生兵か海軍の水兵がいた。負傷兵には、熱いシャワーと清潔なパジャマが与えられた。

「もし歩けるならば、食堂で食事ができた。歩けなくても、彼らが食事を運んできてくれた」とワナメーカーは語った。「歩くと少し痛みが走ったが、何とか歩けた。誰かが食事の話をしていたのを聞いていたので、ハンバーガーが食べたくなって、頑張って歩くことにした。ようやく食堂に辿りつくと、感動したね。ローストビーフに、焼いたハム、それにポテト、素晴らしかった。皿には、溢れそうなぐらい山ほど食べ物をのせたんだ。そして席について三口ほど食べたら、もうそれ以上食べられなかった」

彼のまわりの負傷兵らも同じ状況だった。海兵隊員たちは、Dバー（野戦栄養食）と、煙草だけの生活を長らくつづけていたので、食欲はあったものの、胃が縮んでおり大量の食べ物をうけ付けなかったのだ。

第二二海兵連隊E中隊は後方に退いたものの、依然として予備部隊の待機命令が出ていた。攻撃開始当初は総員二四四名いた中隊も、現在はその二五パーセントから三〇パーセント程度の戦力になっていた。この場所でもときおり、海兵隊員たちは、小さな琉球神社のような施設の真ん中あたりにいた。この場所でもときおり、狙撃兵や、迫撃砲の攻撃をうけることがあった。E中隊副隊長のジョン・フィッツジェラルドは「依然として情勢が不安定な場所であり、もともと、精神的な疲労が極限まで達していた兵士たちにとっては、心理的に崩壊しかねない状況だった」と語った。そこに医療関係者らが到着し、部隊の生存者たちに聞き取り調査を開始した。すぐに彼らは兵士らに〝後送〟と書かれたタグを付けはじめた。タグを付けられた兵士は「何かにとりつかれたように、目が座っていた」とフィッツジェラルドは回想した。「タグを付けられた兵士には、サモア、クェゼリン環礁、エニウェトク環礁、グアムなどに従軍した、かなりの数の歴戦の古参兵がふくまれていた」

この時、後送分類されて後方につれて行かれた兵士の中に、フィッツジェラルドの部隊で、もっとも経験豊富で勇敢な少尉がいた。彼はグアム島の戦いで、三人の日本兵をライフルの銃床で撲殺し、その功績で銀星章を授与されたのだった。この決定に、フィッツジェラルドは驚いたわけではなかった。数日前、シュガーローフの近くの小さな丘で釘づけになっていたとき、狙撃兵の銃撃下で彼を自分のところに呼びつけた。ところが、狙撃兵の撃った二発か三発の銃弾が彼の正面に着弾しているにもかかわらず少尉はまったく動かず、フィッツジェラルドは彼のかたわらに行き、後ろから蹴飛ばし、転がしながら身を隠せる場所に彼をつれて行こうとした。

「彼は振りかえると、私が誰かわからないようで、私の顔をポカンと見ていた」フィッツジェラルドは、どうにか彼をつかむと無理やり狙撃兵から身をかくせる小さな茂みの後ろ側につれて行った。「彼はこのときの出来事を覚えていないようだった。いや、そもそも覚えようとしていなかった」とフィッツジェラルドは、少尉を思い出していた。「彼は限界だったんだ」

ジョン・アーソンもまた、限界に達していた。彼は蛸壺から砲弾で吹きとばされたことはおぼろげながら覚えていた。しかし、その後の記憶は途切れ途切れであり、かなり不明瞭だった。つぎに彼が覚えているのは、ハーフトラックの後部に乗って、理由はわからないが泣いていたことだった。「自分が泣いていたのは覚えている、なにかの原因で泣き叫んでいたんだ」と彼は思い起こした。「それが、俺の記憶のすべてでさ。その後はトラックに乗せられて、周囲のやつに俺は、自分は大丈夫だって言っていたんだ。でもあの時、なにが原因で泣いていたのか、どうしても思い出せないんだ」

「その後、病院につれて行かれてベッドに寝かされた。つぎの朝、起きると三人の医者がベッドの横に立っていて、〝どこか悪いところは？〟って聞かれたので、〝どこも悪くない〟と答えて起き上がると、頭をつかんで〝うぁあああ〟って叫んだ。ちょうど、ラバが尻をたたかれたみたいにね。彼らは俺の目を見て、その後なにかして、気がついたら俺は独房に入れられていた」アーソンは、この独房で二、三週間過ごした後、K中隊に戻るように命令された。

ジョン・アーソンは、おそらく脳震盪をくりかえしたことが原因と思われた。しかし、彼はまだ幸運な方だった。ほかにも単に精神が崩壊した男たちがたくさんいた。「頑強で、逞しい大男が、いざ最前線にいくと、泣き叫びながら戻ってくるんだ、その姿を見たら驚くと思うよ」とピーター・C・マラッシュ曹長は思い起こした。「そうしたやつが出たら、すぐに中隊から隔離したよ。誰だってそんなやつを見たくないだろ。全員の士気が下がるからね」マラッシュは、彼の中隊、すなわち第二二海兵連隊G中隊で、戦闘疲労症が原因で前線を去ったすべての男のリストを持っていた。

G中隊が最初にシュガーローフで血みどろの戦いを演じた五月一二日は、一八名が戦闘疲労症で後方に送られた。五月一三日にはさらに四名、五月一四日には七名、五月一七日に一二名、その後人数は減っていたが、六月一日に戦線に復帰するとふたたび一一名に増えた。

G中隊の現象はきわめて普通の光景だった。シュガーローフ近辺での戦闘で、あらゆる部隊が戦闘疲労症の渦に飲みこまれており、師団の精神科医はこの問題に論理的に対処しようとした。一般的な対処の流れとしては、精神的にも肉体的にも休息をとらせ、その後、自尊心を回復させるとふたたび現部隊に復帰させた。

休息施設は戦線の後方にもうけられ、専門の医療スタッフが、本当の戦闘疲労患者と仮病の患者、それに復帰可能か不可能かを選別した。こうした症状は、主に〝肉体的な極限状態〟の中で人間としての尊厳を守ろうとした場合に発症するようだった。フィリップス・カールトン少佐は「戦闘疲労症になる若い兵士は、とくに、強い自責の念を感じているようだった。精神の崩壊は、肉体的な極限状態に、恐怖心と良心の葛藤が引き金となって発症していた」

こうした患者は、通常は一日か二日の休息と充分な食事で回復したが、この方法が万能薬といったわけではなかった。また戦闘が継続しているかぎり、患者がぞくぞくと運ばれてきた。沖縄戦が終了するまでに第六海兵師団は四四八九名もの〝非戦闘〟戦死傷者を出していた。このほとんどは戦闘疲労症／精神神経疾患であった。

しかし、この数は沖縄戦に参加した師団のなかでは、決してもっとも多いわけではなく、第二四軍団では、第七歩兵師団が四八二五名、第二七歩兵師団が一九六九名、第七七歩兵師団が二一〇〇名、第九六歩兵師団が二八一七名だった。一方、第一海兵師団では五一〇一名にも上った。海兵隊の師団の患者数が多かったのは、予備部隊の層が薄かった点が理由としてあげられる。第二四軍団と異なり、沖縄には海兵隊の予備師団がまったくいなかった。そのため、消耗した部隊を新たな部隊と入れかえることができなかった。絶え間ない緊張により、患者数の増加はさけられない事態だったのだ。

第一〇軍全体として、約半数の戦闘疲労症患者は、師団の施設で対処できた。それ以外の深刻な症状の患者は、野戦病院に送られた。書類の上では八〇パーセントの患者は一〇日以内にもとの部隊に復帰したことになっているが、実際はその約半数は、非戦闘任務に従事していた。人的な損失が深刻な事態となってきたため、人員の消耗を少しでも減らすために新たなルールが定められ、第六海兵師団では将校にたいして、兵士に寛容に振舞うようにもとめた。

しかし、相当数の兵士が二度と戦うことができなかった。戦線の後方、約一五キロで、沖縄の西海岸に位置する北谷という場所に設置された戦闘疲労症患者専門施設に、ある海兵隊の将校がおとずれた。そこへ迫撃砲弾の至近弾から辛うじて助かったものの、精神に異常をきたした海兵隊員を軍医がつれてきた。

この海兵隊員は丘の南側斜面で、激しい戦闘をまじえ、疲労から憔悴しきって空腹で衰弱していたところに、迫撃砲弾が彼の蛸壺の縁で炸裂した。砲弾が当たらなかったにもかかわらず彼は気を失い、しばらくの間、意識がなかった。意識がもどったとき、彼は完全に気が狂っており後方に運ばれた。それから数日経過していたにもかかわらず「彼は依然として震えていた」と将校は述べた。軍医はこの男に〝特効薬〟(おそらく鎮静剤)を注射すると、ほとんど昏睡状態のように静かになった。こうして、軍医は彼にゆっくりと質問をはじめた。彼がついに迫撃砲弾が落ちた場所に関して、答えはじめたとき、突然、軍医が壁を拳骨でたたくと「迫撃砲だ！」と叫んだ。

「どんな名俳優でも、あの時の男ほどの恐怖の表情をうかべることはできないと思う」と将校は語った。海兵隊員は「迫撃砲……迫撃砲……迫撃砲」と呻きはじめた。軍医が彼に、いま何をしているのか尋ねると、海兵隊員は「深く掘れ！　深く掘れ！」とくりかえし、ひざまずいて掘る動作をした。

った。軍医は海兵隊員を落ちつかせてベッドに帰し、聖書を読むようにつげると、彼もそれに従った。軍医が海兵隊員に、聖書では殺人についてどのように書かれているかたずねると、海兵隊員は禁じられていると答えた。「じゃ、ジャップは？」とたずねると、海兵隊員は歯をくいしばり「皆殺しだ」と呟いた。軍医が海兵隊員にたいして、臆病者ではないかと責めると、海兵隊員は怒って起き上がり「俺は臆病じゃない！　戦線に戻る！」と何度も叫ぶ行為をくりかえした。

この模様を見ていた将校は「患者は落ちつくと、病室に帰っていった。軍医は、いまの行為は当然、治療のためではないむねを説明した。これは医師たちに、患者と話しつづけることにより、薬にたよらずに普通の状態に回復させるため基本方針を指南するものだった」

回復した者もいたが、回復できなかった者もいた。一方で、戦闘はまだつづいていた。果てしなく降りつづく雨のなか、ユージーン・スレッジ一等兵はハーフムーンの泥だらけの穴の中で身を縮ませていた。彼の部隊、第五海兵連隊（第一海兵師団）K中隊が、この「生ゴミの臭いがする水に半分つかった」場所に展開したのは、第六海兵師団が西方向へ戦力を集中させるため、第一海兵師団の戦線が延長されたからだった。

スレッジはすでに約八週間も戦闘任務に従事しており、悪夢あるいは、幻覚（彼にもどちらか解らなかった）に悩まされていた。夢はいつも同じ光景で、水につかった穴から死体が起きあがり、当てもなくふらつきながら、必死に戦場を歩きまわるというものだった。スレッジには、彼らが自分に助けをもとめているように思えたが、夢の中で自分では何もできない無力さを呪っていた。

シュガーローフとホースショアに向かった西側の地面には、砲弾の穴だらけで一面泥の海であり、生きている人間がいない荒野がひろがっていたが、死人だけは豊富だった。スレッジのいる場所から、真っすぐ丘の下には、直径約三メートルの半分水につかった砲弾穴があった。そこには、敵に背を向けるように座ったままの海兵隊員の死体があった。この死体は、ヘルメットを着用したままで、顔は真っすぐスレッジの方に向けており、一見、単に休んでいるようにも見えた。

彼の一部白骨化した手には錆びたBARが膝の上に握られたままで、編み上げ靴のつま先は、泥水の中につかっていた。ヘルメットカバーや、装備品は新品のように見えたことから、彼はハーフムーンへの初期の攻撃に参加し戦死した補充兵で、丘まで前進したものの、その場所で死んだのだった。そしていま、死体のまわりの水溜りでは、雨で水しぶきが上がっていた。

最終的に、この地区にやってきた埋葬班の兵士たちが、この死体を発見した。「彼らは、それぞれゴムの手袋をして、先端に板がついた長い棒を持っていた（ちょうど大きなヘラのような）」とスレッジは回想した。「彼らはまず死体の横にポンチョをしいて、つぎに長い棒を死体の下に入れて、転がすように死体をポンチョの上に乗せる。今回は何度もやり直していたが、死体が崩れ落ちると、皆がたじろいでいた。手足や首がバラバラになり、それをまるで生ゴミのように、すくい上げてはポンチョに乗せていた。死体は除去されたが、その後、これまで嗅いだこともないような腐った死体の悪臭がただよってきた」

このスレッジの泥の穴の反対側では、日本軍の撤退作業が進んでいた。満州での夜間移動訓練をつんだ輜重第二四連隊は、残されていた車輌で五月二三日に物資と負傷兵の搬送をはじめた。五月二六日には歩兵第六二師団の残存部隊が、五月二八日には、独立混成第四四旅団の生存者が移動し戦線は海軍部隊がひきついだ。歩兵第二四師団は一部の部隊が最後まで首里戦線を維持していたが、最終的に五月三〇日から三一日にかけて退いた。

この年の五月最後の一〇日間は、二五〇ミリもの降雨量を記録した。深い霧と低い雲がアメリカ軍の前進と偵察をこばんでいた。ある沖縄戦の戦史研究家は「その結果、バクナーの第一〇軍は牛島中将の戦術的撤退を粉砕する千載一遇のチャンスを逃してしまった」と記している。雲の切れ間が生じた五月二六日、日本軍の撤退の最初の兆候が観測された。第一および第五海兵連隊の観測兵が、首里防衛線の背後で大規模な移動がおこなわれているのを発見したのだ。第一海兵師団の情報参謀のジョン・W・スコット少佐は一二〇〇時、緊急の航空偵察を要請した。激しい雨と視界の悪いなか、戦艦ニューヨークを発進した水偵は、首里の南に位置する街道で大規模な兵員と車両による渋滞を報告してきた。発見から一三分で、巡洋艦ニューオリンズが艦砲射撃を開始し、すぐに、この地域を管轄しているすべての野砲、迫撃砲がこれにつづいた。三〇分後に飛びたった観測機は、推定三千名から四千名もの日本軍が、トラックや戦車、砲兵隊をともない開けた場所を移動しているのをとらえ、一三〇機もの海兵隊の戦闘機が、この日本軍に爆撃と機銃掃射をくわえた。

夜にかけても、砲兵隊と支援艦隊により、首里の南側の街道や交差点にたいして擾乱射撃が実施された。

五月二七日、バクナー中将は、第三水陸両用軍団と、第二四軍団にたいして電文を送った。

日本軍は側面をおびやかすわが軍にたいして反撃をくわえつつ、新たな防御陣地に撤退している兆候が見られる。このような敵の行動にたいして、遅滞なく強力で絶え間なき圧力をくわえて、日本軍を不安定な状態にし、敵の意図を妨害すべし。名ばかりの攻撃では、ふたたび敵の新たな陣地構築を許すことになる。

強力な威力偵察部隊が、戦線全域にわたって送り出された。頑強な日本軍の抵抗にあった偵察隊からの情報で情報部は、日本軍は依然として首里防衛線を維持しているとの結論に達した。この日の偵察隊の典型的な報告は「日本軍が撤退した兆候は見られない」あるいは「抵抗はまったく衰えていない」と記されていた。五月二九日、三〇日にはふたたび天候が悪化し、航空機による作戦行動が不可能となった。牛島中将の幕僚が、この撤退について「米軍の攻撃圧力が緩和されたため、的確な命令のもとで混乱なく撤退行動が進行した」と記している。

撤退は決して無傷ではなかった。首里防衛線の五万名の将兵のうち、無事に撤退できたのは三万名であり、五千名の将兵が後衛として首里に残ったため、残りの一万五千名が、米軍の空爆と艦砲射撃で撤退中に戦死したと推定される。にもかかわらず、日本軍第三二軍の大部分が米第二四軍団と、第三水陸両用軍団の脇をすりぬけ、首里から立ち去った。牛島中将の新たなる司令部は、首里城から一八キロ南に位置する摩文仁の洞窟に設置された。

五月二七日、那覇市へ侵攻した第六海兵師団は、市街地が完全に放棄されているのを発見した。五月三〇日と三一日、米軍は散発的な抵抗を抑えて、首里防衛線を制圧した。用心ぶかく首里城要塞に入った海兵隊員と米陸軍の兵士は、散乱する日本兵の死体を発見したが、主要な装備品はなくなっていた。首里城には腐敗した死臭が充満していた。一万名の労働者が八年もの歳月をかけて建設した城は、艦砲射撃で無残に破壊され、城石がまるで、大きなおもちゃのブロックのように転がり、砕け散っていた。そこに牛島中将の姿はなかった。

レミュエル・シェファード少将は、自身の傷ついた師団にたいして賞賛を惜しまなかった。「首里要塞からの撤退の引き金となったのは、日本軍がシュガーローフを失ったことが原因であると分析される」と彼は語った。

バクナーは上機嫌で「牛島中将は、首里防衛線からの撤退の時期を逸した。これからは掃討戦に移ることになる。これは激しい戦闘が起きないわけではないが、すでに日本軍にはふたたび強固な防衛線をしく余力は残っていない」と宣言した。

彼の見通しは明らかに間違っていた。しかし、太平洋戦史上、もっとも血みどろの戦いの一つ、〝シュガーローフの戦い〟は、ついに終わったのである。

第一三章　忘れ去られた兵士たち

首里防衛線の崩壊は第六海兵師団の戦闘の終わりを意味するものではなかった。この後も日本軍の組織的な抵抗はつづき、沖縄戦が最終的に終結するまで、さらに三週間におよぶ戦闘がおこなわれ、兵士たちは死んでいった。

六月二一日の夜、日本軍の司令部壕に米軍の攻撃がせまるなか、牛島中将と、長参謀長は自決の準備をしていた。牛島中将は大本営に訣別電文を送り、長もまた「わが軍は戦略、戦術、戦法を最大限に駆使し、勇敢に戦った。しかし敵の圧倒的な物量作戦の前に、ほとんど効果を上げることが出来なかった」と書き記している。

六月二二日、二人は最後の儀式のために髭をそった。昼までに米軍は司令部壕の上部入り口付近を占拠しており、牛島中将は、最後の食事としてパイナップルの缶詰をあけると、周囲にいた兵士らに分けあたえた。午後遅く、牛島と長は二人並んでひざまずくと、長参謀長は首を差し出した。副官は日本刀で一気に参謀長の首に振り下ろしたが、力がたりずに途中で止まってしまい、近くの軍曹がかわって首をたたき落とした。牛島中将は、腹部に刀を突きさして切り裂くと、やはり副官が一刀で首を切り落とした。これにつづき八人の副官らも拳銃で集団自決した。（注13／1）

この一時間前、嘉手納飛行場近くの米第一〇軍の司令部では、海兵隊や陸軍兵士の代表が整列し、軍楽隊が〝星条旗よ永遠なれ〟を演奏するなか、沖縄全土の占領を記念して、国旗掲揚式がもよおされた。この後、七月二日、沖縄戦の終結が公式に宣言された。

バクナー中将は、この勝利を祝う場にはいなかった。六月一八日、彼は新たに戦線に投入された第二海兵師団を視察するために前線をおとずれた。バクナーは糸満市真栄里《まえざと》にある高台で視察していたところ、日本軍の至近弾が炸裂して飛び散った珊瑚岩が、彼の胸にささり一〇分後に死亡した。

彼は死によって、作戦計画をめぐる論争からは解放された。ニューヨーク・ヘラルド・トリビューン誌のホーマー・ビガート記者は、連載記事のなかで、バクナー中将が首里防衛線の背後に第二の上陸作戦をみとめなかった点について、激しい批判を展開していた。彼の記事が引き金となり、五月下旬から六月にかけて、米国のメディアでは、この論争が白熱しており、ある編集委員は、バクナーの作戦を、〝超保守的〟、〝大失敗〟、〝パールハーバーよりも酷い最悪の軍事作戦〟と酷評した。

沖縄戦の終了後、ダグラス・マッカーサー将軍もこの論争に参加した。彼は、そもそも沖縄南部への侵攻は必要なく、牛島中将の日本軍を島の一部に封じ込めておくだけで、米軍は日本侵攻作戦に必要な拠点と、充分な航空基地を確保できたとし、日本軍の攻撃を誘発させれば、バクナーのゴリ押し戦術よりも損害を少なくできたはずだと論じた。しかし、これらは全て結果論でしかなく、現実を変えることはできなかった。

沖縄戦において、米軍の公式発表では日本軍は約一一万人もの将兵を失った。第六海兵師団だけで、二万五八二名の日本兵を殺害し、戦闘の終結間際には三三〇七人の捕虜をとったとされている。（五月一九日の時点で、第六海兵師団が取った捕虜は五名だけだった）

これに対し、米軍側は、陸軍、海兵隊、海軍あわせて太平洋戦線でもっとも多い一万二五二〇名が戦死もしくは行方不明となった。四月一日に第六海兵師団の戦闘要員として、沖縄に上陸した将兵のうち、最後まで残った者は少数にすぎなかった。師団は、本部《もとぶ》、安謝川、シュガーローフ、小禄半島、小波蔵《こはぐら》での戦闘をへて、一六五六名の将兵が戦死、七四二九名が負傷、一一名が行方不明となった。この数字には海軍の衛生兵はふくまれていない。これは沖縄戦に参加した部隊の損害としては最悪のものだった。（注13／2）

損害の大半をしめていたのは、歩兵連隊だった。第四海兵連隊は戦死傷者三一〇六名（戦死五〇〇名、負傷二四二一名、戦闘疲労症患者一六一名、行方不明者四名）、第二二海兵連隊は戦死傷者二九七一名（戦死四八九名、負傷一九七五名、戦闘疲労症患者五〇七名）、第二九海兵連隊は戦死傷者二八二一名（戦死五五一名、負傷二〇九九名、戦闘疲労症患者一六六名、行方不明五名）であった。（注13／3）

この戦死者の中には、ホラティオ・ウッドハウス中佐がいた。五月三〇日、彼は二七高地と呼ばれていた那覇市の東にある特徴もない小さな丘で、狙撃兵に頭部を撃たれた。衛生兵は蘇生のために静脈確保をこころみたが、中佐は華奢な体で静脈を見つけられなかった。ただ傷があまりにも深かったため、治療の余地すらなく、ウッドハウスはすぐに息をひきとった。彼を知る者は、その死を大いに嘆いた。

ハロルド・ロバーツ大佐も、戦死者の一人である。彼は、シュガーローフの戦いで、マーリン・シュナイダーから第二二海兵連隊の指揮をひきついだが、六月一八日、六九高地の戦闘で戦死した。ロバーツは、副官のオーガスト・ラーソン中佐と、当番兵のニコラス・ウォロシュック一等兵を率いて第二大隊の進撃を視察していたところ、狙撃兵に撃たれた。「その時、ロバーツ大佐だけが撃たれた」とウォロシュックは語った。「最初は、彼が左肩を撃たれたと思った。肩をつかんで〝殺られた〟と言ったんだ。ラーソン中佐と衛生兵が大佐を安全な場所まで、二、三メートル引きずっていったんだ。俺は岩のかげに飛びこんで、狙撃兵をさがして見つけ出した。日本兵が頭を出したところで、持っていた短機関銃を二、三連射して、大佐を撃ったジャップを仕留めたんだ。そして大佐のところに戻ってみると、もう死んでいた」

デクラン・クリンゲンハーゲン二等兵も六月一日に那覇市の近郊で、迫撃砲弾により負傷した。彼はグアムに搬送されて回復すると、グアムに戻っていた師団に復帰した。その後、士官候補生として米国本土に旅立った。

フランシス・X・スミス少尉も、六月一日に腹部に銃弾をうける重傷を負った。ジェームス・デイ伍長とともにシュガーローフの砲弾穴で四日間も戦ったデール・ベルトーリ一等兵は六月八日、首の後ろを撃たれ、病院船に収容されたが四日後に死亡した。最終的に沖縄戦が終結したさい、最初に血みどろのシュガーローフに直面した第二二海兵連隊G中隊のうち二四名が最後まで残っていた。六月二一日、沖縄南岸の岸壁で、戦勝を祝した国旗掲揚式で、G中隊は掲揚部隊に選ばれた。この名誉ある四名の国旗掲揚者の一人はダン・ドルシェック伍長だった。

ヘンリー・A・コートニー少佐は死後、名誉勲章が授与された。彼は第六海兵師団で名誉勲章が授与された五人のうちの一人で、シュガーローフの戦闘で授与されたのは一人だけだった。（注13／4）

当然ながら、コートニーの両親は彼の戦死の報に衝撃をうけた。さらに、シュガーローフ戦闘の功績により、名誉勲章が授与された。彼は第六海兵師団で名誉勲章が授与された五人

を維持しようとした息子の努力が、まったく無意味に見えたことも、その悲しみを増幅させていた。しかし、彼らがコートニーの一生がまったく無意味だったと嘆いていたころ、コートニーの友人の一人、A・B・オバーストリート少佐が彼らを元気づけようとしていた。彼はコートニーの母親に「あのような素晴らしいご子息を亡くすのは、本当に痛ましい出来事です。私もボブという友人を亡くしました。しかしボブは、自分の人生が無価値だったは言わないと思います。沖縄では、多くの素晴らしい将校や、兵士が亡くなりましたが、全力を尽くした人の人生が無価値であったと言う人はいません」と手紙を書いた。

後年、多くの将兵は、なにがコートニーを〝バンザイ突撃〟に駆り立て、またあの晩、ウ

ッドハウス中佐はコートニーの行動を本当に把握していたのかを話題にした。ある下士官は「あんな突撃なんかせずに、後方で待機しておけばよかったんだよ」と吐きすてるように言った。多くの兵士は、もう少し同情的で、第二大隊の海兵隊員は、当時の戦闘による多大なストレスを振り返って「たしかに彼のとった行動は、少し妙だったかもしれない。ただ、あの場所では皆がそうだった。シュガーローフみたいな場所に、底なしの突撃をくり返して、数えきれないほどの仲間の酷く傷ついた死体を見せられると、普通では思いつかない行動に出てしまうのさ」と語った。

同じ大隊に所属し、コートニーをよく知るジョン・フィッツジェラルド中尉は、自分をふくめた多くの将兵らの意見として、コートニーは「兵士たちを先導する高級将校の必要性」を感じて行動したと考えている。とくに五月一二日の激しい戦闘で多くの将校を失った第二大隊にとっては意義ぶかいはずだった。「単に姿を見せびらかすだけではなく、本当に彼らを助けながら、先導する人物が必要だった」とフィッツジェラルドは語った。

一九五〇年代の初め、海兵隊の沖縄戦公式論文の原稿を読んだシェファード将軍は、コートニーの行動に関して、自ら原稿の書きなおしを申し出た。この論文の著者は、コートニーは単に全滅を回避するために丘に突撃したと結論づけていたが、シェファードは、これに強く異論をとなえた。彼はコートニーが丘を攻撃した動機について「火力による制圧ではなく、兵士の行動による制圧が不可避であり、丘の頂上部を制圧することの重要性を認識していたコートニーは、日本軍の防御力がゆらいでいるわずかな隙に乗じて、上層部からの命令を待つことなく素早く行動に移したものである。そのため、彼のとった行動は、論文に記述されているような全滅から逃れる目的では決してなく、彼の指揮官としての使命にもとづいた行動である」と書いた。

それ以外に、シュガーローフでの戦闘において功績をたたえられた兵士たちとして、ジム・チェイソンは五月一二日の戦闘で負傷した海兵隊員を救出した行為が認められて、海軍十字章を授与された。同じ日の戦闘で重傷を負ったデール・ベア中尉も海軍十字章を授与された。エド・ラス少尉もまた死後に海軍十字章が授与された。ジェームス・デイは、五月一二日から一六日にかけて、砲弾穴でのマクドナルドや、ベルトーリとの持久戦がみとめられて銅星章を授与された。授与式の場で彼はすでに死亡してなにも授与されなかった戦友のベルトーリへの謝意をみなに伝えずにはいられなかった。（＊訳注13／1）

一六歳のドナルド・ケリーも五月一四日から一五日にかけての戦闘で、機関銃陣地にしがみついて戦った功績で海軍十字章を授与された。ケリーは沖縄戦が終了する前にパープルハート勲章（戦傷勲章）をうけており、海軍十字章の授与式は、ワシントンＤＣで彼が、上官の軍曹を殴って五日間の営倉入りをくらい釈放された直後にとり行なわれた。「営倉から出ると〝〇一〇〇時に正装のうえ、食堂まで出頭せよ〟って命じられたんだ」と彼は回想した。「俺が営倉にいる五日間、なぜかわからないが、みんなが俺をジロジロ見るんだ。それで何でコイツラは俺を見るんだろうって思っていたけど、言われた通りに正装して行くと、みなも正装していて、将校なんかもいて、中佐とかね。俺はうろうろしながら、通路脇の椅子にくりしたよ」

座ったんだ。そしたら俺の名前が呼ばれて、前方の真ん中にいくと表彰された。そりゃびっくりしたよ」

第二九海兵連隊第二大隊長のウィリアム・G・ロブ中佐もまた、シュガーローフを最終的に掌握した五月一七日から一八日の戦闘で「たぐい稀なるリーダーシップで、粘り強さと勇気を発揮した」として海軍十字章を授与された。授与式に参加した大隊の兵士は「彼はもらった勲章をメイビーにもあげたそうだった」と述べた。五〇年たったいまでも、二人は同志である。D中隊長だったメイビーは、シュガーローフでの最後の戦闘で側面からの攻撃に参加し、銀星章を受章した。フランシス〝ボビーソックス〟スミス少尉もまた銀星章を授与された。

それ以外にも、受章するのに相応しい活躍をしたものの、表彰されなかった者も多数いた。ジェームス・ホワイト伍長の言葉が、もっとも的確にとらえている。「第二次世界大戦では、海兵隊はそれほど多くの勲章をあたえなかった(我々のほとんど全員がもらっていた戦傷勲章《パープルハート》を除くと)。しかし、号令とともに蛸壺を這いのぼり、前進したことがあるやつは、みんな勲章をもらうに値すると思う」

第六海兵師団は、のちに殊勲部隊章を授与された。これは、沖縄戦に参加した部隊の中でもっとも栄誉ある章で、合衆国政府からあたえられる。受章にさいしては三つの歩兵連隊と、いくつかの支援部隊の活躍について言及された。第二二海兵連隊は、五月一〇日の安謝川河口の渡河から、初期のシュガーローフへの攻撃をふくむ六月一日までの進撃が評価された。

第二九海兵連隊は、五月一四日から一九日にかけてのシュガーローフ攻略が、第四海兵連隊は、シュガーローフ戦につづく、六月四日から一六日にかけての小禄半島での戦闘の功績がみとめられた。しかし、シュガーローフでの勝利に貢献したのは、全滅した小隊や、分隊、火力班などの、もっと小さな部隊である。指揮官や、古参の下士官が戦死もしくは負傷し、残されたリーダーは生き残りをあつめて敵と戦いつづけた。

統計学的な研究では、第二次世界大戦の太平洋戦線における海兵隊の作戦では、将校の負傷率と兵士の負傷率はまったく同一であり、戦死率では、将校の方がやや高かった。シュガーローフ周辺での戦闘における将校の戦死傷率は、平均でじつに六〇パーセントから七五パーセントに上った。第二二海兵連隊と第二九海兵連隊では、大隊長三人と、一八人の中隊長のうち、一一人が戦死もしくは負傷した。当初から作戦に参加した中尉のうち、最後まで残った者はごくわずかだった。後年、少将にまでのぼりつめたジェームス・デイは「将校が倒れた場合に、下士官が指揮をとるのは、海兵隊では伝統的な行為だ。その伝統的な状況にシュガーローフはなった。こうして指揮をとった若い兵士たちは、戦闘における他の何よりも賞賛に値するよ」

この話は真実だった。しかし、賞賛されたといっても、意気揚々となったり満足感を得たりすることは決してなかった。ホーマー・ノーブルは戦闘のあとで、辛うじて持ちこたえた戦線にやってきた大佐が憔悴しきった兵士たちと握手してまわったときの出来事を思い出した。ある一人の海兵隊員と握手をしようとしたところ、彼は手を出せなかった。「私は、何もほこれるような行為をしていません」と若い兵士はつぶやくように「私の人生のなかで最悪の体験でした。何ひとつ思い出したくありません」と語った。

シュガーローフ戦から数週間後、戦争が遠のいていったが、荒れはてた丘の周辺には、戦いの痕跡が散らばっていた。日本軍の防御拠点跡に吸い寄せられるように破壊されたアムトラックが点在し、遺棄された弾薬、紙ケースに、それ以外の雑多な廃棄物が地表一面に撒きちらされていた。第二二海兵連隊の兵士たちに付きそわれて海兵隊戦闘広報員のT・ヴィンセント・ムラヒィ伍長が、この荒れはてた丘にやってきた。「丘は静寂につつまれていた」と彼は回想した。「土埃が照りつける太陽にむかって舞い上がると、一瞬、無人の蛸壺の上で渦をまき、ゆっくりと地面にもどっていった。銃弾や砲弾に引きさかれたヘルメットが、そよ風にゆられ、粉々になったライフルや空の弾薬箱など、痛ましい戦闘の痕跡が横たわっていた」

遺品を調べていた海兵隊員がなにか白いものを見つけた。ヘルメットの中帽に押しこまれるように入っていたのは、グリーティング・カードだった。派手でカラフルな手紙には「イースターおめでとう！　愛する息子へ」と書かれていた。彼らは、壊れた武器や、土に半分うまった手榴弾、レーションの空き缶などをさけつつ、無人の蛸壺などを覗きこみながら慎重に進んでいった。あちこちに腐敗した日本兵の死体がころがっており、中には白骨化した手に依然として手榴弾をにぎっている死体もあった。また別の穴には汚れた古いポンチョに、革のバッグがさけて、髭剃りや剃刀、歯ブラシに、雨でにじんで筋が入っているものの判読可能な手紙などが散らばっていた。この場所はゴミ捨て場だといえないこともなかったが、海兵隊員にとっては「神聖な場所」であったとムラヒイは語った。

オキナワ　七月四日（AP通信）

第六海兵師団は師団墓地の序幕式をおこなった。この場所は、復活祭の日に上陸した海岸の近くである。一六九七基の墓地には、九一名の海軍兵士、一一名の陸軍兵士と、五五名の海兵隊戦域で発見された所属不明の兵士がふくまれている。墓石は所属には関係なく一人ずつ並び、それぞれの墓石には真新しい白い十字架が描かれた。また赤十字は、この日、沖縄の米兵の墓に供えるための人数分の星条旗をうけ取った。

沖縄上陸から一〇一日後、第六海兵師団の兵士の大半は、那覇からグアムにもどる船の上にいた。グアム島南東の隅のパゴ湾を望む高台に新たに建設された基地で、師団は休養と再編をおこなうことになった。沖縄戦からは多くの教訓が得られた。さまざまな部隊から寄せられた意見は、航空支援要請から実施までの時間短縮の必要性、特定の進撃路にたいする火力に重点を置くこと、地図読解力の向上、射撃統制の改善。ある大隊のメモには「火炎放射手、バズーカ要員、対戦車小銃擲弾要員、爆破破壊要員の要員不足」と殴り書きされていた。

それ以外にもシュガーローフに関する思い出がある。ある朝、ビル・ピアース一等兵が港の近くにあるカマボコ兵舎からたたき起こされた。そこで海兵隊員は大量のダッフルバッグ

（雑嚢）をトラックにのせ、その後、自分たちもトラックに乗るように告げられた。「最初は、どこかの船に積み込みにいくのだと思っていたけど、車列は海岸ぞいの道からどんどん内陸のジャングルに向かっていったんだ」とピアースは回想した。「トラックが到着したのは空き地で、その中央では大きな火が燃えあがっていた。ダッフルバッグが大量につまれており、その火の中にどんどん投げ込まれていた」

海兵隊員らは、ダッフルバッグを開けずに火の中に投げこむように告げられると、地元のグアム人が、棒をつかって火の中から使えそうなものを拾い上げないように監視した。「それから、俺たちが基地にもどって食堂で昼食をとっていると、いいアイデアを思いついた」、「すぐに自分の寝床にもどって、Kバーナイフを持ち出して、服の下にかくしながら、つぎに出発するトラックのところにいき、積んであったダッフルバッグを切りさいた。そしたら、手紙に、写真に、洋服に、靴。何でも出てきた。宝の山だよ。俺はサイズがぴったりのワニ革の高級靴をいただいた。ほかのやつも時計や宝石、それに現金を見つけたようだった」あとで分かったが、この数百個のバッグは、沖縄で戦死した海兵隊員の持ち物だった。

広島と長崎に原爆が投下されたニュースを聞いたとき、第六海兵師団は依然としてグアムにいた。そして唐突に戦争が終わった。第四海兵連隊は、占領軍として日本に、残りの部隊は中国北部に送られた。一九四六年（昭和二一年）四月一日、第六海兵師団は解散した。米国外で結成され、米国外で解散した唯一の海兵師団であり、その一九ヵ月間を通じて、一度も米国内での活動実績がなかった。

故郷にもどった兵士たちの大半は、周囲の人間がほとんどシュガーローフの戦闘を知らないのに気がついた（一定の配慮があったのかもしれないが）。この中でフランク・スミス少尉は例外だった。ニューヨーク・ウッドサイドの住民らは、彼の帰還を祝い「おかえりなさい！オキナワ・シュガーローフの英雄、ボビーソックス・スミス」と垂れ幕を用意し、手製の紙ふぶきで盛大なパーティーを催した。

悲しい現実として、帰還した多くの海兵隊員たちを待っていたのは、第二九海兵連隊のウィリアム・マンチェスター軍曹のような体験だった。マンチェスターは重傷を負ったが、のちに有名な小説家になった。彼は「やや年老いていたものの、自分の両親が、攻略した島の名前すら満足に発音できなかった」とつぶやいた。

もし状況が異なれば、シュガーローフも、タラワや硫黄島のように有名な戦場になったかもしれない。しかし、さまざまな事情がかさなり、シュガーローフが第二次世界大戦の年表で言及されることはなかった。まず激しい戦闘があったのは事実だが、沖縄ではほかにもたくさんの丘や尾根で血みどろの戦闘があった。さらに前後して、四月一二日にフランクリン・D・ルーズベルトの死去、五月八日にドイツ降伏、原子爆弾の投下のような大ニュースがつづき、最終的に戦争が終わったため、この戦いが注目されることはなくなった。

アメリカは戦争を忘れたがっていた。もう平和を満喫する時がおとずれていたのである。こうしてシュガーローフで戦った男たちは軍服をぬぎ、それぞれの平和な生活にもどっていった。しかし以前と同じではなかった。後年、師団の戦友会がホテルで開かれたさいに見わたすと手足がない人が多く、五体満足で傷跡がない者をさがすのが難しいほどだった。ある者は、いまだに年老いた体内にたくさんの砲弾の金属片が残されたままであり、いつも空港の金属探知機を鳴らしていた。

全員がシュガーローフの出来事を記憶にとどめていたが、けっして誰かに語ろうとはしなかった。五〇年たったいまでも「本当に言葉がつまるんだ」と元小銃手だったジェームス・ミラーは語った。「誰もこれまで、そのことを聞かなかったし、こちらからも喋ろうとはしなかった。もちろん自分では数えきれないくらい記憶が蘇ってきたが、いずれにせよ、ほかの人にはまったく関心がないことのように思えたんだ」

丘で見たこと、体験した内容を物理的に話せない者もいた。「何年かしてから、あのとき体験したことを話そうとすると、震えがとまらなくなった」とチャールス・ピューは語った。沖縄戦全期間を通じて戦ったある元軍曹は「悪寒が走るんだ」と語り、のちに神経衰弱に悩まされた。「症状は五年間もつづき、夜に妙な現象に悩まされた」ある晩、目が覚めると彼は妻の首をしめているところだった。その後、病院で治療をうけてどうにか立ち直れたが、戦闘のときの記憶をほとんどなくしてしまった。

これは彼だけの問題ではなかった。それ以外の多くの元兵士たちもまた、戦闘体験からくる問題をかかえつづけていた。ある海兵隊員は戦後、アルコール依存症や、極度の鬱と戦っていた。彼は戦争から四〇年たって治療をうけるまで、その原因が戦争にあったことに気がつかなかった。そのため、ここ数年は、その時の記憶を封印してきた。「いつも感じているのは、……たとえば、公園のベンチに座っていても、突然気が狂ってしまうのではないかという恐れだよ」ある海兵隊の元少尉は、シュガーローフ戦の経験者について、五〇年たったいまでも彼らの味わった恐怖体験がやわらいでいないとし「質疑応答していると、ほとんどのやつにヒステリーの傾向があった」と語った。

時間が経過するにつれ、多くの者は自らの経験が、まるで悪夢のような非現実的な感覚をいだくようになっていった。「いまでも、あの状況で、どうやって生き延びたのかわからない。でも生き残った。何人かはね」と生存者の一人は語った。一方で、海兵隊員としての荒々しいプライドもある。シュガーローフの機関銃陣地を一人で一晩もちこたえたフロイド・エンマンは「海兵隊員として一つ言えるのは、命をかえりみず追いもとめている物を手に入れることだ」

それ以外にも、お互いに相手を受け入れて冷静さをとりもどそうとする人たちもいた。一九八七年、沖縄戦で亡くなった日米双方の人間を追悼する祈念碑を建立するため、元兵士らのグループが沖縄を訪問した。エドワード・L・フォックス氏が先頭になり、祈念碑の建立をおしすすめたが、このプロジェクトを支援していた両国の人々は、戦争の辛い思い出を考えなおす時期がきていると感じていた。

しかし、フォックスのプロジェクトは満場一致状態からはほど遠く、厳しい眼ざしでとらえている者もいた。あるシュガーローフの生き残りの海兵隊員は「これまで、俺は日本車を買ったことは一度もない」と話した。「やつらは、日本人を許して、忘れろと言っているんだろ？　冗談じゃない。俺はいまでも日本人が大嫌いだ。そしてこれからもだ。日本人は卑劣だ。いまでも負けたのを悔しがっていやがるだろ」と語った。
「もし、あの場所にいって、精神が解放されるとしても、俺は行かない」と古戦場について、アーブ・ゲハートは語った。「あの場所に見たい物など何もないよ。戦友の墓もないしね」

五〇年前に男たちが死んでいった場所は、いま、マクドナルド、ファミリーレストラン、ケンタッキー・フライドチキン、アウトレット、消費者ローン、中古車屋が立ちならぶ想像を絶する場所となっている。

那覇は廃墟から再生し、通りにはトヨタやホンダなどの日本車があふれ、首里城は琉球大学の敷地となっている。（＊訳注13／2）南に目を向けると、牛島中将の最後の司令部壕は日本人観光客に人気のスポットである。一九四五年、この地で戦った人間にとって、目を見張り呆気にとられる光景がひろがっている。

シュガーローフの南側のホースショアから東側のハーフムーンは、ひろがった市街地に飲み込まれてしまっている。南北に走っていた軽便鉄道は撤去され、そのルートをなぞるように車があふれる四車線道路に生まれかわった。戦後、しばらくしてからシュガーローフの頂上部はブルドーザーで平らにされ、米軍牧港住宅地のための配水タンクが設置された。一九八〇年代の半ば、この住宅地は撤去され那覇市に返還された。配水タンクを撤去するさいに丘はさらに削られた。

しかし、戦争遺物をさがそうと金属探知機をつかってみると、30-06サイズの薬莢、砲弾の信管、不発の手榴弾、海兵隊員のM1ライフルの銃弾クリップ、米軍の破片手榴弾が炸裂したさいの四角い金属片など、小さなものから三〇センチ大のものまであらゆるサイズの金属片を見つけることができる。一九九三年、沖縄県はこの地区の再開発をはじめると、地中からは、人骨、水筒、錆びた軍需品や装備品の一部などが掘り起こされた。

一九九三年、沖縄県による新たな配水タンクの建設が計画され、必要な造成工事なされた時点で、地元の芸術家グシケン・セイチョウが、シュガーローフに歴史を説明する碑文と、平和を祈るモニュメントの建設を提案した。彼はシュガーローフ平和祈念公園／配水池友好協会を設立して、沖縄県にその必要性を説得した。彼は「那覇市には、沖縄戦を祈念するモニュメントがないが、県民は、ここで起きたことを知る必要がある」と語った。第六海兵師団協会もこのプロジェクトを後押しし、最終的に那覇市が建設を許可した。

シュガーローフで戦い生き残った兵士たちは、時がたち年齢をかさねるにつれて階級の差はなくなっていった。日本兵に真っ向から立ち向かい、決して諦めなかった、負けん気が強い若い海兵隊員はいまや高齢者となり、その多くは毎年開かれる第六海兵師団協会の戦友会に参加している。定期的に発行される会報には戦場ではなく、ベッドの上で亡くなった男たちのリストが掲載されているが、近年では、このリストの掲載数もふえてきている。しかしシュガーローフで戦った男たちの間に芽生えた血の絆は、死によっても、時によっても、引きはなすことは出来ない。

最後にあるエピソードを紹介する。雨の日のシュガーローフ近くの戦闘で、泥にまみれて戦っていたジェームス・デイ伍長を、将校がおとずれレモン・パイを一切れ差し入れた。デイは、この信じられないほどに素晴らしいお土産に喜び、周囲にいた分隊の仲間たちに均等に分けあたえ、最後には一切れはほんの小さな断片になってしまった。何でもない出来事かもしれないが、これには海兵隊戦闘員としての心の拠り所があらわれている。

Semper Fidelies（常に忠実であれ）

我ら少数、だが幸せな少数は、兄弟の一団だ。
なぜなら、今日、私とともに血を流すものは、私の兄弟となるからだ。

シェークスピア　ヘンリー五世

（注13／1）牛島中将の最期については、様々な説がある。本書ではジョン・トーランドの説をもとにしている。

（注13／2）第一海兵師団は戦死一二五四名、負傷六四〇五名である。米国陸軍の沖縄戦公式報告書によると陸軍師団の損害は、第七師団が、戦死一一二二名、負傷四九四三名、行方不明三名。第二七師団が戦死七一一名、負傷二五二〇名、行方不明二四名、第七七師団が戦死一〇一八名、負傷三九六八名、行方不明四〇名、第九六師団が戦死一五〇六名、負傷五九一二名、行方不明一二名である。一方、同時期の硫黄島戦では第五海兵師団は戦死二八八四名をふくむ戦死傷者九九二五名、第四海兵師団は戦死二〇〇六名をふくむ戦死傷者八一五七名であった。

（注13／3）沖縄での八二日間の戦闘で、第二九海兵連隊がこうむった損害は、その定員数三五一二名にたいして戦死傷者が二八二一名にものぼり、海兵隊の部隊のなかで損害率がもっとも高いと言われてきた。しかし、この戦死傷者数は、海兵隊統計班の推定値であり、海兵隊人事局は、数値が正しくないと主張した。しかしながら、戦死者数五五一名は、一回の戦闘における死者数としてはもっとも高い数である。

（注13／4）それ以外の勲章の受章者は、第二九海兵連隊ロバート・M・マクタレオス二等兵が死後に、六月七日の戦闘で、第四海兵連隊のリチャード・E・ブッシュ伍長が四月一六日の戦闘で、第一五海兵（砲兵）連隊のハロルド・ゴンサルブス二等兵が死後に四月一五日の戦闘で、第二二海兵連隊のフレッド・レスター一等兵が死後に六月八日の戦闘で受章した。

＊

（＊訳注13／1）一九八〇年、ある海兵隊の退役軍人が第二次世界大戦時代の持ち物を整理していたところ、黄ばんだ古い書類を見つけた。この書類は実はジェームス・デイ伍長のシュガーローフ戦での功績を称えての名誉勲章の推薦書類で、戦争中から戦後のどさくさにまぎれて、紛失していたものであった。この後十八年間にわたって書類はたらい回しにされ、最終的に一九九八年一月二〇日、当時のクリントン大統領よりデイに名誉勲章が授与された。これでシュガーローフ戦における第六海兵師団からの名誉勲章の受章者は二名となった。この五〇年以上経過しての名誉勲章の受章は、米国で大きなニュースとして報じられた。

戦後、ジェームス・デイは海兵隊の少将まで昇進し、日本でもキャンプ・フジの司令官や沖縄海兵隊の司令官を歴任した後、一九八六年に退役した。彼は名誉勲章が授与された九ヵ月後の一九九八年一〇月二八日、心臓発作により七三歳で亡くなった。

（＊訳注13／2）一九八〇年代に琉球大学は西原町に移転し、首里城は一九九二年に復元された。

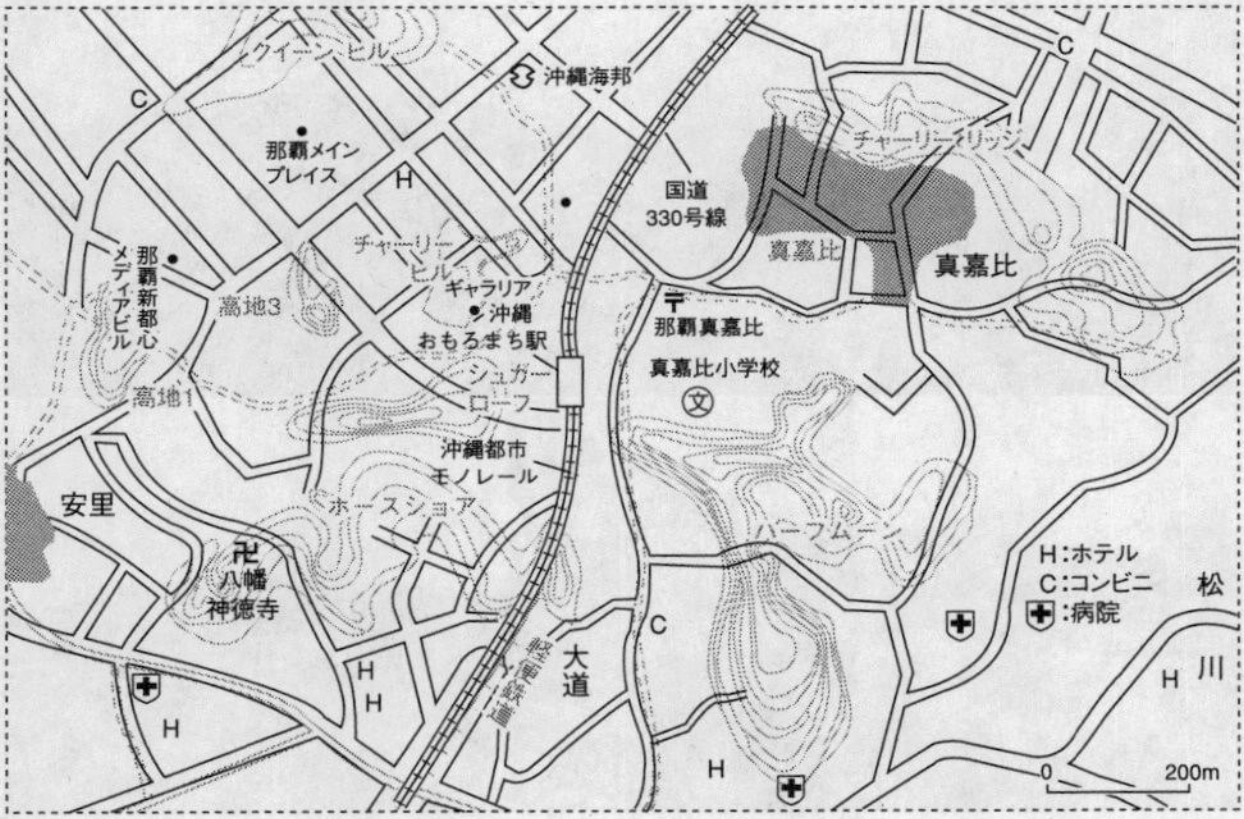

現在のシュガーローフ

一九四五年（昭和二〇年）五月に、本書で記述されている激戦が繰りひろげられた、那覇市北方の安謝川から、安里川の間の地域は、那覇市の中でも、最も変貌した地域の一つである。戦後、この場所は米軍が接収し、米軍嘉手納基地の軍人・軍属向けの住宅地として利用され、一九八七年に日本側に全面返還された。その後、那覇新都心と呼ばれる、都市計画にもとづいた新しい街がつくられた。ショッピングセンター、シネコン、公園、オフィスビルなどが立ち並ぶ光景は、とても六〇年前に凄惨な接近戦闘が繰りひろげられたとは思えない場所に変貌している。

上図は、当時の丘の配置図に現在の、道路の状況を重ね合わせたものである。戦後、軽便鉄道が復活することはなかったが、二〇〇三年にそのルート上に沖縄都市モノレール（通称：ゆいレール）が開業し、ハーフムーンとシュガーローフの間に、「おもろまち」駅が建設された。

シュガーローフヒル

「那覇市おもろまち一丁目六番地」これが、現在のシュガーローフの住所である。丘は大きく削られ、頂上部には那覇市により配水タンクが建設された。タンクの周囲は遊歩道がつくられ、展望台も設置されている。

また、シュガーローフの激戦を記した碑文も設置されているが、人通りはまばらである。丘は、中心部以外は周囲を削られているが、昭和二〇年当時は、現在の「おもろまち」駅近くまですそ野がひろがっていたと思われる。

右の二葉は当時のシュガーローフ(上)と現在の写真。いまは頂上部に白い配水タンクが建設されている。左はシュガーローフの丘から見下ろした当時(上)と現在の光景

上は現在の国道330号線から見たハーフムーンの一部と思われる雑木林。右の二葉は、当時と現在のハーフムーン

ハーフムーン

比較的、当時の原型を最も残しているのが、このハーフムーンである。場所としては「おもろまち」駅から東側で、真嘉比小学校南側に当たる。住所としては那覇市大道付近。本文中でもTの字をしていると表現されていたが、一部が道路で削られたり住宅地と化しているものの、稜線の形に沿って雑木林が点在しており、当時の輪郭を掴むことができる。

軽便鉄道(上)。現在はそのルート上を沖縄都市モノレールが走っている

シュガーローフからホースショア方向を望む(左)。下は迫撃砲陣地があったと思われるホースショア付近の路地風景

ホースショア

シュガーローフの南側に位置するホースショアヒルは、住宅街に飲み込まれてしまっており、当時の位置を探し出すのが難しい場所となっている。住所としては那覇市安里近辺である。弧をえがく中心地は、安里八幡宮近辺に当たるのではないかと推定される。この場所と、シュガーローフの配水池は、かなり接近しており、この二つの丘の谷間が当時は狭かったことが推察される。

高地1、高地3、チャーリーヒルなど本書に登場するこれ以外の、シュガーローフ近辺の丘はほぼ削り取られて市街地となっており、現在ではその痕跡さえも見つけられない。現地にはこれまで二回訪問したが、戦場のスケール（広さ）感と実際に現地を訪れた感覚は、やはり大きく異なる。本文中にも繰り返し狭いエリアであると記述されているが、実際に訪れてみると想像している以上に狭い場所で戦闘が繰りひろげられていたのがわかる。シュガーローフ、ホースショア、ハーフムーンの三つをあわせた広さは、東京ドームで2×2の配列とほぼ同じ程度の広さしかない。

〈猿渡青児・記〉

訳者解説――沖縄戦とシュガーローフヒルの戦い

本書では、シュガーローフの最前線で戦った海兵隊の兵士の視点で、沖縄戦における最激戦地の模様をえがいている。そのため、局所的かつ限定的な描写にならざるを得ないため、最後に、読者の方の理解を助けるために、沖縄戦全体の流れと日本軍側の動きについて、整理しておきたい。

シュガーローフヒルで、第六海兵師団と真正面から激突することになる独立混成第一五連隊は、昭和一九年六月二四日、千葉県の佐倉で、近衛歩兵連隊を中心に習志野や木更津、その他、関東地方の部隊出身の兵士らで新設された。連隊長は美田千賀蔵大佐で、部隊は編成後、ただちに佐倉から習志野に移動して、七月一日、列車により陸路で福岡県の門司港に集結、そこから船団にて沖縄に輸送されるため待機した。

この連隊は、三個歩兵大隊に砲兵中隊、速射砲中隊、工兵中隊がくわわり、総員が二一八

〇名であった。(〝独立〟とは師団に属さない部隊を示し、〝混成〟とは歩兵だけでなく各種の兵科からの編成を示していた)

そのすこし前の六月三日に、やはりシュガーローフ一帯の守備を命じられる独立混成第四四旅団も、南九州の兵士を中心に編成された。旅団は、それぞれ三個大隊から構成される第一歩兵隊と第二歩兵隊からなり、第一歩兵隊は鹿児島の第四五連隊、第二歩兵隊は都城の二三連隊で編成され、それに熊本で編成された旅団砲兵隊と、旅団工兵隊が配属された。

六月二七日、旅団は、四国で編成された独立混成第四五旅団(後に沖縄から石垣島へ派遣される)の兵士らとともに、鹿児島港から沖縄支援にむかう十数隻からなる船団のうちの一隻、戦時徴用船・富山丸に乗船して出航した。

この船は第一次世界大戦でドイツから戦利品として得た船であり、当時、日本に残存していた最大級の積載量をもつ輸送船であった。旅団主力の四〇〇〇名余りの将兵に、ドラム缶一五〇〇本分のガソリン、トラックなどの車両、さらに火砲や弾薬が満載されていた。船団は富山丸が中心となり、偽装のために甲板に空のドラム缶をのせた輸送船が周囲に張りつくように取りかこみ、駆逐艦二隻にくわえ、哨戒機も上空から護衛にたずさわった。

こうした偽装工作にもかかわらず、六月二九日午前七時、富山丸は徳之島の亀徳港の沖合四キロの地点で、米国海軍の潜水艦「スタージョン」の魚雷攻撃をうけた。一発目と二発目の魚雷が左舷船首と、ガソリンが積まれていた船倉に命中し、大火災が発生した。さらに間髪を入れずに、三発目の魚雷が機関室に命中、積荷の弾薬が誘爆し、船は真っ二つにさけ一分半で沈没してしまった。

この攻撃で、重装備のまま、すし詰め状態で船室にいた兵員は大半が船とともに沈み、さらに運よく海上に逃れた兵士らも、流れ出たガソリンによる火炎に飲みこまれ、結局、将兵・船員合わせて三八七四名が死亡してしまった。（この戦死者数は、一隻の船による被害としては、翌年の戦艦大和の戦死者よりも多く、日本軍にとって最悪の惨事となった）

運よく風上側にのがれて僚船に救い上げられた数百名程度の兵員と、別の船に乗っていた旅団長をはじめとする司令部要員や、砲兵などの支援部隊は辛うじて難をのがれたが、旅団の半数以上の兵員と、主要な重装備を一瞬にして失ってしまった。

富山丸沈没の報に、大本営は大きな衝撃をうけた。門司で待機していた独立混成第一五連隊の海路による輸送は急遽中止され、空路による輸送に切りかえられた。部隊は、そのまま宮崎県の新田原基地に移動し、七月五日から一〇日にかけて輸送機でピストン輸送されることになった。まる一個連隊の空輸作戦は、当時の日本陸軍としては最大規模であった。このとき、連隊の大部分は嘉手納に到着し、一部の部隊は直接、伊江島に送られた。ここで独立混成第一五連隊は、主要な戦力を失った独立混成第四四旅団の指揮下にくわわることになった。さらに不足を補うために、地元沖縄の召集兵もくわわった。

この年の六月から八月にかけて、絶対国防圏に指定していたサイパン島、グアム島が相ついで陥落し、つぎにフィリピン、台湾、沖縄などの南西方向から米軍が攻撃してくるのは確実視されていた。独立混成第四四旅団や、独立混成第一五連隊の派遣は、こうした防衛強化の一環であった。

第四四旅団以外にも、満州で対露戦向けに砲兵力が強化された歩兵第二四師団（旭川、山形、松山）、中国戦線で実戦経験が豊富な第九師団（金沢）や第六二師団（近畿・北陸）などがぞくぞくと沖縄に到着していた。

さらに同時期、牛島中将、長少将など第三二軍の新たな司令官らも着任しており、なかでも作戦参謀として七月二日に着任した八原大佐は、陸軍大学校を首席で卒業した秀才で、硫黄島の栗林中将と同じく、米国への留学経験をもつ日本陸軍では異色の参謀であった。

八原は、当初から強固な陣地を構築しての徹底した持久戦と、砲兵による火力重視の方針をもっていた。彼の立案した作戦をもとに、第三二軍直轄で第五砲兵司令部を置き、司令官として当時の日本陸軍で砲術の神様とよばれていた和田孝助中将を配した。指揮下には野戦重砲二個連隊、重砲兵一個連隊、独立重砲兵一個大隊、臼砲一個連隊、迫撃砲四個大隊、野戦高射砲四個大隊、独立速射砲三個大隊で、総計四〇〇門以上の火砲を有する太平洋戦線では前例がない規模の砲兵部隊を擁しており、これにくわえて、旅団砲兵隊や、各師団の砲兵隊も統合的に集中運用できる指揮命令系統を確立させた。

第三二軍では、米軍の上陸予想地点を沖縄本島南部の三ヵ所に絞りこんでおり、それぞれのケースにしたがって作戦計画を立案した。当初の計画では、独立混成第四四旅団は、本部半島と伊江島の飛行場が守備範囲であった。しかし、大本営の場当たり的な方針変更が繰りかえされたため、数回にわたる陣地転換を余儀なくされ、さらに無意味とも思われる飛行場建設の強要などもあり、三二軍首脳部は大本営への不信感を強めていった。

八月一九日、大本営陸軍部は、グアム、サイパンにおいて水際の陣地が、米軍の圧倒的な火力をもつ艦砲射撃や空爆により粉砕されてしまった教訓をうけ、新たな「島嶼守備要領」を示達した。これにより、これまでの水際での上陸軍の撃滅をあきらめ、内陸部に長期的に抵抗可能な陣地を構築し、敵の上陸兵力を減殺する戦術に転換することになった。（硫黄島の栗林中将は、この示達よりも前に、独断で水際撃滅をあきらめて内陸部での抵抗拠点づくりをはじめていた）

この後、米軍側の上陸部隊はペリリュー島、硫黄島と、頑強な抵抗拠点や地下陣地にこもった日本軍に苦戦を強いられていくことになった。沖縄においても、夏以降、民間人も動員した陣地構築が本格化していった。

陣地構築にあたっては、慢性的な資材と器材の不足に悩まされていたが、那覇市をふくむ沖縄の南部地域は珊瑚隆起の地面で、きわめて硬くてコンクリート並みの強度をもっているため、この表面の硬い地層に穴を掘削し、内部の軟弱な地盤に陣地を構築する手法がひろくつかわれた。また天然の洞窟を陣地として利用し、ほかにも沖縄中南部に点在するコンクリート製の亀甲墓も、トーチカなどの抵抗拠点として利用されていった。とくに小高い丘がつらなる首里近郊は防御に適した地形であり、丘の内部に念入りにつくられた陣地が、周囲の陣地と連絡壕でむすばれ、補給や人員の増援が地下でおこなえた。

首里周辺の丘では、主に反射面陣地と呼ばれる構築手法が多用された。反斜面陣地とは、米軍側に相対する斜面には兵力を極力配置せずに、反対側の斜面に主陣地を構築し、敵が頂上部に到達するのを待って攻撃をおこなう手法である。この戦術の長所としては、圧倒的な火力を有する米軍から直接的な攻撃をうけずに、近距離に接近するまで兵力を温存し、かつ配備状況を米軍側から察知されにくくする効果があった。

一〇月一〇日、沖縄は大空襲に見舞われた。この空襲は一〇月二〇日に実施されるフィリピン上陸作戦の支援爆撃であったが、那覇市は壊滅状態におちいり、陸揚げしていた補給物資や那覇港の艦艇も甚大な被害をうけてしまった。この時、シュガーローフ近くの安里の養鶏場にあった第三二軍の司令部も焼失した。これにより首里の地下司令部の構築が加速し、翌月には首里城下の壕にうつることになった。

つづく一一月一一日には、大本営からの命令により、沖縄から迫撃砲二個大隊をフィリピンに抽出させられ、さらに一個師団を沖縄から引きぬいて台湾に送れとの連絡が入った。三二軍首脳部は激しく抵抗したものの、火力のすぐれた二四師団を残し、戦闘経験が豊富な第九師団の転出を余儀なくされる。

昭和二〇年一月、この第九師団転出の穴埋めに、姫路より第八四師団がいったんは沖縄に送られることが決定したものの、すでに本土決戦の準備がはじまった大本営陸軍部は、この派遣を中止してしまった。

これにより、これ以上の沖縄への増派は実施されず、決戦兵力は手持ちの二個師団（第二四師団、第六二師団）＋一個旅団（独立混成四四旅団）で防衛作戦を策定しなければならなくなった。

この戦力減をうけて、八原作戦参謀は、独立混成四四旅団を南部の知念半島に移動させ、中部にあった飛行場を事実上、放棄する防衛計画を立案したが、この計画は、大本営から厳しく批判された。しかし、第三二軍は、この作戦方針をくずさず、最終的にこの体制のまま沖縄戦に突入した。

一方で、戦力を自力で増強するため沖縄で防衛召集を実施し、一七歳以上、四五歳未満の男性二万五千名が召集され、沖縄県民義勇隊が編成された。さらに中学校の生徒からなる鉄血勤皇隊と、女子生徒からなる衛生勤務員、総員二千名も組織された。

二月に入ると硫黄島に米軍が上陸した。また、米機動部隊の琉球諸島への接近にともない、補給路もとざされてしまい、沖縄は本土から孤立した状態となりつつあった。

米軍の艦隊が実際に沖縄に姿をあらわしたのは三月二三日である。沖縄本島南部は、米艦上機による激しい空襲に見舞われ、翌二四日には南部沖合にあらわれた戦艦による艦砲射撃もおこなわれ、沖縄本島は事実上、戦闘状態に入った。

さらに二六日、米第七七歩兵師団は守備隊がほとんどいない慶良間諸島に上陸し、一日でこれを制圧、以降、この場所は米海軍艦艇の臨時停泊地として利用された。また、三月二六日ころより、さまざまな陽動作戦がおこなわれ、独立混成第四四旅団が配備されていた知念半島にも陽動艦隊があらわれての艦砲射撃があり、将兵らは完全な臨戦態勢となった。

米軍の沖縄侵攻作戦「アイスバーグ作戦」の上陸日（L－DAY）は四月一日であった。

嘉手納海岸の沖合にあらわれた米艦隊による大規模で徹底した艦砲射撃ののち、海兵隊二個師団、陸軍二個師団が予定された上陸地点に、ほぼ無抵抗で上陸を完了し、初日の攻撃目標であった二つの飛行場も午前中に占領してしまった。

八原の作戦により日本軍は、不必要な消耗をさけるために海岸付近での抵抗をおこなわず、海岸線からはなれた高地や丘陵内の陣地で、ひそかに待ちうけていたのだ。

上陸地点より、米軍は、海兵隊の二個師団を北上させて沖縄北部の攻略をおこない、陸軍三個師団を南下させて、那覇市方面へ進撃させた。日本軍は沖縄北部にはほとんど部隊を配備しておらず、海兵隊は順調に進撃し、ほぼ二週間で予定より早く制圧を完了した。

一方で陸軍の南下作戦は、順調には進まなかった。四月一九日、米第九六歩兵師団は首里防衛線の外縁である嘉数高地に到達した。この場所に陣地を構築していた日本の第六二師団は頑強な抵抗をつづけ、六日間にわたって米軍を足止めさせて、第二防衛線まで撤退した。

このころ、日本軍の第六二師団は三倍もの兵力の、米陸軍三個師団を相手に、防衛線の全面にわたって頑強に抵抗していたが、米軍の物量に物をいわせた攻撃で、四月下旬には、安謝川から首里、そして与那原にいたる日本軍の最終防衛ライン付近まで、押されていた。

この時点で、守備軍の中核をになってきた第六二師団は、半分程度まで消耗していたが、南部で米軍の第二の上陸作戦にそなえていた第二四師団と、独立混成第四四旅団は、ほぼ無傷で温存されていた。

四月二八日、すでに米軍の第二の上陸作戦は実施されないと判断されたため、これらの二つの部隊は、首里西北地区において、第六二師団後方で予備部隊として待機することとなった。

ここで、第三二軍司令部内では作戦方針に関して激論がかわされる。戦力に余力があるうちに総攻撃を主張する長参謀長と、あくまでも持久戦による徹底抗戦を主張する八原作戦参謀の意見が対立した。前線の指揮官の意見も二つに割れた。

結果的に長参謀長が押しきり、牛島中将が命令を追認した。攻撃は五月四日未明に、第五砲兵団が全力をあげて砲撃を実施し、一万発以上の支援砲撃のもと、第二四師団が米軍の全戦線にわたって突撃した。攻撃は当初は順調に進展していたかのように見えたが、すぐに米軍の圧倒的な火力の前に撃退されていった。翌日の五日昼には、攻撃成功の望みはなくなり、作戦命令が撤回されてしまった。

この攻撃の被害は甚大だった。第二四師団は半数の兵員が死傷してしまい、さらに、第五砲兵団では、保有する砲弾の大半を一日で撃ちつくしてしまった。このため、これ以降、充分な支援砲撃に支障が生じてしまうことになった。

ここまで抵抗の主軸をになってきた第六二師団は崩壊寸前であったため、独立混成第四四旅団と、第二四師団の残存部隊が配置され、守備を交代した。

こうして、独立混成第四四旅団配下の独立混成第一五連隊がシュガーローフ一帯の防衛を命じられたのは、五月六日のことである。すでに、米軍は安謝川の北にせまっており、土地勘のない新たな陣地で、独立混成第一五連隊の将兵は配置についた。幸いにもこの付近一帯は、首里防衛線の要衝として、強固かつ巧妙に陣地が構築されていた。

一方で、米軍も、日本軍の総攻撃の失敗を好機であるととらえていた。進撃スピードの遅さを批判されていた米第二四軍のバクナー司令官（中将）は、西側の前線で疲労した陸軍の二個師団を海兵隊と入れかえて、一気に首里防衛線を突破するための総攻撃を計画した。

総攻撃は五月一〇日におこなわれ、全戦線にわたって米軍は前進を開始したが、各地で頑強な日本軍の抵抗拠点にぶつかり、計画どおりの前進スピードは得られなかった。第六海兵師団の担当区域である西側は、進撃スピードが最も早く、五月一二日には安謝川を渡河してシュガーローフに到達し、那覇市突入も間近と思われた。

シュガーローフ一帯は、戦車が通行できる進路は限られており、進入路には十字砲火をあびせるように弾幕エリア（キリングゾーン）が設定されていた。シュガーローフ、ホースショア、ハーフムーンのそれぞれの丘の反対側の斜面には米軍側から視界のきかない場所に、将兵の退避壕が掘られた。この場所で、米軍の猛烈な砲爆撃をさけ、砲撃が終了すると同時に、丘の中を掘られたトンネルを通って米軍側の相対する表側斜面の機関銃や速射砲の陣地にかけつけて、前進してくる米軍にたいして攻撃をくわえるか、反対側の斜面に展開して米兵を待ちうけた。

ペリリュー戦以降、洞窟内に陣どった日本兵に苦戦した米軍は、沖縄では「ブロートーチ（溶接バーナー）と栓抜き作戦」と称した戦術で、日本軍に対抗しており、シュガーローフ一帯の戦闘でも、この戦法で日本軍を攻撃してきた。

これは、頑強な抵抗をおこなう日本軍の洞窟陣地などの抵抗拠点にたいして、まず、戦車をともなった歩兵部隊を前進させて、戦車砲もしくは火炎放射砲で洞窟の入口にたいして制圧射撃をくわえ、砲兵や機関銃手を洞窟の奥に追い込む。つぎに歩兵部隊が前進して洞窟の上にのぼり、換気口や通風孔などからガソリンやナパームジェルを流しこみ、陣地内の日本兵を殲滅する方法である。

最後は爆破班が陣地の入り口を爆破してふさぎ、それ以上の反撃を封じこめた。この当時、日本軍には、有効な対戦車兵器がほとんど配備されておらず、この攻撃を「馬乗り戦法」と呼んで恐れていた。

この「馬乗り戦法」に対抗するため、日本軍は戦車をともなった米軍部隊が接近してきた場合、機関銃や擲弾筒による集中射撃を歩兵部隊にあびせて戦車と歩兵を分離させ、つぎに戦車の死角にひそんだ蛸壺から、決死隊が対戦車爆雷（携帯地雷）をかかえて飛び出して戦車を撃破する方法が多くとられた。

また、日本軍の所有していた四七ミリ速射砲（日本軍は対戦車砲を速射砲と呼んだ）は、当時の世界レベルからすると、性能は時代遅れであったが、五〇〇メートル以内の距離に肉薄できれば、側面もしくは背後からＭ４型戦車の装甲を撃ちぬくことができた。

シュガーローフでは、丘の反対斜面側にも速射砲が配備されており、前進してきた戦車を後方から撃破した。米軍の戦車兵は、こうした近距離での肉薄攻撃を極度に恐れており、そのため充分な前進ができず、歩兵の損害が増大していった。

また、小禄や嘉手納の飛行場では多くの航空機が地上で撃破されてしまったため、艦載用の爆弾が豊富にあった。日本軍の工兵は、現場でこれらの爆弾を解体して、数多くの急造の対戦車地雷や携帯地雷を自力で製造し、対戦車兵器の不足をおぎなっていた。これ以外にも、一帯に配備されていた七五ミリ高射砲が対戦車戦に転用された。

五月一二日から一八日にかけてのシュガーローフ戦は、日米の精鋭同士が、この典型的な戦術を駆使して激突した完全な消耗戦となった。米軍側は入念な準備砲撃のあとで、戦車をともない前進してきたが、進撃路は限定されており、日本軍は夜間に工兵が対戦車地雷を埋設し多くの戦車や装甲車両を破壊した。

また、戦場がせまく両軍の距離がせまっていたため、四七ミリ速射砲でも戦車の側面や背後から有効な射撃をくわえることができた。「馬乗り戦法」で丘にのぼられても、あらかじめ照準を調整した迫撃砲で集中砲撃をくわえ、近隣の丘からの銃撃で、これを撃退していった。

両者の距離がきわめて接近していたため、米軍は頼みの綱の艦砲射撃や空爆による支援を、事前砲撃以外でおこなうのが困難であった。米軍が丘の上で弱体化したところで日本軍は逆襲をくわえ、丘の支配権を取りもどした。この争奪戦は一週間で一一回もおこなわれた。とくに丘の稜線をはさんだ接近戦では、手榴弾だけではなく、擲弾筒が効果を発揮し海兵隊員らを圧倒した。

さらに、首里に陣どる日本軍の第五砲兵司令部観測所からは、シュガーローフ一帯の米軍の動きはまる見えであった。前進してくる部隊だけでなく、後方に集結している部隊にも有効な砲撃をくわえることができたものの、五月四日の大攻勢により砲弾が欠乏しており、一門あたりの発射数が一日に十発と制限されてしまった。このため、前線の観測兵らは格好の目標をみすみす逃す機会も多く、地団駄をふんで悔しがる場面が多かった。

第四四旅団砲兵隊および独立混成第一五連隊も弾薬不足に悩んでいた。丘の攻防が激しくなるにともない、砲弾や手榴弾の消費が激しくなったが、旅団の弾薬集積所は知念半島の糸数であり、代替の補給処は、那覇市南部の小禄にあった。米軍が制空権を支配しているなかで、補給物資の運搬は困難をきわめ、夜間に危険をおかして輸送を実施していたが、前線での消費を満たすものではなかった。

五月一五日、台湾の第一〇方面軍司令部が、シュガーローフの戦闘で第六海兵師団が甚大な被害をうけているのを伝える米国のラジオ放送を傍受し、その内容が第三二軍に伝えられると閉塞感にみたされていた司令部は狂喜した。ひたすら陣地内で消耗戦をくりひろげてきた日本兵にとっては、久しぶりの明るいニュースであった。

五月一六日には第二九海兵連隊が一個連隊を総動員して攻撃をくわえてきたが、日本軍はこれを撃退した。とくに独立混成第一五連隊第一大隊は、野崎大隊長が先頭に立って軽機関銃の腰だめ射撃で突撃し、丘の頂上部から海兵隊員を一掃した。

しかし、日本軍の被害も甚大であった。独立混成第一五連隊の三個大隊の将兵は頑強に抵抗していたが、激しい艦砲射撃や海兵隊との近接戦闘、あるいは連夜の斬り込み攻撃で、熟練した兵士たちは激しく消耗していった。

那覇近郊の海軍部隊からぞくぞくと増援部隊が送りこまれてきたものの、兵士の錬度の低下はいかんともしがたく、やがて圧倒的な海兵隊の物量攻撃の前に陣地を維持するのが困難となり、一八日に遂にシュガーローフは陥落した。

シュガーローフ一帯の戦線崩壊は、東部の運玉森の陥落と相まって、日本軍は首里からの撤退を余儀なくされる。五月二〇日、海軍部隊と交代して後方に退いた独立混成第四四旅団の残存兵力は、司令部要員などを中心に一個大隊規模まで減少していた。旅団砲兵隊も速射砲部隊は全滅、八門あった一〇センチ榴弾砲は大半を破壊され三門を残すのみで、開戦前は八千発を保有していた砲弾も一二〇発まで減っていた。

六月九日、シュガーローフ一帯での戦闘における功績をたたえて、第三二軍は戦闘に参加した部隊にたいして感状を送った。感状があたえられた部隊は独立混成第四四旅団司令部、独立混成第一五連隊、旅団砲兵隊、旅団工兵隊、独立第一大隊、独立速射砲第七大隊、独立高射砲第七八大隊、風部隊（大刀洗航空廠那覇分廠と大本営直轄中央航空路部隊）、海軍山口大隊、海軍丸山大隊、海軍伊藤大隊であったが、多くの部隊はすでに全滅状態であった。

その後、六月中旬にかけて、日本軍は沖縄本島南部に追いつめられていく。八重瀬岳周辺の戦闘で独立混成第四四連隊および独立混成第一五連隊の生き残っていた一握りの将兵は、小グループに分かれて夜間の斬りこみ攻撃に参加し、事実上、全滅となる。旅団長、連隊長クラスの将官もこの時期にほとんどが戦死した。

六月二〇日、摩文仁の第三二軍司令部がおかれた洞窟に、米軍がせまり、馬乗り攻撃をうける。牛島中将と長参謀長は大本営に訣別電文を送ると自決し、沖縄戦は事実上、終結した。八原作戦参謀はこの戦闘の教訓を日本本土に伝えるために、民間人に化けて脱出をはかったが、途中で米軍の捕虜になってしまい、のちに激しい批判にさらされた。

参考文献＊「戦史叢書　沖縄方面陸軍作戦」防衛庁防衛研修所戦史室　朝雲新聞社＊「独混史実資料」第三二軍残務整理部＊「燃える海　輸送船富山丸の悲劇」福地曠昭／編著　海風社＊「沖縄　悲遇の作戦　異端の参謀八原博通」稲垣武　光人社＊「沖縄に死す　第三十二軍司令官牛島満の生涯」小松茂朗　光人社＊「一兵士の記録　私の沖縄戦」月居義勝　文芸社＊「沖縄」米国陸軍省編　外間正四郎訳　光人社＊「歴史群像太平洋戦史シリーズ　沖縄決戦」学研

訳者あとがき

沖縄戦において、日本軍が互角以上の戦いを繰りひろげていたと聞くと、意外に思う方も多いと思われるが、実際には、米軍側も日本軍の巧みな戦術に相当に苦しめられていた。昭和二〇年三月二六日から、六月二三日までの九〇日間にわたって繰りひろげられた太平洋戦争最後の地上戦は、主に状況が異なる二つの段階に分類できる。すなわち、三月二六日の米軍の地上攻撃開始から五月末の首里戦線崩壊までの前半部と、その後、五月末の南部撤退から六月末に日本軍守備隊が壊滅するまでの後半部である。

前半の首里攻防戦は、日本軍と米軍の正規軍同士の正面激突で、首里の北方戦線で激しい戦闘が繰りひろげられた。一方、後半の首里防衛線の崩壊以降は、南部において多数の民間人を巻きぞえにした凄惨な撤退戦が繰りひろげられ、日本軍守備隊の壊滅によって幕を閉じた。

この前半戦は五月四日の日本軍の第六二師団による無謀な突撃をのぞけば、制空権、制海権をもつ圧倒的に優位な米軍にたいして、完全に互角以上の戦いを繰りひろげていた。その中で、シュガーローフヒルをめぐる争奪戦は、沖縄戦における、いわばターニング・ポイントであり、天王山とも言える。

両軍の精鋭同士が七日間にわたって繰りひろげた戦闘は、その規模や激烈さからすると、タラワや硫黄島などに匹敵するにもかかわらず、その知名度はきわめて低い。理由としては、本文中にもいくつか挙げられているが、戦後すぐに第六海兵師団が解散し、この戦いの記録を継承する部隊がなくなってしまった影響も大きいと思われる。一方で沖縄戦という、民間人を巻きこんだ、より規模の大きな戦いの中で、個々の戦闘の記録は埋没していった。

一九九四年に出版された本書、JAMES.H.HALLAS著の「KILLING GROUND ON OKINAWA」は、第二次世界大戦を経験した退役軍人がつぎつぎと亡くなっていく中で、この知られざる戦いを最前線の兵士の目で語る、貴重な一作である。本書で描かれている戦場の光景は、体験した者でないと分からないリアリティに溢れている。自分の蛸壺と周囲数メートルで起きた出来事に関する証言を、ひたすら積み上げて、七日間の戦闘全体を描く手法には、公式戦記だけでは伝えることができない、有無をいわさぬ迫力だ。

黄燐弾や、火炎放射器、飛び交う砲弾の破片など沖縄戦では普通に使われていたこれらの兵器が、いかに人体を破壊するかは、最前線で身をもって体験した兵士たちの証言がその残酷さを伝える唯一の手段であると考える。

他の太平洋戦線の島嶼戦闘と同様に、この戦いに従軍した日本側の証言、記録とも、現存しているものはきわめて少ない。これは前線の日本軍将兵の大半が、戦闘中、あるいは撤退戦の中で、戦闘記録を残すことなく戦死してしまったためと思われる。日本兵の戦死体のほとんどは米兵らがその場で埋葬するか、捨ておかれてしまい、記録が残っていない。これにより戦没者の遺族の多くは、部隊の戦闘経緯や最期の状況が全くわからない場合も多い。

そのため、本書に敵兵として登場する名もなき日本兵らの姿は、貴重な目撃証言でもある。一人だけで手榴弾をもって突進してきた兵士、竹槍で斬り込みをしてきた少年兵、海兵隊員に「ミイラ男」と呼ばれた、包帯だらけで、よろめきながら突撃をこころみた日本軍の負傷兵など、当時の日本兵の実情を如実に表わしていると思う。

これらの日本兵の最期は、彼ら海兵隊員らの証言がなければ、語りつがれることもなく、その存在すら永遠に忘れ去られてしまったのではないだろうか。

一方で、勝者であるはずの米兵らも苦しんでいた。昨今、米国ではイラク帰還兵のＰＴＳＤが社会問題となっているが、六〇年前から、戦闘疲労症で同様の問題が深刻であったことがうかがえる。沖縄戦では勝者であったはずの彼らも、帰国後、長い年月にわたって、精神的なダメージを回復できなかったのだ。この苦悩する姿はジェームズ・ブラッドレー著の映画化された『父親たちの星条旗』の帰還兵の姿に通じるものがある。

訳者は二〇〇七年の年初めに、現地、シュガーローフを訪れた。これが二回目、三年ぶりの訪問であったが、三年の間にも市街化はさらにすすみ、観光客向けの巨大な免税店が新たにシュガーローフに隣接してオープンしていた。この一帯は、典型的な日本の郊外型の都市風景がひろがっており、ショッピングセンターの周辺は買い物客の車で渋滞していた。米軍の進撃路であった高地3は造成されて平らにならされて跡形もなくなり、シネコンが建設されている。

さらに、訳者が訪問したときには、米国人が製作した日本軍の映画『硫黄島からの手紙』が上映されていた。はたして当時の当時の日米の将兵が現在の、この光景を見たら、いかなる感想を持つであろうか？　また、この街を行き交う、平和を満喫している人々が、この地で六〇年前に起きた歴史を知れば、どのような感想を持つのだろう？　本書の日本語訳を通じて、沖縄戦の知られざる一面と、その実態を少しでも伝えることができれば幸いである。

最後に、思いつきで始めた本書の翻訳は、大半を通勤電車の中で少しずつおこない、結果的に足掛け三年もの歳月を費やしてしまった。当初は出版の見通しなど全くない無謀な計画でスタートしたが、本書に理解を示していただいた光人社編集部の坂梨誠司氏にめぐりあい、幸いにも、そのご協力がなければ、出版は不可能であった。

また、素人の原稿を丁寧に添削していただいた佐藤泰正氏と、出版までの過程でご協力いただいた柏木宏文氏、日本軍および海兵隊の専門用語で的確な助言をいただいた足立哲郎氏と栗原洋一氏、英語の表現について助言をいただいた上ノ畑淳一氏には大変お世話になった。

こうした皆さんに、この場をお借りして深く感謝申し上げたい。

二〇〇七年一月

猿渡青児

文庫版のあとがき

本書『沖縄　シュガーローフの戦い』は二〇〇七年三月に単行本として出版された。その後、この本を読んだ複数の方から、様々な情報を頂いた。その中で、第六海兵師団長のシェファード少将、ジェームス・デイ伍長など、本書の登場人物の戦後に関わる点で、興味深かったのは、沖縄で海軍気象士官だった矢崎好夫氏のエピソードである。

矢崎氏は、海軍予備学生三期で、昭和一九年に南西諸島海軍航空隊付の気象少尉として沖縄に赴任したが、沖縄戦直前の昭和二〇年三月に突然、東京の軍令部への転勤命令を受け、九死に一生を得たとのことだった。矢崎少尉が沖縄に着任した頃には、すでに小禄飛行場（現那覇空港）には、作戦可能な航空機は少なく、サイパン、グアム玉砕で、沖縄への米軍上陸が迫る中、海軍陸戦隊・巌《いわお》部隊（本書の後半に登場）の一員として、陣地構築と白兵戦の訓練を命じられる。

海軍陸戦隊といえば勇ましいが、内地では中学教諭や、元警官、農民などの召集兵で、かつ彼自身を含めてほとんどの者が陸戦訓練を受けたことがない飛行機の整備兵や飛行場支援要員である。対戦車兵器も満足にない中、寝食を忘れて一日の休みもなく部下の兵士たちとともに、航空機用の爆弾から対戦車地雷を作り、陣地構築に励んだ。

南方の島々が次々と玉砕する中、彼も、彼の部下らも、沖縄の地での死を覚悟していたが、米軍の沖縄上陸が三週間後に迫った三月上旬、突如、矢崎氏一人が内地への転勤命令を受ける。

すでに、制空権も制海権もない中、鹿児島の鹿屋基地から決死の夜間飛行で飛来した陸攻が、小禄飛行場に到着したのは、午前三時。エンジンを切らずにそのまま滑走路で転回すると、矢崎少尉を見送るために半年間苦楽を共にした部下の兵士らが指揮官の突然の転勤に動揺しつつも集まった。

「分隊士、分隊士はどうしても行ってしまうのですか。我々を置いていってしまうのですか。分隊士」と叫ぶような部下と手を握り、別れを惜しみながら、飛行機に乗り込もうとすると

「分隊士、内地には砂糖がないというので、兵員一同で黒砂糖を機内に積んでおきました、内地の皆さんにお分けください」。これを聞くと矢崎少尉は堪らずに涙があふれ出てきた。

「分隊士、われわれが死んだら線香を一本立ててください。これは皆のお願いです」

「分かった、必ず線香を立てる」と皆が号泣する中、陸攻は沖縄を飛び立ち、米軍の夜間戦闘機を避けて高度五〇メートル以下の海面すれすれの飛行で鹿児島に到着した。

やがて、米軍が上陸し沖縄の地上戦闘が激化すると、巌部隊は首里防衛線の陸軍の予備部隊として、細切れに投入されていった。その一部は、シュガーローフ戦にも参加。しかし戦

線崩壊にともない、残った兵士たちは一旦、南部へ撤退するも、どこも民間人で溢れかえり仕方なく小禄の陣地に戻り玉砕した。巌部隊三五〇〇名の兵員のうち生存者は一〇〇名に満たなかった。

部下の兵士たちを玉砕させてしまい、最後に交わした線香の約束が戦後頭を離れなかった矢崎氏は、その約束を果たそうと思うが、そのためには、沖縄戦の慰霊碑が不可欠であると考えた。海軍予備学生の同期である西銘沖縄県知事と相談し、日米両軍の兵士と沖縄県民のための慰霊碑建立を計画したのは、戦後四〇年が経過した昭和六〇年前後のことであった。

同時に、カリフォルニア州のラホヤで存命していた、米国第六海兵師団の沖縄戦時の師団長、シェファード大将（沖縄戦時は少将）にも面会し相談したところ、二つ返事で快諾し、その場でポケットマネーから一〇〇〇ドルを寄付してくれた。シェファード氏は、さらに在沖縄海兵隊の司令官に電話をし、協力を依頼した。この時の司令官は、元第六海兵師団の際の部下で本書にも登場する、シュガーローフの戦いで名誉勲章を授与されたジェームス・デイ少将（沖縄戦時は伍長）である。

一方で、慰霊碑の候補地探しは難航した。時の那覇市の左翼系市長は、海軍玉砕の地である小禄一帯は、住宅用地であるとして慰霊碑の建立を拒否。既に慰霊碑のための寄付金は二五〇〇万を超えていたが、場所すら決まらず、途方にくれた矢崎氏に、救いの手を差し伸べたのは海兵隊のジェームス・デイ少将だった。

彼は国防総省に掛け合い牧港にあるキャンプ・ギンザの国道に面した一等地を、自由に使って欲しいと提供してくれ、必要であれば直ぐにでも日本への返還手続きに入ると申し出た。さらに「私は間もなくペンタゴンに戻り退役します。必要なことは何でも言ってください」と繰り返し矢崎氏に伝えてきた。

こうして、自衛隊や、第六海兵師団戦友会なども協力し、慰霊碑は遂に完成した。昭和六二年六月一四日、沖縄海軍陸戦隊全滅の日に慰霊碑の日米合同の除幕式が行なわれ、矢崎氏は約束どおり戦友たちのために線香を立てることができたのだ。

この時の体験談について矢崎氏は、『八月十五日の天気図』（光人社NF文庫）にまとめ出版されているので、本書と併せてぜひご一読頂きたい書籍である。

この三年間で、シュガーローフのある那覇市新都心一帯はさらに開発が進んだ。以前は辛うじて原形を留めていたハーフムーンもすでに道路工事で切り崩された。シュガーローフの隣にはマンションが建築された。しかし、これらの工事の際には、多くの遺骨や遺品、不発弾が出土し、今も残る沖縄戦の傷跡の深さを再認識した次第である。本書の文庫化によって、より多くの方々が沖縄戦に関心を持っていただける一助となってくれるように願って止まない次第である。

平成二二年七月

猿渡青児

単行本　平成十九年四月　光人社刊

ＮＦ文庫

沖縄シュガーローフの戦い　新装版

二〇二〇年七月十五日　第一刷発行

著　者　ジェームス・H・ハラス

訳　者　猿渡青児

発行者　皆川豪志

発行所　株式会社　潮書房光人新社

〒100-8077　東京都千代田区大手町一-七-二

電話／〇三-六二八一-九八九一(代)

印刷・製本　凸版印刷株式会社

定価はカバーに表示してあります

乱丁・落丁のものはお取りかえ致します。本文は中性紙を使用

ISBN978-4-7698-3176-1　C0195

http://www.kojinsha.co.jp

NF文庫

刊行のことば

第二次世界大戦の戦火が熄《や》んで五〇年——その間、小社は夥しい数の戦争の記録を渉猟し、発掘し、常に公正なる立場を貫いて書誌とし、大方の絶讃を博して今日に及ぶが、その源は、散華された世代への熱き思い入れであり、同時に、その記録を誌して平和の礎とし、後世に伝えんとするにある。

小社の出版物は、戦記、伝記、文学、エッセイ、写真集、その他、すでに一、〇〇〇点を越え、加えて戦後五〇年になんなんとするを契機として、「光人社NF（ノンフィクション）文庫」を創刊して、読者諸賢の熱烈要望におこたえする次第である。人生のバイブルとして、心弱きときの活性の糧《かて》として、散華の世代からの感動の肉声に、あなたもぜひ、耳を傾けて下さい。

＊潮書房光人新社が贈る勇気と感動を伝える人生のバイブル＊

ＮＦ文庫

日本軍隊用語集〈下〉
寺田近雄

辞書にも百科事典にも載っていない戦後、失われた言葉たち——明治・大正・昭和、用語でたどる軍隊史。兵器・軍装・生活篇。

戦闘機対戦闘機
三野正洋

無敵の航空兵器の分析とその戦いぶり
最高の頭脳、最高の技術によって生み出された戦うための航空機——攻撃力、速度性能、旋回性能…各国機体の実力を検証する。

幻の巨大軍艦
石橋孝夫ほか

大艦テクノロジー徹底研究
ドイツ戦艦Ｈ44型、日本海軍の三万トン甲型巡洋艦など、知られざる大艦を図版と写真で詳解。人類が夢見た大艦建造への挑戦。

海軍特別年少兵
増間作郎
菅原権之助

15歳の戦場体験
最年少兵の最前線——帝国海軍に志願、言語に絶する猛訓練に鍛えられた少年たちにとって国家とは、戦争とは何であったのか。

日本軍隊用語集〈上〉
寺田近雄

国語辞典にも載っていない軍隊用語。観兵式、輜重兵など日本軍を知るうえで欠かせない、軍隊用語の基礎知識、組織・制度篇。

ＷＷⅡアメリカ四強戦闘機
大内建二

卓越した性能と実用性で連合軍を勝利に導いた名機Ｐ51、Ｐ47、Ｆ6Ｆ、Ｆ4Ｕ——第二次大戦でその威力をいかんなく発揮した四機種の発達過程と活躍を図版と写真で紹介する。

＊潮書房光人新社が贈る勇気と感動を伝える人生のバイブル＊

NF文庫

空の技術　渡辺洋二

設計・生産・戦場の最前線に立つ

敵に優る性能を生み出し、敵に優る数をつくる！　そして機体の整備点検に万全を期す！　空戦を支えた人々の知られざる戦い。

海軍学卒士官の戦争　吉田俊雄

連合艦隊を支えた頭脳集団

吹き荒れる軍備拡充の嵐の中で発案、短期集中養成され、最前線に投じられた大学卒士官の物語。「短現士官」たちの奮闘を描く。

潜水艦隊物語　橋本以行ほか

第六艦隊の変遷と伊号呂号170隻の航跡

第六潜水艇の遭難にはじまり、海底空母や水中高速潜の建造にいたるまで。技術と用兵思想の狭間で苦闘した当事者たちの回想。

日本の軍用気球　佐山二郎

知られざる異色の航空技術史

日本の気球は日露戦争から始まり、航空機の発達と共に太平洋戦争初期に姿を消した。写真・図版多数で描く陸海軍気球の全貌。

駆逐艦「神風」電探戦記　「丸」編集部編

駆逐艦戦記

熾烈な弾雨の海を艦も人も一体となって奮闘した駆逐艦乗りの負けじ魂と名もなき兵士たちの人間ドラマ。表題作の他四編収載。

陸軍カ号観測機　玉手榮治

幻のオートジャイロ開発物語

砲兵隊の弾着観測機として低速性能を追求したカ号。回転翼機という未知の技術に挑んだ知られざる翼の全て。写真・資料多数。

潮書房光人新社が贈る勇気と感動を伝える人生のバイブル

NF文庫

井坂挺身隊、投降せず

終戦を知りつつ戦った日本軍将兵の記録

楳本捨三

敵中要塞に立て籠もった日本軍決死隊の行動は中国軍の賞賛を浴び、厚情に満ちた降伏勧告を受けるが……。表題作他一篇収載。

サムライ索敵機敵空母見ゆ！

予科練パイロット3300時間の死闘

安永　弘

艦隊の「眼」が見た最前線の空。鈍足、ほとんど丸腰の下駄ばき水偵で、洋上遙か千数百キロの偵察行に挑んだ空の男の戦闘記録。

海軍戦闘機物語

秘話実話体験談で織りなす海軍戦闘機隊の実像

小福田晧文ほか

強敵F6FやB29を迎えうって新鋭機開発に苦闘した海軍戦闘機隊。開発技術者や飛行実験部員、搭乗員たちがその実像を綴る。

戦艦対戦艦

海上の王者の分析とその戦いぶり

三野正洋

人類が生み出した最大の兵器戦艦。大海原を疾走する数万トンの鋼鉄の城の迫力と共に、各国戦艦を比較、その能力を徹底分析。

どの民族が戦争に強いのか？

戦争・兵器・民族の徹底解剖

三野正洋

各国軍隊の戦いぶりや兵器の質を詳細なデータと多彩なエピソードで分析し、隠された国や民族の特質・文化を浮き彫りにする。

三号輸送艦帰投せず

苛酷な任務についた知られざる優秀艦

松永市郎

制空権なき最前線の友軍に兵員弾薬食料などを緊急搬送する輸送艦。米軍侵攻後のフィリピン戦の実態と戦後までの活躍を紹介。